I0588307

DER BETÖRENDE HERZOG

DIE UNBERÜHRBAREN
BUCH ZEHN

DARCY BURKE

Übersetzt von
PETRA GORSCHBOTH

Der betörende Herzog
Copyright © 2018 Darcy Burke
Poesie Copyright © 2018 Steven C. Burke
Alle Rechte vorbehalten.
ISBN: 9781637261569

Das ist ein fiktives Werk. Namen, Charaktere, Orte und Ereignisse sind das Ergebnis der Phantasie der Autorin oder werden fiktiv verwendet. Jede Ähnlichkeit mit tatsächlichen Ereignissen, Orten oder Personen, lebendig oder tot, ist rein zufällig.

Buchgestaltung: © Darcy Burke.
Buchumschlagsgestaltung: © Dar Albert, Wicked Smart Designs.
Bearbeitung: Linda Ingmanson
Deutsche Übersetzung: Petra Gorschboth.

Alle Rechte vorbehalten. Ohne die vorherige schriftliche Genehmigung der Autorin darf kein Teil dieser Publikation in irgendeiner Form oder mit irgendwelchen Mitteln reproduziert, verteilt, übertragen oder in einer Datenbank oder einem Abrufsystem gespeichert werden.

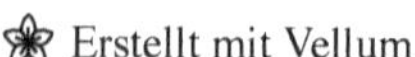 Erstellt mit Vellum

DER BETÖRENDE HERZOG

Lady Lavinia Gillingham zieht Gestein und Erdreich der Ehe vor. Ihre Leidenschaft ist die Wissenschaft, und sie ist entschlossen, nur zu heiraten, wenn – und nur wenn – sie einen Mann findet, der ihre Interessen und ihren Intellekt unterstützt. Bislang ist es ihr gelungen, der Aufmerksamkeit auf dem Heiratsmarkt zu entgehen, doch als der betörende Herzog anonyme Briefe mit Lobeshymnen auf sie verfasst, gerät sie plötzlich in den Mittelpunkt der feinen Gesellschaft und eine Eheschließung scheint unmittelbar bevorzustehen.

William Beckett, Marquess of Northam, hat den Ruf eines Wüstlings, aber insgeheim ist er ein Romantiker. Mit sechzehn verschmäht, rechnet er nicht damit, ein zweites Mal von Amors Pfeil getroffen zu werden, und dennoch ist er imstande, das kälteste aller Herzen mit den anonymen Worten zu umwerben, die er veröffentlicht. Als betörender Herzog setzt er seine Begabung ein, um Lavinia zu helfen, ohne zu ahnen, dass sie sich gar keine Hilfe wünscht.

Während Lavinia von mehreren Verehrern umworben wird, ist Beck plötzlich der Betörte, als er erkennt, dass die Liebe zweimal zuschlagen *kann* ...

Versäumen Sie nicht die anderen Bücher aus der Serie Der Unberührbaren!

Für Steve

Rosen sind rot,
Veilchen sind blau,
Nicht immer ist es ohne Müh (und dieses Gedicht ist ohne
Stil)
Doch froh stimmt mich, mein Wirken mit dir.

Und für Zane
Danke, dass du deine Kontaktlinsen trägst. Es tut mir leid,
wegen meiner kurzsichtigen Gene!

KAPITEL 1

Oh Herz, wisse um deine erobernde Hand.
Prächtige Maid, die da geht über dein Land.
Mit einem Wort erobert sie deinen Verstand.
Und weit zurück bleibt des Lebens schweres Pfand.

-*Aus* Eine Ode an Miss Anne Berwick
Von Der betörende Herzog

London, Februar, 1818

ady Lavinia Gillingham schlüpfte in Lord Evenrudes Bibliothek und zog sanft die Tür hinter sich ins Schloss, womit sie die nicht allzu entfernten Geräusche des Balls ausblendete, dem sie gerade entkommen war. Um ihre knappe Zeit wissend, eilte sie zu den Bücherregalen, wo ihr Blick forschend über die Buchrücken nach dem gesuchten Buch schweifte. Ah, da war es.

Die geologische Geschichte von Cornwall.

Ihr Herzschlag legte ein wenig an Tempo zu, als sie es aus dem Regal nahm und sich damit auf einem nahe gelegenen Sofa niederließ. Im Kamin loderte ein Feuer, das zusammen mit den Wandleuchtern und einer kleinen Lampe auf einem Tisch in der Nähe ihres Sitzplatzes Licht spendete.

Der Band war nicht sonderlich umfangreich, und dennoch würde sie keine Zeit haben, um alles zu lesen. Sie würde sich die größte Mühe geben und vielleicht eine weitere Gelegenheit finden, um in Lord Evenrudes Bibliothek zu gelangen. Er war Mitglied der Königlichen Gesellschaft, und wenn ihre Eltern nicht schockiert und entsetzt sein würden, hätte sie einfach darum gebeten, es auszuleihen. Allerdings *wären* ihre Eltern schockiert und entsetzt. Aus diesem Grund führte sie ihre Forschungen und Studien in relativer Heimlichkeit durch.

Schon bald hatte sie sich in der Beschreibung des Gesteins und Erdreichs von Cornwall verloren und hätte sich vielleicht sogar dort geglaubt, wäre da nicht der plötzliche Bewusstseinsschock, der mit einem sanften Druck von Lippen – Lippen? – an ihrem Hals einherging.

Mit einem Keuchen klappte sie das Buch zu und ließ es auf das Sofa fallen, als sie aufsprang. Sie drehte sich zu dem Mann um, der wagemutig genug war, so etwas zu tun. Lord Northam, natürlich.

Auf der Stelle verfinsterte sich ihr Blick. »Was um alles in der Welt tun Sie da?«

Er besaß den Anstand, zerknirscht zu erscheinen. »Ich bitte um Verzeihung. Ich habe Sie für jemand anderes gehalten.«

»Natürlich haben Sie das.« Lavinia machte sich nicht die Mühe, den Sarkasmus aus ihrem Tonfall zu bannen.

Er verbeugte sich, und sein hochgewachsener, durchtrainierter Körper bewegte sich mit Anmut und Eleganz. »Ich bitte vielmals um Entschuldigung. Ich habe Ihre Lektüre nicht unterbrechen wollen.« Er ließ seinen Blick auf das Buch sinken und lehnte sich ein wenig über die Rücklehne des Sofas, als wolle er den Titel auf dem Buchrücken entziffern.

»Nun, das haben Sie. Und jetzt muss ich wohl gehen, damit Sie Ihre ... Geliebte treffen können.« Das Wort hinterließ ein merkwürdiges Gefühl auf ihrer Zunge, oder vielleicht hatte es auch damit zu tun, dass sie mit einem der berüchtigtsten Herzensbrecher Londons allein an diesem abgeschiedenen Ort war.

Für einen Sekundenbruchteil riss er die Augen auf. »Ähm, ja.« Dann schüttelte er ruckartig den Kopf. »Ich meine, nein. Ich lasse Sie mit Ihrem Buch allein.«

»Wie freundlich von Ihnen, da Sie inzwischen bereits eine erhebliche Störung verursacht haben. Vermutlich wird mich Ihre Geliebte ebenfalls unterbrechen, sobald ich mich wieder hinsetze. Nein, ich sollte die sein, die geht.« Sie setzte sich in Bewegung, um das Sofa zu umrunden.

»Nun, das ist sehr aufmerksam von ...«

Das klickende Geräusch der sich öffnenden Tür ließ ihn seine Worte unterbrechen. »Verstecken Sie sich unter dem Schreibtisch«, zischte er. »Geschwind!« Abrupt drehte er sich um und eilte zur Tür.

Oder zumindest ging Lavinia davon aus, dass er dies beabsichtigte, denn sie blieb nicht dort stehen, um ihm zuzusehen. Sie wirbelte herum und tauchte unter Lord Evenrudes Schreibtisch. Er war groß genug, dass sie sich darunter verstecken konnte, jedoch war der Mittelteil offen, sodass Northams Freundin wahrscheinlich Lavinias blaues Kleid auffallen würde, das sich von dem dunklen Mahagoni des Möbels abhob, wenn sie in Richtung Pult sah.

Allerdings war es das Beste, was sie tun konnte. Im Nachhinein betrachtet, hätte sie hinter die Vorhänge an den Fenstern eilen sollen. Andererseits konnte sie auf diese Weise die Vorgänge in der Bibliothek mitverfolgen.

Was sie wiederrum wahrscheinlich lieber nicht wollte.

»Oh, Northam!« Der beinahe gehauchte Ausruf schwebte federleicht durch die Bibliothek und Lavinia erkannte einen schwingenden dunkelrosa Volantrock, als die Trägerin sich dem Marquess zuwandte und die Hände um seinen Hals schlang.

Als die Frau sich, vermutlich um ihn zu küssen, auf die Zehenspitzen erhob, spannte Lavinia sich an. Allerdings umfasste Northam ihre Oberarme und schob sie sanft von sich weg.

»Wir müssen unsere Verabredung verschieben, fürchte ich.«

»Warum?«

Lavinia vernahm den schmollenden Tonfall in der Stimme der Frau und knirschte mit den Zähnen.

»Hast du deine Meinung geändert?« Sie wandte sich von ihm ab, und Lavinia stahl sich einen Blick auf die Frau, die sie sofort als Lady Fairwell erkannte, eine junge Viscountess, die vielleicht ein paar Jahre älter als Lavinias dreiundzwanzig Lebensjahre war. »Beatrice sagte, dass du das tun würdest, und dass du mich sehr bald satthättest.«

»Unsinn«, beruhigte er sie, als er die Hand nach ihr ausstreckte und sie wieder herumdrehte, was Lavinia etwas Erleichterung verschaffte. Er ließ den Blick zu Lavinia schnellen und sie nahmen einen kurzen, aber beredten Augenkontakt auf. Sie hatte keine Ahnung, was er ihr mitteilen wollte, wenn er das überhaupt beabsichtigte, aber sie verdrehte die Augen in seine Richtung. »Ich befürchte, es könnte mich jemand auf dem Weg hierher gesehen haben. Ich wollte gerade gehen, als du gekommen bist.«

Lady Fairwell schnappte nach Luft. »Ich darf nicht mit dir erwischt werden!«

Dann sollten Sie vielleicht keine Beziehung zu einem Mann unterhalten, der nicht Ihr Ehemann ist, dachte Lavinia. Kopfschüttelnd kauerte sie unter dem Schreibtisch.

»Natürlich nicht. Du gehst zurück zum Ball, und wir treffen uns ein anderes Mal.«

»Versprochen?«, schmeichelte Lady Fairwell.

»Ich verspreche es.«

Lavinia gab sich Mühe, nicht zu würgen, insbesondere als Lady Fairwell sich erneut auf die Zehenspitzen stellte und ihren Mund auf seinen presste. Der Kuss war so schnell vorbei, wie er begonnen hatte, als der Marquess die Viscountess von sich wegschob und zur Tür zeigte.

»Geh jetzt schnell«, drängte er.

Sie eilte aus dem Zimmer und der Marquess verschloss die Tür.

Lavinia schlüpfte unter dem Schreibpult hervor, als er herbeieilte, um ihr aufzuhelfen. Sie machte keine Anstalten, seine Hand zu nehmen, als sie sich aufrichtete. In ihrer Eile trat sie auf den Saum ihres Kleides, wodurch sie vorwärts stolperte. Direkt in Northams Arme.

Er fing sie auf, sie kam ihm jedoch sehr nah. »Ich habe Sie.« Seine Umarmung fühlte sich stark und sicher an und er roch nach Nelke und Leder. Wenn er jemand anderer wäre, könnte sie eventuell erwägen, einen Augenblick zu verweilen.

»Und jetzt können Sie mich loslassen.« Sie vergewisserte sich, dass ihr Absatz vom Saum befreit war, als er sie auf die Füße stellte.

»Ich wollte nur behilflich sein«, antwortete er ein

wenig defensiv und als er zurücktrat, zogen sich seine dunkelblonden Brauen auf der breiten Stirn zusammen.

»Ich benötige Ihre Hilfe nicht, Lord Northam.«

Er strich glättend über sein Revers, und die Art und Weise, wie seine grau-grünen Augen sich ein klein wenig zusammenzogen, ließ ihn noch attraktiver wirken. Wobei er allerdings keinerlei Unterstützung bedurfte – er galt bereits als einer der bestaussehenden Männer Großbritanniens. Er war einer jener Gentlemen, der in einem Augenblick gefährlich attraktiv aussah – wenn er nicht lächelte, so wie jetzt – und wenn er dann beim nächsten Atemzug lächelte, schwindelerregend charmant. »Sie wissen, wer ich bin?« Er formte die Lippen zu einem Lächeln und kurz blitzten seine ebenmäßigen weißen Zähne auf.

Lavinia schnaubte und es war ihr egal, was er davon hielt. »Jeder weiß, wer Sie sind.«

»Dann haben Sie mich in einen Nachteil gebracht, denn ich habe keinen Schimmer von Ihrer Identität.« Sein Tonfall war ansatzweise flirtend, aber sie nahm an, dass er gar nicht anders konnte.

»Das sollten Sie auch nicht.« Obwohl angesichts der Enttäuschung ein Teil in ihr zusammenzuckte. *Oh, warum sollte er sie kennen?* Sie hatten absolut keinen Grund, sich über den Weg zu laufen. Tatsächlich sollte sie diesem Intermezzo so bald als möglich entfliehen.

Eindeutig erwartungsvoll blinzelte er sie an. »Werden Sie mich aufklären?«

»Nein. Ich werde gehen.«

»Bitte, Sie müssen mir wenigstens Ihren Namen sagen.«

Sie warf ihm einen zweifelnden Blick zu. »Muss ich das? Wir sind einander nicht richtig vorgestellt worden.«

»Etwas sagt mir, dass Sie das normalerweise nicht stören würde«, entgegnete er mit trockenem Humor.

Sie sah ihn missmutig an. »Flirten Sie nicht mit mir. Ich werde nicht Lady Fairwells Platz einnehmen.«

Er legte den Kopf schief. »Ich bitte nochmals um Entschuldigung. Ich hatte nicht beabsichtigt, Ihnen das vorzuschlagen.«

Sie richtete sich auf und plötzlich fiel ihr ein, was er zu Lady Fairwell gesagt hatte. »Hat Sie wirklich jemand hier hereinkommen sehen?« Eine Welle der Panik überlief ihren Rücken.

»Nein, ich habe das gesagt, um Matilda – Lady Fairwell zum Gehen zu bewegen.«

Lavinia wurde von einem pulsierenden Gefühl der Erleichterung erfasst, aber sie wollte das Schicksal nicht herausfordern. »Ich muss dasselbe tun.« Auf ihrem Weg zur Tür ging sie um ihn herum.

»Sie werden doch nichts darüber verlauten lassen, oder?«

Sie drehte sich halb um und sah, dass er sich umgewandt hatte und sie argwöhnisch beobachtete. »Nein. Ich mag Klatsch nicht.«

»Schauen Sie sich genau um, ehe Sie gehen – vergewissern Sie sich einfach, dass niemand draußen ist.« Er nickte ihr mit einem beruhigenden, aber ermutigenden Lächeln hilfsbereit zu.

Verdammt. Ihr Herzschlag beschleunigte sich, als sie sich zur Tür wandte. Sie drehte den Schüssel und öffnete sie langsam, aber nur einen Spalt, der gerade breit genug war, um hinauszuspähen und nachzusehen, ob dort jemand herumlungerte.

Zufrieden, dass niemand zu sehen war, schlüpfte sie durch die enge Öffnung und ohne einen Blick zurück schlug sie die Tür hinter sich zu. Sie atmete tief durch und strich sich das Kleid an der Taille glatt, als sie den Weg zurück in den Ballsaal eilte. Kurz bevor sie dort ankam, drehte sie sich um und sah zur Bibliothek zurück, denn ihr war eingefallen, dass sie das Buch auf dem Sofa hatte liegen lassen. Sie traute sich nicht, umzukehren, um es zurück ins Regal zu stellen. Nun, es gab keine Abhilfe. Lord Evenrude würde wissen, dass jemand sein Buch über die Gesteinsformationen Cornwalls gelesen hatte.

Als sie sich wieder umdrehte, stieß sie frontal mit einer anderen Person – einer ihr unbekannten jungen Frau – zusammen.

Lavinia rettete sie beide vor einem Sturz. »Ach du meine Güte, ich bitte um Verzeihung!«

»Das ist schon in Ordnung. Ich fürchte, ich habe mich hinter Ihnen angeschlichen. Ich habe Sie für jemanden anderes gehalten.« Die junge Frau war vielleicht ein paar Jahre jünger als Lavinia mit auffallend schimmerndem, rot-goldenem Haar und durchdringenden blaugrünen Augen. »Mein Name ist Frances Snowden.«

»Sehr erfreut. Ich bin Lady Lavinia Gillingham.«

»Wie angenehm, Sie kennenzulernen. Dies ist erst mein zweiter Ball, daher kenne ich nicht sehr viele Leute.«

»Tatsächlich?« Lavinia hakte sich bei der anderen Frau unter. "Nun, dann kommen Sie mit mir, Miss Snowden, und ich stelle Ihnen meine Freundin Miss Colton vor. Gerade vorhin haben wir gesagt, dass wir eine Dritte brauchen.«

»Eine Dritte?«

Sie traten in den Ballsaal und Lavinia blinzelte, als sie beide auf Sarah zusteuerten, die einsam in der Ecke stand. Lavinia wand sich innerlich. Als sie sich zur Bibliothek aufgemacht hatte, war Sarah in Gesellschaft ihrer Mutter gewesen.

»Früher waren wir ein Trio«, erklärte Lavinia. »Bis unsere Freundin Diana im Dezember einen Herzog heiratete. Wir haben eine dritte Person in unserer Gruppe vermisst.« Sie waren bei Sarah angekommen und Lavinia löste ihren Arm von Miss Snowden. »Mit einer Dritten ist die Wahrscheinlichkeit geringer, dass eine von uns allein bleibt.« Sie warf Sarah einen entschuldigenden Blick zu. »Ich wäre nicht gegangen, wenn ich gewusst hätte, dass deine Mutter dich im Stich lassen würde.«

»Nun, du warst lange Zeit fort«, entgegnete Sarah mit einem Anflug von Neugierde in ihrem Blick.

»Gestatte mir, dir Miss Frances Snowden vorzustellen«, entgegnete Lavinia und zeigte auf ihren Neuzugang. »Es ist ihre erste Saison, also ist es nur natürlich, dass sie uns braucht.«

Sarahs blaue Augen funkelten, als sie lächelte. »Ausgezeichnet! Kennen wir ihren Befürworter?«

Lavinia sah zu Miss Snowden, die antwortete. »Das ist wohl meine Schwester, Ihre Gnaden, die Herzogin von Clare.«

Lavinia tauschte einen Blick mit Sarah aus, ehe sie in Miss Snowdens Richtung die Schultern zuckte »Vielleicht bevorzugen Sie andere Freundinnen. Wir, ähm, wir neigen dazu, im Hintergrund zu bleiben.«

»Vorsätzlich?«, erkundigte sich Miss Snowden.

»In gewisser Weise«, entgegnete Lavinia. »Dies ist unsere vierte Saison und wir sind nicht – nun, wir sind nicht mit einem Unberührbaren verwandt, wenn Sie verstehen, was ich meine.«

Miss Snowden nickte wissend. »Mein Schwager. Er ist der Herzog der Begierde.« Sie beugte sich näher zu ihnen hin und senkte die Stimme. »Wussten Sie, dass meine Schwester und ihre Freundinnen mit diesen Namen angefangen hatten? Sie bereuen es ein bisschen, da die Sache anscheinend aus dem Ruder gelaufen ist. Jetzt gibt es einen Herzog für jede Kleinigkeit. So scheint es jedenfalls. Nehmen Sie diesen betörenden

Herzog. Ich nehme nicht an, dass eine von Ihnen weiß, wer er ist?«

Sarah schüttelte den Kopf. »Das tun wir nicht. Was wissen Sie über ihn, Miss Snowden?«

»Zuerst einmal müssen Sie mich Fanny nennen, und es tut mir leid, aber ich könnte mir unmöglich andere Freundinnen suchen. Ich habe bereits beschlossen, Sie beide zu mögen, also werden Sie mich nicht wieder loswerden. Was den betörenden Herzog angeht, weiß ich wahrscheinlich ebenso viel, wie Sie beide. Er schreibt diese zauberhaften Gedichte im *Morning Chronicle*, und bislang haben zwei der vier Frauen, über die er seine Verse verfasst hat, ihr Jungferndasein hinter sich gelassen und sind entweder verheiratet oder verlobt.«

»Ich denke, die Zahl muss drei lauten«, erklärte Sarah. »Meine Mutter hat mich heute Abend ins Bild gesetzt, dass auch Miss Lennox kurz vor einer Verlobung steht.«

»Nun, dann sind es also drei von vier Frauen«, schlussfolgerte Fanny mit einem Grinsen. »Die Glücklichen.«

»Vorausgesetzt, sie sind glücklich.« Lavinia schauderte. »Es gibt nichts Schlimmeres, als heiraten zu müssen, wenn man nicht will.«

»Es scheint, dass Sie beide einem solchen Schicksal ausgewichen sind«, stellte Fanny fest. »War es schwierig?«

Lavinia bedachte sie mit einen grimmigen Blick. »Es wird zunehmend schwieriger. Ich fürchte, wir beide werden in dieser Saison Ehemänner finden müssen, denn sonst werden wir in Verbindungen hineingenötigt, die wir uns vielleicht nicht ausgesucht haben.«

»Sicherlich würden Ihre Eltern Sie nicht zwingen, jemanden zu heiraten, den Sie nicht wollten. Fanny hob eine Hand. »Vergessen Sie meine Bemerkung. Ich weiß nichts über die Funktionsweise des Heiratsmarktes. Ich bin einzig durch die Gnade meiner Schwester hier und für mich besteht kein Druck, zu heiraten, abgesehen davon, was ich mir erwarte.«

Sarah schaute sie aufmerksam an. »Und das wäre?«

»Sich genauso wie meine Schwester zu verlieben. Und einen Mann zu finden, der mich so ansieht, wie West – Seine Gnaden – sie ansieht.« Ihre Stimme hatte einen wehmütigen Klang bekommen, den Lavinia nur zu gut kannte.

»Ich glaube, das wollen wir alle«, antwortete Lavinia mit einem halben Lächeln. Aus irgendeinem unerklärlichen Grund dachte sie an Lord Northam. Er war ein so schrecklicher Wüstling. Gefiel ihm das? Oder war er zufrieden mit der Unterhaltung vorübergehender Liebesaffären, die wahrscheinlich nichts mit Verliebtsein zu tun hatten?

Sarah drehte sich Fanny zu. »Wenn Sie hoffen, sich zu verlieben, müssen Sie sich vielleicht andere Freundinnen suchen. Wir werden nicht oft zum Tanzen oder Promenieren aufgefordert. Wie Lavinia sagte: Wir sind Mauerblümchen.«

»Nun, zu diesem Thema werde ich nur zwei Dinge anführen«, erklärte Fanny nachdrücklich. »Erstens sagte ich bereits, keine anderen Freundinnen zu wollen, und das meinte ich auch so. Wenn Sie mich wegschicken, wäre das sehr grausam von Ihnen.« Sie ließ ein Lächeln aufblitzen, um deutlich zu machen, dass sie nicht ernstlich glaubte, die beiden würden dies tatsächlich wahr machen, und selbstverständlich würden sie das auch niemals. »Zweitens ist es vielleicht am besten, wenn ich mich mit Leuten verbünde, die nicht tanzen, da ich eine *furchtbare* Tänzerin bin.«

Darauf brachen sie alle in Gelächter aus, bis Lavinia ein wogender, dunkelrosa Rock in ihrer Nähe ins Auge fiel. Sie hob den Blick und sah blinzelnd zu Lady Fairwell, die mit einer anderen Frau vorbeischlenderte, während die beiden die Köpfe im Gespräch vertieft zusammengesteckt hatten.

Als Lavinia ihnen nachsah, wurde ihr bewusst, dass sie Sarah – und nun auch Fanny – nichts von ihrer Begegnung mit Northam erzählt hatte. Sie hatten einfach über andere Dinge gesprochen, sagte sie zu sich selbst. Sie könnte die Sache jetzt zur Sprache bringen.

Seine Worte kamen ihr wieder in den Sinn und auch ihre Antwort, dass sie Tratsch nicht mochte. Den Austausch von Informationen mit ihren Vertrauten hatte sie allerdings nie als Klatsch betrachtet, jedoch hatte Northam den Wunsch geäußert, dass sie nichts sagen sollte. Und sie war eine Frau der Ehre. Oder zumindest bemühte sie sich, das zu sein.

Abgesehen davon gab es wirklich nichts zu erzählen. Sie hatte beobachtet, wie er sich aus Lady Fairwells Umarmung befreit hatte. Dann hatte Lavinia sich mit ihm einen verbalen Schlagabtausch geliefert. Genauer gesagt, hatte sie ihm verbale Spitzen zugeworfen und er hatte geflirtet. Und er hatte sie in seinen Armen aufgefangen. Er hatte auch ihren Hals geküsst. Die Röte stahl sich über ihre Haut, als sie an das Gefühl seiner Lippen auf ihrem Fleisch zurückdachte. Sie war von dem verführerischen Marquess of Northam geküsst worden. Und sie hatte nicht die Absicht, auch nur einer Menschenseele etwas davon zu erzählen.

»Welche Art von Mann würde Gedichte über junge Frauen verfassen?«, wollte Sarah wissen, als Lavinia wieder am Gespräch teilnehmen wollte, nachdem sie sich in ihren Gedanken verloren hatte. Leider erwies sich dies als eine ziemlich häufig auftretende Gefahr, die sie inzwischen gut zu kompensieren gelernt hatte.

»Es hätte ein Skandal sein sollen«, erklärte Lavinia, als

ob sie in Gedanken nicht gerade abgeschweift und in ihrem Tagtraum genügend vor sich hin gesponnen hätte, um mit dem dabei entstandenen Garn ein ganzes Regiment zu versorgen.

Sarah nickte zustimmend und dabei streifte ihr eine dunkle Locke über die Schläfe. »Und doch war dem nicht so.«

»Es lag wohl daran, dass seine Worte so schön waren, wage ich einmal zu behaupten.«

»Und obwohl sie eindeutig spezifisch über seine Zielperson sind, scheint er kein Vertrauter zu sein«, stellte Sarah fest. »Alle Frauen, über die er geschrieben hat, haben versichert, auch nicht zu wissen, wer er ist. Und offensichtlich wollte er sie nicht für sich selbst, denn sonst hätte er sich zu erkennen gegeben.«

Es schien, als wolle er die ins Licht setzen, die ins Abseits geraten waren, oder jedenfalls beinahe. Lavinia hatte Miss Berwick, das erste Objekt seiner Prosa, kennengelernt. Und obwohl sie nicht eng befreundet waren, wusste Lavinia, dass sie sechsundzwanzig Jahre alt war und ihre Eltern beschlossen hatten, sie nicht auf den Heiratsmarkt dieser Saison zu drängen. Miss Berwick war keine große Schönheit, sondern belesen und ruhig. Sie schien dazu bestimmt, Gouvernante zu werden. Bis der betörende Herzog sie im vergangenen Herbst zur beliebtesten Frau Londons gemacht hatte. Während Lavinia und Sarah zu Gast auf einer Hausparty waren, war Miss Berwick in das Reich der Unberührbaren aufgestiegen. Im Januar hatte sie einen verwitweten Earl geheiratet und war seinen beiden kleinen Kindern sofort eine Mutter geworden. Wie aus dem Dankesbrief hervorging, den sie an den betörenden Herzog gerichtet und im *Morning Chronicle* veröffentlicht hatte, war sie überglücklich.

Und nun war Lavinia in Gedanken wieder abgeschweift und hatte genügend spintisiert, um ein zweites Regiment einzukleiden. Sie zwang ihre Aufmerksamkeit auf das Gespräch zurück.

»Nun, er muss eine gute Seele sein, wenn schon nichts anderes«, bemerkte Fanny. »Was denken Sie, Lavinia, was er ist?«

»Meinen Sie wer er ist?«

Sarah stieß ein kurzes Lachen aus. »Ich fürchte, sie ist in Gedanken abgeschweift, Fanny. Das macht sie manchmal.« Sie wandte sich Lavinia zu. »Wir haben überlegt, was für ein Mann er sein muss. Ist er verheiratet? Wir sind zu dem Schluss gekommen, dass dies zweifelhaft ist, und dennoch scheint er Erfahrung in der Liebe zu haben. Wir tippen auf einen Witwer. Und womöglich ein älterer. Ich würde ihn auf mindestens vierzig Jahre schätzen. Er scheint über eine Weisheit zu verfügen, die jüngere Männer einfach nicht haben.«

»Deine Schlussfolgerung ist einwandfrei«, antwortete Lavinia. »Falls er ein Witwer ist, der schon einmal geliebt hat, sollte man meinen, dass er versucht, die Liebe wiederzufinden. Warum macht er einer der jungen Frauen, die er ausgesucht hat, dann nicht den Hof?«

Fanny tippte sich mit einem Finger an ihr Kinn. »Das ist eine ausgezeichnete Frage. Er glaubt vielleicht, die Liebe kein zweites Mal finden zu können.«

»Oder vielleicht ist er in seine verstorbene Frau immer noch so verliebt, dass er eine andere einfach nicht lieben kann.« Mit glasigem Blick sah Sarah zwischen den beiden hin und her.

»Der übertrieben romantische Ton seiner Gedichte unterstützt diese Annahme sicherlich«, entgegnete Lavinia.

Fanny formte die Lippen zu einem Lächeln. »Vielleicht wird er über eine von Ihnen beiden ein Gedicht schreiben.«

Sarah lachte, aber Lavinia zuckte innerlich zusammen.

»Ich denke, dass dieses Ausmaß an Beobachtung wahrlich beunruhigend anmuten könnte.« Wenn sie schon den Fokus der Gesellschaft auf sich ziehen sollte, wäre es ihr weitaus lieber, wenn es dabei um etwas Lohnenswertes ging, wie zum Beispiel eine geologische Entdeckung, und nicht, wen sie heiraten würde oder nicht. »Das wird sowieso auf keinen Fall passieren. Nein, ich glaube, wir sind auf uns allein gestellt, Sarah.«

»Wahrscheinlich«, pflichtete sie seufzend bei. »Zum Saisonende werden wir verheiratet sein – oder auf bestem Wege zum Altar – oder wir werden offiziell als Jungfern deklariert.«

Im Augenblick war Lavinia sich keineswegs sicher, was sie bevorzugte.

~

*W*illiam Beckett, der Marquess of Northam, starrte die geschlossene Tür einen Augenblick an, ehe er sich umwandte, um die Bibliothek in Augenschein zu nehmen, in der Hoffnung, dass Lord Evenrude irgendwo eine Flasche Whisky aufbewahrte. Als er keine entdeckte, fiel Becks Blick auf das Buch, das die geheimnisvolle Frau auf dem Sofa liegengelassen hatte.

Er umrundete das Möbelstück, hob es auf und las den Titel auf dem Buchrücken. *Die geologische Geschichte von Cornwall.* Was für eine junge Frau las so etwas bloß?

Er blätterte den Band einen Moment lang durch und schüttelte den Kopf, bevor er nachsah, wo es im Regal gestanden haben könnte. Als er einen freien Platz entdeckte, schob er es zwischen zwei andere Bücher.

Geologie. Sie hatte sich in die Bibliothek eines Viscount geschlichen, um über Geologie zu lesen. Plötzlich war ihm seine Verabredung peinlich, was sich seltsam anfühlte, da er das noch nie erlebt hatte. Doch andererseits hatte er auch noch nie mit einer hochmütigen jungen Frau zu tun gehabt, die beabsichtigt hatte, eine Bibliothek für ihren vorgesehenen Zweck zu nutzen, während er sie hatte besudeln wollen. Ja, Verlegenheit war für diesen Moment angemessen.

Eine hochmütige junge Frau mit wunderschönen, schokoladenbraunen Augen und zimtfarbenem Haar. Großer Gott, hatte er etwa Appetit? Oder war sie nur zum Anbeißen hübsch? Nein, nicht hübsch. Das war nicht die richtige Beschreibung. Sie war attraktiv, jedoch war ihr Kinn vielleicht ein wenig zu kräftig und die Wangen etwas zu streng. Sie war faszinierend und sie hatte eine nicht identifizierbare Eigenschaft inne, die einen lockte, mehr über sie erfahren zu wollen, in der Hoffnung, diese benennen zu können.

Und im Augenblick wusste er nicht einmal *ihren* Namen. Er drehte sich um und verließ die Bibliothek, worauf er sich auf die Suche nach seinem Freund Felix, dem Earl of Ware, begab. Als er ihn im Spielzimmer entdeckte, wartete er, bis Felix sich aus dem Kartenspiel zurückzog und zu ihm in der Nähe der Tür trat.

»Bereit zu gehen?«, fragte Felix.

»Nicht ganz. Lass uns für ein Weilchen in den Ballsaal gehen.« Er wartete Felix´ Antwort nicht ab, ehe er sich umdrehte und ihm voran auf die Tür zuging, die zum Ballsaal führte.

Felix stöhnte. »Warum? Wenn du tanzen willst, werde ich ohne dich gehen.« Sie hatten vorgehabt, zusammen in den Brooks´s Club zu gehen, sobald Beck seine Verabredung hinter sich gebracht hatte.

»Ich werde nicht tanzen. Ich versuche bloß, eine Frau zu finden.«

»Hast du dich nicht gerade mit einer Frau getroffen?«, schnaubte Felix. »Du bist unersättlich.«

Beck verdrehte die Augen. »Unser Vorhaben wurde gestört.«

»Ich verstehe. Wie enttäuschend. Brauchst du mich, um für Ablenkung zu sorgen, damit du es noch einmal versuchen kannst?« Felix war beim Inszenieren von Zwischenfällen außerordentlich geschickt, was er gewöhnlich zum Zwecke der allgemeinen Erheiterung tat, aber gelegentlich auch, um Beck oder einem anderen Bekannten eine Gelegenheit zu verschaffen, ein anderes Vorhaben zu vollenden. In Oxford war Felix für seine Fähigkeiten verhältnismäßig berüchtigt gewesen. Inzwischen hatte er allerdings eine Neigung entwickelt, sein Talent zum Organisieren einzusetzen. Niemand konnte ein Spiel oder eine Aktivität besser planen als Felix.

Aufgrund dieser Eigenschaft besaß Felix die Tendenz, Menschen zu kennen, die Beck nicht kannte, obwohl es sich eventuell sogar für ihn als unmöglich herausstellen konnte, eine junge Dame auf dem Heiratsmarkt zu identifizieren. Wie Beck hielt auch Felix sich von solchen Damen sorgfältig fern, die Ausschau nach einem Ehemann hielten.

»Ich benötige keine Ablenkung«, gab Beck zurück. »Ich brauche dich, damit du jemanden für mich identifizierst.«

Beim Betreten des Ballsaals verspürte Beck sofort einen Anflug von Verdruss. Ihn widerte die ganze Vorstellung an, dass die jungen Frauen sich wie Gemüse auf dem Markt zur Schau stellten. Die Gesellschaft legte viel zu viel Wert auf das Aussehen einer Frau und ihre Stellung in ihrer starren Hierarchie.

»Warum wandeln wir durch den Ballsaal?«, fragte Felix.

»Ich habe vorhin eine junge Frau getroffen und ihren

Namen nicht erfahren. Ich hoffe, dass du sie vielleicht kennst.«

Felix blieb stehen und starrte ihn an. »Eine junge Frau? Der Heiratsmarkt widert dich an. Was zum Teufel ist in dich gefahren?«

Beck setzte einen finsteren Blick auf, als er Felix am Ärmel zupfte. »Nicht stehenbleiben. Die Leute werden auf uns zukommen und sich mit uns unterhalten wollen.«

»Und das würden wir nicht wollen«, murmelte Felix. »Wo ist diese erstaunliche junge Frau?«

Seine Sichtung des Ballsaals fortsetzend, durchkämmte Beck die hintersten Winkel. Endlich entdeckte er sie, wie sie dicht gedrängt mit zwei anderen jungen Frauen zusammenstand. »Auf zehn Uhr, in der Ecke. Zimtfarrotbraunes Haar. Blaues Kleid. Höher gewachsen als die anderen beiden, mit denen sie zusammen ist.«

»Ich erkenne sie nicht sofort, aber andererseits kann ich sie nicht gut sehen«, erklärte Felix. »Ich würde ja vorschlagen, etwas näher heranzugehen, aber ich ahne schon, dass du Nein sagen wirst.«

»Vielleicht ein kleines Stück.« Beck dirigierte ihn näher an die Wand.

Felix sah ihn scharf an. »Jetzt betreten wir Neuland. Warum ist diese Frau so bedeutsam? Und warum hast du ihren Namen nicht erfahren, als du sie getroffen hast?«

»Vergiss all das. Ich bin einfach nur neugierig.«

»Jetzt kann ich sie erkennen. Das ist Lady Lavinia Gillingham. Sie ist eine enge Freundin von Sarah. Und die Frau rechts neben ihr ist Sarah.«

Beck drehte Felix den Kopf zu und blieb stehen. »Colton?«

Felix nickte. »Anthonys Schwester, ja.«

Anthony Colton war einer von Felix' engsten Freunden. Sie waren zusammen aufgewachsen.

»Soll ich ein formelles Vorstellen arrangieren?«, schlug Felix vor.

»Das wird nicht nötig sein. Ich war bloß neugierig.« Lady Lavinia ... *Gillingham*. Ihr Vater war ein Earl. Und Beck war allein mit ihr in einem Zimmer gewesen. Verflucht, er hatte ihren verdammten Hals geküsst. Plötzlich war ihm zu heiß und er wollte nur noch schleunigst den Rückzug aus dem Ballsaal antreten.

»Ich glaube, sie ist Sarahs Blaustrumpf-Freundin. Anthony behauptet, sie sei schrecklich klug und hätte ihn wahrscheinlich in der Schule übertrumpft.«

Das würde eventuell ihr Interesse für Geologie erklären. Welche junge Dame verschwand schon von einen Ball, um ein Buch zu lesen? Der interessante Typ.

»Sarah ist ein Mauerblümchen, nicht wahr?«, fragte Beck, als sie den Ballsaal verließen.

»Ja, obwohl ich den Grund nicht verstehe, warum sie und ihre Freundinnen nicht verheiratet sind«, antwortete Felix. »Sie sind attraktiv und stammen aus guten Familien.«

»Das reicht nicht immer.« Beck unterdrückte die Finsternis, die seinen Tonfall zu überschatten drohte, doch seine Antwort kam ihm dennoch schroff über die Lippen. Er konnte es nicht verhindern. Nur zu gut wusste er, was junge Frauen durchmachten und wie sich der Umstand, ob sie akzeptiert wurden oder Erfolg hatten, auf sie auswirken konnte. Für einen Moment raubte ihm die vertraute Anspannung in seiner Brust den Atem.

»Dann also in den Club?«, fragte Felix.

»Nein, für heute Abend habe ich genug, denke ich.« Becks Stimmung hatte sich verfinstert, und seine Muse tanzte eine wohlbekannte Melodie in seinem Kopf.

Eine Stunde später lehnte er sich in seinem Stuhl an seinem Schreibtisch zurück und rieb sich mit einer Hand über das Gesicht. Sein Krawatte hing ihm lose um den Hals und sein Frack lag auf dem Boden. Er knöpfte seine Weste auf, während er auf die Worte starrte, die er geschrieben hatte. Es war keines der für ihn typischen Werke, aber andererseits war sie auch nicht sein typisches Objekt des Interesses. Lady Lavinia schien nicht mit dem Dasein als Mauerblümchen zu flirten, aber was wusste er in Wahrheit schon?

Nicht viel und gewöhnlich versuchte er, so viele Informationen wie möglich zu sammeln, ehe er in Aktion trat. Lady Lavinia war allerdings anders.

Aus irgendeinem Grund hatte er wegen seines Zusammentreffens mit ihr vorhin ein schlechtes Gewissen. Er hatte sie geküsst und mit ihr geflirtet und sie generell in eine unangenehme Lage gebracht. Keine der anderen Frauen, über die er geschrieben hatte, war von ihm bedrängt worden. Lady Lavinia hatte die ganze Angelegenheit mit Souveränität gemeistert und damit ihre Fähigkeit bewiesen, auf sich selbst aufzupassen. Warum, um alles in der Welt, wollte er ihr dann helfen?

Weil sie Beachtung verdiente. Sie war intelligent und schön und sie war ein *Mauerblümchen*. Sie sollte sich die Gentlemen aussuchen können. Und Beck würde dafür sorgen, dass sie genau das tun würde.

KAPITEL 2

Liebreizend süß ist sie, und rein,
Voller Anmut, eine Zierde für ihr Geschlecht.
Aus Knochen, Blut und Stolz ein Monument,
Ihr Herz, der Nabel am Firmament.

-Aus Eine Ode an Miss Rose Stewart
Von Der betörende Herzog

Lavinia knabberte an ihrem Brötchen, während sie das *Botanical Magazin* durchblätterte. Das Beisammensein zur Frühstückszeit mit ihren Eltern verging stets mit der Lektüre von Zeitungen und Zeitschriften, wobei sie sich im Allgemeinen gegenseitig ignorierten. Ihr Vater saß zu ihrer Rechten und ihre Mutter kam, der Norm gemäß, zu spät zu Tisch.

Die Komtess rauschte in das Wohnzimmer mit Blick auf den Innenhof und den kleinen Garten, in dem sie das Frühstück einnahmen. Mit einem gemurmelten »Guten

Morgen« ließ sie sich an dem kleinen runden Tisch auf ihrem Platz nieder, was eine, an Knappheit und Lautstärke ähnliche Antwort nach sich zog.

Wenige Minuten später, als Lavinia ihr Brötchen verzehrt hatte und tief in ihre Lektüre über Veilchen versunken war, durchbrach ein Aufschrei ihrer Mutter die Stille. Lavinia riss den Kopf hoch.

»Was zum Teufel ist los mit dir?«, fragte ihr Vater alarmiert.

»Er hat ein Gedicht für Lavinia geschrieben.« Die Mutter schob die Zeitung zu ihrem Mann, während sie Lavinia mit einem aufgeregten Grinsen ansah. »*Eine Ode an Lady Lavinia Gillingham.*«

»Wer?«, fragte Vater mit schroffer Stimme, als er nach der Zeitung griff und den Text beäugte.

»Der betörende Herzog.« Die Stimme ihrer Mutter war von Stolz und Begeisterung erfüllt.

Lavinia wollte plötzlich das Brötchen hervorwürgen, das sie gerade verspeist hatte. Ihr stand der Sinn weder nach seinem dummen Gedicht noch der Aufmerksamkeit, die es erregen würde.

Über die Zeitung hinweg sah Vater sie an und sein Blick wurde misstrauisch. »Was ist das für ein Unsinn? Hat jemand dir den Hof gemacht, ohne mit mir zu sprechen? Was für ein Rüpel beträgt sich so?«

Ihre Mutter seufzte verzweifelt auf. »Es verhält sich nicht so. Der betörende Herzog schreibt Gedichte über junge Frauen, die auf dem Heiratsmarkt einen kleinen Anstoß brauchen. Er hat bereits über vier junge Frauen geschrieben, und zwei sind entweder verheiratet oder verlobt.«

Vater schnaubte ungehalten. »Deshalb ist mir lange noch nicht recht, dass er über meine Tochter schreibt.«

»Nicht einmal, wenn es dazu führt, dass sie bis zum

Ende der Saison verheiratet sein wird? Genau wie die anderen jungen Damen wird sie auf der Stelle begehrt sein.«

Vater legte die Zeitung hin und sein Gesichtsausdruck durchlief einen Wandel von gereizt zu interessiert. »Zum Ende der Saison behauptest du?«

Lavinia kämpfte den Drang nieder, aufzuspringen und aus dem Zimmer – oder gleich ganz aus dem Haus – zu stürmen. »Oder auch nicht. Es könnte auch ohne Auswirkungen bleiben.« Sie konnte nur hoffen.

»Unsinn«, widersprach ihre Mutter mit einem Kopfschütteln. »Du bist hübsch genug, dein Vater ist ein Earl, und du hast eine Mitgift. Du musst nur öfter den Mund halten und aufhören, dich über Gestein auszulassen. Ich bin zuversichtlich, dass du das schaffen kannst.« Das flehende Leuchten in ihren braunen Augen war Beweis genug, dass sie nicht so zuversichtlich war, wie sie sagte.

»Das sollte sie besser«, erklärte Vater. »Es ist höchste Zeit, dass du heiratest. Wir haben dir gestattet, nach einem Gentleman Ausschau zu halten, der dir zusagt, aber möglicherweise sind deine Erwartungen einfach zu hoch.« Er legte die Zeitung neben Mutter.

Ach ja, gemeinsame Interessen, gegenseitiger Respekt, Liebe ... Es wäre absurd, darauf zu hoffen.

»Ganz bestimmt«, pflichtete Mutter bei. »Aber jetzt wird sie eine größere Auswahl an Gentlemen zur Wahl haben. Vielleicht wird einer darunter hervorstechen und den Anforderungen genügen.«

Genügen. »Interessiert es einen von euch beiden, dass ich lieber nicht das neueste Klatschobjekt bin?«

Mutter blinzelte. »Natürlich interessiert mich das. Aber ich verstehe das nicht. Warum willst du denn nicht die bekannteste junge Dame in London sein, wenn auch nur für kurze Zeit?«

Es war nicht die Bekanntheit, sondern der Grund dafür. Wenn sie für irgendeine wissenschaftliche Entdeckung bekannt sein könnte, würde sie die Beachtung liebend gerne akzeptieren. Doch sie empfand es nicht als wünschenswert, Gegenstand der Neugier und Aufdringlichkeit anderer zu sein und sie wie eine Bürde zu tragen. Und dafür musste sie den verdammten betörenden Herzog verantwortlich machen. Sie fragte sich, was die anderen Objekte seines Interesses über ihre Berühmtheit durch ihn dachten. Augenscheinlich machte es ihnen nichts aus, da zwei von ihnen – und eventuell sogar drei – nun verlobt waren. Wer war die vierte? Vielleicht würde Lavinia sie aufsuchen ...

Die Komtess nahm die Zeitung und reichte sie Lavinia. »Willst du dein Gedicht nicht lesen?«

»Ich bin nicht besonders interessiert.« Wenn es wie die anderen wäre, bestünde es aus einem Mosaik schöner Worte und bezaubernder Redewendungen. Es wäre wunderschön und schmeichelhaft ohne jeden Anflug von Vertrautheit. Sie dachte an die Gentlemen, mit denen sie bekannt war und versuchte sich vorzustellen, welcher von ihnen wohl dieser anmaßende Herzog sein könnte. So anmaßend, dass er sich sogar seinen eigenen herzoglichen Spitznamen verliehen hatte.

Ihre Freundinnen und sie waren töricht gewesen, ihn als gutherzig zu erachten. Der Mann war eine Bedrohung und Lavinia wollte ihn entlarven, um dieser Verrücktheit ein Ende zu machen.

Mutter schmollte. »Es ist ein sehr schönes Gedicht. Sein bisher bestes, glaube ich. Er preist sogar deinen Intellekt. Offensichtlich kennt er dich.«

Lavinia bemühte sich, der Versuchung zu widerstehen, das Gedicht zu lesen, doch wenn dieser Mann etwas über ihre Intelligenz gedichtet hatte, war sie neugierig. Ohne die

Zeitung in die Hand zu nehmen, verrenkte sie ihren Hals, um die Worte zu entziffern. Es war nicht besonders lang, doch wenn sie sich richtig erinnerte, war das keines seiner Gedichte. Drei oder vier Verszeilen. Ihres hatte vier.

»Vielleicht gibt es bald ein zweites Gedicht.« Der hoffnungsvolle Ton in der Stimme ihrer Mutter veranlasste Lavinia, von der Zeitung aufzublicken.

»Das will ich nicht hoffen.« Lavinia war sich allerdings relativ sicher, dass er mehr als ein Gedicht über jedes Objekt seines Interesses verfasst hatte. Mit Ausnahme vielleicht seines letzten – Miss Jane Pemberton.

Vater bedachte sie mit einem vielsagenden Blick und seine dunkelbraunen Augen bohrten sich in ihre. »Dies könnte sich als Segen für dich erweisen und als solchen wirst du ihn auch behandeln. Ich bin es leid, deine Saisons zu finanzieren«, brummte er.

»Ja, betrachte es als einen Segen«, meinte ihre Mutter schmeichelnd. »Wir werden heute etwas früher in den Park aufbrechen und abwarten, was sich ereignet.« Sie erhob sich vom Tisch. »Wir müssen dein schönstes Ausgehkleid heraussuchen! Komm, bereiten wir uns vor.« Sie drehte sich um und rauschte aus dem Frühstückszimmer.

Lavinia konnte buchstäblich spüren, wie ihr das bisschen Freiheit entglitt, das sie besaß.

»Dann steh auf«, sagte ihr Vater mit lauter Stimme, aber nicht schreiend.

Lavinia schluckte ihre Frustration hinunter und erhob sich, um ihrer Mutter aus dem Zimmer zu folgen. Bei jedem Schritt verfluchte sie den betörenden Herzog.

Zum Glück herrschten angenehme Temperaturen am Nachmittag, als sie um fast viertel nach vier in den Park gingen. Sie waren ein klein wenig zu früh,

aber immer noch im Rahmen der allgemeinen Gepflogen-
heiten. Das zumindest sagte Lavinias Mutter. Sie hatte
auch gesagt, dass Lavinia nicht von Gestein, Erdreich oder
irgendetwas anderem im Zusammenhang mit Wissenschaft
zu sprechen habe.

Lavinia, die dem betörenden Herzog noch immer eine
ganze Serie von Unglücksfällen wünschte, hatte es am
frühen Nachmittag fertiggebracht, Sarah und Fanny
jeweils eine Nachricht zu schicken und sie zu bitten, sie im
Park zu treffen.

Sie warteten direkt am Grosvenor Tor, und Lavinia
brannte darauf, zu ihnen zu gehen. Sie nahm an, von ihrer
Mutter gerügt zu werden, wenn sie sich sofort zu ihren
Freundinnen gesellte, jedoch war die Komtess mit ihrer
eigenen Damengruppe ziemlich beschäftigt, die sie, nach
ihren Blicken in Lavinias Richtung zu urteilen, mit Fragen
über den betörenden Herzog bombardierten.

Es hatte also bereits begonnen.

»Lasst uns ein Stück gehen«, schlug Lavinia vor, die
ihrer direkten Umgebung so schnell wie möglich
entkommen wollte. Es war ihr gestattet, mit ihren Freundinnen auf dem Fußweg zum Serpentine-Teich und zurück
zu gehen.

Sarah setzte sich links von Lavinia und Fanny rechts
von ihr in Bewegung.

»Also hat sich meine Prognose bewahrheitet«,
bemerkte Fanny, allerdings ohne Stolz oder Begeisterung.
»Er hat über eine von euch gedichtet.« Sie richtete einen
besorgten Blick auf Lavinia, die Stirn in gleichmäßige,
waagerechte Falten gelegt. »Offensichtlich bist du nicht
erfreut.«

Lavinia biss die Zähne zusammen. »Ich will nicht
interessant sein, nur weil ein anonymer Mann sagt, dass
ich es bin.«

»Aber seine Motive scheinen nicht unlauter zu sein«, wand Fanny ein, wenngleich ihre Stimme einen fragenden Unterton besaß.

»Wie können wir das wirklich wissen?«, fragte Lavinia, als eine kühle Brise die Bänder ihrer Haube unter ihrem Kinn flattern ließ. »Wenn er sich zu erkennen gäbe, könnten wir vielleicht seine wahren Gründe nachvollziehen. Diese Anonymität verleiht ihm eine gewisse unheimliche Aura, findet ihr nicht auch?«

»Unheimlich?«, lachte Sarah. »Lavinia ist theatralisch, Fanny. Das ist sie manchmal. Sie kann auch recht unerschrocken sein, und wenn sie die Identität des betörenden Herzogs kennen würde, garantiere ich dir: Sie würde ihn spornstreichs aufgrund seines Verhaltens zur Rede stellen.«

»Das würde ich in der Tat. Deshalb möchte ich gern herausfinden, wer er ist.«

»Natürlich möchtest du das«, entgegnete Sarah. »Das wollen wir alle.«

»Aber über die Neugier hinaus habe ich Grund dazu. Er mischt sich in meine Angelegenheiten, in mein *Leben*.«

»Genau … theatralisch«, murmelte Sarah.

Lavinia blickte ihre liebste Freundin finster an. »Wie würdest du dich fühlen, wenn er ein Gedicht über *dich* schreiben würde? Du könntest immerhin die Nächste sein.«

Sarah legte den Kopf schief. »Ich bin mir keineswegs sicher, wie ich mich deswegen fühlen würde. Wenn es aber bedeutet, dass ich mehr tanzen oder vielleicht dem Mann meiner Träume begegnen könnte, wäre ich für die Unterstützung dankbar. Sie drehte sich Lavinia zu. »Vielleicht lernst du den Mann kennen, in den dich zu verlieben dir bestimmt ist.«

»Oder ich begegne möglicherweise jemandem, mit

dem meine Eltern mich verheiraten werden und der meine Unternehmungen nicht unterstützt.«

»Deine Geologie, meinst du«, sagte Fanny.

Lavinia hatte Fanny gestern über ihre Interessen aufgeklärt, als sie und Sarah bei ihr zu Besuch waren. Sie hatten die Freundschaft vertieft, die am Abend zuvor auf dem Ball der Evenrudes ihren Anfang genommen hatte.

Sarah stieß die Luft aus. »Du solltest nicht pessimistisch sein. Warum wartest du nicht ab, was passiert?«

»Meine Eltern haben mir verboten, über Geologie und alles andere zu sprechen, was ich für interessant halte. Wie soll ich also feststellen, ob ein Gentleman und ich zueinander passen?«

Sarah fuhr zusammen und ließ den Kopf sinken. »Ich verstehe, was du meinst.«

Lavinia hakte sich bei Sarah unter. »Ich weiß, dass du nur versuchst, die Sache unter ein positives Licht zu stellen und dafür liebe ich dich. Ich *sollte* versuchen, dasselbe zu tun. Ich würde mich gerne mit Miss Pemberton unterhalten.«

»Warum denn?«, fragte Fanny.

Lavinia nahm Fannys Arm, sodass sie alle miteinander untergehakt waren, als sie in Richtung Serpentine-Teich schlenderten. »Ich bin neugierig, was dies für ihre Heiratsfähigkeit bewirkt hat, und ob es eher eine Hilfe oder ein Hindernis gewesen ist.«

»Aber wir wissen bereits, dass es zumindest für zwei, wenn nicht sogar drei Objekte seines Interesses hilfreich war«, wandte Fanny ein.

»So scheint es. Aber wissen wir auch, ob sie alle glücklich sind?« Lavinia hatte vor, sich mit einem Urteil zurückzuhalten, bis sie mit einer oder mehreren der Frauen gesprochen hatte.

»Nun, das wäre nicht notwendigerweise das

Verschulden des betörenden Herzogs, oder doch?«, gab Sarah zu bedenken. »Er hat sie lediglich in ein besseres Licht gerückt. Was daraufhin als Nächstes geschah, könnte auf eine ganze Reihe von Einflüssen zurückzuführen sein.«

»Ich beginne allmählich, mich Lavinias Meinung anzuschließen«, erklärte Fanny. »Es ist ein gefährliches Spiel, das der betörende Herzog hier begonnen hat. Selbst wenn seine Absichten wohlmeinender Natur sind, wer kann schon voraussagen, ob eine junge Dame auf diese Weise gefördert werden will?«

Lächelnd antwortete Lavinia mit einem kräftigen Nicken. »Das ist genau mein Standpunkt!«

»Das sieht nach Ärger aus.«

Eine laute männliche Stimme veranlasste Lavinia, mit zusammengekniffenen Augen den Weg entlang auf drei Männer zu spähen, die auf sie zukamen. Aufgrund der blendenden, untergehenden Sonne und ihrer Kurzsichtigkeit war sie nicht imstande, sie sofort zu erkennen.

Sarah, gesegnet sei sie, wusste über Lavinias Kurzsichtigkeit Bescheid und kam ihr zu Hilfe. »Ärger«, höhnte sie. »Du bist der Ärger, Anthony.«

Anthony war ihr Bruder, also kannte Lavinia mindestens einen von ihnen. Die Distanz zwischen ihnen wurde geringer, und sie konnte den Mann zu seiner Linken erkennen – es war der verdammte Marquess of Northam.

»Guten Tag, liebste Schwester«, begrüßte Anthony sie mit einer Verbeugung. »Du kennst Felix natürlich.« Er zeigte nach rechts, auf den Earl of Ware. Auch Lavinia war ihm schon einmal begegnet.

»Natürlich.« Sarah deutete auf Fanny, und Lavinia löste ihren Griff um die beiden Freundinnen. »Erlaube mir, dir unsere neue Freundin, Miss Frances Snowden, die Schwester der Herzogin von Clare, vorzustellen.«

Anthonys dunkle Brauen kletterten auf seiner Stirn in die Höhe. »In verheißungsvoller Gesellschaft, Schwester.«

»Nicht mehr als du.« Sarah drehte das Gesicht Northam zu.

»Hast du Northam noch nicht kennengelernt?«, fragte Anthony. »Ich nehme an, dass er nicht wirklich vorgestellt werden muss. Dies ist der Marquess of Northam.«

Der Marquess verneigte sich mit einer beschwingten Verbeugung vor allen drei Frauen, doch sein Blick war ausschließlich auf Lavinia geheftet. »Ich freue mich sehr, Ihre Bekanntschaft zu machen.«

Ihr Name war noch nicht erwähnt worden, aber sie war sich sicher, dass er ihn bereits wusste. Wie? Hatte er sich nach ihr erkundigt? Hatte Anthony ihm ihren Namen genannt, als sie auf dem Weg näher gekommen waren? Oh verflixt, war das wirklich *wichtig*? Sie hatte ihm neulich Abend ihren Namen nur vorenthalten, um sich ihm zu widersetzen. Weil er ihren Nacken in der Annahme geküsst hatte, dass sie seine Geliebte sei. Ein Schauer lief ihr über die Wirbelsäule. Sie schob die Schuld auf die sinkenden Temperaturen.

»Das ist meine liebe Freundin, Lady Lavinia Gillingham«, stellte Sarah sie vor.

»Lady Lavinia.« Northams Augen funkelten und obwohl Lavinia die Farbe aus der Entfernung nicht erkennen konnte, wusste sie von ihrer Begegnung in Lord Evenrudes Bibliothek, dass sie graugrün waren. Wie das Moos auf einem tief im Wald verborgenen Baum. Ein Baum, der Geheimnisse hütete.

Ein Baum, der Geheimnisse hütete? Grundgütiger Himmel, da war sie nun die Empfängerin eines schmeichelhaften Gedichts, und plötzlich wurde sie immer romantischer.

»Wohin seid ihr Damen unterwegs?«, fragte Anthony.

»Zum Serpentine-Teich«, antwortete Sarah und blickte zum dämmrigen Himmel auf. »Obwohl ich mich frage, ob wir nicht lieber umkehren sollten.« Es waren Wolken heraufgezogen und mit der untergehenden Sonne nahte die Dämmerung schnell heran.

»Dürfen wir Sie begleiten?«, fragte Northam höflich. Dankbarerweise hatte er seine Aufmerksamkeit für diese Frage Sarah zugewandt. Lavinia gönnte sich einen Augenblick Zeit, um sich zu entspannen – und darüber nachzudenken, warum er sie so nervös machte.

Sarah tauschte sowohl mit Lavinia als auch mit Fanny Blicke aus, ehe sie in sein Angebot einwilligte.

Sie machten kehrt und traten den Rückweg an. Irgendwie bildete Lavinia mit dem Marquess das Schlusslicht. Sie weigerte sich, sich von ihm aus dem Konzept bringen zu lassen. Oder an seine Lippen auf ihrer Haut zu denken.

»Darf ich mich noch einmal für neulich Abend entschuldigen?«, fragte er.

»Sie können sich bis in alle Ewigkeit jeden einzelnen Tag entschuldigen, wenn Sie wollen. Sie schulden mir keine Erklärung oder Entschuldigung. Es ist zum Glück nichts passiert.«

»Abgesehen von dem Buch, das Sie auf dem Sofa liegen gelassen haben«, murmelte er.

Sie drehte ihm das Gesicht zu. »Wieso erwähnen Sie das?«

»Ich habe mich für Ihre Auswahl interessiert. *Die geologische Geschichte Cornwalls*?« Er senkte den Kopf. »Ich habe es für Sie ins Regal zurückgestellt.«

»Das war das Mindeste, was Sie tun konnten, nachdem Sie mich unterbrochen hatten.«

Seine Lippen teilten sich zu einem Grinsen. »Genau.«

Lavinia ignorierte das in ihrem Magen einsetzende

Flattern, wenn er so lächelte. »Konnten Sie sich später noch mit Lady – ich meine *Ihrer Geliebten* treffen?« Sie schüttelte den Kopf und hielt ihren Blick stur nach vorn gerichtet. Sie hatte ihn necken wollen, jedoch erkannt, dass diese Frage unpassend war. »Unwichtig.« Warum versuchte sie, ihn zu necken? Um sich abzulenken?

»Das habe ich leider nicht. Ehrlich gesagt habe ich sie seitdem nicht mehr wiedergesehen.«

Die Versuchung, ihn zu verspotten, gewann die Oberhand. »Vorsicht, Sie werden noch Ihren Status als Wüstling einbüßen.«

Er lachte auf und zunächst etwas zu laut, womit er die Aufmerksamkeit der anderen auf sich zog, die ihre Köpfe zu ihnen umdrehten. Schnell erstickte er seine Erheiterung und winkte ab. »Ich habe einen schlechten Witz gemacht. Es lohnt sich nicht, ihn noch einmal zum Besten zu geben.« Als Zugabe ließ er ein Lächeln aufblitzen, das, wie Lavinia vermutete, einfach jeden davon ablenken würde, ihn zu drängen.

Für einen Moment liefen sie schweigend nebeneinander her, während die Unterhaltung vor ihnen dahinfloss. Endlich flüsterte er: »Necken Sie mich etwa, Lady Lavinia?«

Er kam ein bisschen näher. Beim Klang seiner Stimme und seiner Nähe lief ihr erneut ein Schauder über die Haut – dieses Mal über ihre Schultern. Sie war sicher, dass sie die Berührung seiner Lippen auf ihrem Hals fühlen könnte, wenn sie die Augen schließen würde.

Nein, daran würde sie nicht denken.

»Unangemessen.« Sie sprach mit leiser Stimme. »Ich bitte um Entschuldigung.«

»Sie müssen sich niemals bei mir entschuldigen«, erklärte er. »Vergessen Sie nicht, dass ich Sie bis ans Ende meiner Tage um Verzeihung zu bitten habe.«

Jetzt neckte er sie. Oder er flirtete. Ja, er flirtete. Genau das hatte er neulich Abend getan. Sie stahl sich einen Seitenblick auf ihn. »Sind Sie imstande, sich mit einer Frau zu unterhalten, ohne zu flirten?«

»Ja, aber ich habe erfahren, dass mein Status als Wüstling auf dem Spiel steht, und das kann ich nicht dulden.«

Oh, er war gut. Das musste sie ihm zugestehen. Lavinia gestattete sich ein Lächeln, während sie ihren Drang zu kichern im Keim erstickte.

»Ich habe es geschafft«, frohlockte er recht leise, um vermutlich nicht noch einmal die Aufmerksamkeit der anderen auf sie zu lenken. »Ich habe Sie zum Lächeln gebracht.«

»Das ist nicht so schwer«, entgegnete sie mit mehr als nur einem Anflug von Sarkasmus. »Ich werde generell als leutselig betrachtet.« Sie sah ihn argwöhnisch an. »Warum wollen Sie mich zum Lächeln bringen?«

»Ich bin bloß freundschaftlich.«

»Sollten wir Freunde sein?« Sie warf ihm einen ironischen Blick zu. »Haben Sie viele junge, unverheiratete, weibliche Freunde?«

Wieder lachte er, aber dieses Mal leise. »Nein, Sie wären meine erste.«

»Es tut mir leid, aber bislang zähle ich keinen Marquess zu meinem engeren Freundeskreis. Und angesichts Ihres … Rufs fürchte ich, dass eine Freundschaft zwischen uns nicht akzeptabel wäre.«

»Weil die Gesellschaft es missbilligen würde.« Der ausdruckslose Ton seiner Stimme überraschte sie.

»Und Sie missbilligen die Regeln der Gesellschaft?«

»Wenn sie keinen Sinn ergeben, ja. Warum können unverheiratete Männer und Frauen keine Freunde sein?«

Er hatte diese Frage zu laut ausgesprochen und sie war viel zu provokativ, um ignoriert zu werden.

»Weil etwas Unangemessenes passieren wird«, antwortete der Earl of Ware. Er starrte den Marquess an und schüttelte den Kopf. »Bist du verrückt geworden, Beck?«

Alle lachten darüber, mit Ausnahme von Lavinia die, verstohlen auf den Mann an ihrer Seite blickte. Beck. Der Name passte zu ihm. Kraftvoll, prägnant, mit Biss und auch irgendwie charmant. Seinem Ruf nach war er ein gefährlicher Mann und dennoch konnte sie nicht anders, als ihn einnehmend zu finden.

Und das lag nicht daran, wie sein Kuss sie zum Kribbeln gebracht hatte.

Nun, vielleicht ein bisschen.

Die Unterhaltung setzte sich fort, als das Grosvenor Tor in Sicht kam, wenngleich für Lavinia verschwommen.

»Unverheiratete Männer und Frauen können Freunde sein«, verkündete Sarah und warf einen kühnen Blick zu Ware. »Ich kenne dich seit Jahren, Felix. Macht uns das nicht zu Freunden?«

Anthony schnaubte. »Nein, das macht Felix zu *meinem* Freund und du bist meine Schwester.«

»Ich muss Miss Colton in dieser Frage beistehen«, entgegnete der Marquess. »Wenn sie Ware schon seit Jahren kennt und Ware ein guter Freund ihres Bruders ist, folgt daraus nicht, dass sie auch Freunde sind?«

Der Earl sah Northam finster an. »Schh! Pass auf, dass dich keiner hört. So etwas auch nur zu erwähnen, wird uns einbringen, dass wir vor dem Frühling verheiratet sein werden.« Er zwinkerte Sarah entschuldigend zu. »Nicht, dass mit dir verheiratet zu sein schrecklich wäre, aber ich denke, dass wir beide einer Meinung darüber sind, dass wir nicht zusammen passen würden.«

»Gott, nein«, erwiderte Anthony. »Gott bewahre.«

Sarah sah die beiden mit geschürzten Lippen an. »Zum

eurem Glück stimme ich zu. Andererseits könnte ich tödlich beleidigt sein.«

»Ich fange an zu glauben, dass London verrückt ist«, bemerkte Fanny ruhig und ließ den Blick über alle Anwesenden schweifen.

Northam grinste. »Dann haben Sie es genau erfasst.«

»Da bist du ja!« Lavinias Mutter schoss heran wie ein Raubvogel. Und Lavinia fühlte sich gefangen. »Da sind Leute, die dich kennenlernen wollen.« Sie warf einen Blick zu Sarah und ihrem Bruder, die sie natürlich seit Jahren kannte. Es war klar, dass es ihrer Mutter lieber wäre, wenn sie Kapital aus ihrer neuen Berühmtheit schlagen würde, anstatt die Zeit mit ihren Freunden zu vertrödeln.

»Ich habe bereits neue Leute kennengelernt, Mutter«, erklärte sie liebenswürdig. »Kennst du den Marquess of Northam?«

Es schien, als hätte die Komtess ihn nicht einmal zur Kenntnis genommen, denn für einen Moment wurden ihre Augen groß. Sie erholte sich jedoch geschwind und fiel in einen Knicks. »Ich bin nicht sicher, ob wir einander vorgestellt wurden. Es ist mir ein Vergnügen, Mylord.«

Er verneigte sich zur Antwort. »Das Vergnügen ist ganz meinerseits.« Er dehnte seine Verbeugung zu Lavinia aus. »Vielen Dank für den Spaziergang, Lady Lavinia.«

Sie verabschiedeten sich voneinander und das Trio der Männer ging davon, während Sarah sich mit ihrer Mutter zurückzog und Fanny sich zu ihrer Schwester und einigen anderen jungen Damen gesellte.

»Du bist mit dem Marquess spazieren gegangen?«, fragte ihre Mutter. »Er muss das Gedicht gelesen haben.« Sie faltete ihre Hände und lächelte breit. »Es funktioniert bereits!«

»Ich weiß nicht, ob er es gelesen hat oder nicht,

Mutter. Er war einfach in Begleitung von Anthony, als wir ihnen auf dem Weg begegnet sind. Es wäre unhöflich gewesen, uns einander nicht vorzustellen. Er hat auch Fanny kennengelernt.«

Mutter presste die Lippen aufeinander. »Sie *ist* die Schwägerin eines Herzogs. Aber es ist erst ihre erste Saison.« Ihre Stimme nahm einen entrüsteten Tonfall an. »Du bist an der Reihe, nicht sie.«

»So funktioniert das nicht, Mutter«, entgegnete Lavinia mit einem Seufzen.

Kopfschüttelnd – und die Gereiztheit scheinbar gebannt – setzte die Komtess eine strahlendes Lächeln auf. »Komm schon, da sind einige Leute, die dich gern kennenlernen möchten und andere, die dich begrüßen wollten. Du bist jetzt gefragt, meine Liebe. Und es wird auch Zeit.«

Als Lavinia sich umdrehte, um mit ihr zurückzugehen, konnte sie nur hoffen, dass diese Zeit kurzlebig sein würde. Je eher sie zu ihrer gesegneten Anonymität zurückkehren konnte, umso besser.

Zwei Tage später erhob Beck sich mit einem erfreuten Gefühl von seinem Frühstückstisch. Miss Lennox, die dritte Frau, über die er geschrieben hatte, hatte sich gerade mit Mr. Laurence Sainsbury verlobt. Damit waren es drei Frauen, denen er zur Sicherung ihres ehelichen Erfolgs verholfen hatte. Er konnte nur hoffen, dass Miss Pemberton und Lady Lavinia sich bald über das gleiche Ergebnis freuen konnten.

Beck ging in sein Arbeitszimmer, wo sein Blick sofort auf das kleine Portrait seiner Halbschwester fiel, das auf seinem Schreibtisch stand. Mit ihrem dunklen Haar und der zierlichen Figur kam Helen nach ihrer Mutter, der ersten Frau von Becks Vater. Helens Würde bewies ihre Ähnlichkeit – ihre grünen Augen wirkten dunkel und ernst und die Lippen waren in einem leicht kummervollen Bogen geformt. Oder vielleicht schrieb er dem Bildnis auch seine eigene Traurigkeit zu. Jedes Mal, wenn er sie ansah, verspürte er einen schmerzhaften Stich von Trauer und Bedauern. Wäre er älter gewesen, hätte er ihr helfen können. Er hätte alles getan, um für ihre Sicherheit zu sorgen und sie glücklich zu machen. Aber mit dreizehn war er viel zu jung gewesen, als dass er etwas anderes hätte tun können, als hilflos mitanzusehen, wie sie den Grausamkeiten der Gesellschaft zum Opfer gefallen war.

Alles, was ihm jetzt noch blieb, war der Versuch, irgendwie denen zu helfen, die es brauchten. Er wollte nicht, dass irgendeine junge Frau ertragen musste, was sie erlitten hatte. Und es schien, als würde er etwas bewirken.

Er vermisste diejenigen aus seiner Familie, die gegangen waren – Helen, seinen Vater, seine Mutter. Er hatte noch seine älteste Halbschwester, der er nicht sehr nahestand, und ihre Familie, sowie seine Stiefmutter Rachel und seinen Halbbruder. George war erst elf Jahre alt, aber seine Ausbildung zum nächsten Marquess of Northam war bereits in vollem Gange.

Beck steuerte am Schreibtisch vorbei auf die Ecke zu, wo er seine Gitarren – drei an der Zahl – aufbewahrte. Er nahm seine Lieblingsgitarre und ließ die Finger über die Saiten gleiten, was zunächst gedankenverloren geschah, bis er dann eine Melodie zupfte. In gewisser Weise war dies leichter als Worte, ob nun mündlich oder schriftlich. Mit Musik konnte er alles loslassen, was in ihm eingeschlossen war, bis er sich leer fühlte.

Er verlor sich für einige Minuten, oder vielleicht war es auch eine Stunde, und spielte, was ihm in den Sinn kam, während er einem inneren Pfad der Emotionen und Entdeckungen folgte. Zum Schluss fühlte er sich viel besser, obwohl es nicht so war, dass er sich anfangs schlecht gefühlt hätte. Musik machte einfach alles besser.

Ein leichtes Klopfen an der Tür, die er angelehnt gelassen hatte, weckte seine Aufmerksamkeit. »Herein.«

Sein überaus tüchtiger und hilfreicher Butler, Gage, trat ein. »Ich störe Euch doch nicht, oder, Mylord?« Gage war immer rücksichtsvoll und wartete stets, bis seine Musik abflaute.

»Überhaupt nicht. Haben Sie die heutige Post da?« Beck trat in der Nähe der Tür zu ihm.

»Ja.« Er übergab ihm den Stapel Briefe und Beck ging zu seinem Schreibtisch weiter.

Gage folgte ihm und sein großgewachsener, muskulöser Körper bewegte sich mit einer Anmut, die über seine fünfzig Jahre hinwegtäuschte. »Mir hat gefallen, was Ihr da zum Schluss gespielt habt.«

Beck setzte sich hinter den Schreibtisch und sah von der Durchsicht seiner Korrespondenz auf. »Vielen Dank. Es ist noch nicht ganz fertig.«

»Meiner Meinung nach eines Eurer besseren Stücke.«

Als Beck die Handschrift seines Anwalts erkannte, öffnete er das Schreiben und fand darin das von ihm Erwartete – einen weiteren Brief des Herausgebers des *Morning Chronicle*. Er überflog die Nachricht und gab Gage eine kurze Zusammenfassung. »Er möchte mehr Gedichte. Anscheinend ist die Auflage gestiegen.« Er ließ die Briefe auf seinen Schreibtisch fallen und warf seinem Butler einen ironischen Blick zu.

»Das ist nicht überraschend. Der betörende Herzog ist sogar unter den Dienstboten überaus populär.« Gage schüttelte den Kopf, der noch immer von einem dichten Schopf dunklen, mit Silber durchzogenen Haars bedeckt war. »Nein, niemand von ihnen weiß, dass Ihr es seid.«

Für einen Moment hatte Beck sich angespannt. Nun stieß er erleichtert die Luft aus. Gage war die einzige Person, die von seiner heimlichen Identität wusste, und Beck vertraute ihm vollkommen. »Ich kann sie nicht zu schnell verfassen«, erklärte Beck. »Jedes einzelne braucht Zeit, damit es Früchte trägt und hoffentlich eine Verbindung zustande kommt.« Er hatte sich gesorgt, dass womöglich nicht genügend Zeit verstrichen wäre, ehe er das Gedicht über Lady Lavinia verfasst hatte, doch sein Eifer, ihr zu helfen, war einfach zu groß gewesen.

»Ihr müsst kein Gedicht über eine junge Dame schreiben, die Beachtung benötigt«, schlug Gage vor. »Tatsächlich braucht Ihr überhaupt nichts Neues zu schreiben. Euer Katalog an verfassten Werken ist umfangreich.«

Als er Oxford verlassen hatte, war Gage sein Diener gewesen und Beck hatte ihn befördert, nachdem der ehemalige Butler auf den Tod von Becks Vater folgend in den Ruhestand gegangen war. Da Gage nun schon so lange bei Beck war, wusste er mehr über dessen Leben als irgendjemand sonst. Dazu gehörten seine Musik, seine Poesie und seine Maskerade als betörender Herzog. Tatsächlich war der Spitzname Gages Idee gewesen.

»Davon möchte ich gar nichts veröffentlichen«, gab Beck zurück und wiederholte damit etwas, was er bereits bei vielen Gelegenheiten gesagt hatte. In Wahrheit aber machte Gage ihn mürbe. In weiteren zehn Jahren wäre er vielleicht soweit.

»Ich weiß. Ihr behauptet, diese Werke seien zu düster, aber sie sind aufrichtig und schön. Und einiges davon ist überaus romantisch.«

»Wenn Sie das im Sinne der Romantik von Romeo und Julia meinen, dann ja.« Beck schaffte es, die Augen nicht zu verdrehen.

Gage schmunzelte. »Na gut, einiges hat eine Tendenz zum Tragischen, aber nicht alles.«

Beck sah ihn mit hochgezogener Augenbraue an. »Glauben Sie, dass Sie auch nur die Hälfte gelesen haben?«

»Das würde ich natürlich nicht wissen. Ihr seid recht produktiv und ich weiß, dass es Dinge gibt, die Ihr nicht preisgebt. Selbst mir nicht.«

Das zumindest war wahr. Beck hielt sich davon ab, den Blick zu Helens Portrait schweifen zu lassen.

»Ich habe gehört, dass Miss Lennox verlobt ist und heiraten wird«, sagte Gage.

Beck nickte. »Sainsbury. Er ist eine gute Partie. Glaube ich. Was weiß ich schon?«

»Gibt es irgendeinen Hinweis auf Erfolg bei den anderen? Obwohl es vermutlich bei der Letzten noch zu früh ist, etwas zu sagen.«

Ja, das war es wohl, aber nach dem zu urteilen, was Beck in den letzten zwei Tagen beobachtet und gehört hatte, war Lady Lavinias Popularität dramatisch gestiegen. Noch immer konnte er nicht glauben, dass es seines Eingreifens bedurft hatte. Sie war außergewöhnlich geistreich. Er hatte ihre Neckerei neulich im Park sehr genossen.

»Ich bin in beiden Fällen optimistisch«, entgegnete Beck. »Und ich denke, ich weiß, wer die Nächste sein wird.« Er hatte das Gefühl, dass er Lady Lavinias Freundin, Miss Colton, die gleiche Hilfe schuldete. Ihr Bruder Anthony würde es wahrscheinlich zu schätzen wissen.

In Gages dunkelblauen Augen blitzte die Überraschung auf. »Jetzt schon?«

»Sie ist eine Freundin von Lady Lavinia. Und die Schwester eines Freundes.«

»Sie haben eine gütige und großherzige Seele«,

bemerkte Gage leise. »Manchmal frage ich mich jedoch, ob Ihr anderen helft, weil Ihr Euch in Wahrheit selbst helfen wollt.«

Die Worte trafen Beck in die Magengrube und ließen ihn innerlich zusammenfahren. »Glauben Sie, ich brauche Hilfe?«

»Das habe ich nicht gesagt. Verzeiht mir, wenn ich etwas Unangemessenes sage.«

Beck gab ein Geräusch von sich, das teils ein Grunzen und teils ein Schnauben war. »Sie wissen, dass das unmöglich ist.«

Gage war ihm ein Vater, Freund und unersetzlicher Helfer in einer Person. Er war die einzige Konstante, auf die Beck sich zu verlassen getraute. Der Fokus seiner Stiefmutter war, so wie es sein sollte, auf ihren jungen Sohn gerichtet. So wie Becks Eltern den ihren auf ihn gerichtet hatten, als er noch jung war. Bis Helen gestorben war. Und dann war alles zusammengebrochen.

»*Darüber* weiß ich nichts.« Gages Tonfall war unbeschwert, aber es steckte eine gewisse Wahrheit in seinen Worten. Beck behielt einige Dinge für sich und hin und wieder trat Gage ihm zu nahe. In diesen wenigen Fällen hatte Beck ihm gesagt, er solle sich zurückhalten. Und besonders bei einem Mal mochte Beck die Beherrschung verloren haben. Es passierte ihm nicht oft, aber wenn es dazu kam, waren meistens Verluste zu verzeichnen.

Beck richtete sein Augenmerk wieder auf das, was Gage gesagt hatte – dass er anderen half, um sich selbst zu helfen. Das ergab einen Sinn, nahm er an. Und nun wollte er darüber schreiben. Doch zuerst rief seine Korrespondenz.

Ein Geräusch von draußen veranlasste sie beide, ans Fenster zur Straße zu eilen. Eine Kutsche stand schief, nachdem ein Rad war abgefallen war. Ohne ein Wort stürmte Beck aus dem Arbeitszimmer in die Halle, mit Gage eiligen Schrittes auf den Fersen.

Der späte Morgen war kühl und eine dichte Wolkendecke verhängte den Himmel. Beck blickte auf und dachte, dass es Regen geben könnte. Je schneller sie das Durcheinander auf der Straße beseitigten, umso besser.

Er lief auf die Kutsche zu, als der Kutscher die Tür öffnete und die Insassin fragte, ob es ihr gut ginge.

»Sind Sie verletzt, Mylady?« Der arme Kutscher klang ernstlich verzweifelt.

Beck wandte sich an Gage. »Holen Sie Cartwright.«

Gage steuerte auf die Ställe zu, um den Stallmeister zu suchen.

Beck drehte sich gerade wieder zur Kutsche zurück, als die Insassin zum Vorschein kam. »Lady Fairwell.« Er machte sich nicht die Mühe, seine Überraschung zu verbergen.

Ihre Wangen waren von einem dunklen Rosa überzogen. Dies konnte der Kälte oder der Aufregung wegen des Unfalls zuzuschreiben sein, aber Beck war sich nicht sicher, ob einer dieser Gründe die Ursache war. »Lord Northam, was für eine Überraschung, Sie hier zu sehen. Wohnen Sie in der Nähe?«

Obwohl sie natürlich nie in seinem Haus gewesen war, vermutete er, dass sie seine Adresse kannte. »Ja, genau dort.« Er drehte den Kopf und zeigte auf sein Haus.

»Oh, das habe ich nicht gewusst.« Sie lächelte hübsch, als der Kutscher sich aufmachte, um zu untersuchen, was mit dem Rad geschehen war.

Beck war nicht sicher, ob er ihr glaubte, doch es war nicht so, dass es eine Rolle spielte. »Mein Stallmeister kommt, um zu helfen. Hoffentlich können wir den Schaden reparieren und Sie wieder auf Ihren Weg bringen, bevor es regnet.«

»Vielleicht könntet Ihr Ihre Ladyschaft nach Hause bringen lassen«, bat der Kutscher mit besorgter Miene. »Oder ins Haus bitten, falls es anfängt zu regnen?«

»Ich warte gerne drinnen.«

Beck drehte den Kopf und sah Matilda lächeln, während der Glanz von Erwartungsfreude ihren Blick aufleuchten ließ.

Beck überdachte die Situation. Sie unter diesen Umständen in sein Haus einzuladen, wäre nicht unbedingt ein Skandal, aber er wollte nicht. Er trat neben sie und sprach beinahe in einem Flüsterton mit ihr. »Es ist wahrscheinlich das Beste, wenn du nicht hereinkommst.«

Unverhohlen flirtend klimperte sie mit den Wimpern. »Warum nicht? Meine Kutsche ist kaputt, und es wird zu regnen anfangen. Genau genommen glaube ich, dass ich gerade einen Tropfen abbekommen habe.«

Wo? Die breite Krempe ihrer Haube schirmte ihr Gesicht ab und der Rest war von den Handschuhen, dem Kleid und dem pelzgefütterten Umhang bedeckt. Außerdem hatte er nichts gespürt.

Beck spähte die Straße entlang, um festzustellen, ob er irgendwelche Tropfen fallen sehen konnte. Doch was er erblickte, waren seine Nachbarn, die nach draußen gekommen waren, um herauszufinden, was passiert war. Mrs. Law, ein berüchtigtes Klatschweib, wohnte auf der anderen Straßenseite. Sie kam auf sie zu und Beck war klar, dass es keine Zusammenkunft zwischen ihm und Matilda geben würde … nicht, dass er sich eine gewünscht hätte. Tatsächlich würde es auch nie wieder eine Zusammenkunft geben. Wegen dieser Szene war ihre Affäre praktisch beendet.

Überraschenderweise fühlte er sich erleichtert. »Ich kann dich nicht hereinbitten, Tilly«, sagte er leise und beäugte Mrs. Laws Anmarsch. »Jetzt nicht und überhaupt nie.«

Sie sog die Luft ein. »Also hast du *doch* versucht, die Sache neulich Abend zu beenden, als du mich aus Lord Evenrudes Bibliothek gescheucht hast. Du bist ein Scheusal.«

Gage war mit Cartwright zurück und Beck war sich sicher, dass der Butler ihren Kommentar gehört hatte.

Dann war Mrs. Law bei ihnen angelangt. Ihr Blick fiel auf Beck und sie kniff die Augen zusammen. »Meine Güte Lord Northam, hätten Sie nicht wenigstens einen *Frack* überziehen können? Gar nicht zu reden von einem Hut oder Handschuhen?«

»Ich war in Eile, um mich zu vergewissern, dass die Insassen dieser beschädigten Kutsche wohlauf sind. Ich sehe, dass Sie daran gedacht haben, sich für einen Ausflug anzukleiden, ehe Sie sich die Mühe gemacht haben, nach draußen zu kommen.« Er sprach mit einem unbeschwerten und heiteren Tonfall, aber er wusste, dass sie den Stachel seiner Worte fühlte. Klatschsüchtige, unausstehliche Frauen wie sie hatten ihn verdient.

»Wie es der Zufall will, habe ich einen Ausflug vor«, entgegnete sie mit beträchtlicher Hochnäsigkeit. Sie wandte sich Lady Fairwell zu. »Darf ich Ihnen anbieten, Sie nach Hause zu fahren, Lady Fairwell?«

»Ja, vielen Dank.« Sie sah Beck mit einem gereizten Blick an. »Vielen Dank für Ihre *Hilfe* mit meiner Kutsche.«

Beck verbeugte sich. »Es ist uns ein Vergnügen, Mylady. Ich werde mich darum kümmern, dass das Gefährt repariert und zu Ihnen nach Hause geliefert wird. Ihr Ehemann kann beruhigt sein, dass es ihm in einem ausgezeichneten, wenngleich etwas mitgenommenen Zustand übergeben wird.«

Er hatte diese doppelte Bedeutung nicht beabsichtigt und auch nicht beleidigend sein wollen, aber ihm ging auf, dass er das gewesen war. Als Dichter stellte sein Gehirn manchmal Verbindungen her, die es nicht sollte. Und als Mann formten solche Verbindungen manchmal Worte, die besser ungesagt geblieben wären. Ach, nun war es zu spät.

Mathildas Augen weiteten sich für einen Sekundenbruchteil und ihre Lippen teilten sich kurz, ehe sie den Mund wieder zumachte. Ohne ein weiteres Wort wandte sie sich um und ging mit Mrs. Law davon.

»Ich wünsche Ihnen einen angenehmen Nachmittag«, rief Beck hinter ihnen her. Er ging hinüber zu der Stelle, wo Cartwright mit Mathildas Kutscher über der kaputten Kutsche gebeugt stand. Nein, sie war nicht mehr Mathilda, sondern *Lady Fairwell*. »Kann der Schaden repariert werden?«

Cartwright, der auf der Straße kniete, sah von seinem Platz auf. »Ich denke schon, Mylord. Wir werden unser Bestes tun, um die Kutsche umgehend zu reparieren. Philip und Fred sind mit den Werkzeugen auf dem Weg.«

Beck wusste die Situation bei seinen Knechten in guten Händen. »Ausgezeichnet. Lassen Sie mich wissen, wenn Sie etwas brauchen.« Er drehte sich um und ging zum Haus zurück. Gage holte ihn dort ein und öffnete die Tür für ihn.

Sobald sie drin waren, schloss Gage die Tür hinter ihm. »Ihre letzte Geliebte, vermute ich? Lady Fairwell, meine ich und nicht Mrs. Law. Die Letztere wäre ein außerordentlicher Schock.«

»Warum? Ich bin sicher, dass Mrs. Law außerhalb ihrer Ehe Vergnügungen hat. Haben Sie bemerkt, wie sie Sie angesehen hat?« Beck warf Gage einen humorvollen Seitenblick zu. Sein Butler, ein Witwer, war ziemlich gutaussehend. Wo immer er auch hinging, zog er die Blicke von Frauen aller Klassen auf sich.

Gage verdrehte die Augen. »Ich meinte das, weil Ihr sie nicht beachten würdet. Sie ist nicht die Sorte Frau, mit der Ihr Eure Zeit verbringt.«

Nein, das war sie nicht. Er verabscheute den Klatsch und Verkünder von Meinungen und Urteilen. »Ja, Lady Fairwell war meine letzte Geliebte.«

»War, Mylord? Ich nehme an, dass Ihr heute Morgen keine Lieder über sie komponiert habt? Oder gestern Abend Gedichte über sie verfasst?«

»Ja, die Vergangenheitsform. Es war eine kurzlebige Affäre, was mir gut passt.« Tatsächlich hatte er nicht ein Wort über Mathilda geschrieben. Gegenstand seiner Dichtkunst war, wie so oft, eine Erfindung seiner Fantasie – ein Blaustrumpf, deren Attribute zu jedermanns Nachteil ignoriert wurden.

Plötzlich ging ihm auf, dass es sich eventuell nicht gänzlich um ein Hirngespinst handelte.

Die Gedanken an Lady Lavinia abschüttelnd wandte er sich um. »Zurück zu meiner Korrespondenz.«

Beim Betreten seines Arbeitszimmers fühlte Beck sich abermals von seiner Gitarre angezogen. Eine Ballade kam ihm in den Sinn, aber sie war noch nicht formuliert. Er würde sie Gestalt annehmen und reifen lassen und später dann niederschreiben. Es sei denn, sie verflüchtigte sich, wie so viele seiner Eingebungen.

Nicht jeder Einfall war der Worte wert. Aber die besten unter ihnen konnten etwas erschaffen … Magie.

KAPITEL 3

-*Aus* Eine Ode an Lady Lavinia Gillingham
Von Der betörende Herzog

*H*offentlich wird die musikalische Darbietung heute Abend unterhaltsam sein.

Lavinia kam zu dem Schluss, dass dies die einzige Möglichkeit war, wie der Abend noch zu retten wäre. Nachdem ein zweites Gedicht, *Ein Lied für Lady Lavinia Gillingham,* das ihre Vorzüge pries heute in der Morgenpresse erschienen war, wollte sie den Kopf in ein Buch stecken und für eine Woche auf ihrem Zimmer bleiben. Ihre Eltern hatten allerdings andere Vorstellungen.

Mutter war ganz aus dem Häuschen und sie hatte sogar

darauf bestanden, sie – und Sarah, weil diese mit Begeisterung einkaufen ging und Lavinia niemals einen Vorschlag
ablehnen würde, ihre beste Freundin bei sich zu haben – in
die Bond Street zu schleppen, um für heute Abend eine
neue Ausstattung zu kaufen.

Sie hatten tatsächlich ein bereits fertiges Kleid gefunden, das lediglich geringfügig geändert werden musste und
nun fand Lavinia sich mit der neumodischsten Abendgar-
derobe ausstaffiert. Das Kleid war elfenbeinfarben mit
einem zierlichen, sich wiederholenden Muster aus rosa
Blumen mit grünen Blättern. Der Saum trug einen breiten
Volant mit gerüschter Bordüre und war mit Rosetten aus
rosa Seide verziert. Die kurzen Ärmel und das Mieder
waren mit zusätzlicher rosa Seide gearbeitet und besaßen
weitere gerüschte Bordüren. Ein passender Umhang,
zusammen mit einem Paar elfenbeinfarbenen Handschuhen, elfenbeinfarbenen Schuhen und einem Haarband, das
ebenfalls mit rosa Rosetten besetzt war, vervollständigten
das Ensemble. Mit dem Blumenmuster und der Überfülle
an Rosetten und Rosa fühlte sie sich wie ein verdammter
Blumengarten.

Sarah hatte ihr versichert, dass sie entzückend aussah
und den Neid jeder Frau bei der musikalischen Darbietung
wecken würde. Bei ihrem Eintreffen spähte Lavinia mit
suchendem Blick über die Teilnehmer hinweg, um Sarah
zu finden, aber sie konnte sie nicht entdecken. Stattdessen
bemerkte sie Miss Pemberton, die vor Lavinia die Empfängerin der Aufmerksamkeiten des betörenden Herzogs
gewesen war.

Ohne innezuhalten, marschierte Lavinia zu der jungen
Dame hinüber, die mit einem Paar zusammenstand, bei
dem es sich wahrscheinlich um ihre Eltern handelte. Miss
Pembertons Augen leuchteten auf, als sie Lavinia beim
Näherkommen erkannte.

»Guten Abend, Lady Lavinia.«

»Guten Abend, Miss Pemberton. Könnten wir eine Runde drehen?«

»Ja, lassen Sie uns das tun.« Miss Pemberton drehte sich ihrer Mutter zu, um sich zu entschuldigen, und dann hakte sie sich bei Lavinia unter. Sie begannen ihren Rundgang durch den großen Salon der Fortescues. »Ich bin so froh, dass Sie gekommen sind, um sich mit mir zu unterhalten.«

»Ich hielt es für klug, dass wir uns verbünden«, entgegnete Lavinia.

Miss Pemberton neigte den hellblonden Kopf vor. »Wegen dieses Unsinns des betörenden Herzogs?«

Lavinia blinzelte sie an und war hocherfreut zu hören, dass sie es für Unsinn hielt. »Ich bin so froh, dass wir einer Meinung sind. Es ist haarsträubend. Die Aufmerksamkeit, meine ich. Niemand hat sich dafür interessiert, wer ich bin oder was ich tat, bis er ein Gedicht verfasst hat.«

»Ein Gedicht, das auf nichts beruht«, spottete Miss Pemberton. »Ich kenne nicht einen einzigen Gentleman, der in der Lage sein könnte – oder sollte –, solche Dinge über mich zu schreiben.«

»Ich auch nicht. Es sollte ein Skandal sein, aber weil es für drei junge Frauen funktioniert hat, ist es plötzlich akzeptabel.«

»Es ist sogar Neid erregend«, pflichtete Miss Pemberton angeekelt bei. »Meine Mutter denkt, es sei das Beste, was mir hat passieren können.«

»Meine auch!« Es fühlte sich so gut an, eine Verbündete zu haben. Sarah und Fanny waren natürlich unglaublich hilfreich, aber sie hatten es nicht selbst erlitten. Miss Pemberton schon.

»Die Aufmerksamkeit wäre gar nicht so belästigend, wenn die Männer aufrichtig wären.« Miss Pemberton beäugte sie mit ihren, von blassen Wimpern umkränzten, hellbraunen Augen.

Lavinia war nicht sicher, ob sie dem erstgenannten Gedanken beipflichtete, doch der Letztere entsprach ganz bestimmt der Wahrheit. »Sie sind einfach nur zu überschwänglich mit ihrer Lobhudelei, nicht wahr?«

»Was für ein ausgezeichnetes Wort«, bemerkte Miss Pemberton. »Ja, das trifft es genau.« Sie schürzte die Lippen. »Und dennoch haben drei Frauen ihr Glück gefunden.«

»Oder es scheint so«, fügte Lavinia düster an.

»Tatsächlich kann ich Miss Stewarts Zufriedenheit bestätigen. Sie ist hocherfreut, Mr. Allardyce in einigen Tagen zu heiraten. Sie scheinen ein Liebespaar zu sein.«

Lavinia verspürte einen leichten Stich der Eifersucht, so wie immer, wenn sie von einem Paar erfuhr, das – wie ihre Freundin Diana und der Herzog von Romsey vor zwei Monaten – aus Liebe heiratete. Tatsächlich waren Diana und Romsey gerade gestern in der Stadt eingetroffen und Lavinia konnte es kaum erwarten, sie zu sehen.

»Ich bin erfreut, von Miss Stewarts Erfolg zu hören«, erklärte Lavinia.

»Wenn sie eine Heirat als Erfolg bezeichnen wollen.« In Miss Pembertons Stimme schwang ein unmissverständlicher Tonfall der Verachtung mit.

»Sie sind nicht für die Ehe?«

Miss Pemberton zuckte die Schultern. »Mir ist es zuwider, dass wir den ›Erfolg‹ einer Frau nach ihrer Heiratsfähigkeit beurteilen.«

Lavinia blieb ruckartig stehen und drehte sich zu ihr hin. »Es ist, als wären wir bei unserer Geburt getrennt worden.«

Miss Pemberton lachte. »Außer, dass Ihr Haar viel

dunkler als meines ist und Sie deutlich größer sind als ich.«

»Nur ein paar Zentimeter«, entgegnete Lavinia lächelnd. Sie drehte sich um und die beiden setzten ihren Weg fort. »Ich bin ehrlich froh, dass Miss Stewart glücklich ist. Das ist wirklich das Einzige, was zählt. Was andere Leute denken, ist nicht wichtig.«

Mit einem Nicken zupfte Miss Pemberton an der Kette, die ihren Hals zierte. »Ich stimme zu. Ich hoffe, dass Miss Lennox auch glücklich ist.«

»Wir sollten es herausfinden.« Lavinia runzelte die Stirn. »Nicht, dass es einen Unterschied macht, wenn sie es nicht wäre. Weil sie verlobt ist, ist sie schon so gut wie verheiratet.«

»Das ist sicherlich wahr.« Miss Pemberton stieß die Luft aus. »Die Regeln der Gesellschaft sind schrecklich, nicht wahr? Sehen Sie sich nur den Herzog von Kilve und die Herzogin von Romsey an. Ihre Verlobung brach auseinander und es schien keinen der beiden – oder ihre neuen Partner zu kümmern. Und dennoch waren sie der Mittelpunkt aller Arten spekulativer Klatschgeschichten.« Sie sprach von Lavinias Freundin Diana.

»Zufällig kenne ich alle beteiligten Parteien«, bemerkte Lavinia. »Sie sind so glücklich, wie man als Mensch nur sein kann.«

Miss Pembertons blonde Brauen kletterten interessiert in die Höhe. »Sie kennen sie? Ich bin so erfreut, zu hören, dass die Dinge so ausgegangen sind, wie sie sollten.«

»Ja, wenngleich dies einen gewissen Teil der Gesellschaft nicht daran hindern wird, darüber gehässig zu sein.« Das war zumindest, was Lavinia erwartete. Sie hatte bereits Gemunkel über Diana und ihren Ehemann – und Kilve und seine reizende Gattin gehört, die Lavinia im vergangenen Herbst kennengelernt hatte.

»Sie lieben neuen Klatsch – je anstößiger, desto besser. Ich bedauere, sagen zu müssen, dass Ihrer Freundin vielleicht eine raue Zeit bevorsteht.« Miss Pemberton lachte leise auf. »Andererseits wird es den Fokus ein wenig von uns ablenken.«

Lavinia würde ihrer Freundin niemals wünschen, an ihrer statt zu leiden, aber sie erkannte an, dass Miss Pemberton vielleicht recht haben könnte.

»Ich sollte Ihnen wirklich danken«, bemerkte Miss Pemberton. »Als Ihr Gedicht vergangene Woche erschien, haben sich die Dinge für mich ein wenig entspannt. Meine Mutter war allerdings nicht glücklich darüber.« Ihr Tonfall machte deutlich, dass sie dies keinen Deut kümmerte.

Lavinia lachte. »Ich freue mich, behilflich gewesen zu sein.« Blinzelnd überblickte sie den Salon, als sie sich ihrem Ausgangspunkt näherten. »Wer, glauben Sie, ist er?«

»Der betörende Herzog?« Miss Pemberton schloss sich ihrer visuellen Durchforstung der Menschenmenge an. »Ich habe versucht, es auszuknobeln, aber ich kann mir nicht vorstellen, wer so schreiben könnte. Es sei denn Lord Byron hätte sich zurück nach London geschlichen, ohne, dass irgendjemand es bemerkt hätte.«

Wieder lachte Lavinia. »*Das* würde nicht unbemerkt vonstattengehen.«

»Bestimmt nicht«, entgegnete Miss Pemberton mit einem Grinsen. »Ich werde es Sie wissen lassen, wenn ich irgendwelchen Hinweisen auf die Spur komme. Ich *habe* mich umgeschaut.«

»Ich ertappe mich dabei, dass ich den Gentlemen intensiv zuhöre und herauszufinden versuche, ob sie in der gleichen Kadenz sprechen.«

Miss Pemberton nickte enthusiastisch. »Ich tue das Gleiche. Leider glauben die Gentlemen, dass ich schrecklich interessiert bin, was normalerweise nicht der Fall ist.«

Sie ließ ein weiteres Lächeln aufblitzen, was Lavinia zum Lachen brachte.

»Ich frage mich, warum wir nicht früher schon Freundinnen geworden sind«, bemerkte Lavinia. »Sie müssen mich Lavinia nennen. Sie sind jederzeit willkommen, sich zu mir und meinen Freundinnen, Miss Sarah Colton und Miss Frances Snowden zu gesellen.«

Miss Pemberton schien aufrichtig überrascht und erfreut. »Vielen Dank. Meine Mutter neigt dazu, mich eher an der kurzen Leine zu halten, aber seit den Gedichten hat sie angefangen, ein bisschen locker zu lassen. Sie begründet es damit, dass ich für die Bewerber erreichbar sein müsste. Was immer das auch bedeutet.«

»Grundgütiger, sie versucht doch nicht etwa, Sie zu kompromittieren?«

»Nein.« Miss Pemberton legte den Kopf schief. »Zumindest könnte ich mir nicht vorstellen, dass sie so etwas tun würde. Sie ist schrecklich prüde. Ehrlich gesagt habe ich schon längst aufgegeben, sie zu verstehen. Wir könnten nicht unterschiedlicher sein.«

Lavinia dachte an ihre eigene Mutter und wie diese nie auch nur versucht hatte, Verständnis für Lavinias Interessen zu haben. Gelegentlich unterhielt ihr Vater sich mit ihr über wissenschaftliche Themen, aber diese Gespräche verstummten immer, sobald ihre Mutter das Zimmer betrat. »Ja, wir sind definitiv bei der Geburt getrennt worden.«

Miss Pembertons heiteres Gelächter durchdrang die Luft um sie herum, als sie ihren Arm von Lavinias löste. »Dann, liebe Schwester, musst du mich Jane nennen. Und jetzt fällt mir auf, dass meine Mutter mich mit einem Blick ansieht, der eine Katastrophe ankündigt. Bis zum nächsten Mal.« Sie wackelte mit ihren Augenbrauen und dann ging sie davon.

In diesem Moment kam Lavinias Mutter heran und zog sie in die Gegenrichtung mit sich. »Ich möchte dich jemandem vorstellen.« Sie kamen auf der anderen Seite des Salons an, wo ein Mann mittlerer Größe mit einem breiten Gesicht, das von dicken dunklen Brauen dominiert wurde, bei ihrem Vater stand.

»Da bist du ja«, bemerkte Vater mit einem Lächeln. »Sir Martin Riddock, gestatten Sie mir, Ihnen meine Tochter, Lady Lavinia vorzustellen.«

Lavinia knickste vor dem Gentleman, der sich wahrscheinlich den Mittdreißigern näherte. »Ich bin erfreut, Sie kennenzulernen, Sir Martin.«

Er verbeugte sich, aber nur leicht. Es war, als ob er sich nicht die Mühe machte. Oder, überlegte sie wohlwollender, vielleicht hatte er ein Rückenleiden.

»Das Vergnügen ist ganz meinerseits, Lady Lavinia. Würden Sie gern eine Runde drehen?«

Lavinia wusste, dass sie nicht wirklich eine Wahl hatte, also nahm sie sein Angebot mit einem Lächeln an. Sie legte eine Hand um seinen Ellbogen und erkundigte sich, ob er die musikalischen Darbietungen genoss.

Sir Martin führte sie in entgegengesetzter Richtung die Seiten des Salons entlang, die sie mit Miss Pemberton eingeschlagen hatte. Der Menschenmenge nach zu urteilen war es in der Tat die umgekehrte Bewegungsrichtung zu allen anderen, aber Sir Martin schien sich dessen nicht bewusst.

»Ich finde keinen besonderen Gefallen an Musik, aber gelegentlich fühle ich mich von einem Stück ergriffen. Die Fortescues sind Freunde meiner Mutter.«

»Ich verstehe.« Keine Musik. Sie wagte nicht, ihn zu fragen, ob er Gestein oder Erdreich mochte.

»Ich bevorzuge Pferde und Astronomie.«

Lavinias Aufmerksamkeit erwachte. »Astronomie?«

»Die Sterne und der Himmel.« Sein Ton war herablassend. Er dachte ganz offensichtlich, dass sie nicht wusste, was das Wort bedeutete.

»Ich bin mit Astronomie durchaus vertraut«, informierte sie ihn freundlich. Vielleicht *zu* freundlich. Sie wollte sagen: *Caroline Herschel ist eine besondere Heldin für mich,* doch stattdessen folgte sie der Direktive ihrer Mutter, nicht über Wissenschaft zu sprechen. Es brannte ihr allerdings auf der Zunge, weil er das Thema aufgebracht hatte.

Sir Martin, der sie um mindestens fünfzehn Zentimeter überragte, sah auf sie herab. »Tatsächlich? Ich erwarte, innerhalb der nächsten Jahre zum Mitglied der Königlichen Gesellschaft ernannt zu werden.«

Beinahe wäre Lavinia gestolpert. Einen qualifizierten Junggesellen kennenzulernen, der möglicherweise daran interessiert war, ihr den Hof zu machen – und warum sonst hätte er sie einladen wollen, mit ihm zu promenieren? –, der Wissenschaftler war? Für einen Augenblick verschlug es ihr die Sprache, was in der Tat selten vorkam. Und hilfreich, weil sie ihm wirklich erzählen wollte, dass sie eine Amateur-Geologin war, aber nicht sollte.

»Ich sollte Sie nicht mit den Einzelheiten langweilen. Wenn der Himmel klarer wäre, würde ich Sie nach draußen auf den Balkon führen und Ihnen den Orion zeigen. Vielleicht treffen wir uns an einem anderen Abend mit einer besseren Sicht.«

»Das würde mir sehr gefallen, vielen Dank.«

»Ich stelle mir vor, dass Pferde von größerem Interesse für Sie sind. Reiten Sie?«

»Das tue ich.« Aber Pferde waren nicht im Entferntesten so interessant wie Sterne und Planeten und Kometen.

»Lassen Sie mich Ihnen von meinem Lieblingsreittier

erzählen.« Er lächelte kurz und gab damit den Blick auf seine Zähne frei, die nicht besonders ebenmäßig waren. Dann stürzte er sich in die Schilderung seines Pferdes und ließ sich sowohl über sein Aussehen als auch sein Temperament aus, und als sie zu ihrer Mutter zurückkehrten, fragte sie sich, warum er nicht stattdessen dem Tier den Hof machte.

Glücklicherweise waren Sarah und Fanny in der Nähe und nachdem Sir Martin sich verabschiedet hatte, war Lavinia in der Lage, mit ihnen zu sprechen, was vor allem daran lag, dass die Darbietung gerade beginnen sollte.

»Gefällt dir dein Ensemble jetzt ein bisschen besser als heute Nachmittag?«, fragte Sarah, als sie drei Plätze auf halbem Wege zum Podium fanden. »Es ist sehr modisch.«

Fanny beäugte sie, als sie Platz nahmen. »Magst du es nicht?«

»Ich fühle mich verhältnismäßig … blumig«, antwortete Lavinia und sah an sich herab.

»Ich denke, es ist bezaubernd«, stellte Fanny fest. »Ich bete das Band in deinem Haar an.«

Lavinias Hand wanderte instinktiv zu ihrem Kopf. Ihre Zofe hatte ihr dichtes, leicht gewelltes Haar sorgfältig gelockt und diese Frisur geschaffen. »Vielen Dank. Es ist einfach nicht das, woran ich gewöhnt bin.«

»Wer war das, mit dem du promeniert bist?«, fragte Fanny und senkte die Stimme, als andere Zuhörer um sie herum Platz nahmen.

Lavinia ließ sich zwischen Fanny und Sarah nieder und als sie sich umsah, wie stets blinzelnd, entdeckte sie Sir Martin, der ein paar Reihen hinter ihr saß. Eine vertraute Gestalt veranlasste sie, die Augen sogar noch mehr zusammenzukneifen. Lord Northam lehnte mit verschränkten Armen am Türrahmen. Er schien den Raum zu überblicken und sein sich bewegender Kopf – verdammt, sie wünschte, sie hätte ihre Brille – hielt plötzlich inne. Und er sah direkt zu ihr. Auf ihre Sehfähigkeit war vielleicht nicht gänzlich Verlass, aber sie *spürte* seinen prüfenden Blick bis in ihre Knochen.

»Ich denke, das war Sir Marvin oder so ähnlich«, gab Sarah zurück, während Lavinia sich bemühte, die Sprache wiederzufinden.

»Sir Martin«, berichtigte Lavinia. »Riddock. Sir Martin Riddock.«

Sarah beäugte sie erwartungsvoll. »Wie war er?«

»Ein bisschen langweilig, aber er besitzt Potential.« Wenn sie ihn dazu bringen könnte, nicht mehr über Pferde zu reden, und sich stattdessen auf den Himmel zu konzentrieren. »Er ist ein Astronom und erwartet, Mitglied der Königlichen Gesellschaft zu werden.«

Sarahs Augen leuchteten auf. »Wie wunderbar! Siehst du, der betörende Herzog könnte letztendlich doch geholfen haben.«

Lavinia unterdrückte ein Stöhnen und versuchte, die starrenden Blicke, der weitaus zu vielen Menschen zu ignorieren, die begierig waren, herauszufinden, warum der betörende Herzog sie ausgewählt hatte, um über sie zu schreiben. Das wollte sie auch wissen.

Sie setzte sich zurecht und blickte stur geradeaus, womit sie all diese neugierigen Blicke ignorierte, als die Musiker ihre Plätze einnahmen. Sie wollte die Hilfe des betörenden Herzogs nicht. Er musste mit seiner Einmischung aufhören, bevor er Ärger verursachte. Sie würde tun, was immer sie konnte, um seine Identität herauszufinden, und dafür zu sorgen, dass er seinen schlecht durchdachten Plan aufgab.

ie musikalische Darbietung würde aus einem Streichquintett bestehen. Selten gab es eine Gitarre, aber heute Abend sollte Beck einen besonderen Genuss erleben. Wenigstens hoffte er das. Die junge Miss Fortescue gab ihr Debut auf diesem Instrument und er war begierig, sie spielen zu hören.

Ob Gitarre oder nicht, verpasste er nur selten eine musikalische Darbietung. Typischerweise traf er gerade rechtzeitig zum Anfang ein und stahl sich dann während des Applauses davon. Bei einigen wenigen Gelegenheiten hatte er es auf sich genommen, mit den Musikern zu sprechen, aber er führte diese Unterhaltungen relativ verdeckt. Es war nicht so, dass er sein Interesse an Musik verbarg. Über diesen Aspekt seines Lebens war er einfach verschwiegen und niemand musste wissen, wie tief in dies beeinflusste.

Oder wie sehr er die Musik brauchte.

Er hatte die Fortescues früher schon spielen gehört, und obwohl sie recht versiert waren, mangelte es ihnen an einem gewissen Schwung. Als die Mitte des ersten Stücks erreicht war, konnte Beck erkennen, dass die junge Gitarristin unter der gleichen Unzulänglichkeit litt. Beck wünschte, das junge Mädchen beiseite nehmen zu können, um ihr zu zeigen, wie sie sich der Musik hingeben müsste. Vielleicht war sie einfach nur nervös. Beck wäre es höchstwahrscheinlich – nicht, dass er je vor einem Publikum gespielt hatte, einmal abgesehen von seinen Freunden in der Schule. Also hatten die Fortescues ihm in dieser Hinsicht etwas voraus.

Mit dem Schwinden seines Interesses an der Musik ertappte er sich, wie seine Aufmerksamkeit in den Mittelpunkt des Sitzbereiches abschweifte, wo Lady Lavinia zwischen ihren Freundinnen saß. Je mehr er sie beobachtete, desto stärker fiel ihm auf, dass sie blinzelte. Beinahe ständig. Zumindest, wenn sie versuchte, sich auf das Podium zu konzentrieren. Immer wieder entspannten sich ihre Züge und sie schloss einfach die Augen und hörte zu, während sich ihre Lippen zu einem leichten Lächeln formten. Es schien, als würde sie die Musik genießen.

Dies erfreute ihn über die Maßen. Er begründete es damit, dass er sich immer freute, wenn jemand Musik zu mögen schien. Und nicht nur zum Tanzen, sondern aufgrund der schieren Freude, sich von einer Melodie oder einfachen Noten tragen zu lassen, die einen Akkord trafen.

Sein Blick wanderte über die Zuhörer und größtenteils waren sie weniger interessiert als Lady Lavinia. Mehr und mehr schaute er nur noch zu ihr.

Dann setzten die Fortescues zu einem Stück an, das ihm dem Atem nahm. Die junge Gitarristin spielte ein Solo und tatsächlich … es schien, als sei sie nervös gewesen. Beck schloss für einen Moment die Augen und ertappte sich, wie er sie im Geiste antrieb, als ob sie seine ermunternden Gedanken hören könnte. Das schien sie zu tun, denn ihre Spiel schwoll an und mündete in einer Kaskade, die ihn in eine andere Welt trug.

Als die anderen Musiker wieder zu spielen anfingen, schlug er die Augen auf. Und abermals fand sein Blick den Weg zu Lady Lavinia. Dieses Mal hatte sie allerdings den Kopf gewendet und ihr zusammengekniffener, kurzsichtiger Blick war auf ihn gerichtet.

Hatte sie ihn beobachtet, als er der Gitarristin zugehört hatte? Plötzlich fühlte er sich bloßgestellt. Und er war nicht sicher, ob ihm diese Empfindung behagte.

Sie lenkte ihre Aufmerksamkeit wieder zum Podium zurück, aber Becks Herz brauchte einen Takt – oder vier –, um erneut zu einem gemächlicheren Takt zu finden. Der verbleibende Teil der Darbietung verstrich verhältnismäßig rasch, mit nur zwei weiteren Stücken, die nicht annähernd so gut waren wie das Gitarrensolo.

Als sich alle erhoben und den Musikanten applaudierten, überlegte Beck, zu gehen. Allerdings wollte er der jungen Gitarristin gratulieren und ihr sagen, dass sie um jeden Preis weiterspielen sollte.

Inzwischen hatten sich aber die Leute um die Musiker geschart und Beck wollte sich nicht durch Menge nach vorn kämpfen. Stattdessen sah er sich unvermittelt Lady Lavinia gegenüber. »Guten Abend, Lady Lavinia. Haben Sie die Darbietung genossen?«

»Das habe ich, danke. Und Sie?«

»Ja, die Gitarristin war außerordentlich gut.«

»Das habe ich auch gedacht. Ich habe noch nicht viele Gitarristen gehört. Ich mag den Klang des Instruments. Ich frage mich, ob es schwierig ist, es zu spielen.«

»Das kommt darauf an«, entgegnete er, ehe er sich noch zurückhalten konnte. Sie hob ihre dunklen, rotbraunen Brauen ein wenig an. »Spielen Sie?«

»Ein bisschen.« Verzweifelt wollte er das Thema wechseln. Seine Musik war neben seiner Lyrik und den Gedichten der privateste Teil seiner Selbst. Aber da er angefangen hatte, etwas davon preiszugeben – zum Wohle der von ihm ausgewählten, jungen Frauen, mit der Absicht, ihnen zu helfen –, war ihm eigentlich nur noch die Musik geblieben. »Ich habe bemerkt, dass Sie zum Podium geblinzelt haben.«

Ihre Wangen erblühten in einem zarten Rosa. »Ich habe versucht, zu erkennen, was die Gitarristin mit ihren Fingern auf den Saiten gemacht hat.«

»Ich habe gesehen, wie Sie durch den Raum hinweg geblinzelt haben und auch im Park. Haben Sie eine Brille?«

»Ja.«

»Sie sollten sie tragen.« Er senkte die Stimme und beugte sich näher zu ihr. »Sie würde ihrer Schönheit keinen Abbruch tun.«

Ihre Röte wurde intensiver. »Es ist mir nicht erlaubt.«

Er blinzelte und dachte, er hätte nicht richtig gehört. »Nicht … erlaubt?«

»Ihrer Meinung entgegen sagt meine Mutter, dass sie mein Gesicht unvorteilhaft wirken lässt.« Sie wandte das Gesicht ab und schien etwas von ihrer Verlegenheit zu überwinden.

Er fühlte sich grauenhaft, ihr Unbehagen verursacht zu haben. »Ich bitte um Entschuldigung. Ich wollte Ihnen kein Unbehagen bereiten. Sie sollten nicht blinzeln müssen, um etwas sehen zu können.«

»Ich habe versucht, einzuwenden, dass ich vom Blinzeln früh Falten um die Augen bekommen werde«, entgegnete sie trocken und provozierte ihn damit zum Lachen. Er genoss ihre Schlagfertigkeit wirklich. »Meine Mutter hält dies allerdings nur für eine Ausrede.«

»Was würde sie tun, wenn Sie die Brille trotzdem tragen?«

Sie hob die Mundwinkel zu einem halben Lächeln. »Ermuntern Sie mich etwa, zu rebellieren, Lord Northam?«

»Vielleicht«, murmelte er und dachte bei sich, dass eine rebellische Lady Lavinia eine beeindruckende und ziemlich erregende Erscheinung sein müsste.

Erregend?

»Vergangenen Herbst habe ich an einem Wettbewerb im Bogenschießen teilgenommen. Ich war ziemlich erfreut, als ich in den unteren Teil der Zielscheibe getroffen hatte, wenn auch nur für einen Augenblick. Der Pfeil fiel wieder heraus«, erklärte sie. »Vielleicht hätte ich den Pfeil in eine gefährliche Richtung schießen sollen.

Möglicherweise hätte dies meine Eltern überzeugt, dass ich meine Brille tragen sollte.«

»Gefährlich? Meinen Sie damit, dass Sie jemanden hätten treffen sollen?«

Sie zuckte die Schultern. »Oder ihm einfach nahe kommen.«

»Außer, dass Sie wahrscheinlich nicht genügend erkennen können, um diesen Unterschied zu machen.«

Sie kniff die Augen leicht zusammen. »Wenn meine Eltern nur so scharfsinnig wären wie Sie.«

Wieder lachte er und genoss ihre Gesellschaft. »Es ist eher unfair, oder? Ihr jungen Damen seid an lächerlich starre Regeln der Gesellschaft gebunden. Ich muss zugeben, dass ich manchmal froh bin, keine zu sein.«

Sie blinzelte ihn an, und bei ihrem intensiven Blick hatte er das Gefühl, dass ihr auf diese Entfernung nichts entging. »Ich frage mich, ob ich beleidigt sein sollte.«

Er verpatzte die Sache tatsächlich. Zuerst bereitete er ihr Unbehagen und jetzt beleidigte er sie. »Überhaupt nicht. Ich habe versucht, mein Bedauern auszudrücken und kläglich versagt.«

»Es ist schon in Ordnung. Ich denke, ich habe verstanden, was Sie gemeint haben. Ich habe Sie ein bisschen geneckt – das passiert, wenn man einen älteren Bruder hat und geneckt worden ist, wie ich. Haben Sie Geschwister, Lord Northam?«

Ein Stich des Kummers bohrte sich in seine Brust, doch er machte die Tür zur Vergangenheit fest zu und klammerte sich stattdessen an diesen Augenblick. »Einen jüngeren Halbbruder.«

»Ich bin sicher, dass Sie ihn necken.«

»Nein, er ist bedeutend jünger, erst elf«, entgegnete Beck. »Es tut mir wirklich leid für ihre Misere – in Bezug auf die Brille.«

»Es ist schon in Ordnung. Ich habe lernen müssen, Ärgernisse zu akzeptieren. So wie diese ganze Aufmerksamkeit, die dank des betörenden Herzogs auf mich gerichtet ist.«

Ihr spöttischer Tonfall ließ in aufhorchen. »Was hat er getan?«

Ihre prächtigen, temperamentvollen braunen Augen weiteten sich. »Wissen Sie nichts von ihm? Er verfasst Gedichte über Damen, die seiner Meinung nach etwas Hilfe auf dem Heiratsmarkt brauchen. Es ist unglaublich überheblich. Und wichtigtuerisch. Und viele andere Worte, die auf ›isch‹ enden, da bin ich sicher.«

»Ach, ja.« Plötzlich fühlte sich seine Krawatte zu eng an. »In welcher Weise überheblich?«

»In vielerlei Hinsicht. Wie kann er zuerst einmal die Situation einer jungen Dame kennen? Vielleicht hat sie einen sehr guten Grund dafür, noch nicht verheiratet zu sein.«

Sein Unbehagen fasste Fuß und nahm allmählich zu. »Ist das bei Ihnen der Fall?«

»Ich habe Gründe«, entgegnete sie unbestimmt. »Jedenfalls geht ihn das sowieso nichts an. Er kennt mich nicht einmal.«

»Dann wissen Sie, wer er ist?« Das tat sie natürlich nicht.

»Nein, aber das würde ich gerne, damit ich ihm genau sagen kann, was ich von seinem Plan halte.«

Wenn sie bloß wüsste … »Wie können Sie wissen, dass er Sie nicht kennt? Er muss zumindest *von* Ihnen Kenntnis haben.«

»Ja, das scheint er, aber ich habe keine Ahnung, wer er ist. Ich habe allerdings vor, es herauszufinden. Wie auch Miss Pemberton, eine weitere arme junge Frau, auf die er seinen gedankenlosen Blick geheftet hat.«

Beck fühlte, wie sich ein bisschen Übelkeit breitmachte. »Also besteht Ihre Beschwerde darin, dass er Ihnen hilft, wo keine Hilfe erforderlich ist.«

»Ja, und er ermuntert alle möglichen Männer, aus dem Dunstkreis hervorzukriechen, um zu versuchen, eine Verbindung anzubahnen.«

»Sind Sie belästigt worden?« Er wappnete sich für eine Antwort, die ihm nicht gefallen würde.

»Nicht eindeutig.« Ihre Antwort verschaffte ihm einen gewissen Trost. »Meine Eltern sind recht gut darin, die Mitgiftjäger und sozialen Aufsteiger abzuschrecken. Aber es hat mich ins Licht gerückt und mich zu einer Handelsware gemacht.«

»Ist das nicht, wozu der Heiratsmarkt in erster Linie gedacht ist?« Er mochte dies vielleicht verabscheuen, aber er erkannte an, dass es die einzige Möglichkeit war, wie viele der jungen Frauen ihrer Klasse einen Ehemann finden konnten.

»Genau deshalb ziehe ich meinen Status als Mauerblümchen vor. Der richtige Mann wird mich finden – oder ich werde ihn finden – oder ich werde glücklich meinen Platz als Jungfer einnehmen. Ich würde viel lieber unverheiratet als unglücklich sein. Das sollte ich besser klarstellen: un*geliebt*.«

Er war vollkommen von ihrem Standpunkt überwältigt. »Liebe ist wichtig?«

»Liebe ist das Wichtigste, denke ich. Und Vereinbarkeit. Vermutlich könnte ich auf Ersteres verzichten, wenn ich mir Letzteren sicher sein könnte.« Sie richtete sich gerade und ihre Züge spannten sich an. »Oh du meine Güte, meine Mutter kommt und sie bringt einen weiteren Gentleman mit. Kann sie nicht sehen, dass ich mich mit einem Marquess unterhalte? Vielleicht sollten Sie während der Saison die ganze Zeit an meiner Seite bleiben, um diesen Unsinn abzuwenden, den der betörende Herzog heraufbeschworen hat.«

»Das würde ich tun, wenn ich glaubte, dass es helfen würde.« Beck dachte wie verrückt darüber nach, was er unternehmen konnte, um die Situation insgesamt zu berichtigen. Was zur Hölle hatte er getan?

Wütend auf sich selbst und generell desillusioniert entschied er, dass er ihrer Mutter und wen auch immer sie im Schlepptau hatte, nicht gegenübertreten konnte. »Verzeihen Sie mir, wenn ich mich für jetzt zurückziehe«, sagte er mit einer Verbeugung.

»Sie verlassen mich? Wohin gehen Sie?«

»Ich bin auf dem Weg … verwegene Dinge zu tun.« Er zwinkerte ihr humorvoll zu und nahm ein vages Flackern in ihrem Blick wahr.

Erregung?

Da war schon wieder dieses Wort.

»Guten Abend, Lady Lavinia. Bis zum nächsten Mal, wenn ich als Ihr getreuer Verteidiger gegen die übergriffigen Massen in Aktion treten soll.« Er entfernte sich, so schnell er konnte, aus dem Salon und wagte nicht, zurückzuschauen.

KAPITEL 4

Kein Antlitz könnte liebreizender,
Kein Gebaren heiterer sein.
Ihre Worte heilen die Schwachen und Kraftlosen,
Ihre Präsenz erhebt die Trostlosen.

-Aus Eine Ode an Miss Phoebe Lennox
Von Der betörende Herzog

Am folgenden Nachmittag spazierte Lavinia in Begleitung ihrer Mutter zum Park. Es war ein sonniger Tag, obwohl ein bisschen frisch. Zumindest würde es nicht regnen.

»Erwartest du, den Marquess of Northam heute zu treffen?«, fragte ihre Mutter, als sie sich dem Grosvenor Tor näherten.

»Nein.« Nach ihrer ausgesprochen vergnüglichen Unterhaltung gestern Abend bei der musikalischen Darbietung hatte er erklärt, gehen zu müssen, um verwegene

Dinge zu tun. Sie konnte sich nur vorstellen, was für Dinge das sein würden. Plötzlich stieg ihr eine Welle der Hitze am Rückgrat empor und sie konnte den Druck seiner Lippen auf ihrem Nacken so lebhaft spüren, als ob er neben ihr stehen würde.

»Warum nicht?« Ihre Mutter klang verstimmt. »Dein Vater und ich hatten gehofft, dass er vielleicht in Betracht zieht, dir den Hof zu machen.«

»Das tut er nicht. Hast du vergessen, dass er ein Wüstling ist?«

»Nein, aber sogar Wüstlinge müssen heiraten, wenn sie einen Titel tragen. Vielleicht bist du diejenige, die ihn zähmt.« Sie sah Lavinia mit einem erwartungsvollen Lächeln an.

Sie passierten gerade das Tor, als Lavinia entgegnete: »Sind solche Männer zur Besserung fähig?

Mutter blinzelte sie an. »Ist das von Bedeutung, wenn sie ein Marquess sind?«

Abscheu rumorte in Lavinias Magengrube. Begierig, der Gesellschaf ihrer Mutter zu entkommen, überblickte sie blinzelnd den Park, bis sie Sarah entdeckte. Aber bevor sie losging, legte Mutter eine Hand auf Lavinias Unterarm. »Du kannst heute nicht einfach mit deinen Freundinnen losziehen. Du musst hier in der Nähe bleiben, damit ein Gentleman dich zum Promenieren auffordern kann.«

»Und wenn das keiner das tut?«, fragte Lavinia in einem liebenswürdigen Ton.

»Einer wird es tun. Die Dinge sind in Bewegung, meine Liebe. Du bist die Tochter eines Earls mit einem ansprechenden Gesicht und einer Mitgift. Du hast nur ein bisschen Bekanntheit gebraucht, um dich in den Vordergrund zu rücken und dank des betörenden Herzogs hast du das jetzt. In Kürze wirst du verheiratet sein.«

»Dank des betörenden Herzogs.« Sie biss die Zähne

zusammen, um den Sarkasmus aus ihrer Stimme zu bannen, doch nach dem verkniffenen Blick ihrer Mutter zu urteilen, war sie wohl nur wenig erfolgreich.

»Du solltest lernen, dankbar zu sein.«

»Ich bin außerordentlich dankbar für viele Dinge – ein Zuhause, eine Familie«– sogar, wenn diese sie zur Frustration trieb –»Die Fähigkeit lesen zu können und zu lernen und so vieles andere. Du musst mir verzeihen, dass ich nicht, so wie du, den Drang verspüre, zu heiraten. Es wird zur rechten Zeit passieren. Du weißt, dass die Liebe mir wichtig ist.«

»Ja, das wissen wir, aber es sind nun schon drei Jahre vergangen und es gab nicht einmal ein Anflug davon. Wenn du weiter herumbummelst, werden deine Chancen dahin sein. Du willst doch nicht allein bleiben, oder?«

Ehe sie noch antworten konnte, kam ein Gentleman auf sie zu. Er war vergleichsweise kleingewachsen, mit hellblauen Augen und einer eher schlanken Figur. Angestrengt versuchte Lavinia, sich an seinen Namen zu erinnern. In den vergangenen Tagen hatte sie so viele neue Menschen kennengelernt.

Ihre Mutter kam ihr zur Hilfe. »Lord Fielding, wie geht es Ihnen?«

»Sehr gut, danke.« Er verbeugte sich vor der Komtess und dann zu Lavinia gewandt. »Guten Tag, Lady Lavinia, Ich hatte gehofft, dass wir eine Runde drehen könnten.«

Lavinia verfluchte sich dafür, zu viel Zeit mit ihrer Mutter verbracht zu haben. Jetzt würde sie nicht mehr mit Sarah sprechen können. Zumindest nicht für die nächste Viertelstunde. »Sicherlich.« Sie zwang sich zu einem Lächeln und nahm Lord Fieldings dargebotenen Arm.

»Es ist ein herrlicher Tag«, bemerkte er. »Ich wage zu sagen, dass der Frühling in der Luft liegt.«

»Es wird allerdings heute Abend recht kalt werden.«

Er nickte. »Wahrscheinlich. Heute Abend findet Lady Abercrombies Ball statt. Gehen Sie hin?«

»Ja. Und Sie?«

»Das werde ich. Sie müssen mir einen Tanz reservieren.«

Musste sie? Es war nicht so, als könne sie ablehnen. Es sei denn ... Würde er ihr glauben, dass sie bereits genügend Tanzpartner hatte? Es war zu schade, dass dem nicht so war. Sie rang sich zu einer Antwort durch: »Ich wäre sehr erfreut.«

Ein Gefühl der Irritation zuckte über ihre Schultern hinweg. Sie strengte ihre Augen an und konnte Fanny ausmachen, die angekommen war und sich zu Sarah gesellt hatte, und verspürte einen scharfen Stich der Eifersucht. Die beiden blickten in ihre Richtung und Sarah grüßte sie mit einem kleinen, geheimnisvollen Winken. Obwohl Lavinia ihre Gesichtszüge nicht im Einzelnen ausmachen konnte, stellte sie sich vor, dass sie voller Mitgefühl waren.

»Haben Sie einen Lieblingstanz?«, fragte Lord Fielding.

Sie hatte kaum eine Chance »Nicht besonders« zu antworten, ehe er zu einem ausführlichen Vergleich der Landestänze ansetzte und welche Elemente davon besser waren als andere. Als sie kehrtmachten und zu ihrer Mutter zurückgingen, ertappte Lavinia sich dabei, wie sie an Tempo zulegte, um den Spaziergang so schnell wie möglich zu beenden.

Sie kamen an einem weiteren Paar auf dem Weg vorbei und Lavinia erkannte einen Augenblick zu spät, dass die junge Dame Miss Lennox war. Lavinia wurde langsamer und drehte den Kopf.

»Ist etwas nicht in Ordnung?«, fragte Lord Fielding.

»Nein, ich habe nur – «

Er schien außer dem Wort »nein« nichts zu hören und setzte seinen Monolog über Tänze fort, wobei er ihr erzählte, dass das Menuett sein Lieblingstanz war. Verdammt, sie wollte sich wirklich mit Miss Lennox unterhalten.

Endlich führte Lord Fielding sie zu der Komtess zurück, aber Lavinia wurde abermals enttäuscht, als sofort ein anderer Gentleman auf sie zukam, um sie für eine weitere Promenade abzuholen. Sie schickte einen sehnsüchtigen Blick zu ihren Freundinnen und diesmal kniff sie die Augen fest genug zusammen, um zu erkennen, dass sie sie mit einem Ausdruck ansahen, der an Mitleid erinnerte.

Innerlich aufstöhnend nahm Lavinia Mr. Barkbys angebotenen Arm und sie folgten dem gleichen Weg, den sie gerade mit Fielding gegangen war. »Habe ich Sie gestern Abend bei den Fortescues gesehen?«, fragte er.

»Ich war dort, ja.« Sie hatte ihn nicht gesehen, aber das würde sie nicht sagen.

»Ich habe es nicht sonderlich genossen, und Sie?«

»Das habe ich eigentlich.«

»Tatsächlich?« Er klang überaus überrascht. »Was hat Ihnen daran gefallen?«

»Die Musiker waren alle sehr versiert. Die Gitarristin hat ein erstaunliches Talent bewiesen.«

Er schnalzte mit der Zunge. »Mich hat es nicht interessiert. Aber andererseits bevorzuge ich auch einen Sopran, wenn ich an einer musikalischen Veranstaltung teilnehmen muss.«

Sie wandte ihm das Gesicht zu. »Warum sind Sie dann gestern Abend dort gewesen?«

Ohne jeden Anflug von Ironie traf sein Blick mit ihrem zusammen. »Weil man das während der Saison tut.«

Die restliche Zeit ihres Spaziergangs verbrachte Mr. Barkby damit, ihr von seinen bevorzugten Sopranisten zu berichten. Als sie zu ihrer Mutter zurückkehrten, fühlte Lavinia sich wie eine welkende Blume, die sich verzweifelt nach Wasser und Sonne sehnte, und erwog, vor Frustration zu weinen.

Neben ihrer Mutter wartete bereits ein weiterer Gentleman, um mit ihr zu gehen. Lavinia wollte schreien, aber genau in dem Moment fiel ihr Blick auf Lord Northam in der Nähe. Er war nahe genug, dass sie ihn sehen konnte, ohne ihre Sehkraft übermäßig anstrengen zu müssen. Sie sandte ihm einen flehenden Blick – wenn es je eine Gelegenheit geben würde, den Verteidiger zu spielen, dann jetzt.

Er schien zu verstehen, denn er schritt auf sie zu. Erleichtert stieß sie die Luft aus, als Mutter sie veranlasste, ihre Aufmerksamkeit auf den Gentleman zu richten, der bereits anwesend war. »Lavinia, dies ist Lord Devaney. Lord Devaney, erlauben Sie mir, Ihnen meine Tochter Lavinia vorzustellen.«

Er verbeugte sich und sie knickste genau in dem Moment, in dem Northam ankam.

»Guten Tag«, grüßte Northam mit einem Lächeln.

Devaney war ein paar Zentimeter kleiner als Northam, der etwa drei oder vielleicht auch fünf Zentimeter über einen Meter achtzig sein musste, aber wahrscheinlich fünf Jahre älter war. Devaneys Nase war eine Spur zu lang und seine Lippen eher dünn. Er drehte sich um und begrüßte den Marquess. »Tag, Northam.«

Lord Northam zögerte und sie erkannte seine Bedrängnis, denn es war die gleiche, die sie vorhin erfahren hatte – sich nicht an jemandes Namen erinnern zu können. »Lord Devaney, genießen Sie den Park heute?«, fragte Lavinia nicht, weil sie freundlich sein wollte, sondern um seinen Namen auszusprechen, damit der Marquess ihn erfuhr.

»Tag, Devaney«, entgegnete Northam. Mit seinem

linken Auge, das ihr näher war, schenkte er ihr einen kurzen, dankbaren Blick.

Devaney schniefte, als er seine Aufmerksamkeit Lavinia zuwandte. »Der Park ist heute sehr schön, Lady Lavinia. Er wäre sogar noch schöner, wenn Sie mit mir gehen würden.«

»Eigentlich hatte sie bereits geplant, mit mir zu gehen – wir haben das gestern Abend bei den Fortescues verabredet.« Er lächelte verhalten, als er näher zu Lavinia trat.

Oh, meine Güte, das war eine Flunkerei, über die ihre Mutter sie bestimmt ausfragen würde. Lavinia konnte sie jetzt schon hören: »Warum hast du mir erzählt, keine Pläne zu haben, dich heute mit dem Marquess zu treffen, wenn dem ganz offensichtlich doch so war?«

Hoffentlich könnte Lavinia dies glaubhaft auf ihre Vergesslichkeit schieben.

»Ach ja. Nun, da ich zuerst hier angekommen bin, vermute ich, dass Sie wohl warten müssen, bis wir fertig sind«, entgegnete Devaney. Sein Tonfall war hauptsächlich umgänglich, doch es schwang eine feindselige Note mit. Er sah zum Horizont. »Wenn wir allerdings zu lange brauchen, werden Sie vielleicht nicht mehr genügend Licht haben.« Er bohrte seinen scharfen, provozierenden Blick in Northam. »Das wäre wirklich schade.«

»Das wäre es, und aus diesem Grund und unserem früheren Arrangement sollte sie mit mir gehen.« Northams abermaliges Lächeln erreichte seine Augen allerdings nicht. Er schob sich noch näher zu Lavinia.

Ihre Mutter hob die Hände, die Handflächen nach außen zu ihnen gedreht. »Nun, Gentlemen, Sie sollten nicht um meine Tochter streiten.« Sie lachte und Lavinia konnte ihre Freude buchstäblich fühlen.

»Da gibt es keinen Streit«, erklärte Devaney und sah dabei – oder versuchte dies zumindest – an seiner langen

Nase auf Northam herab. »Sie wird jetzt mit mir gehen und wenn noch Zeit ist, kann Northam eine schnelle Runde mit ihr drehen.«

Lavinia konnte kaum glauben, was sich dort abspielte. Es war, mit einem Wort, absurd. Wie sie es genießen würde, den betörenden Herzog zu erwürgen.

»Fallen Sie in Ohnmacht.«

Das leise Flüstern erreichte ihr Ohr und sie warf Northam einen Blick zu, der den Kopf unmerklich neigte, um ihr anzudeuten, dass sie sich hinfallen lassen sollte. War er verrückt?

Nein, er versuchte, sie vor diesem Dilemma zu retten. Oder sie könnte einfach mit Devaney gehen. Letztendlich hatte sie gar keine Wahl. Sie beugte die Knie, flatterte mit den Augenlidern und sank zu Boden.

Allerdings traf sie nicht auf dem Weg auf, denn die warmen, kräftigen Arme des Marquess of Northam, einem notorischen Wüstling, fingen sie vorher auf.

~

Beck schwang sie in seine Arme. Es war kein leichtes Unterfangen, denn sie war größer als eine durchschnittliche junge Dame. Es war auch nicht besonders gut durchdacht, was seine Strategie anbelangte, ihr zu helfen, keine Aufmerksamkeit zu erregen. Diese Eskapade würde wahrscheinlich dafür sorgen, dass sie zumindest für die nächsten Tage die Frau in London war, über die am meisten geredet würde.

Es war allerdings zu spät, um den Kurs zu wechseln, also sah er ihre Mutter an. »Wo ist Ihre Kutsche?«

Ihre Augen waren weit aufgerissen und sie schüttelte den Kopf. »Wir haben keine genommen.«

»Ich habe meinen offenen Zweispänner.« Er zeigte mit

dem Kopf zum Grosvenor Tor, wo sein Gefährt mit einem seiner Stallknechte stand. Er hatte Philip mitgebracht, damit er bei dem Zweispänner blieb. »Ich kann sie nach Hause fahren. Wo wohnen Sie?«

»Parkstraße fünfundzwanzig«, antwortete die Komtess und wirkte besorgt. »Ich werde Euch dort treffen.«

Beck nickte ihr zu, ehe er kehrtmachte und Lady Lavinia zu seinem Zweispänner trug. Alle drehten sich herum und starrten sie an, als er vorbeiging. Ihre Lider begannen zu flattern.

»Halten Sie die Augen geschlossen«, murmelte er.

Ihre beiden Freundinnen, Miss Colton und Miss Snowden traten auf ihn zu. Auch ihre Gesichter waren von Besorgnis gezeichnet, und vielleicht sogar mehr als das der Komtess.

»Was ist passiert?«, fragte Miss Colton.

»Mir geht es gut«, antwortete Lady Lavinia leise, aber mit beträchtlicher Anstrengung, um die Augen geschlossen zu halten. »Lord Northam rettet mich aus einer unhaltbaren Situation. Ich sehe euch später auf dem Ball.«

Die jungen Frauen entspannten sich sichtlich und Beck setzte den Weg zu seinem Zweispänner fort. Er setzte sie hinein und lehnte sie gegen die Polster. »Halten Sie die Augen geschlossen, bis wir uns in Bewegung gesetzt haben.« Er wandte sich an seinen Stallknecht. »Philip, ich muss Lady Lavinia nach Hause fahren. Bitte triff mich zu Hause.«

»Ja, Mylord.« Ehe er ging, wartete er ab, bis Beck in die Kutsche gestiegen und das Gefährt auf den Weg gebracht hatte.

»Kann ich jetzt die Augen aufmachen?«, fragte sie.

»Ja.« Er sah zu ihr hinüber, als sie ihre Augen blinzelnd öffnete und seitlich aus dem Gefährt hinaussah.

»Nun, das war eine Möglichkeit, mich aus dieser Situation zu befreien, vermute ich.« Sie setzte sich auf ihrem Platz auf, als sie den Park verließen. »Mehr denn je, möchte ich diesen verdammten betörenden Herzog erwürgen.«

Er fuhr zusammen und warf einen schnellen Blick in ihre Richtung, um sich zu vergewissern, ob sie etwas bemerkt hatte. Dies schien nicht der Fall zu sein – sie rückte ihren Hut zurecht, der verrutscht war, als er sie zum Zweispänner getragen hatte. »Ich habe versucht zu helfen.«

»Wofür ich dankbar bin. Es ist nicht Ihr Fehler, dass Lord Devaney sich wie ein aufgeblasener Geck benimmt. Und es ist auch nicht Ihre Schuld, dass der betörende Herzog dieses Desaster verursacht hat.«

Aber das war es natürlich. »Ich frage mich, ob er nicht erkennt, dass Sie seine Hilfe nicht wollen.«

»Das ist vermutlich möglich. Vielleicht sollte ich einen Brief an ihn schreiben und ihn im *Morning Chronicle* veröffentlichen.« Sie legte den Kopf schief und ihre Augen verengten sich, aber sie blinzelte nicht. Sie dachte nach. »Ja, das ist eine ausgezeichnete Idee.«

Anstatt sich auf sein Bedauern oder Unbehagen zu konzentrieren, versuchte er, etwas Humor in die Sache zu bringen, um ihre Stimmung aufzuhellen.

»Haben Sie vor, ein Gedicht zu verfassen?«

»Ach du lieber Gott, nein. Das ist eine eher einzigartige Fähigkeit, denke ich. Zumindest, was die Frage anbelangt, gut darin zu sein – und der Herzog ist es ganz bestimmt. Trotz all seiner Fehler – und ich bin bereit zu sagen, dass er *viele* haben muss – weiß er, wie man eine Feder schwingt.«

Das versetze Beck in eine absurde Begeisterung. Er schob das Gefühl beiseite. »Ich entschuldige mich, auf eine drastische Maßnahme zurückgegriffen zu haben. Mir ist nichts anderes eingefallen, um zu verhindern, dass Sie mit Devaney promenieren müssten oder, was es wohl eher trifft, Handgreiflichkeiten zu verhüten.«

Sie drehte ihm den Oberkörper zu. »Glauben Sie, dass er Sie angegriffen hätte?«

Beck zuckte die Schultern. »*Ich* hätte ihn vielleicht geschlagen.« Er warf ihr einen Seitenblick zu und bemerkte, wie sie kurz die Augen aufriss.

»Haben Sie früher schon einmal gekämpft?«

»In Oxford. Felix – das ist der Earl of Ware – und ich sind oft in Schwierigkeiten geraten. Ware hatte damals Amateur-Boxkämpfe arrangiert. Normalerweise gingen sie in eine Rauferei unter Betrunkenen über und mit Fortschreiten des Abends wurde immer weniger gekämpft und immer mehr getrunken.« Wieder fuhr er zusammen und dieses Mal wusste er, dass sie es wahrgenommen hatte. »Ich bitte um Entschuldigung. Das ist nicht gerade ein besonders passendes Thema für eine junge Dame.«

»Vielleicht nicht, aber es ist weitaus interessanter als Lord Fieldings Lieblingstänze oder Mr. Barkbys Leidenschaft für Sopranisten.«

»Was soll das heißen?«

Sie winkte ab. »Nichts. Nur die Themen, die ich mir gezwungenermaßen im Park anhören musste. Ich bin sicher, dass Sie mich vor bitterer Langweile mit Lord Devaney gerettet haben. Ich bin zuversichtlich, dass er eine Form der Konversation gefunden hätte, die nur für ihn unterhaltsam ist, und sich meiner Gleichgültigkeit unbewusst gewesen wäre. Warum hätte Sir Martin heute nicht hier sein können. Wenigstens hat er das Potential, fesselnd zu sein.«

»Warum?«

»Er ist an Wissenschaft interessiert, und vor allem an Astronomie.«

»Und das wäre natürlich weitaus reizvoller für Sie.« Aus irgendeinem sonderbaren Grund war er froh, dass Sir Martin nicht dort gewesen war.

»Weit mehr.« Sie zeigte auf die rechte Straßenseite, als sie die Kreuzung mit der Mount Street erreichten. »Mein Haus ist gleich dort.«

Er machte die Nummer fünfundzwanzig aus. »Während wir noch einen weiteren Moment für uns haben, gestatten Sie mir bitte, mich noch einmal für das zu entschuldigen, was im Park passiert ist.«

»Ich gebe Ihnen überhaupt keine Schuld.«

»Das werden Sie wohl, wenn es nur dazu führt, dass Sie noch bekannter werden.«

»Verdammt, Sie können recht haben. Nein, Sie *haben* recht. Sie legte den Kopf in den Nacken und stieß frustriert die Luft aus.

Er parierte den Zweispänner zum Halten durch und stieg aus. Nachdem er hinten um des Gefährt herumgegangen war, half er ihr auf die Straße. »Ich bedauere das Ärgernis, das Ihnen hierdurch beschert wird.«

»Es ist nicht Ihr Fehler. Dies ist ganz und gar dem aufdringlichen betörenden Herzog zuzuschreiben. Wenn nicht wegen ihm wäre Ihr Eingreifen nicht einmal erforderlich gewesen. Wenn nicht wegen ihm hätte ich einen vergnüglichen Spaziergang mit meinen Freundinnen genossen.«

Becks Verstand arbeitete fieberhaft, um sich eine Möglichkeit einfallen zu lassen, wie er diese Sache für sie wiedergutmachen könnte. Wenn er dazu imstande war. Ganz bestimmt wollte er die Angelegenheiten nicht noch schlimmer machen, als es ihm wahrscheinlich heute gelungen war. Er bot ihr seinen Arm und führte sie zur Haustür.

Der Butler öffnete sie gerade, als sie auf dem oberen

Treppenabsatz der Eingangsstufen angelangt waren. Sie ließ seinen Arm los und drehte sich zu ihm um. »Vielen Dank, dass Sie mich nach Hause gebracht haben. Machen Sie sich keine Sorgen um mich oder mein Dilemma. Ich denke, mir ist eine Lösung eingefallen.«

»Der Brief im *Chronicle*?« Bei ihrem Nicken machte er ein Angebot, das vielleicht unüberlegt war, aber er tat es trotzdem. »Ich würde mich glücklich schätzen, ihn für Euch abzuliefern.« Auf diese Weise könnte er sicherstellen, dass der Herausgeber ihn drucken würde – Becks Anwalt würde ihn persönlich überbringen und sich die Versicherung des Mannes geben lassen.

In ihrem Blick flackerte Überraschung auf. »Das ist sehr hilfreich, vielen Dank, aber ich weiß nicht, ob das notwendig ist.«

Für eine Weiterführung des Gesprächs fehlte ihnen die Zeit. Es sei denn, er würde sie nach drinnen begleiten, und er war nicht eingeladen worden. Nicht, dass er das gewollt hätte. Guter Gott, er bewegte sich viel zu dicht an einer Grenze, die zu überschreiten er nicht das geringste Interesse hatte. Verdammt, er war so davon gefangen genommen gewesen, an ihre Situation zu denken, dass er versäumt hatte, seine eigene zu berücksichtigen. Die Leute würden wahrscheinlich glauben, dass er ihr den Hof machte. Oder das beabsichtigte. Oder zumindest interessiert an ihr war. Sie war unverheiratet und er war ein Wüstling. Ein *Unberührbarer* Wüstling, wenn man nach den Bezeichnungen der Gesellschaft ging.

Er höhnte innerlich. Er gab nicht einen Pfifferling darauf, wenn sie schlussfolgerten, dass er zu heiraten beabsichtigte. Er wusste bei sich, das nicht zu tun und es ging andere nichts an. Er verbeugte sich vor Lady Lavinia und kehrte zu seinem Zweispänner zurück, ungeduldig, seinen Weg fortzusetzen, ehe ihre Mutter auftauchte.

Es war eine Sache, wenn die Gesellschaft im Allgemeinen an seine Heiratsabsichten glaubte, und eine vollkommen andere, wenn die Komtess von Balcombe dachte, dass er ihre Tochter ehelichen wollte. Er sollte Abstand wahren, was es ihm allerdings unmöglich machte, Lady Lavinia vor unerwünschten Bewerbern zu beschützen. Nichtdestotrotz wäre es notwendig.

Noch etwas anderes war dringend nötig: Es war höchste Zeit, den betörenden Herzog verschwinden zu lassen.

KAPITEL 5

Kommt herab ihr Engel! Bringt euer Licht.
Beschert Ruhe, Sinn, Langmut und Einsicht.
Huldigt ihrer Glorie und Erlesenheit
von der Komposition ihres Angesichts verzauberte Seelen.

-Aus Weitere Gedanken an Miss Rose Stewart
Von Der betörende Herzog

Nachdem sie gezwungen war, am Abend nach ihrem »Ohnmachtsanfall« im Park zu Hause zu bleiben, war Lavinia begierig, Sarah zu besuchen. Sowohl sie als auch Fanny hatten Lavinia heute Morgen kurze Nachrichten geschickt und sich erkundigt, was passiert war. Sie hatten überaus besorgt geklungen. In ihrem Antwortschreiben hatte sie Fanny gebeten, sich heute Nachmittag bei Sarah mit ihnen zu treffen.

Der Butler der Coltons führte Lavinia in das Wohnzimmer, wo sie und Sarah sich immer trafen. Sarah sprang vom Sofa auf und eilte herbei, als der Butler sich zurückzog. »Ich bin so froh, dass es dir gut geht. Nach dem, was gestern im Park passiert war, bin ich so besorgt gewesen.«

Lavinia nahm in einem Sessel Platz, der schräg zum Sofa stand, und setzte ihre Haube ab. »Ich habe dir gesagt, dass es mir gut ging.«

»Ja, aber als du nicht zum Ball gekommen bist und auch deine Mutter nicht, haben Fanny und ich uns gesorgt, dass es dir vielleicht doch nicht gut ging. Ich freue mich, dass es so ist.«

»Es war alles vorgetäuscht.« Lavinia zog die Handschuhe von ihren Händen und legte sie auf die Armlehne. »Lord Northam hat mich vor einer weiteren Promenade mit einem langweiligen Bewerber gerettet.«

Fanny traf ein und trat, sich ihrer Handschuhe entledigend, zu ihnen. »Ich freue mich sehr, zu sehen, dass es dir gut geht, Lavinia.« Aus ihrem kupferroten Haar löste sich eine Haarnadel, als sie ihre Haube abnahm. »Mist!«, murmelte sie, als sie sich bückte, um die Haarnadel aufzuheben. Dabei löste sich eine Locke und streifte ihre Wange. Mit einem leisen Grunzen schob sie sie hinter ihr Ohr.

Solche Dinge passierten Fanny regelmäßig – Ohrringe fielen ihr von den Ohren, Nähte gingen an ihrem Kleid auf, Ratafia tropfte auf ihren Schoß. Sie sagte, sie sei linkisch, aber es war nicht immer, was sie tat. Es war eher so, dass linkische Dinge sich in ihrem Dunstkreis zu ereignen schienen.

»Ist Northam dann ein Bewerber?«, fragte Fanny.

»Meine Güte, nein. Northam ist ein Wüstling«, antwortete Lavinia.

»Wüstlinge können Bewerber sein, denke ich.« Fanny sah zu Sarah. »Oder etwa nicht?«

»Ich vermute schon, aber es ist nicht typisch. Meine Mutter sagt, dass sie das früher oder später müssen.«

Lavinia nickte. »Meine Mutter sagt das Gleiche. Sie hat sich in den Kopf gesetzt, dass Northam ein Bewerber ist – er und Devaney wären sich beinahe über die Frage in die Haare geraten, wer als Nächster mit mir promeniert.«

Sowohl Fanny als auch Sarah schnappten nach Luft. »Ist das wirklich passiert?«, fragte Fanny. »Das wurde gestern Abend beim Ball gemunkelt, aber wir waren nicht sicher, ob es stimmte.« Sie tauschte einen Blick mit Sarah aus.

»Es ist wahr«, bestätigte Lavinia düster. »Mein Tiefpunkt bislang. Und es tut mir leid, dass ihr es nicht zuerst von mir erfahren habt. Ich war sehr verärgert, als Mutter darauf bestand, dass ich zu Hause blieb und mich ausruhte. Vermutlich sollte ich ihr für ihr Ausmaß an Besorgnis dankbar sein, dass sie mich dazu bewegt hat, anstatt die Gelegenheit durch die zusätzliche Aufmerksamkeit wahrzunehmen, und mich auf dem Ball herumzuzeigen.«

Sarah runzelte die Stirn. »Mal sehen, ob ich die ganze Sache verstehe. Northam hat versucht, dich vor dem anderen Gentleman zu retten?«

»Vor Lord Devaney, ja. Aber Devaney wollte nichts davon wissen. Er bestand darauf, zuerst mit mir loszugehen, weil er zuerst eingetroffen war. Northam hielt dagegen, dass wir am Abend zuvor bei den Fortescues arrangiert hatten, miteinander spazieren zu gehen.«

Wie vorauszusehen war, hatte Lavinias Mutter sie darüber ausgefragt. Lavinia hatte es fertiggebracht, sie erfolgreich davon zu überzeugen, dass sie es vergessen hatte – sie hatte es der Überflutung männlichen Interesses zugeschrieben und ihrer Unfähigkeit, alles auseinanderzuhalten. Die Ironie daran war, dass es gar nicht gänzlich unwahr war. Mit Ausnahme der Tatsache, dass Lavinia

Northam niemals mit jemand anderem verwechseln würde. Er war ein einzigartiger Mann, was wahrscheinlich an der Art und Weise lag, wie sie sich kennengelernt hatten. Ihr kribbelte der Nacken wie jedes Mal, wenn sie an jenen Abend zurückdachte.

»Was für ein Debakel«, bemerkte Sarah kopfschüttelnd.

Lavinia nickte. »Obwohl es weitaus schlimmer hätte sein können.«

»Es klingt, als sei Northam dein Verteidiger«, bemerkte Fanny mit einem kleinen Lächeln. »Ich weiß, dass ich in diesen Dingen nicht deine Erfahrung habe, aber es scheint, als ob seine Werbung nicht mehr weit sei – ob er nun ein Wüstling ist oder nicht.«

Lavinia konnte sich so etwas nicht vorstellen. Sie hatten sich angefreundet, aber es hatte keinen Hinweis auf eine gegenseitige Anziehung gegeben – den flüchtigen Schaudern an ihrem Nacken zum Trotz. Diese hatten nicht zu bedeuten, dass sie sich seine Aufmerksamkeit auf diese Weise wünschte. Dennoch konnte sie nicht leugnen, dass er außerordentlich hilfreich geworden war. Was sie an den Mann erinnerte, der das Gegenteil war.

Lavinia straffte sich und nagelte ihre beiden Freundinnen mit einem direkten Blick fest. »Ich muss diesem Unsinn mit dem betörenden Herzog ein Ende machen. Ich werde einen Brief an ihn schreiben und ihn an den *Morning Chronicle* schicken.«

Fanny lehnte sich mit eifrigem Blick vor. »Was wirst du sagen?«

»Ich werde ihn bitten, seine poetische Kampagne einzustellen. Obwohl er vielleicht einigen Erfolg bei den ersten paar Frauen genossen hat, sind wir nicht alle für seine Einmischung dankbar.«

Sarah schürzte die Lippen. »Ich denke nicht, dass du das tun solltest.«

Sowohl Fanny als auch Lavinia starrten sie an, aber es war Lavinia, die das Wort ergriff. »Warum nicht?«

»Das Ereignis gestern im Park hat bereits mehr Aufmerksamkeit auf dich gelenkt – dein Ohnmachtsanfall war gestern Abend in aller Munde. Du bist ein bisschen wie eine Heldin für die jungen Frauen geworden, die liebend gern einen Marquess und einen Earl hätten, die sich um sie stritten. Wenn du den betörenden Herzog verunglimpfst, könnte dich das zu einer Außenseiterin machen.«

Lavinia stöhnte und ließ sich in ihren Sessel zurücksinken. »Das ist ein Desaster.« Obwohl der Status einer Außenseiterin ihren augenblicklichen Stress sicherlich lindern würde, könnte dies eventuell zur Folge haben, dass sie in dieser Saison überhaupt nicht heiratete und ihre Eltern würden außer sich sein. Genau genommen wäre ihre Mutter, einmal abgesehen von den Auswirkungen, erbost, wenn Lavinia überhaupt einen Brief schreiben würde. Lavinia kniff die Augen zusammen. »Dann sollte ich ihn anonym schreiben. Genau wie er.«

Sarahs Lippen formten sich zu einem Lächeln. »Das ist ausgezeichnet. Du musst dich die unabhängige Herzogin nennen.«

»Perfekt.« Lavinia grinste.

»Wie willst du sicherstellen, dass der Herausgeber des *Morning Chornicle* den Brief druckt?«, fragte Fanny.

Lavinia zuckte die Schultern. »Ich würde davon ausgehen, dass er begierig darauf ist. Die Gedichte des Herzogs sind überaus populär.« Ihr fiel Northams Vorschlag von gestern ein. »Lord Northam hat angeboten, den Brief beim *Morning Chronicle* abzuliefern. Um anonym zu bleiben, sollte ich seine Hilfe vielleicht annehmen.«

»Für einen Nicht-Bewerber, ist der Marquess äußerst versessen darauf, dir zu helfen«, bemerkte Sarah mit einem kräftigen Schuss Ironie und mehr als nur ein bisschen Neugier.

Es war ein klein wenig merkwürdig, aber Lavinia wusste, dass er wegen der Art, wie sie sich kennengelernt hatten, ein schlechtes Gewissen hatte. Dennoch hätten die meisten Wüstlinge – und vielleicht alle Wüstlinge – die Sache einfach verlacht und eventuell sogar versucht, sie nach der Abfertigung von Lady Fairwell zu verführen. Northam schien kein durchschnittlicher Wüstling zu sein. Und das macht sie neugierig.

Wofür sie allerdings keine Zeit hatte. Sie wollte ihr langweiliges Leben zurück, in dem sie ihre Zeit damit verbringen konnte, sich mit ihren Freundinnen im Abseits zu halten und ausführlich über Themen zu reden, die sie interessierten. Sie war nicht in der Lage, kurze Ausflüge zu unternehmen, um geologisch interessante Stätten zu besuchen, während so viel Aufmerksamkeit auf sie gerichtet war. Sehr zu ihrer Enttäuschung, dachte sie und war in der Tat verzweifelt, während der gesamten Saison überhaupt nicht dazu imstande zu sein.

»Anders als die Hilfe des betörenden Herzogs, ist die Hilfe des Marquess tatsächlich *hilfreich*. Aus diesem Grund allein werde ich es akzeptieren. Sarah, kann dein Bruder dafür sorgen, dass Northam später im Park ist, sodass ich ihm diesen Brief für den *Morning Chronicle* geben kann?«

»Bestimmt.« Sarah beäugte sie. »Vielleicht sollte ich ihn fragen lassen, warum Northam dir hilft.«

»Nein, tu das nicht«, entgegnete Lavinia. »Hoffentlich werde ich nach alldem seine Hilfe nicht mehr brauchen. Hast du Briefpapier hier?«

Sarah erhob sich. »Natürlich. Ich werde nur nach oben

in mein Zimmer laufen, um es zusammen mit den anderen Schreibutensilien zu holen.« Als sie gegangen war, fing Lavinia an, den Brief mit Fannys Hilfe wörtlich zu formulieren.

Etwa eine Stunde später waren sie fertig und der versiegelte Brief war in Lavinias Tasche verstaut, als sie Sarahs Haus verließ. Unglücklicherweise konnten sie nicht in den Park gehen, da der Himmel beschlossen hatte, einen Regenguss niedergehen zu lassen, der sie bis auf die Knochen durchgeweicht hätte.

Es war in der Tat so nass, dass Lavinias Mutter erwog, an diesem Abend nicht zu der Compton Gesellschaft zu gehen. Lavinia hatte sie eindringlich überreden müssen – nicht, dass ihre Mutter viel Überzeugung gebraucht hätte – und dann versucht, sich einen Plan auszudenken, wie sie den Brief Northam zukommen lassen konnte. Vorausgesetzt, er wäre überhaupt auf der Gesellschaft. Dieser Unsinn, dass Männer und Frauen keine Freunde sein durften, wurde zunehmend lästiger.

Sobald sie bei den Comptons eintrafen, gesellte sich Sarah mit einer gewissen Aufregung zu ihr. »Ich habe mit Anthony gesprochen und in die Wege geleitet, dass Lord Northam deinen Brief abholt. Ich sagte, du würdest ihn auf dem Kaminsims in der Bibliothek deponieren.«

Lavinia grinste. »Brillant! Du musst Anthony in meinem Namen danken. Er ist wirklich ein wundervoller Bruder.«

»Manchmal«, entgegnete Sarah. »Manchmal ist er ein … egal.« Sie zwinkerte Lavinia zu.

Sobald Fanny eintraf, stahl sich Lavinia in die Bibliothek Seiner Gnaden. Sie war noch nie vorher in diesem Raum gewesen und sie musste ein bisschen suchen, bis sie ihn fand. Sie schloss die Tür hinter sich und trat an die Feuerstelle. Dann nahm sie den Brief aus ihrem Retikül und legte ihn auf den Kaminsims neben eine kleine Hundefigur.

Daraufhin konnte sie nicht anders und trat an das Bücherregal, wo sie die Buchrücken nach etwas Interessantem durchsuchte und hier und da nicht gekennzeichnete Bände hervorzog. Einer unter ihnen, ein eher schmales Exemplar, nannte sich die *Die besonderen Gesteine der Äußeren Hebriden*. Sie fühlte sich, als hätte sie einen überaus wertvollen Schatz entdeckt und zog das Buch aus dem Regal.

Nur ein paar Augenblicke später klickte die Tür und sie klappte das Buch zu. Als Lord Northam eintrat, hatte sie einen schuldbewussten Blick aufgesetzt. Er ließ den Blick auf ihre Hände sinken. »Wie ich sehe, lesen Sie wieder.«

»Ich konnte nicht widerstehen, fürchte ich.«

»Natürlich nicht.« Er trat näher. »Was ist es denn heute Abend?«

»Das überaus reizende kleine Buch über die besonderen Gesteinsformen der Äußeren Hebriden. Sie müssen erstaunlich sein mit ihren vielfältigen Farben und Schichten. Ich würde sie liebend gern eines Tages einmal sehen.« Mit einem Seufzen stellte sie das Buch wieder ins Regal. Während sie sich umdrehte, zeigte sie mit dem Kopf zum Kamin. »Der Brief liegt dort.«

Mit seinen behandschuhten Fingern nahm er ihn vom Sims. Er blickte auf den Namen herab, den sie auf die Vorderseite des Umschlags geschrieben hatte. »Ich werde dafür sorgen, dass er ihn bekommt.«

»Vielen Dank.« Sie tat einen Schritt auf ihn zu, sodass sie nur noch durch einen geringen Abstand voneinander getrennt waren. »Meine Freundinnen haben mich gefragt, warum Sie so beflissen sind, mir zu helfen.«

»Kann ein Gentleman nicht einfach einmal einen Gefallen erweisen?«

»Natürlich, aber wir haben keine Verbindung. Manch einer würde denken, dass Ihre Hilfsbereitschaft unangemessen ist. Vor allem angesichts ihres Rufes.«

»Als ein Wüstling.«

Sie zuckte leicht mit den Schultern. »Sie streiten es nicht ab. Sie haben mir tatsächlich sogar selbst gesagt, dass Sie verwegenen Aktivitäten nachgehen. Darüber hinaus habe ich persönliche Kenntnis von Ihren verwegenen Aktivitäten.« Die Hitze stieg über ihren Nacken auf und überzog ihr Gesicht. »Und zwar, weil Sie sich mit Lady Fairwell getroffen haben.« Sie wandte den Blick von ihm ab, denn sie war nicht sicher, ob sie das amüsierte Funkeln in seinen Augen noch einen weiteren Augenblick ertragen konnte.

»Ich wage zu behaupten, dass Ihre Kenntnisse nicht so persönlich sind, aber ich verstehe, was Sie meinen.«

»Warum helfen Sie mir?«

Jetzt wandte er den Blick ab. »Ich hatte ein schlechtes Gewissen wegen der Umstände unseres Kennenlernens und ich bedauere, dass der betörende Herzog Ihnen so viel Ungemach bereitet hat.«

»Ja nun, ich habe ihn in diesem Brief vernichtet.« Sie zog die Augen zusammen. »Wie ich es genießen würde, seinen Ausdruck zu sehen, wenn er das liest.«

Er sah sie überrascht an. »Sie haben ihn vernichtet? Er hat versucht, etwas Gutes zu tun und hat tatsächlich einigen jungen Damen geholfen.«

»Das nehme ich an, aber ich finde die ganze Situation merkwürdig. Wer ist er schon, dass er den anonymen Ehestifter spielt?«

Sie legte den Kopf schief. »In der Tat, *wer* ist er? Er muss zur Gesellschaft gehören, um sich meiner und der anderen bewusst zu sein. Und angesichts seiner Virtuosität mit Worten ist er offensichtlich gut gebildet.«

Northam hob eine Schulter. »Ein ungebildeter Mann könnte ebenfalls schreiben.«

»Vielleicht, aber er würde nicht zur Gesellschaft gehören.« Ihr kamen ihre anderen Unterhaltungen in den Sinn und seine beharrliche Verteidigung des Mannes. Sie tat einen weiteren Schritt auf ihn zu, sodass sie seinen Gesichtsausdruck recht klar erkennen konnte. »Kennen Sie ihn?«

Northam zog seine dunkelblonden Brauen einen winzigen Moment hoch. »Warum würden Sie das glauben?«

»Weil Sie versessen darauf sind, ihn zu verteidigen und mir fällt wieder ein, dass Sie gesagt haben, es müsse sich um jemanden handeln, der mich kennt.« Sie verfolgte seine Reaktion, doch sein Blick flackerte nicht einmal.

»Ich habe bloß versucht, Ihnen zu helfen, seine Identität festzustellen.«

»Dann lassen Sie uns das tun.« Sie machte auf dem Absatz kehrt und ging ein paar Schritte zurück, ehe sie sich abermals zu ihm herumdrehte. »Wer, glauben Sie, besitzt die Fähigkeit, solch eine Poesie zu ersinnen?«

»Vielleicht ist Byron zurückgekehrt?«

Sie grinste. »Miss Pemberton hat das Gleiche vorgeschlagen. Ich denke, wir würden es alle wissen, wenn er zurück wäre.«

Northam zuckte die Schultern. »Nicht, wenn er sich gut versteckt.«

»Ich werde eingestehen, dass dieser Herzog sehr gut verborgen ist, aber es ist nicht Byron. Denn dieser, wage ich zu behaupten, würde unter seinem eigenen Namen veröffentlichen. Der Mann ist geheimnisvoll. Wer von der Gesellschaft ist intelligent und geheimnisvoll?«

Er stieß die Luft aus und sein Blick schweifte kurz zur Decke ab. »Das könnte auf eine große Anzahl an Gentlemen zutreffen. Oder vielleicht ist es eine Frau. Haben Sie das erwogen?«

»Das hatte ich nicht. Was für ein faszinierender Einfall.« Sie sah ihn argwöhnisch an. »Versuchen Sie etwa, meine Aufmerksamkeit abzulenken, damit ich seine Identität nicht aufdecke? Ich finde es merkwürdig, dass Sie so versessen darauf sind, mir zu helfen. Es scheint beinahe, als hätten Sie persönlich ein schlechtes Gewissen, wegen der Unannehmlichkeiten, die mir diese Sache bereitet hat.«

»Ich fühle mich schlecht. Ich bin sicher, dass es nie seine Absicht war, Leid zu verursachen. Deshalb frage ich mich, ob Sie diesen Brief vielleicht nicht schicken sollten.«

Sie erstarrte und fragte sich, ob sie ihn richtig verstanden hatte. »Moment, ich dachte, Sie hätten mir angeboten, den Brief für mich abzugeben.«

»Das habe ich, aber nachdem Sie das Wort *vernichten* benutzt haben, frage ich mich, ob Sie sich nicht überlegen sollten, ihn nicht zu schicken. Oder vielleicht könnten Sie den Herausgeber bitten, das Schreiben an den Herzog weiterzuleiten, damit er von Ihrem Ärger über seine Bemühungen erfährt.«

Allmählich brodelte der Zorn in ihrer Brust auf. »Also kann der betörende Herzog öffentlich über mich schreiben, aber ich sollte es ihm nicht mit Gleichem vergelten?«

Der Marquess besaß sogar den Anstand, zusammenzufahren. »Ähm, nein. Ich habe einfach nur eine andere Lösung für das gleiche Ziel aufzeigen wollen.«

»Mein Ziel besteht darin, ihn aufzuhalten und eine öffentlich Anklage wird weitaus wirkungsvoller sein, als ihm eine Nachricht zu schicken und ihn um Unterlassung zu bitten.« Sie schüttelte den Kopf, ehe sie abermals erstarrte und die Augen aufriss, als sie diesen Mann anblickte, den sie zugegebenermaßen nicht besonders gut kannte. »Haben Sie überhaupt vorgehabt, meinen Brief abzuliefern?« Sie streckte die Hand aus. »Geben Sie ihn zurück.«

»Das würde ich lieber nicht tun.«

»Warum nicht?«

»Weil Sie den Brief nicht schicken müssen.« Er stieß die Luft aus und richtete seinen Blick fest – und entschuldigend auf sie. »Ich bin der betörende Herzog.«

~

*B*eck beobachtete, wie sich ihre Augen weiteten und dann wieder zusammenzogen. Ihr Kiefer krampfte sich zusammen und sie verschränkte die Arme vor der Brust, die sich durch ihre Erregung ziemlich rasch hob und senkte.

»Erklären Sie sich.«

Er gab ihr den Brief zurück und sie riss ihm den Umschlag aus den Fingern, worauf sie die Arme wieder über ihrem Mieder verschränkte. Diese Position drückte ihre Brüste nach oben, sodass die Wölbung ihres Dekolletés sich deutlicher über ihrem Ausschnitt hervorhob. Er versuchte verbissen, nicht hinzusehen. »Ich habe wirklich nur versucht, zu helfen. Oft ist der Heiratsmarkt recht unfreundlich zu jungen Frauen und vor allem zu solchen, die am meisten Beachtung verdient haben.«

»Wie ich?«

»Genau wie Sie. Es tut mir leid, dass Sie die Aufmerksamkeit, die ich auf Sie gelenkt habe, als Bürde empfinden. Es ist mir nicht in den Sinn gekommen, dass Sie – oder irgendjemand sonst – dies so auffassen würde. Ich habe mich offensichtlich geirrt.«

»Offensichtlich.« Das Wort troff vor Missbilligung. »Warum würden Sie so etwas tun? Wenn Sie einer jungen Frau Unterstützung zukommen lassen wollen, dann tanzen Sie mit ihr oder promenieren Sie mit ihr im Park.«

»Das kann ich wohl mit einer Reihe unverheirateter Frauen nicht sehr gut tun.«

»Warum nicht? Sie gelten bereits als Wüstling. Das dürfte perfekt zu Ihrem Ruf passen, sollte ich meinen.« Sie stieß die Luft aus und ließ die Hände sinken, während sie den Brief noch immer mit den Fingern umklammert hielt.

»Was soll´s, ich kann erkennen, warum das unklug wäre. Ihr Ruf würde den der jungen Damen beflecken, wenn Sie sich dauerhaft davor drücken, eine von ihnen zu umwerben. Allerdings würde ich dagegenhalten, dass dies nicht geschehen muss …, wenn Sie die Verbindung nur kurz aufrechterhalten.«

»Ich sollte das in Betracht ziehen. In der Zwischenzeit würde ich gern meine Poesie-Kampagne fortsetzen, wie Sie es genannt haben.«

»Sie haben mir noch immer nicht gesagt, warum. Warum tun Sie dies überhaupt?«

Er hatte gehofft, eine Antwort auf diese Frage vermeiden zu können, und gedacht, sich einfach ihrem Zorn zu stellen. Sie hatte die Frage aufgeworfen und dann weitergetobt, aber offensichtlich hatte sie sie nicht vergessen. Er erwog, sich mit irgendetwas Zusammengereimtem herauszureden, aber ihm fiel einfach nichts ein. Dann eben die Wahrheit. Oder wenigstens die halbe Wahrheit.

»Meine Schwester ist durch den Heiratsmarkt zerstört worden. Sie gab sich auf und ist einsam gestorben.«

Lady Lavinia starrte ihn für einen langen Moment an. »Das ist furchtbar. Ich habe nicht gewusst, dass Sie eine Schwester hatten. Wann war das?«

»Vor sechzehn Jahren. Sie war meine Halbschwester.

Mein Vater hatte drei Frauen und sie war aus seiner ersten Ehe. Ich habe noch eine Halbschwester, die verheiratet ist.«

»Dann ist sie erfolgreich gewesen.«

»Nicht auf dem Heiratsmarkt. Sie hatte sich in den örtlichen Geistlichen in Devon verliebt. Er ist jetzt Vikar in Cornwall.« Beck dachte an seine Halbschwester Margaret und seine Nichten und Neffen. Sie waren eine fröhliche, eng verbundene Familie und Beck wusste, dass Helen auf das Glück ihrer Schwester eifersüchtig gewesen war. Sie hatte gehofft, für sich das Gleiche zu finden – einen Ehemann, Familie, Liebe. Stattdessen war sie auf Kälte und Entfremdung gestoßen. Nach vier Jahren auf dem Heiratsmarkt … Er schüttelte die Gedanken ab, ehe Lady Lavinia noch mitbekam, dass noch mehr hinter der Geschichte steckte. Sie war verdammt clever.

Beck straffte sich und schüttelte die Geister der Vergangenheit ab. »Ich wollte andere junge Frauen vor der gleichen Enttäuschung und Einsamkeit retten.«

Sie rückte näher zu ihm und ihr Ärger schien verraucht zu sein. »Es tut mir so leid wegen Ihrer Schwester. Allerdings bin ich weder enttäuscht noch einsam. Wenn ich einen Ehemann auf dem Heiratsmarkt finde … einen Mann, den ich respektieren und lieben kann, werde ich mit glücklich schätzen. Wenn ich allerdings nicht so ein Glück habe und als Jungfer ende, gibt es schlimmere Dinge als das.«

Ja, die gab es. Er bewunderte ihre Lebenseinstellung so sehr. Und ihm ging auf, dass er vielleicht einen schrecklichen Fehler begangen hatte. »Es tut mir leid, dass ich Ihnen Unannehmlichkeiten bereitet habe. Ich habe zu helfen versucht, die Dinge in Ordnung zu bringen.«

Sie lächelte. »Das ist mir jetzt bewusst und ich weiß das zu schätzen. Darf ich vorschlagen, dass Sie nachprüfen, ob jemand Ihre Hilfe möchte, ehe Sie sie blind anbieten?«

»Ja, ich sollte das von jetzt an anstreben.«

»Sie wollen als betörender Herzog fortfahren?«

»Die erfolgreichen Eheschließungen von Miss Berwick und Miss Stewart scheinen darauf hinzudeuten, dass ich kein totaler Versager war«, entgegnete er ironisch. »Das Problem ist jetzt, wie ich das weiterhin für Frauen tun kann, die diese Hilfe wirklich wollen. Vielleicht kann ich eine Möglichkeit finden, zuerst mit dem Objekt meines Interesses zu kommunizieren.«

»Das würde dem Ganzen einiges der Romantik nehmen, oder? Anstatt der Aufregung, ihren Namen in der Zeitung mit einem wunderschönen Gedicht zu entdecken, würde es im Voraus übermittelt. Wenn die Leute erfahren, dass das geschieht, werden die Frauen sich darum reißen, die Nächste zu sein. Bereits jetzt versuchen junge Frauen und ihre Mütter, eine Möglichkeit zu finden, das nächste Objekt Ihrer – des Herzogs – Aufmerksamkeit zu werden.«

Verdammt, dies entpuppte sich als weit komplizierter, als er sich je vorgestellt hatte.

»Sie könnten dennoch helfen, denke ich.« Sie legte den Kopf schief und drehte sich, um einen weiteren kurzen Schritt zu tun, ehe sie vor ihm zum Stehen kam. »Ich könnte vielleicht einige der jungen Frauen ausfindig machen, die ein bisschen Unterstützung brauchen, um sie in ein besseres Licht zu rücken.«

Er war nicht sicher, ob er sie richtig verstanden hatte. »Sie wollen mir helfen?«

»Warum nicht? Sie waren so *sehr* darauf versessen, mir zu helfen. Selbst wenn das nicht gut durchdacht war.«

»Das ist sehr edelmütig von Ihnen.« Mit Absicht griff er auf einen sardonischen Tonfall zurück. »Vielleicht kann ich den Gefallen erwidern, indem ich Ihnen auf eine Weise helfe, die Ihnen tatsächlich *helfen* würde. Wie wäre es, wenn ich die richtigen Gentlemen in Ihre Richtung ermuntere?«

»Was meinen Sie mit den ›richtigen‹ Gentlemen?«

»Männer, die Sie vielleicht interessant finden. Ich kann mir mindestens einen Freund vorstellen, mit dem ich in der Schule war, den Sie mögen könnten. Er verfügt über einen wissenschaftlichen Verstand und hat immer im Erdreich herumgewühlt. Er ist ein Botaniker und lehrt jetzt in Oxford.«

Beim Klicken der Tür ließ Beck den Kopf herumschnellen. Es kam jemand – es blieb keine Zeit. Er nahm ihre Hand und sah sich wild nach einem Versteck um. Die langen Samtvorhänge vor den Fenstern waren ihre einzige Möglichkeit, sich zu verbergen.

Das dachte sie offensichtlich auch, denn sie lief genau in der Sekunde in diese Richtung los, in der er auf den Gedanken gekommen war. Die Vorhänge waren zugezogen, also schoben sie sich hinter den rostbraunen Samt. Die Luft am Fenster war kalt, aber ihm war warm, als sein Herz in einem gleichmäßigen Rhythmus in seiner Brust schlug.

Es war auch äußerst dunkel in ihrem Versteck, was nur gut war. Er war nicht sicher, ob er ihr Gesicht sehen wollte. War sie ängstlich? Verärgert? Irgendetwas anderes?

Der Klang gedämpfter Stimmen zog sich durch den Raum. Es handelte sich um einen Mann und eine Frau und nach dem Geräusch ihres Stöhnens zu urteilen, waren sie genau aus dem Grund in die Bibliothek gekommen, den Beck befürchtet hatte. Es war nicht zu ändern. Sie mussten hier stehenbleiben und warten, bis das Paar fertig war. Etwas anderes zu unternehmen würde Lady Lavinia kompromittieren und das ginge einfach nicht – und nicht nur, weil er keine Heiratsabsichten hatte. Er hatte die

Dinge für sie bereits verkompliziert. Es wäre unverzeihlich, ihren Ruf zu besudeln.

Beck bemerkte, dass er sie immer noch an der Hand hielt. Er sollte loslassen. Aber es war dunkel und vielleicht war er wie ein Anker für sie. Oder vielleicht redete er sich das gerade ein. Möglicherweise *gefiel* es ihm in Wahrheit, ihre Hand zu halten.

Er ließ sie los und drängte das Paar im Stillen zur Eile.

»Was zum Teufel?« Der Ausruf des Mannes war deutlich verständlich.

Die Antwort – ebenfalls männlich – war nicht laut genug, um sie zu verstehen. Angestrengt versuchte Beck zu hören, was sie sagten, denn die Unterhaltung setzte sich fort.

Endlich sprach einer der beiden in ausreichender Laustärke. »Wir waren zuerst hier!«

Oh, guter Gott, war da ein zweites Paar?

Ein warmes Gefühl durchdrang seine Seite, als Lady Lavinia sich an ihn drückte. »Was geht vor?«, wisperte sie mit äußerster Eindringlichkeit.

»Ich bin nicht ganz sicher.«

»Streiten sie sich darüber, wer zuerst hier war?«, zischte sie. »Das klingt verdammt vertraut.«

Beck musste sich auf die Innenseite seiner Wange beißen, um nicht aufzulachen.

Der Disput setzte sich noch eine Weile fort und dann war ein übertriebenes Aufatmen zu hören. Darauf folgte das klare Geräusch der ins Schloss fallenden Tür. War ein Paar gegangen?

Beck ertastete die Kante des Vorhangs in der Fenstermitte und schob seine Hand auf Augenhöhe dazwischen. Den Stoff unmerklich verschiebend spähte er in das Zimmer.

Der Mann tätschelte der Frau den Rücken und als er

den Kopf hob, hätte Beck beinahe vor Lachen aufgeschrien. Es war der verdammte Earl of Devaney. Offensichtlich hatte er eine schlechte Woche in Bezug auf Frauen und die Frage, wer als Erster da war.

Mit einem breiten Grinsen zog er den Vorhang zu und horchte darauf, was als Nächstes passierte. Er betete darum, dass ihre Stimmung genügend gedämpft war, um sie zum Rückzug zu ermuntern. Einen Augenblick später vernahm er abermals das Geräusch der sich schließenden Tür. Er wartete ein paar Herzschläge ab und dann spähte er erneut hinter der Vorhangkante hervor. Als er erkannte, dass das Zimmer jetzt leer war, entspannte er die Schultern und ließ die Luft aus seinen Lungen entweichen.

»Sind sie fort?«, flüsterte sie.

»Ja.« Er zog den Vorhang auf und bedeutete ihr, ihm aus dem Versteck zu folgen.

Sie drehte sich zu ihm, der dunkle Blick scharf und neugierig. »Waren sie –?«

»Auf der Suche nach einer Vereinigung, ja. Zwei Paare mit genau dem gleichen Einfall. Lord Devaney gehörte zu einem der beiden.«

Helles Gelächter perlte über ihre Lippen und er konnte nicht anders, als sich ihrer Heiterkeit anzuschließen. »Der arme Devaney. Schon wieder wurden seine Absichten vereitelt.« Sie schüttelte den Kopf. »Ich hatte keine Ahnung, dass ein Rendezvous in der Bibliothek so beliebt ist. Ich habe mich während gesellschaftlicher Veranstaltungen in zahlreiche Bibliotheken gestohlen und nie bin ich dabei auf solche Aktivität gestoßen.« Ihr Blick verband sich mit seinem. »Bis zu dem Tag, an dem ich Sie traf.«

»Dann ist das mein Fehler?«

Sie zuckte mit den Schultern und ihre Lippen deuteten ein Lächeln an. »Warum nicht? Es scheint, dass Sie die Schuld für alles heute Abend auf sich nehmen.«

Er stieß ein Lachen aus, das er zurückgehalten hatte. »Lady Lavinia, Sie sind die amüsanteste Frau, der ich je begegnet bin.«

Sie lächelte ihn strahlend an und sank in einen tiefen Knicks. »Vielen Dank, Mylord, und jetzt muss ich gehen, bevor noch jemand anderer diesen Ort hier als einen ausgezeichneten Treffpunkt für ein Rendezvous erachtet – was er ganz klar ist. Vielleicht treffe ich Sie morgen im Park, sodass wir uns weiter über diese beiderseitig vorteilhafte Verbindung unterhalten können. Wir werden wohl aufhören müssen, uns in Bibliotheken zu treffen, fürchte ich.«

Er konnte sich ein Lächeln zur Antwort nicht verkneifen. »Ja, bestimmt.« Als er wieder ernst wurde, wollte er ihr noch eine wichtige Sache mitteilen, bevor sie ging. »Ich vertraue Ihnen, dass Sie mein Geheimnis wahren. Ich bitte Sie, Ihren Freundinnen nichts von mir zu erzählen.«

Sie erbleichte, aber sie nickte. »Ich bin froh, dass Sie mir das gesagt haben. Es ist Ihr Geheimnis und es ist nicht an mir, es preiszugeben.«

Dankbar neigte er den Kopf. »Ich wünsche Ihnen einen guten Abend, Lady Lavinia.«

Sie raffte ihr Kleid und rauschte aus dem Zimmer. Plötzlich wirkte der Ort düsterer oder zumindest weit weniger lebendig.

Lebendig?

Er musste anerkennen, dass Lady Lavinia eine gewisse Dynamik innehatte, die jeden Raum elektrisierte, den sie betrat. Ihre Augen waren trotz des Umstands in Bewegung, dass sie nicht besonders gut sah, oder vielleicht gerade deshalb. Sie war ständig bestrebt und lernte und speicherte Informationen. Seiner Annahme nach würde sie wie ein wissenschaftlicher Geist vorgehen und Fakten sammeln. Er, andererseits, bezog sich auf Gedanken und Gefühle, auf Emotionen, die er verbiegen und in Worte oder Musik verwandeln konnte. In gewisser Weise waren sie sich sehr ähnlich.

Und nun würden sie einander helfen. Aus zwei Gründen hatte er ihr nur widerwillig die Wahrheit sagen wollen. Zum einen, weil er ihr als der betörende Herzog Unrecht getan hatte, und er zum anderen auch nicht gewollt hatte, dass jemand sein Geheimnis erfuhr. Jetzt war sie neben Gage die einzige Person, die es kannte. Das erhob sie zu einem sehr spezifischen und kleinen Kreis von Personen – solchen, denen er vertraute. In Verbindung mit dem Genuss betrachtet, den es ihm bereitet hatte, ihre Hand zu halten, war diese Erkenntnis alarmierend. Über diese Dinge sollte ein Wüstling ohne Heiratsabsichten nicht nachdenken.

Dann würde er es einfach nicht tun.

KAPITEL 6

Gestern war Lavinia aufgrund eines weiteren stürmischen Tages nicht im Park gewesen, was bedeutete, dass sie Lord Northam nicht getroffen hatte. Sie hatte allerdings jede Menge Zeit damit zugebracht, an ihn zu denken. Darüber, wie er sie angelogen hatte. Darüber, warum er das getan hat. Und darüber, wie sehr er ihr gefiel.

Sie hatte noch nie zuvor einen männlichen Freund besessen. Es schien merkwürdig, dass dies der Fall war – denn Lavinia versuchte, Freunde zu finden, wo immer sie hinging – aber angesichts der gesellschaftlichen Regeln war es verteufelt schwer, eine Freundschaft mit einem Mitglied des anderen Geschlechts zu unterhalten. Gott bewahre, dass sie Zeit miteinander verbrachten, ohne sexuelle Gedanken zu hegen.

Was nicht bedeuten sollte, dass Lavinia nicht einige unangemessene Vorstellungen in den Sinn gekommen waren. Sie alle entsprangen ihrem ersten Augenblick der Bekanntschaft.

Seine Lippen. Ihr Nacken.

Die Empfindung tanzte über ihr Rückgrat und sie erschauderte.

»Ist dir kalt?«, fragte ihre Mutter und richtete den Blick zu dem steingrauen Himmel hinauf, als sie den Hyde Park erreichten. »Vielleicht sollten wir nach Hause zurückkehren.« Sie hatte den ganzen Nachmittag lang geschwankt, ob sie gehen sollten. Es war ziemlich frisch und der gestrige Sturm würde dafür gesorgt haben, dass der Park schlammiger als üblich war. Sie hielten sich natürlich stets auf den Wegen, aber an geschäftigen Tagen war das nicht immer möglich. Allerdings bezweifelte Lavinia, dass dies heute eine dieser Gelegenheiten war.

»Mir ist nicht kalt«, erklärte Lavinia, die froh war, ihren Muff mitgebracht zu haben. »Ich würde gern weitergehen. Wenn das Wetter sich ändert, könnten wir tagelang drinnen festsitzen. Es ist besser, die Gelegenheit zu nutzen, solange wir können.«

»Das ist wahr. Wir müssen auch nicht lange bleiben. Ich kann mir nicht vorstellen, dass viele Leute anwesend sein werden.«

Lavinia warf ihrer Mutter einen gereizten Blick zu. »Manchmal ist es einfach schön, nur spazieren zu gehen, Mutter.«

»Ja, natürlich. Aber wir müssen das nicht in dem

aufgeweichten Park tun, wenn uns nichts daran liegt, gesehen zu werden.« Lavinia biss sich auf die Zunge und als sie durch das Grosvenor Tor schlenderten, entdeckte sie sofort Miss Lennox in Begleitung ihrer Mutter. »Entschuldige mich, Mutter. Ich möchte Miss Lennox gern gratulieren. Ich habe sie seit ihrer Verlobung nicht gesehen.«

»Ich werde dich begleiten«, erklärte die Komtess und dämpfte damit Lavinias Enthusiasmus. »Das erste Aufgebot wurde am Sonntag verlesen, glaube ich.«

Sie erreichten Miss Lennox und ihre Mutter. Beiden Frauen waren vom blassen Typ mit dunklem Haar, und wenngleich die Augen der älteren Frau braun waren, waren die der jüngeren von einem lebhaften Grün.

»Guten Tag, Mrs. Lennox, Miss Lennox«, begrüßte Lavinias Mutter die beiden.

Mrs. Lennox lächelte herzlich. »Guten Tag, Lady Balcombe.« Sie richtete ihren Blick auf Lavinia. »Lady Lavinia.«

»Wir würden gern unsere besten Wünsche für Miss Lennox' bevorstehende Heirat überbringen. Mr. Sainsbury ist ein guter Fang!«

Lavinia war nicht sicher, ob das stimmte. Der Mann war Erbe einer Baronie, aber er war Lavinia immer als einer der Unaufrichtigen der Gesellschaft vorgekommen – Menschen, die sich in einer Unterhaltung freundlich gaben und sich ganz anders benahmen, wenn man nicht hinsah. Allerdings sah Lavinia immer hin. Ihre Position im Abseits an der Wand machte es ihr durchaus leicht, das zu tun.

»Er ist recht charmant, ja.« Mrs. Lennox sah ihrer Tochter lächelnd an, die einen äußerst gelangweilten Eindruck erweckte. War sie das? »Phoebe hat so ein Glück. Die Hochzeit findet in etwas über zwei Wochen statt. Es ist natürlich so viel zu tun.«

»Ich kann es mir vorstellen. Mein ältester Sohn ist verheiratet, aber es ist anders, wenn es Ihre Tochter ist.«

»Ja, das würde ich annehmen. Phoebe ist meine erste und einzige.«

Lavinia trat näher zu Miss Lennox. »Genießen Sie die Vorbereitungen?«

»Ja. Wie Mutter sagt, gibt es jede Menge zu tun«, entgegnete Miss Lennox ohne den geringsten Anflug von Elan. Vielleicht genoss sie es nicht, eine Hochzeit vorzubereiten. »Und dennoch sind wir hier draußen im Park.«

Mrs. Lennox lachte leise. »Damit du Mr. Sainsbury treffen kannst.« Sie wandte sich an Lavinia. »Wie fühlen Sie sich als die neueste Nutznießerin der Prosa des betörenden Herzogs?« Ihr argloser Ausdruck schien anzudeuten, dass sie mit einer positiven Antworte rechnete.

Lavinias Mutter beeilte sich zu antworten, wahrscheinlich bevor Lavinia etwas Abschätziges äußern konnte. »Es hat ihr Profil sicherlich angehoben!«

»Ich kann mir vorstellen, dass sie viele Bewerber hat.« Miss Lennox sah die Komtess mit einem wissenden Blick an. »Ich wage zu sagen, dass Sie bald eine Hochzeit planen werden.«

»Nun, das wäre ausgezeichnet«, entgegnete die Komtess mit einem Nicken. »Es macht mir nichts aus, Ihnen zu erzählen, dass ich angefangen habe, mich zu wundern. Anständige, qualifizierte Männer sind zweifellos Mangelware.«

»Vergiss dabei die Eigenschaft interessant nicht«, warf Lavinia liebenswürdig ein.

»Ich würde intelligent hinzufügen«, bot Miss Lennox an.

Lavinia nickte. »Ganz bestimmt.«

Miss Lennox drehte den Kopf zu Lavinia. »Glauben Sie, dass der betörende Herzog intelligent ist?« In ihrer

Stimme schwang ein scharfer Unterton mit, der für Lavinia Bände sprach.

»Wahrscheinlich«, entgegnete Lavinia vorsichtig. »Er ist zumindest interessant, oder nicht?« Sie setzte ein Lächeln auf und als es nicht erwidert wurde, löschte sie es von den Lippen. »Er ist sicherlich gut darin, sich einzumischen.«

»Oh, ich würde sagen, er ist *hilfreich*«, entgegnete Mrs. Lennox. »Phoebe stimmt zu. Wenn seine Poesie nicht Phoebes Liebreiz beleuchtet hätte, wäre sie möglicherweise immer noch auf dem Heiratsmarkt.« Ihr Blick wanderte an ihrer Tochter vorbei. »Mr. Sainsbury kommt.«

»Ich war nicht unglücklich«, murmelte Miss Lennox.

Lavinia nutzte den Moment, um sich näher zu Miss Lennox zu beugen, während ihre Mütter sich unterhielten. »Sind Sie jetzt unglücklich?«, flüsterte sie.

Miss Lennox´ Augenlider flatterten vor Überraschung. »Nein, Sainsbury ist zuvorkommend und charmant.«

»Und dennoch klingen Sie nicht besonders enthusiastisch.« Lavinias Wut auf den betörenden Herzog loderte erneut auf. Nein, ihr Zorn auf Northam. Sie würde ihm erzählen, dass er mit seiner Einmischung wahrscheinlich Miss Lennox' Leben ruiniert hatte. Allerdings *hatte* er zu helfen versucht. Das Versagen seiner Schwester wog offensichtlich schwer auf ihm und hatte ihn zum Handeln getrieben.

»Das ist einfach alles so schnell passiert«, erklärte Miss Lennox. »Es könnte weitaus schlimmer sein. Ich werde mit Mr. Sainsbury zufrieden sein. Dies ist sicherlich dem Jungfernstand vorzuziehen.«

»Ist es das?« Lavinia konnte nicht noch mehr sagen, als Miss Lennox´ Verlobter ankam.

Sie tauschten Höflichkeiten aus und Lavinia kam zu dem Schluss, dass Mr. Sainsbury in der Tat charmant war und in Miss Lennox vernarrt zu sein schien. Seine Augen leuchteten bei ihrem Anblick auf und seine Begrüßung war überschwänglich. Tatsächlich lebte Miss Lennox in seiner Anwesenheit ein wenig auf und ihre Züge wurden weicher, als er ihr ein Kompliment zu ihrem Ausgehkleid machte.

Lavinia hoffte, dass die beiden glücklich würden. Leider war Miss Lennox an ihren Bräutigam gebunden. Eine Verlobung zu lösen verursachte einen beträchtlichen Skandal, wie es für Lavinias Freundin Diana der Fall gewesen war.

Als wäre sie von ihren Gedanken herbeibeschworen worden, kam Diana mit einer weiteren Beteiligten ihres »Skandals«, Violet, der Herzogin von Kilve, in den Park geschlendert. Lavinia hatte Violet im vergangenen Herbst bei einer Hausparty kennengelernt und sich mit ihr angefreundet.

Ehe Lavinia sich noch von ihrer Mutter entschuldigen konnte, schien Sarah wie aus dem Nichts aufzutauchen. »Lavinia, können wir einen Augenblick gehen?«

»Geht los«, gestattete die Komtess resigniert. »Es sind nicht viele Leute hier, also werden wir nicht lange bleiben.«

Lavinia hakte sich bei Sarah unter. »Hast du gesehen, wer gerade eingetroffen ist?«

»Ja, deshalb bin ich gekommen, um dich zu holen«, entgegnete Sarah.

Sie liefen zusammen mit raschen Schritten und trafen Diana und Violet auf dem Weg. Diana lächelte herzlich und sie alle umarmten sich und stürzten sich in ein aufgeregtes Geplauder, da sie einander endlich wiedersahen.

Diana strahlte sie an. »Ich bin so froh, euch beide zu sehen.«

»Du wirkst so glücklich«, bemerkte Sarah. »Das kann nicht daran liegen, dich mit uns zu treffen.«

»Warum nicht?«

«Weil deine Glückseligkeit einen aus jedem verdammten Buchstaben anspringt, den du geschrieben hast. Nicht wir sind es, sondern dein Ehemann.«

Diana errötete. »Ich kann es nicht leugnen.«

Violet nickte zustimmend. »Es ist wahr.«

Diana warf ihr einen verstohlenen Blick zu und lachte. »Du bist ganz genauso glücklich.«

»Auch das ist wahr.« Violet grinste. »Aber lasst uns ein Stück gehen und über Lavinia und diese Angelegenheit mit dem betörenden Herzog sprechen.« Ihre Augen funkelten vor Frohsinn, als sie zu Lavinia blickte. »Bist du im Begriff, dich zu verloben?«

Als sie ihren Gang den Weg entlang aufnahmen, schüttelte Lavinia leicht mit dem Kopf. »Himmel, nein.«

»Du wirst nicht umworben?«, fragte Diana.

»Ich habe weitaus mehr männliche Aufmerksamkeit, als ich gewohnt war, wovon das meiste nicht der Erwähnung wert ist.«

»Das meiste?«, fragte Violet. »Bedeutet das, dass es etwas gibt, das *erwähnenswert* ist?«

Sarah blinzelte Lavinia an. »Ist das so? Ich hatte nicht gedacht, dass irgendjemand deine Aufmerksamkeit erregt hat.«

Warum hatte sie bloß das meiste gesagt? Weil die Saison nicht vollkommen unspektakulär war. Wegen Lord Northam. Doch was konnte sie ihren Freundinnen von ihm schon erzählen?

Nichts, ohne die Umstände ihres Kennenlernens preiszugeben, und die Art, wie sich ihre Freundschaft entwickelt hatte, oder die Richtung, in die sie sich jetzt bewegte, während sie beide danach strebten, einander zu helfen. Sie verspürte ein Aufflackern ihres schlechten Gewissens, all dies vor ihrer liebsten Freundin Sarah geheim zu halten, aber sie hatte Northam versprochen, niemandem zu verraten, dass er der betörende Herzog war, und sie war nicht sicher, wie sie die Geschichte nun erzählen sollte, ohne dieses Detail preiszugeben. Was für ein *Wirrwarr*.

»Du hast recht, Sarah. Es gibt nichts Erwähnenswertes. Es ist eine Parade von Bewerbern und ich bin ihrer bereits müde.« Sie warf einen Blick zurück zu ihrer Mutter, die sich jetzt mit einigen anderen Damen unterhielt. Deren Blicke schweiften zu Lavinia und ihrer Gruppe und Lavinia drehte den Kopf zurück. »Meine Mutter wünscht sich, dass ich enthusiastischer wäre. Sie ist zuversichtlich, dass ich zum Ende der Saison verheiratet sein werde.«

Violet runzelte die Stirn. »Möchtest du das nicht? Ich meine, mich zu erinnern, dass du heiraten wolltest.«

»Den *richtigen* Gentleman. Wenn – und nur wenn – er sich präsentiert. Das ist nicht zu viel verlangt, oder doch?«

»Nein«, stimmte Violet zu. »Nimm mich als Beispiel. Ich wurde mit einem Mann verheiratet, den ich weder ausgesucht noch geliebt hatte. Jetzt bin ich mit einem Mann verheiratet, den ich liebe – wie verrückt – und ich kann mit größter Gewissheit sagen, dass du auf den richtigen Mann warten solltest.« Sie lächelte und fügte hinzu. »Wenn du das kannst.«

»Das ist das wahre Problem«, erklärte Sarah. »Ich bin nicht sicher, ob deine Mutter dir gestatten wird, die Sache noch länger hinauszuschieben. Meine Mutter betet Tag für Tag, dass der betörende Herzog als Nächstes über mich schreibt.«

Diana legte den Kopf schief und betrachtete Sarah neugierig. »Würdest du dir das von ihm wünschen?«

Sarah zuckte die Schultern und überraschte Lavinia damit. »Vielleicht.« Sie warf Lavinia einen entschuldigenden Blick zu. »Ich weiß, dass dir die Aufmerksamkeit nicht zugesagt hat, aber mir könnte es, denke ich, gefallen.« Wieder hob sie die Schultern. »Oder nicht. Vermutlich wäre ich einfach für die Gelegenheit dankbar.«

»Vorsichtig mit deinen Wünschen«, bemerkte Lavinia, deren Gedanken schwirrten. Sehr leicht könnte sie dafür sorgen, dass der betörende Herzog über Sarah schrieb. Aber Lavinia kannte ihre Freundin. Sie würde die Aufmerksamkeit wahrscheinlich genießen, aber für Sarah war es sogar noch wichtiger, sich zu verlieben, als für Lavinia. Die Unaufrichtigkeit und Oberflächlichkeit würden sie ebenso aufreiben wie Lavinia.

Sarah stieß die Luft aus und kurz zogen sich ihre Lippen missbilligend zusammen. »Ich bin sicher, dass du recht hast.«

Lavinia hoffte, dass ihre Freundin nicht traurig oder noch schlimmer, auf Lavinias augenblickliche Bekanntheit eifersüchtig war. »Würdest du dir wirklich wünschen, dass der betörende Herzog etwas über dich schreibt?«

»Ich weiß es nicht. Vielleicht will ich einfach so beliebt sein wie du.« Sie sah Lavinia mit einem aufgesetzten Lächeln an. Sie war eifersüchtig. Lavinia schmerzte die Brust und sie verschlang einen Arm mit Sarahs. »Ich bin nicht *wirklich* beliebt, aber das weißt du. Dies wird vorübergehen und dann können wir wieder dahin zurückkehren, wie die Dinge einmal waren.«

Sarah sah Diana und dann Violet an, ehe sie den Blick zurück zu Lavinia schweifen ließ. »Willst du das wirklich? Die Ehe scheint ihnen gut zu bekommen.«

»Sie sind abnormal.« Lavinia lachte. »Ich mache Witze. Aber sie sind verliebt. Wenn wir es finden – wenn wir *das* finden«, berichtigte sie, »werden wir ebenso scheußlich aussehen wie die beiden jetzt.«

»Und du hast recht, Lavinia«, erklärte Sarah, die mit dem Kopf zu einer Gruppe von Frauen zeigte, die sich auf dem angrenzenden Weg versammelt hatten. »Bekanntheit ist gar nicht so großartig, vor allem dann nicht, wenn es aus den falschen Gründen ist.« Die Frauen starrten sie alle vier unverhohlen an und Lavinia war kurz davor, sich dafür zu entschuldigen, ein Ärgernis zu sein, als ihr die Worte im Hals steckenblieben. Sie spähte mit zusammengekniffenen Augen zu der Gruppe und selbst mit ihrer Kurzsichtigkeit erkannte sie, dass an ihrem Verhalten etwas anders war.

Violet stieß die Luft aus. »Nun, das war zu erwarten. Wir wussten, dass unser Eintreffen, ein Gestöber von Klatsch und Verurteilung aufwirbeln würde.«

»Ja.« Diana sah entschuldigend zu Lavinia und Sarah. »Es tut uns leid, wenn euch das Ärger bereitet.«

Sowohl Lavinia als auch Sarah schnaubten. »Es kümmert uns nicht«, erklärte Lavinia. »Ihr seid unsere Freundinnen.«

»Es ist sowieso Unsinn«, erklärte Sarah in einem überraschenden Anfall von Vehemenz. »Ihr beide seid glücklich. Niemand ist durch das, was passiert ist ruiniert oder verletzt worden. Wenn Diana Kilve geheiratet hätte, gäbe es jetzt vier unglückliche Menschen, anstelle von vier Menschen, die das Allerbeste verdienen und es bekommen haben. Wenn das für die Gesellschaft nicht akzeptabel ist, nun, dann möchte ich kein Teil davon sein.« Sie machten kehrt und traten ihren Rückweg zum Tor an. »Ich werde bald eine Dinnerparty geben«, verkündete Violet. »Ich möchte den Leuten demonstrieren, dass Nick wirklich nicht der eisige Herzog ist.«

»Ist er das nicht?«, fragte Lavinia sie mit einem neckenden Lächeln.

Violet zwinkerte zur Antwort. »Nicht mehr. Du wirst ihn vergleichsweise verändert finden, denke ich. Diana und ich haben unsere Herzoge verwandelt – Schande über jeden, der sagt, dass das nicht möglich ist.«

Lavinia fiel die Unterhaltung ein, die sie mit ihrer Mutter über die Reformierung von Wüstlingen geführt hatte. »Keiner der beiden war allerdings ein Wüstling. Ich kann mir nicht vorstellen, dass diese sich ändern ließen.«

»Ich denke, das ist von dem Mann abhängig«, antwortete Violet. »Wenn eine Frau Glück hat, kann sie sein wüstes Benehmen vielleicht umlenken, sodass er sich ganz und gar auf sie konzentriert.« Sie tauschte einen wissenden Blick mit Diana aus und beide formten die Lippen zu einem äußerst zufriedenen Lächeln.

»Ich glaube, sie reden über Sex«, raunte Sarah Lavinia zu, die in Gelächter ausbrach.

Violet und Diana stimmten ein und als sie beim Tor ankamen, tupften sie sich die Augen und schmiedeten Pläne, in sehr naher Zukunft zusammen einkaufen zu gehen.

Gerade als sie auseinandergingen, beugte sich Lavinia zu Violet hinüber und sagte leise: »Wenn du die Einladungen für die Dinnerparty verschickst, sende bitte auch eine an Lord Northam.« Das wäre eine Veranstaltung, wo sie sicher sein konnte, ihn anzutreffen – sodass sie ihr gemeinsames Hilfsprogramm besprechen konnten.

Neugierig machte Violet große Augen, aber ehe sie noch fragen konnte, warum, fügte Lavinia hinzu: »Er ist ein Freund von Sarahs Bruder. Und er ist kein großer Liebhaber sozialer Veranstaltungen. Ich denke, er würde unsere Gesellschaft genießen.«

»Ich werde sicherstellen, dass er der Liste hinzugefügt wird.«

Sie verabschiedeten sich und Lavinia spähte mit zusammengekniffenen Augen den Weg entlang. »Meine Mutter kommt.« Sie drehte sich zu Sarah. »Sie hat heute wirklich nicht kommen wollen, aber ich habe sie hergeschleppt. Und ich bin so froh, dass ich es getan habe.«

»Das bin ich auch. Wie wundervoll, Diana und Violet zu treffen.«

»Ja.« Lavinia umklammerte Sarahs Hände. »Ich hoffe, du bist nicht ärgerlich mit mir und all dem, was sich ereignet hat. Ich würde viel lieber den Platz mit dir tauschen. Du bist weitaus besser dafür geeignet, als ich es bin. Ich will einfach nur über Gestein und Erdreich reden … und das Alter der Erde. Niemand interessiert sich für diese Dinge.«

»Ja, Mode und populäre Literatur sind weitaus interessanter.« Sarah verdrehte die Augen und dann lachte sie leise. »Du bist meine liebste Freundin und ich habe dich über alle Maßen gern. Ich bin nicht verärgert. Ich freue mich für dich und hoffe, dass aus diesem Chaos der Mann deiner Träume hervorgeht.«

Sarah drückte Lavinias Hände. »Jetzt muss ich los, bevor deine Mutter ankommt.« Mit den Lippen formte sie das Wort *Entschuldigung*, als sie davonging.

Die Komtess wurde langsamer, aber sie blieb nicht stehen, als sie Lavinia erreichte. »Ich bin bereit zu gehen.«

Lavinia fiel neben ihr in Schritt. »Dann bin ich das vermutlich auch.«

Ihre Mutter sah sie mit einem beunruhigten Blick an und Lavinia fürchtete, dass ihr ein Vortrag blühte. Sie behielt recht.

»Warum hast du dich mit diesen Frauen unterhalten?«

Diese Frauen. »Sie sind *Herzoginnen*, Mutter. Sie sind auch meine Freundinnen. Du magst Diana.«

»Das habe ich getan, als sie respektierlich war. Jetzt ist sie eine Ausgestoßene. Aber so ist dem eben, weil sie einen geheiratet hat.«

Lavinia hielt auf dem Gehsteig gleich außerhalb des Tores abrupt inne. »Mutter. Sie ist meine Freundin. Und eine Herzogin. Habe etwas Respekt, wenn schon kein Wohlwollen.«

»Sie ist mit dem ruinierten Herzog durchgebrannt! Du kannst keine Freundschaft mit ihr aufrecht erhalten. Nicht in deiner prekären Situation.«

»Jetzt ist meine Situation prekär?« Lavinias Augen wurden schmal, als der Zorn in ihr aufbrauste. »Ich dachte, sie wäre herrlich.«

»Für den Augenblick. Dank des betörenden Herzogs, aber meine Liebe, du treibst die Dinge nicht voran.« Sie umklammerte Lavinias Ellbogen und führte sie über die Straße. »Du könntest dir jeden Gentleman auswählen und du gibst dir kaum Mühe, höflich zu sein.«

»Das ist nicht fair. Ich bin äußerst höflich … sogar freundlich. Ja, mein Enthusiasmus ist von Zeit zu Zeit etwas mangelhaft, aber so viele dieser Gentlemen sind langweilig und selbstgefällig.« Sie warf ihrer Mutter einen ungehaltenen Blick zu. »Ich würde auch widersprechen, dass ich mir *jeden* Gentleman aussuchen könnte.«

Unerklärlicherweise kam ihr der Marquess of Northam in den Sinn. Sie wollte ihn nicht auswählen. Er war ein Wüstling und ein Poet und das war etwa so weit von Wissenschaft entfernt, wie man sich entfernen konnte, ohne von der Erde zu fallen, was natürlich nicht ging, weil sie eine Kugel war.

»Lavinia, hör mir zu!«

»Ja, Mutter.«

»Ich möchte nicht, dass du deine Zeit im Augenblick mit den Herzoginnen verbringst. Nicht in dieser wichtigen Zeit – da deine gesamte Zukunft an einem dünnen Faden hängt.«

Lavinia biss die Zähne zusammen und schluckte den sarkastischen Vorschlag hinunter, dass ihre Mutter auf die Bühne gehört hätte. Ihr Hang zur Dramatik war unvergleichlich. Sie dachte an Violets Dinnerparty und schwor sich, eine Möglichkeit zu finden, daran teilzunehmen. Vater würde dieser Idee wahrscheinlich eher zugeneigt sein. Er war weit mehr darauf bedacht, sich mit Herzogen zu verbünden, als dem Klatsch und den Gehässigkeiten Aufmerksamkeit zu schenken.

Sie setzten ihren Heimweg schweigend fort und bei ihrer Ankunft ging Lavinia direkt auf ihr Zimmer. Zum Teufel mit der Gesellschaft und ihren albernen Regeln. Sie hatte halb im Sinn, Lord Northam zu bitten, ihr so weit entfernt von London, wie nur irgend möglich einen Ehemann zu suchen.

Ein Akademiker in Oxford könnte sich als perfekt erweisen und ihr ging langsam auf, dass die Liebe eine zweitrangige Rolle spielen könnte. Wenn sie Sicherheit und Zufriedenheit erlangen könnte, ohne die Dramatik der feinen Gesellschaft, die über jeden ihrer Schritte wachte – und urteilte –, könnte das genügen.

Sarahs Worte kamen ihr wieder in den Sinn. Vielleicht hätte sie das Glück, inmitten dieses Chaos den Mann ihrer Träume zu finden. Mit Northams Hilfe.

Warum bloß kam ihr Northam in den Sinn, wenn sie darüber nachdachte, sich einen Ehemann zu suchen?

~

Am folgenden Tag spazierte Beck durch den Park. Er hätte gestern gehen sollen, aber es war kalt und feucht gewesen und er vermutete, dass Lady Lavinia unter solchen Bedingungen auch nicht ausgehen würde.

Oder vielleicht hatte er nur eine Entschuldigung gesucht, um ihr für einen Tag aus dem Weg zu gehen. Was albern war, weil er sich einverstanden erklärt hatte, ihr einen Ehemann zu suchen. Und sie würde ihm helfen, eine neue junge Dame zu finden, um über sie zu schreiben. Ebenso, wie sie sich nicht weiter in Bibliotheken treffen konnten, sollten sie sich wahrscheinlich auch nicht mehr im Park sehen. Ihre Spaziergänge waren höchstwahrscheinlich bereits bemerkt worden, was der Hauptgrund für seinen gestrigen Verzicht war.

Sobald er das Grosvenor Tor passiert hatte, sah er sie. Sie stand dort mit ihrer Mutter und die beiden waren von einer Reihe von Menschen umgeben. Glücklicherweise war Devaney nirgends zu sehen.

Beck überlegte, ob er hingehen sollte. Sein Eindringen könnte in einer Szene wie neulich münden. Er hatte bereits beschlossen, dass er nicht auf diese Weise mit ihr in Verbindung gebracht werden wollte. Zum Teufel, in gar keiner Weise.

Allerdings *war* er mit ihr verbunden. Zumindest im Privaten. Von der Minute an, als er mit seinen Lippen über ihren Hals gestreift war, waren sie irgendwie miteinander verflochten.

Verflochten? Lieber Gott, das beschwor Gedanken herauf, die besser ungedacht blieben. Hatte er nicht bereits gelobt, nicht an sie zu denken? Als er zaudernd dort stand, spähte Lady Lavinia mit zusammengekniffenen Augen in seine Richtung. Verdammt, die Frau brauchte eine Brille. Er würde sie gern darin sehen. Vielleicht könnte er sie überzeugen, sie zu tragen. Jedoch war dies offensichtlich nicht ihre Entscheidung. Er kannte ihre Mutter überhaupt nicht und hatte nur selten mit ihrem Vater gesprochen, aber er war geneigt, die Frau nicht zu mögen.

Lady Lavinia sah weiterhin in seine Richtung, als er seine Entscheidung traf. Entgegen seines besseren Wissens stürzte er sich ins Getümmel.

»Sieh einer an, da ist der Marquess of Northam«, erklärte ihre Mutter grinsend. »Schon wieder.«

Beck erstickte den Drang, die Augen zu verdrehen, als er sich vor ihr verbeugte. »Lady Balcombe, es ist mir ein Vergnügen, sie an diesem schönen Nachmittag zu treffen.«

»Gleichfalls, Lord Northam. Ich wage zu vermuten, dass Sie hier sind, um Lavinia zu sehen. Warum gehen Sie nicht eine Runde mit ihr spazieren?«

Das war genau der Grund, warum er nicht hatte herüberkommen wollen. Nicht, weil er nicht mit ihr spazieren gehen wollte, natürlich – und das musste er, damit sie Informationen austauschen konnten – sondern wegen der Aufmerksamkeit, die es erregen würde. Er brachte es fertig, einen Mundwinkel als Andeutung eines Lächelns für die Komtess zu heben. »Ich wäre hocherfreut. Wenn Lady Lavinia geneigt ist?« Er wandte sich ihr zu und in ihrer Hast schnappte sie praktisch seinen Arm.

»Ja, vielen Dank.«

Sie entfernten sich von der Gruppe und mit jedem Schritt spürte er, wie sie sich mehr und mehr entspannte. »Sie sind überaus angespannt«, bemerkte er.

»Sie haben diese Horde gesehen.« Sie spähte mit einem ironischen Blick zu ihm auf. »Habe ich nicht einen Grund, das zu sein?«

»Jeden einzelnen.«

»Jeden Grund überhaupt?«

»Ja.«

Sie lachte. »Danke. Jetzt muss ich Sie abstrafen. Wo waren Sie gestern?«

Überrascht sah er auf sie herab. »Waren Sie hier?«

»Das war ich.«

»Sie scheinen winterfest zu sein, der Kälte zu trotzen.«

»Es war nicht *so* kalt. Abgesehen davon musste ich hinaus. Zu viel Zeit im Haus macht mich ein bisschen verrückt.« Sie sah ihn mit einem einnehmenden Lächeln an. »Deshalb mag ich Gestein und Erdreich so gern. Als

Kind habe ich dauernd darin gewühlt, sehr zum Missfallen meiner Mutter.« Sie zuckte mit den Schultern. »Ich bin einfach gern draußen gewesen.«

»Das war ich auch.« Er rief sich seine Kindheit in Devon nahe am Meer in Erinnerung. »Ich bin gern am Strand spazieren gegangen und habe das Meer beobachtet. Ich denke, der Anblick und das Geräusch der Wellen hat meine Liebe zur Musik geweckt.«

»Wieso?« Sie betrachtete ihn eingehend und er erkannte, dass er dies noch nie jemandem anvertraut hatte. Nicht, weil es ein Geheimnis war, sondern weil es ihm nie in den Sinn gekommen war.

»Der Rhythmus. Ich fand ihn beruhigend, wie ein Lied. Mein Kindermädchen hat mir immer vorgesungen. Sie war Irin. Sie hatte eine wunderschöne trällernde Stimme.« Er schloss kurz die Augen und konnte sie beinahe im Wind singen hören.

»Das ist bezaubernd. Ich habe es noch nie auf diese Weise betrachtet. Für mich ist das Meer harsch und rücksichtslos, es frisst sich in die Erde und trägt sie davon und dennoch ist es sanft und kreativ und nimmt, was es wegbricht, zum Aufbau von Neuem.«

Die Art, wie sie es beschrieb, bewegte ihn und plötzlich wollte er ihre Worte für ein Lied niederschreiben. Er strengte sich an, sie in seinem Gedächtnis zu verankern. »Sie sprechen mit der Zunge einer Dichterin«, bemerkte er leise.

»Das glaube ich kaum, aber vielen Dank für das Kompliment.« Sie sah ihn für einen Augenblick an. »Wenn ich noch einmal darüber nachdenke, sind Sie der Experte. Wenn Sie sagen, dass ich zur Poesie fähig bin, wer bin ich dann, mit Ihnen darüber zu hadern?«

»Eine kesse Schlaubergerin mit einer scharfen Zunge, das sind Sie.« Er neckte sie, aber vielleicht flirtete er auch.

Und das hatte er auch an dem Abend getan, als er sie kennengelernt hatte. Allerdings schien sie dieses Mal nicht beleidigt.

Nein, sie schien – vielleicht – geschmeichelt.

»Zuerst habe ich die Zunge einer Dichterin und dann eine scharfe Zunge? Welche ist es denn?« Sie bedachte ihn mit einem spielerisch fordernden Blick, aber er konnte an nichts anderes als ihre Zunge denken. *Verdammt sei all dies.*

Er räusperte sich. »Wir sollten uns auf das konzentrieren, was wir besprechen müssen. Ich habe einen Brief von meinem Freund aus Oxford, Horace Jeffries, erhalten. Er kommt in die Stadt und ich werde ein Treffen für Sie und ihn arrangieren.«

»Wie wollen Sie das bewerkstelligen?«, fragte sie.

»Das habe ich noch nicht ganz ausgetüftelt. Vermutlich könnte ich ihn in den Park mitbringen?«

Sie nickte. »Das würde reichen. Könnte er möglicherweise irgendwo eingeladen werden? Oder vielleicht könnte er sich eine Eintrittskarte für Almacks besorgen.«

Beck schauderte. »Ich habe noch nie einen Fuß dort hineingesetzt. Nicht, dass sie mich haben wollten.«

»Zu wüst?«

»Ganz recht.«

»Nun, Sie müssen ja nicht kommen. Wir versuchen ja nicht herauszufinden, ob Sie und ich zusammenpassen.«

Nein, das taten sie nicht.

»Ich werde mir etwas einfallen lassen«, versprach er. »In der Zwischenzeit müssen wir einen Weg finden, miteinander zu kommunizieren. Wir können uns nicht weiter im Park treffen. Es wird nichts ausmachen, wenn wir beide gar nicht herauszufinden versuchen, ob wir zusammenpassen, denn genau das werden alle anderen tun. Wenn sie es nicht bereits getan haben.«

Lavinia nickte und presste die Lippen nachdenklich aufeinander. »Ja, ich weiß. Meine Mutter war ganz aufgeregt, als sie Sie beim Betreten des Parks entdeckte und erwartete, dass Sie herüberkommen würden. Ich denke, es ist wichtig, dass wir uns für die nächsten paar Tage aus dem Weg gehen. Und dennoch bleibt die Frage, wie wir über unsere Absichten kommunizieren könnten?«

»Ich habe tatsächlich einen Plan dafür«, antwortete er. »Im Stamm des Baumes in der südwestlichsten Ecke des Grosvenor Platzes ist eine Aushöhlung. Wenn Sie mir etwas mitteilen wollen, hinterlassen Sie eine Nachricht dort. Ich werde jeden Tag nachsehen.«

Sie sah ihn bewundernd an. »Gut gemacht. Und wenn Sie mir etwas mitteilen wollen?«

»Ich kann das Gleiche tun, aber ich verstehe, wenn Sie nicht jeden Tag dorthin gehen können, um nachzusehen.«

»Ich bin sicher, dass mir etwas einfallen wird. Es ist nicht ungewöhnlich für mich, in Begleitung meiner Zofe oder eines Bediensteten spazieren zu gehen. Ich muss mir nur eine Ausrede einfallen lassen, um den Baum aufzusuchen.« Sie brachte ein Lächeln zustande.

Plötzlich hatte er eine Idee. »Wie wäre es, wenn ich außerhalb Ihres Hauses signalisieren würde, dass dort eine Nachricht ist?«

»Was für ein Signal? Vielleicht ein Schild, auf dem geschrieben steht: ›Da ist ein Brief für Sie am Grosvenor Platz‹?« Sie lachte. »Entschuldigung, ich konnte nicht widerstehen. Natürlich nicht so etwas.«

Er lachte mit ihr. »Nein, das nicht. Etwas … subtileres.« Er dachte einen Moment nach, als sie nach ihrem Heiterkeitsausbruch ernüchterten. »Ich werde etwas an den Eisenzaun vor dem Haus gegenüber, auf der anderen Straßenseite, binden.«

»Oh, das ist eine ausgezeichnete Idee! Weit besser als

mein Vorschlag.« Sie grinste und wieder schmunzelte er. Amüsant wäre vielleicht keine angemessene Beschreibung für Lady Lavinias Humor. »Und ich werde es leicht sehen können, da mein Schlafzimmer auf die Straße hinaus geht – zweiter Stock in der Ecke.«

»Nun, da wir das geklärt haben, sollten wir umkehren und auf dem Weg können Sie mir erzählen, ob Sie für mich eine junge Frau ausgemacht haben, der ich helfen kann.«

Sie wendeten auf dem Gehweg und er nahm eine leichte Veränderung an ihrem Körper wahr – wieder spannte sie sich an, allerdings nicht so sehr, wie bei ihrem Aufbruch. »Was stimmt nicht?«, fragte er und war besorgt, dass sie vielleicht ihre Meinung geändert haben könnte, ihm zu helfen.

»Ich bin nicht ganz sicher, ob ich schon eine Kandidatin habe.« Sie biss sich auf die Unterlippe, was er sie noch nie hatte tun sehen.

»Also gut, lassen sie es mich wissen, wenn Sie das tun. Der Herausgeber des *Morning Chronicle* plagt mich wegen eines neuen Gedichts. Sie haben erwähnt, dass Miss Pemberton die Aufmerksamkeit eventuell nicht zu schätzen weiß. Sollte ich also kein weiteres Gedicht für sie schreiben?«

»Nein, das sollten Sie nicht. Tatsächlich habe ich eine Idee«. Zusammen mit ihrem Blick schweifte ihre Stimme ab. Dann holte sie tief Luft und er hatte das Gefühl, als würde sie ihren Mut sammeln. »Meine Freundin Sarah Colton.«

Er blinzelte sie überrascht an. Wenngleich er erwogen hatte, über Miss Colton als Nächstes zu schreiben, hatte er diese Idee verworfen, als ihm das beträchtliche Ausmaß von Lady Lavinias Missfallen bekannt geworden war. »Sie teilt Ihre Ansichten über meine Einmischung nicht?«

»Im Gegenteil! Sie ist ein bisschen eifersüchtig.« Lady Lavinia wand sich. »Wenn Sie nur zuerst über Sarah geschrieben hätten.«

»Das hätte ich wahrscheinlich, wenn ich an jenem Abend stattdessen Miss Colton kennengelernt hätte.«

Ihre Blicke verbanden sich und plötzlich war er sich ihrer Hand auf seinem Arm bewusst. Hitze strahlte von ihrer Berührung aus und er erinnerte sich an den Duft von Lilien und Geißblatt – so hatte sie gerochen, als er ihren Nacken geküsst hatte.

Sie wandte den Blick als Erstes ab. »Ja, wenn Sie ein Gedicht über sie schreiben könnten, würde sie es zu würdigen wissen. Wie auch ihre Mutter. Offensichtlich betet sie jeden Tag dafür.«

Beck stöhnte. »Vielleicht ist dies ein Desaster. Ich hatte nicht die Absicht, das zu so einer … *Sache* zu machen.«

»Jetzt ist es zu spät. Es ist eine *beachtliche* Sache.«

Er hasste den ganzen Aufruhr, den er verursacht hatte, und war nicht sicher, ob er bei der Suche nach einem Ehemann für sie Erfolg haben würde. Er wünschte, er könnte noch etwas anderes tun. Irgendetwas, das er kontrollieren konnte. Ihm kam ein Gedanke. Es war eine kleine Geste, aber er vermutete, dass sie dankbar dafür wäre. »Lady Lavinia, erstreckt sich Ihr Interesse an Geologie auch auf Fossilien?«

Ihre dunklen Augen leuchteten auf. »Oh ja, ich besitze eine kleine Sammlung.«

Die hatte er auch. Als kleiner Junge hatte er in der Umgebung seines Zuhauses Fossilien gesucht und jetzt stand die Sammlung in einer Schachtel verstaut in seinem Arbeitszimmer. In ihrem Besitz würde die Sammlung weitaus mehr geschätzt werden. Er vermerkte sich in Gedanken, an seine Stiefmutter zu schreiben, damit sie ihm die Sammlung schickte.

»Wäre es unpassend, wenn ich Sie bitten würde, mich Lavinia zu nennen?«

Ihre Frage überrumpelte ihn.

Sie winkte ab. »Natürlich wäre es das. Aber es ist mir egal. Wir sind Freunde und meine Freunde nennen mich Lavinia.«

»Es wäre nicht angemessen.«

»Nein, aber unsere gesamte Verbindung ist nicht angemessen. Solange wir gegen die Regeln verstoßen, können wir das auch in jeder Hinsicht tun.«

Bei ihrem Einwand musste er lächeln. »Also gut.«

Sie legte den Kopf in den Nacken, um zu ihm aufzusehen. »Ihre Freunde nennen Sie Beck?«

Er nickte. »Mein Taufname ist William Beckett. Ehe ich den Titel geerbt habe, war ich Viscount Beckett. Ich bin von allen immer Beckett oder Beck genannt worden. Außer von meiner Mutter. Sie nannte mich Will.« Ein Anfall lange begrabener Trauer brach über ihn herein – wie eine gigantische Welle vom Meer, eine Unterbrechung des Rhythmus.

»Wann ist sie gestorben?«, fragte Lavinia leise.

»Als ich fünfzehn war.«

»Sie vermissen Sie.«

Er nickte. »Das tue ich, aber ich hatte das Glück, eine Stiefmutter zu bekommen, die ich verehre und die mich liebt.«

»Vorsicht, wir sind beinahe zurück«, bemerkte Lavinia. »Aber ich denke, wir haben alles besprochen, was zu besprechen war.«

Nicht wirklich. Er genoss ihre Gesellschaft viel zu sehr. Andererseits war er ungeduldig, nach Hause zu kommen und die Worte zu Papier zu bringen, die ihm im Kopf umherschwirrten.

»Achten Sie auf mein Zeichen«, sagte er. »Ich werde

Sie wissen lassen, wenn Horace eintrifft und wann Sie in den Park kommen sollten, um ihn kennenzulernen.«

»Sehr gut. Und Sie werden ein Gedicht für Sarah schreiben. Ersinnen Sie ein gutes, bitte – Ihr bestes. Sie mag Hunde, falls Ihnen dieses Wissen hilft. Und grauenvolle Romane, aber vielleicht sollten Sie darüber nicht schreiben.«

Wieder lachte er. »Ich werde etwas schreiben, das Ihr Lob verdient.«

»Schreiben Sie es nicht für mich. Schreiben Sie es für ihren zukünftigen Ehemann.«

»Ja, natürlich.«

Sie traten zu ihrer Mutter und er verabschiedete sich recht schnell, weil er sowohl ungeduldig war, zu schreiben und auf seiner Gitarre zu spielen, als auch nicht daran interessiert, mit der Komtess über Belangloses zu plaudern. Oder sie zu der Annahme zu ermuntern, dass er Lavinia den Hof machen wollte.

Das würde nicht passieren. Sie waren Freunde und das gefiel ihm, ungeachtet des Sonderbaren daran. Ein Wüstling und eine unverheiratete Dame waren die unwahrscheinlichsten Freunde. Und wenn die Gesellschaft davon wüsste, würde sie dies höllisch teuer zu stehen kommen.

Glücklicherweise glaubte Beck nicht an die Hölle. Das konnte er nicht. Viele würden sagen, dass seine Schwester dort wäre, und das war ein Gedanke, den er einfach nicht ertragen konnte.

KAPITEL 7

Hohe Gunst vergönne ihr und sei verzückt
Jüngling ob des Lächelns, mit dem sie dich beglückt.
Nimm in deine Obhut diese charmante Maid,
Der Liebe Lohn erhabene Glückseligkeit.

-Aus Eine Ballade für Miss Anne Berwick
Von Der betörende Herzog

Die Gesellschaft bei den Reeves war ein schreckliches Gedränge und Lavinia fiel es schwer – vor allem ohne ihre Brille –, Sarah und Fanny zu finden. In solchen Momenten wünschte sie sich, sie einfach zu tragen. Vielleicht würde sie anfangen, sie mitzunehmen, damit sie die Sehhilfe aus dem Retikül zücken und für kurze Zeit benutzen konnte.

Die Menschenmasse mit zusammengekniffenen Augen durchforstend, fiel ihr Blick letztendlich auf Sarah, die sich keineswegs irgendwo in der Nähe einer Wand aufhielt.

Aber warum sollte sie auch? Die *Ode an Miss Sarah Colton* des betörenden Herzogs war gerade heute Morgen veröffentlicht worden und Sarah erlebte derzeit die Auswirkungen.

Nachdem sie das Gedicht am Morgen gelesen hatte – und Beck hatte sich wirklich selbst übertroffen – hatte Lavinia sich beeilt, ihre Freundin, zusammen mit Fanny, zu besuchen. Sarah war so glücklich gewesen und Lavinia hatte gewusst, dass sie mit ihrer Bitte an Beck, dieses Gedicht für sie zu schreiben, richtig gehandelt hatte. Und Lady Colton war ganz aus dem Häuschen. Tatsächlich war ihr Besuch abgebrochen worden, da sie mit ihrer Tochter hatte einkaufen gehen wollen, um etwas Spezielles für die Gesellschaft heute Abend zu erstehen. Genau das hatte Lavinias Mutter auch getan.

Lavinia verließ die Gesellschaft ihrer Mutter und bahnte sich einen Weg zu Sarah, die neben ihrer Mutter stand. Als Lavinia sich ihren Weg durch den großen Salon bahnte, schnappte sie einen Gesprächsfetzen auf, der sie innehalten und aufhorchen ließ.

»Ich kann mir einfach nicht vorstellen, wie das dem armen Mädchen helfen soll. Sie hat die Persönlichkeit einer Maus, unabhängig davon, was der betörende Herzog sagt.«

Lavinia biss die Zähne zusammen, als sie die Sprecherin erkannte – Lady Nixon, eine der am meisten gefürchteten, unter den bösartigen Klatschmäulern. Sie sprach zu ihrer engsten Freundin, Mrs. Law, die ebenso giftig war.

Mrs. Law schniefte. »Ich muss dir beipflichten. Es hat nicht den Anschein, als hätte der Herzog Miss Pemberton oder Lady Lavinia helfen können, einen Ehemann zu ergattern. Vielleicht hat sich sein Zauber abgenutzt.«

»Wie schade. Ich habe seine Poesie sehr genossen. Die

Ode von heute war einfach überwältigend.« Lady Nixon seufzte auf.

Lavinia fielen ein paar Dinge ein, die sie den alten Schachteln am liebsten sagen würde, doch sie wandte sich ab, ehe sie noch eine Szene verursachte, die ihre Mutter beschämen würde. Leider war Sarah nicht mehr dort, wo sie gestanden hatte. Lavinia kniff die Augen zusammen und entdeckte sie im Gespräch mit einem Gentleman. Ach, nun, dann würde sie sie später treffen.

Anstatt zu ihrer Mutter zurückzukehren, machte Lavinia sich auf die Suche nach Fanny, ehe ihr wieder einfiel, dass sie heute Abend nicht kommen würde. Lavinia entdeckte allerdings Miss Pemberton, die gerade eine Promenade mit einem Gentleman beendet hatte. Nachdem er davongegangen war, eilte Lavinia zu ihr.

»Guten Abend, Miss Pemberton.«

Die bernsteinfarbenen Augen der Frau leuchteten auf, als sie Lavinia wiedererkannte. »Lady Lavinia, wie schön, Sie hier zu treffen. Wie ich sehe, ist Miss Colton die neueste Empfängerin des … Wohlwollens unseres betörenden Herzogs.«

»Ja, sie ist überaus begeistert.«

»Anders als wir«, bemerkte Miss Pemberton trocken.

»Ich verabscheue es nicht«, erklärte Lavinia und fragte sich gleich darauf, warum sie das eigentlich getan hatte. Jetzt, da sie wusste, dass Beck hinter all dem steckte, fühlte sie sich ein bisschen weniger verärgert. »Aber es wird schön sein, in Vergessenheit zu geraten.«

»Hoffentlich bald. Die Angelegenheiten werden allmählich ruhiger, wofür ich dankbar bin.«

»Ich habe gerade mitangehört, wie Lady Nixon und Mrs. Law das Versagen des Herzogs besprochen haben, da Sie und ich nicht verlobt sind.«

Miss Pemberton stieß ein knappes Lachen aus. »Ganz

offensichtlich hat es ihn nicht abgeschreckt, seine alberne Kampagne fortzusetzen. Hatten Sie irgendwelches Glück, seiner Identität auf die Spur zu kommen?«

Lavinia zögerte nicht mit ihrer Antwort. »Nein. Ich denke nicht, dass wir es je erfahren werden.«

»Es sei denn, der Herausgeber des *Morning Chronicle* ist für Bestechung zugänglich.« Miss Pemberton schien es äußerst ernst zu sein. »Vermuten Sie, dass er das ist?«

»Sicherlich weiß ich das nicht.« Lavinia lachte in der Hoffnung, dass Lady Pemberton scherzte, und wurde mit einem Grinsen belohnt. Sie entspannte sich und fragte: »Was würden Sie tun, wenn Sie seine Identität kennen würden?«

»Abgesehen davon, von ihm zu verlangen, damit aufzuhören? Ein Teil von mir würde ihn gern unter einer gewissen Art öffentlichen Unbehagens leiden sehen, aber ich bin kein rachsüchtiger Mensch. Ich würde mich einfach besser fühlen, wenn ich ihm meine Meinung sagen könnte.« Ihre Lippen teilten sich zu einem weiteren Lächeln.

»Das kann ich verstehen.« Lavinia hatte das *getan*.

Sie standen relativ nah an der Tür und Lavinia sah, wie der Gegenstand ihrer Unterhaltung den Salon betrat. Beck wurde von einem anderen Gentleman begleitet. Er war etwas kleiner als der Marquess, mit tintenschwarzem Haar und einem gedrungenen Körperbau. Sein Blick schoss durch den Raum, was ihn ein wenig nervös wirken ließ.

Lavinia hatte den Mann noch nie zuvor gesehen und fragte sich, ob es sich um Becks Freund aus Oxford handelte. Sie behielt die beiden im Auge, während sie sich noch eine Weile mit Miss Pemberton unterhielt. Beck und der andere Gentleman tauschten Höflichkeiten mit ihren Gastgebern aus und dann kam Lady Reeves auf Lavinia zu.

Lady Reeves lächelte sie herzlich an. »Lady Lavinia, ich würde Sie gerne einem Neuankömmling vorstellen, wenn Sie einen Augenblick Zeit haben.«

»Gewiss.« Lavinia sah zu Miss Pemberton hinüber, die den Kopf neigte und sie mit ihrem Blick zum Gehen aufmunterte.

Lavinia folgte Lady Reeves zu der Stelle, wo Beck mit dem anderen Gentleman stand.

»Lady Lavinia, darf ich Ihnen Mr. Horace Jeffries vorstellen?«, fragte Lady Reeves. »Ich denke, Sie kennen Lord Northam.«

»In der Tat, das tue ich.« Lavinia knickste vor Beck und dann in Mr. Jeffries Richtung. »Ich bin sehr erfreut, Sie kennenzulernen, Mr. Jeffries.«

»Die Freude ist ganz meinerseits, davon bin ich überzeugt.« Mr. Jeffries warf einen Blick zu Beck hinüber, der den Kopf beinahe unmerklich neigte. Mr. Jeffries wandte seine Aufmerksamkeit Lady Reeves zu und dankte ihr für die Vorstellung, ehe er Lavinia aufforderte, eine Runde mit ihm zu drehen.

»Ich fühle mich geehrt«, erklärte Lavinia und fühlte sich ein bisschen merkwürdig, am Arm von jemanden davonzugehen, der nicht Beck war. Ihr Blick verharrte kurz auf ihm, ehe sie sich umdrehte und mit Mr. Jeffries davonging.

»Ich habe erfahren, dass Sie in Oxford leben«, bemerkte Lavinia.

»Ja, Lord Northam hat mich für einige Tage in die Stadt eingeladen. Von Zeit zu Zeit komme ich gern nach London, vor allem, um das Museum zu besuchen.«

»Ich liebe das Museum. Wie haben Sie Lord Northam kennengelernt?«

»Wir waren zusammen in Oxford. Bei seiner Ankunft war ich bereits dort. Ich habe ihm bei den wissenschaftlichen Themen und Arithmetik geholfen. Er hat seine Studien auf diesem Gebiet oft vernachlässigt, um Musik zu spielen und zu lesen.«

Beck hatte ihr erzählt, dass er ein bisschen spielte. Es klang, als hätte er sie über das Ausmaß seines Musizierens in die Irre geführt. »Sie haben ihn spielen gehört?«, fragte sie.

»Oh ja, er spielt wundervoll.« Er sah sie mit einem gequälten Blick an. »Aber ich weiß nicht, ob er das noch immer tut. Er war immer sehr zurückhaltend in Bezug auf seine Musik. Er spielte nur für seine Freunde. Und nicht einmal für sie alle.«

Mr. Jeffries musste demnach ein sehr spezieller Freund für Beck sein. Lavinia fragte sich, ob sie es wäre. Würde er für sie spielen, wenn sie ihn bitten würde?

Hast du den Verstand verloren?

Offensichtlich. Denn wann und wo würde der Marquess of Northam für Lady Lavinia Gitarre spielen, wenn nicht in einer öffentlichen Umgebung? Und es klang nicht danach, als ob er das tun würde. Davon hätte sie gehört. Ein charmanter, wüster Marquess, der wunderschön Gitarre spielte, wäre das Hauptgesprächsthema der feinen Gesellschaft.

»Wie nett«, erklärte sie und stellte sich einen jungen Beck vor, der müßig mit einem aufgeschlagenen Buch unter einem Baum saß und auf seiner Gitarre klimperte. »Ich bin nicht im Mindesten musikalisch.«

»Ich auch nicht. Mir ist die Forschung und Wissenschaft weitaus lieber.« Er sah sie mit Neugier an. »Northam hat mir von Ihrer Leidenschaft für Geologie berichtet. Was für ein außergewöhnliches Interesse für eine junge Dame.«

Sie konnte nicht genau sagen, ob er es befürwortete oder nicht. Viele Gentleman blickten herablassend auf sie hinab. »Als ich neun war, habe ich ein Fossil gefunden und seitdem eine gewisse Versessenheit für die Geschichte der Erde entwickelt.«

Er grinste. »Ausgezeichnet! Ich bin in einem weitläufigen Garten aufgewachsen, und von einem sehr jungen Alter an war ich immer auf die Pflanzen neugierig – wie sie wachsen, worin sie sich ähneln und unterscheiden, warum sie unter bestimmten Umweltbedingungen gediehen und unter anderen nicht. Wie bemerkenswert, dass sich ihre Wissbegier aus der Kindheit gehalten hat. Zweifellos, weil Sie sie genährt haben wie ich.«

»In dem Maße mir das möglich ist. Es ist für eine junge Dame nicht gerade populär, eine Passion für Geologie zu besitzen.«

Er zog die Augenbrauen hoch. »Ja, ja, das kann ich mir vorstellen. Wie schade, dass Sie nicht in Oxford studieren konnten.«

»Eines Tages werden Frauen dort erlaubt sein, da bin ich sicher. Ebenso wie Frauen einmal Mitglieder der Königlichen Gesellschaft sein werden.«

»Ich denke, das werden sie, Lady Lavinia. Northam war in Oxford stets der Verfechter der Frauen, allerdings aus anderen Gründen, wage ich zu behaupten.« Mr. Jeffries lachte und schien nicht zu bemerken, dass er etwas gesagt hatte, das ein wenig unangemessen war. »Wenn meine Erinnerung etwas taugt, hat sich Northam in seinem ersten Jahr dort äußerst heftig in eine Frau verliebt. Ihr Vater war Rektor an irgendeinem College … ich kann mich nicht erinnern, welches, aber es war nicht unseres. Als sie einen anderen heiratete, war er am Boden zerstört gewesen. Ich erinnere mich, dass er eine beträchtliche Anzahl liebeskranker Lieder und Gedichte verfasst hatte.« Er winkte ab. »Das war ein bisschen überflüssig. Was ist ein Lied anderes als ein Gedicht in Musik ausgedrückt?«

Lavinia fragte sich, ob es Beck stören würde, dass Mr. Jeffries diese Information enthüllte. Er schien eine eher verschwiegene Person zu sein. Tatsächlich schien er in nichts dem sorglosen Wüstling zu gleichen, den er der Welt präsentierte.

Und dennoch war sie fasziniert, diese Dinge über ihn zu erfahren. »Es klingt, als ob Sie und Lord Northam sich recht nahe standen.«

»Oh, das haben wir tatsächlich. Er und Ware waren bestrebt, mich in ihren Unfug einzubeziehen, aber ich war nie ganz so ausgelassen wie sie.«

Sie hatten ihre Runde durch den Salon beendet und Lavinia erkannte, dass Sarah jetzt frei war. Ihre Blicke trafen sich und Sarah neigte den Kopf, um Lavinia zu bedeuten, zu ihr zu kommen.

»Hier sind wir wieder an unserem Ausgangspunkt«, bemerkte Mr. Jeffries.

Lavinia zog ihren Arm von ihm zurück. »Vielen Dank für die Promenade, Mr. Jeffries.«

»Wie gesagt, ich bin nur für einige Tage in London, aber vielleicht begegnen wir uns noch einmal.«

»Das würde mir sehr gefallen.«

Er lächelte und verbeugte sich vor ihr, ehe er davonging. Sie sah ihm nach, als er direkt zur Tür hinausging und vermutete, dass er nicht wiederkehren würde.

Lavinia machte sich auf den Weg zu Sarah, deren Augen funkelten. »Du siehst aus, als ob du einen wundervollen Abend hättest«, bemerkte Lavinia.

»Oh ja. Aber du hast recht, dass es merkwürdig ist. Ich ertappe mich dabei, die Leute fragen zu wollen, ob sie mich noch nie zuvor bemerkt hätten. Das tue ich natürlich nicht – aus Furcht vor ihrer Antwort.« Sie grinste.

Lavinia lachte leise. »Besser du fragst nicht.«

»Mit wem warst du gerade zusammen?«, erkundigte Sarah sich. »Ich habe ihn nicht erkannt.«

»Mr. Horace Jeffries aus Oxford. Er ist Botaniker.«

»Ein Wissenschaftler? Wie hast du es bloß fertiggebracht, ihn kennenzulernen?«

Das konnte Lavinia ihr schlecht erzählen, ohne ihre Verbindung zu Beck preiszugeben. »Lady Reeves hat uns miteinander bekannt gemacht.«

Sarah blinzelte sie interessiert an. »Und, hast du ihn gemocht?«

»Das habe ich tatsächlich.« Sie dachte an ihre Unterhaltung zurück und ihr wurde klar, dass sie sich größtenteils um Beck gedreht hatte. Hatte sie ihn deshalb gemocht. Sie ließ den Blick schweifen, um festzustellen, ob Beck noch dort war, aber sie konnte ihn nicht entdecken. Das bedeutete nicht, dass er gegangen war, sondern nur, dass ihr Sehvermögen auf die Entfernung ebenso jämmerlich war wie immer. Sie konzentrierte sich auf Sarah. »Also unterhältst du dich insgesamt gut?«

»Ja, es ist sehr geschäftig. Tatsächlich kommt hier gerade ein weiterer Gentleman. Aber vielleicht ist er wegen dir hier.«

»Das bezweifele ich«, bemerkte Lavinia mit einem Lächeln. Sie hoffte nicht. Sie war nicht in der Stimmung für eine weitere Runde durch den Salon. Es sei denn, es wäre mit Beck.

War das wahr?

Sie verabschiedete sich von Sarah und machte sich auf die Suche nach ihm. Es schien, als wäre er bereits gegangen. Und weil Mr. Jeffries nicht in den Salon zurückgekommen war, fragte sie sich, ob sie zusammen gegangen waren. Wo waren sie hingegangen? Wahrscheinlich in einen Club oder wo immer Beck hinging, um verwegene Dinge zu tun. Obwohl sie sich nicht vorstellen konnte, dass Mr. Jeffries ihn bei solchen Aktivitäten begleiten würde. Oder vielleicht wollte sie einfach nicht von ihnen denken, dass sie das taten.

Enttäuschung gärte in ihrem Inneren. Es waren fünf Tage seit ihrem Spaziergang im Park mit Beck vergangen und sie hatten nicht korrespondieren müssen. Sie vermisste ihn, ging ihr auf, und sie hatte nichts, um sich auf ihn zu freuen. Es war nicht so, als könnte er sie in der Bibliothek treffen.

Lavinia verließ den Salon und schnüffelte ein wenig herum, bis sie auf die Bibliothek stieß. Beck war natürlich nicht dort. Sie war für die Gesellschaft geöffnet und es befanden sich mehrere Personen darin, wobei es sich größtenteils um in Gespräche vertiefte ältere Männer handelte. Und das bedeutete, dass sie Lord Reeves Bücherregale nicht unter die Lupe nehmen konnte.

Da war nichts zu machen. Sie würde in den Salon zurückkehren müssen, um den Rest des Abends zu ertragen. Allein. Nein. Nicht allein. Dank Becks Feder war sie das nur noch selten. Und verdammt, wenn sie das nicht vermisste.

~

Kurz nachdem Beck am folgenden Tag in sein Arbeitszimmer trat, kam Gage mit der Tagespost herein. »Da ist ein Paket für Sie, Mylord«, informierte der Butler ihn, als er einen kleinen Stapel Briefe auf Becks Schreibtisch legte.

Beck nahm das Päckchen in die Hand und fand es vergleichsweise schwer für ein Päckchen. »Ich habe meine Schwiegermutter gebeten, mir einige Dinge von Waverly Court zu schicken.« Er war erpicht darauf, das Päckchen zu öffnen, aber er war auch begierig, zu spielen. Sein Blick schweifte zu seinen Gitarren in der Ecke.

»Ich bin sicher, dass der Haushalt es genießen würde, wenn Ihr spielt. In letzter Zeit hat Eure Musik eine beschwingtere Note bekommen. Ich habe gestern eines der Zimmermädchen während der Arbeit beim Tanzen erwischt.« Gage sagte dies in einem humorvollen Ton und seine Augen funkelten.

Beck war sich dessen nicht bewusst geworden, aber es stimmte, was Gage sagte. Seine Dichtkunst war ebenfalls heiterer und … unbeschwerter geworden. Das Gedicht für Miss Colton war ihm buchstäblich aus den Fingern geflossen.

»Wer immer sie auch ist, hoffe ich, dass Sie die Verbindung für einige Zeit aufrechterhalten können.« Gage war mit Becks Vorlieben für kurzfristige Liebesaffären und seiner Abneigung gegenüber der Eheschließung wohl vertraut.

»Da gibt es niemanden«, entgegnete Beck, wenngleich seine Gedanken zu Lavinia abschweiften. Ihr ungemein gewitztes Lächeln und ihr scharfsinniger, intelligenter Blick formten sich in seiner Vorstellung zu einem Bild.

»Ich bin überrascht, das zu hören. Die Veränderungen in Ihrer Musik gehen fast immer mit einer neuen Affäre einher.«

Beck sah zu ihm auf. »Da gibt es gewiss keine neue Affäre.«

»Keine Affäre ist nicht das Gleiche wie keine Frau. Welche ist es?«

»Kann es nicht beides sein?« Beck wollte die Angelegenheit nicht besprechen, aus Angst, auf Lavinia zu sprechen zu kommen. Er wollte sich mit Gage nicht über sie unterhalten. Er wollte nicht einmal ein Selbstgespräch über sie führen. »Mein Freund Horace Jeffries wird später vorbeikommen. Wir werden in den Park ausreiten.«

Horace wohnte während seines Aufenthalts in der Stadt bei seiner Tante. Beck hatte ihm seine Gastfreundschaft angeboten, aber Horace hatte entgegnet, dass seine Tante enttäuscht wäre, wenn er woanders logierte. Was für Beck vollkommen in Ordnung war. Besucher im Haus brachten ihn immer ein bisschen aus dem Gleichklang, weil er mit anderen in der Nähe nicht spielte. Obwohl er für einen alten Freund wie Horace vielleicht eine Ausnahme gemacht hätte.

Gage verstand die Anspielung und beharrte nicht weiter auf dem Thema Frauen. »Sehr wohl, Sir.« Er wandte sich zum Gehen um und schloss die Tür hinter sich, weil er wusste, dass Beck wahrscheinlich spielen würde.

Zuerst einmal öffnete Beck allerdings das Päckchen von Waverly Court. Darin fand er seine Fossiliensammlung, oder jedenfalls das meiste davon. Ein paar größere Exponate lagerten in seinem Arbeitszimmer in einem Fach, während er die kleineren in dieser Schachtel mit seinen Kindheitserinnerungen verstaut hatte.

Einige waren recht klein und maßen kaum seine Fingerspitze. Viele wiesen wunderschöne Spiralen einer muschelartigen Kreatur aus einer, wer weiß wie lang, vergangenen Zeit auf. Sein Lieblingsstück war das größte in der Schachtel, ein Stein mit dem teilweisen Umriss eines Fischskeletts. Er lächelte und freute sich darauf, es Lavinia zu zeigen.

In der Schachtel befanden sich auch andere Dinge, die er längst vergessen hatte – eine Handvoll Spielzeugsoldaten, ein kurzer, gekrümmter Knüppel, der ihm als Pistole gedient hatte, ein paar von ihm angefertigte Zeichnungen und ein kleiner Stapel Briefe. Er blätterte sie durch und erkannte die Handschrift seiner Mutter und seines Vaters. Dann stockte sein Herz für einen Augenblick, als er eine andere Handschrift entdeckte – Helens. Er erinnerte sich, dass seine Mutter ihm nach ihrem Tod einen ihrer Briefe als Andenken gegeben hatte. Er hatte sich etwas von ihr geschriebenes gewünscht.

Als er den Umschlag öffnete, seufzte er auf und begann zu lesen. Das Schreiben war an seine Mutter adressiert und enthielt eine genaue Schilderung der Aktivitäten seiner Schwester während der Saison. Beck erinnerte sich, dass seine Mutter die halbe Saison mit ihr in London verbracht hatte und die andere mit ihm zu Hause in Devon. Das musste während der Zeit geschrieben worden sein, als seine Mutter bei ihm war.

Der Brief war herzzerreißend, weil Helen auch über ihre Gefühle von Einsamkeit und Unzulänglichkeit berichtete. Beck hatte sie für wunderschön und liebreizend gehalten – sie war zierlich und dunkelhaarig mit einem eher schüchternen und stillen Gebaren. Im Rückblick konnte er verstehen, wie sie übersehen worden war. Weil er heute Zeuge war, wie dies jungen Frauen wie ihr passierte. Deshalb war er zum betörenden Herzog geworden und er wäre verdammt, wenn er dies bedauern würde.

Er las weiter und sein Atem stockte, als er eine bestimmte Passage erreichte:

Gerade gestern hat mir ein Pärchen besonders grässlicher junger Frauen (SW und DC) gesagt, dass ich tot wahrscheinlich besser dran wäre, weil ich dann keine Last mehr für meine Familie darstellte. Bin ich eine Last? Vater sagt nein, aber wenn ich in dieser Saison nicht heirate, werde ich eine Jungfer sein und dann bin ich wohl eine Bürde für alle Tage, die da noch kommen. Ich versuche mein Bestes. Ich glaube, dass es Früchte tragen könnte. Da ist ein Gentleman, der mich bislang zwei Mal zum Tanzen aufgefordert hat – bei Almacks neulich Abend und auch gestern Abend auf dem Wendover Ball. Er ist charmant und gutaussehend und so freundlich. Ich versuche, keine großen Hoffnungen aufkeimen zu lassen, aber es ist schön, ein kleines Signal der Ermunterung zu haben.

Der Brief endete kurz darauf und Beck ertappte sich, wie er diesen Abschnitt dreimal las. Der Zorn tobte in ihm und sorgsam achtete er darauf, das Briefpapier nicht zu zerknautschen. Er faltete es vorsichtig zusammen und legte den Brief wieder in die Schachtel.

Beck setzte sich in seinem Stuhl zurück und starrte mit ziellosem Blick in den Raum. Wer waren SW und DC? Zwei junge Frauen, die jetzt allerdings nicht mehr so jung wären, da dies sechzehn Jahre zurücklag. Sie wären älter als Beck. Doch wahrscheinlich gehörten sie noch immer der Gesellschaft an. Er würde jemanden finden, der an der gesellschaftlichen Szene von 1802 teilgenommen hatte und er würde SW und DC aufspüren.

Und was dann?

Er mahlte mit dem Kiefer. Er wollte sie verfluchen und Sorge dafür tragen, dass sie erfuhren, wie ihre gedankenlosen Worte ein Leben verändert – nein – beendet hatten. Niemand wusste, was in Wahrheit mit Helen geschehen war, aber oh, wie sehr er sich dies wünschte. Er wollte, dass sie es erfuhren und in Schuld und Bedauern verfaulten.

Aber das konnte er nicht tun. Nicht ohne zu enthüllen, was Helen getan hatte. Und niemand durfte das wissen.

Nach und nach fixierte er den Blick auf seine Gitarren. Er erhob sich und durchquerte das Zimmer, während die

Wut und Verzweiflung in ihm rumorten. Er nahm ein Instrument und begann zu spielen. Es war nicht die heitere Musik, die Gage sich gewünscht hatte. Sein Spiel war düster und von Emotion durchdrungen – ein Wirrwarr, das zu entwirren er keineswegs sicher war.

Beck verlor sich vollkommen in seiner Musik und tauchte erst daraus hervor, als Gage die Tür öffnete. Der Butler hatte diesen leicht unbehaglichen Blick aufgesetzt, den er für die Gelegenheiten reservierte, in denen er nicht umhinkam ihn zu stören. »Ich bitte Euch um Entschuldigung, Mylord. Mr. Jeffries ist hier.«

Verdammt, war es bereits so spät? Beck war wirklich abgetaucht. »Vielen Dank. Bitten Sie ihn in den Salon. Ich werde rasch nach oben gehen und mich umziehen.«

Nachdem er seine Gitarre abgestellt hatte, stürmte er über die Hintertreppe zu seinen Schlafräumen im zweiten Stock und zog sich rasch mit Hilfe seines Aushilfskammerdieners um, den Gage ganz offensichtlich von der unteren Etage nach oben geschickt hatte, wo er als Diener aushalf.

Kurze Zeit später schlenderte Beck in das Wohnzimmer und lächelte seinen Freund an. »Entschuldige bitte, Horace, ich bin aufgehalten worden.«

Horace lachte, und ließ die dunklen Brauen wippen. »Ich bin wohlvertraut mit den Umständen, wie das passiert. Wie viele Male hast du uns an der Universität warten lassen, weil du noch nicht ganz mit dem Spielen fertig warst?«

»Zu viele, um sie zu zählen.« Beck hatte damals kurz nach seiner Ankunft in Oxford einen anderen Studenten Gitarre spielen gehört und sich in den Klang verliebt. Er hatte sich ein eigenes Instrument angeschafft und diesen Studenten gebeten, ihn zu unterrichten. Schon bald war er selbstständig und studierte die scheußlichsten Melodien ein. »Sollen wir in den Park aufbrechen?«

»Du sagst, du hättest ein Reitpferd für mich übrig?«, fragte Horace.

»Ja, ich bin sicher, dass die Tiere gleich nach vorn gebracht werden, wenn sie nicht schon dort sind.« Gage würde sich in seiner übermäßigen Tüchtigkeit darum gekümmert haben.

Horace warf ihm einen vorsichtigen Blick zu. »Glaubst du, dass Lady Lavinia im Park sein wird?«

»Wahrscheinlich. Ich habe sie dort ein paar Mal gesehen.« Wahrscheinlich? Er zählte darauf, dass sie dort war. Ihm ging auf, dass sie das Beste am Park war. Sie war so viel interessanter und *echter* als irgendjemand sonst in der Gesellschaft.

»Dann sollten wir vielleicht nicht gehen«, meinte Horace.

Beck hielt inne, als sie die Halle durchquerten. »Du möchtest sie nicht sehen? Ich dachte, euer gegenseitiges Kennenlernen wäre gut verlaufen?« Sie hatten die Gesellschaft gestern Abend verlassen und sich mit Ware und einigen anderen im Club getroffen.

»Das war sie. Ich bin nur ...« Eine leichte Röte stieg an seinem Hals auf und er wandte den Blick ab. »Ich bin in diesen Dingen wie Brautwerbung nicht sehr versiert. Ich bin nicht sicher ob ich ehetauglich bin.«

»Zufällig weiß ich, dass Lady Lavinia auch nicht ganz sicher ist, ob sie sich für die Ehe eignet, weshalb ich dachte, dass ihr vielleicht zusammenpasst.« Und dennoch fühlte er sich erleichtert, dass Horace eventuell nicht interessiert war.

Horace sah in mit aufmerksamen Interesse an. »Wie kommt es, dass du so viel über sie weißt?«

»Wir unterhalten eine eher, ähm, unorthodoxe Freundschaft.«

»Ich bin der Letzte, der die Regeln der Gesellschaft versteht.« Horace schüttelte den Kopf. »Aber ich weiß, dass junge, unverheiratete Frauen keine Freunde wie dich haben sollten.«

»Und das ist genau der Grund, warum es unorthodox ist, und ähm, geheim. Sie ist eine intelligente Frau, die etwas Besseres verdient hat, als der Heiratsmarkt ihr bieten kann.« Beck erkannte, dass er so klang, als ob er sie hofieren sollte. Aber er hatte nie geplant, irgendjemanden zu hofieren. Nicht nach diesem ersten Desaster.

Zu seiner Ehre entgegnete Horace nichts darauf – vielleicht, weil er all die bedauerlichen Einzelheiten kannte. »Nun, wenn es dir gleich ist, würde ich es weit mehr vorziehen, in der Rotten Row zu bleiben und das Sozialisieren denen zu überlassen, die weit besser darin sind als ich.«

»Das hängt ganz und gar von dir ab. Ich würde nicht einmal in den Park gehen, wenn du nicht hier wärst.«

»Ah, dann habe ich dich also gestört.« Horace sah ihn entschuldigend an. »Wir müssen nicht gehen.«

»Sei nicht albern«, entgegnete Beck. »Ich sehe dich nicht sehr oft. Abgesehen davon wird Felix dort sein und er wäre schwer enttäuscht, wenn wir nicht auftauchen.«

»Wenn du darauf bestehst.«

»Ich bestehe darauf.« Beck geleitete ihn nach draußen, wo ihre Pferde warteten. Sie brauchten nicht lange für ihren Ritt zum Park. Sie ritten durch das Grosvenor Tor auf das Parkgelände und pausierten einen Augenblick, um ihren Weg durch den Verkehr zu finden. Beck konnte nicht anders, als die Menschenmenge nach Lavinia abzusuchen. Er entdeckte sie fast sofort. Sie trug ein frühlingsgrünes Ausgehkleid mit einer passenden Haube, die ihre dunkelbraunen Locken bedeckte. Er machte sich keine Sorgen, dass sie ihn oder Horace auf diese Entfernung gesehen haben könnte.

Sie wendeten ihre Pferde in Richtung Rotten Row und wurden umgehend von zwei Damen begrüßt, die ebenfalls zu Pferd unterwegs waren. Lady Fairwell und eine andere Frau, an deren Namen Beck sich nicht erinnern konnte. Lady Fairwell lächelte strahlend. »Guten Tag, Lord Northam. Erinnern Sie sich an Mrs. Goodacre?«

»Aber sicher.« Vage. »Gestatten Sie mir, Ihnen meinen Freund, Mr. Horace Jeffries aus Oxford vorzustellen.«

Horace nickte grüßend in Richtung der beiden Frauen. »Ich bin Botaniker. Und gerade in London, um meinen lieben Freund Northam zu besuchen.«

»Ich bin sehr erfreut, Sie kennenzulernen, Mr. Jeffries.« Lady Fairwell lenkte ihren sinnlichen Blick auf Beck. »Ich habe in letzter Zeit nicht viel von Ihnen gesehen.«

Beck wollte nicht verweilen. »Nein, und ich hoffe, Sie halten uns nicht für rüde, aber wir sind auf dem Weg zur Rotten Row.«

»Lassen Sie sich von uns nicht aufhalten«, antwortete Mrs. Goodacre mit einem herzlichen Lächeln.

Beck und Horace steuerten auf die Rotten Row zu und Beck stieß ein erleichtertes Seufzen aus. Felix wartete bereits auf sie.

»Warum habt ihr so verdammt lange gebraucht?«, verlangte er ohne Groll zu erfahren.

Horace lenkte sein Pferd neben Felix. »Wir sind von ein paar Frauen aufgehalten worden, von denen die eine entweder Becks Geliebte war oder es sein will und er nicht interessiert ist.«

»Wie kannst du das wissen?«, fragte Beck und blinzelte Horace ungläubig an.

»Ich habe jede Menge Erfahrung mit Frauen in deinem Dunstkreis«, antwortete Horace schmunzelnd. Felix schloss sich seinem Heiterkeitsausbruch an und Horace wandte sich mit der Bemerkung zu ihm um: »Und deinem.«

Felix brüllte vor Lachen. »Du kennst uns zu gut, Horace.«

»Es ist ein bisschen wie in den guten alten Tagen in Oxford, muss ich sagen.«

Felix sah von Horace zu Beck. »Dann sollten wir das auch so feiern. Ich habe den perfekten Ort im Sinn – Madame Bisset´s.«

Horace lächelte. «Ich denke, du hast mich dorthin ausgeführt, als ich das letzte Mal in der Stadt war.«

»Und wenn meine Erinnerung etwas taugt, hast du dich königlich amüsiert«, gab Felix zurück.

Beck unterdrückte ein Stöhnen. Madame Bisset´s war eines von Londons elitärsten Bordellen und bewirtete Persönlichkeiten der höchsten gesellschaftlichen Kreise. Beck besuchte es nicht oft, aber manchmal stand ihm der Sinn nach einem Arrangement, das sich nicht unbedingt wie ein Geschäft anfühlte, worin Madame Bissets Spezialität bestand. Die Frauen behandelten einen, als wären sie die persönliche Geliebte – und sie waren in jeder Hinsicht versiert.

Normalerweise hätte Beck ohne Zögern eingewilligt, aber er war nicht in Stimmung. Der Gedanke an ein Arrangement reizte ihn jetzt gar nicht. Das wollte er allerdings nicht sagen. Seine Freunde würden nach dem Grund fragen und Beck hatte keine Antwort. Am allerwenigsten wollte er darüber nachgrübeln.

»Das klingt für mich nach einem großartigen Abend«, erklärte Horace erfreut. »Was sagst du, Beck?« Da sie unter sich waren, hatte er auf den vertrauten Namen zurückgegriffen.

Er zwang sich zu einem Lächeln. »Ausgezeichnet.« Es würde schon gehen – er würde Karten spielen oder Schach, mit wem auch immer Madame Bisset ihm schickte. Die Frauen dort waren in jeder Hinsicht wie Geliebte und würden jede Laune befriedigen, auch wenn es keinen Sex beinhaltete.

Die drei Freunde entschlossen sich zu einem Wettrennen durch die Rotten Row und Beck war überaus dankbar für diese Aktivität. Ein schneller Ritt würde all die Dinge verbannen, über die er nicht nachdenken wollte: Lady Fairwell; warum er kein Bordell aufsuchen wollte; seine Schwester Helen. Allerdings dachte er jetzt an sie und noch wichtiger an die Frauen mit den Initialen SW und DC. Er würde herausfinden, wer sie waren und dann eine Möglichkeit ersinnen, seine Schwester zu rächen – koste es, was es wolle.

KAPITEL 8

Holde Liebe, holde Anmut, holdes Sinnen
Ihre Augen, Haar und Angesicht, Reinheit sie bringen
Liebe erkoren, Liebe verloren und erneut errungen
Holde Liebe, holdes Sinnen, in süßer Inbrunst besungen.

-Aus Das Wesen von Miss Rose Stewart
Von Der betörende Herzog

In dem Moment, in dem Lavinia das rote Band entdeckte, das am Eisengeländer vor dem Haus auf der gegenüberliegen Straßenseite festgebunden war, fing ihr Herz an, schneller zu schlagen. Sofort informierte sie ihre Zofe, sich auf einen Spaziergang vorzubereiten und dann ging sie ins Wohnzimmer, um ihre Mutter zu unterrichten, dass sie ausgehen würde.

»Vielleicht werde ich mit dir gehen«, entgegnete die Komtess und sah zum Fenster, das zu dem kleinen Hintergarten hinausging. »Es ist recht schön heute.«

Lavinia zwinkerte überrascht. Ihre Mutter war körperlicher Ertüchtigung im Allgemeinen nicht zugetan, es sei denn, sie hatte die Absicht, einkaufen zu gehen oder Klatsch auszutauschen. Lavinia *wollte* sie nicht bei sich haben – nicht heute. Nicht auf *diesem* Spaziergang. »Ich werde nicht lange aus sein und ich bin gerade im Gehen begriffen.« Sie hatte bereits einen Umhang angelegt, ihre Haube aufgesetzt und ihre Handschuhe angezogen und sie trug ihr Retikül bei sich, damit sie Becks Nachricht darin verstauen konnte. Sie hielt den Atem an, während sie auf die Antwort ihrer Mutter wartete.

Ihre Mutter musterte sie von Kopf bis Fuß. »Das bist du wohl. Also gut. Ermüde dich nicht zu sehr, damit dir später nicht die Lust fehlt, in den Park zu gehen.«

Bereits jetzt stand ihr nicht der Sinn danach, in den Park zu gehen. »Ja, Mutter.«

Hastig drehte sie sich zum Gehen und traf ihre Zofe, Carrin, in der Halle. »Fertig.«

Der Diener öffnete die Tür und Lavinia ging Carrin auf den Gehsteig voran. Sie wartete, bis die Zofe – eine stille Frau, die fünf Jahre älter als Lavinia war – zu ihr trat, ehe sie sich nach links wandte und in Richtung Grosvenor Square marschierte.

»Gehen wir irgendwo Bestimmtes hin, Mylady?«, fragte Carrin.

»Nicht wirklich«, log Lavinia. »Ich denke, ich lasse mich einfach von meinen Füßen leiten.« Sie sah Carrin mit einem herzlichen Lächeln an.

Sobald sie weit genug vom Haus entfernt waren, zog Lavinia ihre Brille aus ihrem Retikül und setzte sie auf. Sie seufzte glücklich, als das Sichtfeld um sie herum scharfe Konturen annahm. Jedes Mal, wenn sie die Brille aufsetzte, fragte sie sich, warum sie sie abgenommen hatte. Natürlich *wusste* sie warum – wegen ihrer Mutter.

Carrin würde es der Komtess nicht verraten. Sie hielt es für eine Übertreibung, dass Lavinia nicht erlaubt war, sie zu tragen.

Als sie am Grosvenor Square eintrafen, entdeckte Lavinia den Baum sofort. Er war leicht zu finden, vor allem, weil sie von der südwestlichen Seite gekommen waren. Wahrscheinlich hatte Beck ihn deshalb ausgewählt.

Den Mittelpunkt des Platzes bildete eine zauberhafte grüne Rasenfläche mit Büschen und Bäumen und das Ganze war von einem niedrigen schmiedeeisernen Zaun umgeben. Sie drehte sich zu Carrin. »Gehen wir in den Garten.«

Sie schlenderten auf eine Öffnung im Zaun zu und Lavinia führte sie hindurch auf einen Fußpfad. Nachdem sie einen Augenblick gegangen waren, bemerkte sie zu Carrin: »Ich glaube, ich habe ein Eichhörnchen gesehen. Warten Sie hier.«

Lavinia eilte zum Baum und war froh über den Busch, der danebenstand und sie gut abschirmte, als sie darum herumging und das Loch ausfindig machte. Sie schob die Hand hinein und ertastete einen kleinen Beutel.

Sie hob ihn aus dem Baum und fragte sich, was er wohl beinhaltete, denn er war verhältnismäßig schwer. Sie schob ihre Hand abermals in die Aushöhlung und tastete nach Papier, aber dort war nichts.

Der Beutel hatte einen Tunnelzug und sie öffnete ihn, um nachzusehen, was er beinhaltete. Ihr stockte der Atem, sobald sie erkannte, was es war. Besser, was *sie* waren.

Sie zog den ersten Stein heraus und hielt ihn hoch, während sie die Spiralen und gleichmäßigen Einkerbungen betrachtete, die den Stein markierten. Er war wunderschön. Und so klein. Sie hatte Zeichnungen von solchen Dingen gesehen, aber sie besaß so etwas nicht. All ihre Fossilien waren Pflanzen.

»Gefällt es Ihnen?«

Die leise, männliche Stimme stahl sich über ihren Nacken und erinnerte sie daran, wie seine Lippen sie dort einmal liebkost hatten. Sie drehte sich herum und entdeckte Beck, der mit schwerem Blick, die Lider tief über die Augen gesenkt, am Baum lehnte.

»Woher sind Sie gekommen?«

»Nirgendwoher.« Er stieß sich vom Baum ab und seine Augen leuchteten vor Überraschung und noch etwas anderem auf, das sie nicht sicher einordnen konnte. Aufregung vielleicht? Nein, nicht so stark. »Sie tragen Ihre Brille.«

Sie hatte es vergessen. Instinktiv hob sie die Hand zu ihrem Gesicht und machte Anstalten, sie abzunehmen.

»Tun Sie es nicht.« Er trat zu ihr und nahm ihre Hand in seine, um sie langsam wieder abzusenken.

Sie sah ihn unverwandt an und war sich seiner Nähe auf eine Weise bewusst, wie noch nie zuvor. »Gefällt sie Ihnen?«, fragte sie leise.

»Sogar sehr.«

»Vermutlich lenkt sie von meinem Gesicht ab.«

»Die Brille hilft Ihnen, die Welt kristallklar zu sehen und als eine Frau der Wissenschaft sollten Sie sie auf keine andere Weise betrachten. Der Hunger nach Wissen schmeichelt ihrem Gesicht nur – und allem anderen an Ihnen.«

Ein Lächeln umspielte ihre Lippen. »Lord Northam, ich glaube, Sie sind ein Poet.«

Er legte einen Finger an seine Lippen und sie erkannte, dass diese sehr weich waren. Es gefiel ihr wirklich, ihre Brille zu tragen. »Schhh. Verraten Sie es niemandem.« Er grinste und ihre Brust zog sich zusammen, womit es ihr schwerfiel, tief Luft zu holen. Oh, du liebe Güte.

Sie riss ihren Blick von seinem los und beäugte den Beutel. »Was ist noch dort drin?«

»Noch mehr Steine wie dieser, in verschiedenen Größen. Das ist wahrscheinlich derjenige, der in Devon am leichtesten zu finden ist. Mein Favorit ist der größte.« Er griff in den Beutel und zog einen Stein hervor, der etwas größer als seine Handfläche war. Er war fast flach mit dem teilweisen Skelett von etwas, das wie ein Fisch aussah.

Lavinia schnappte nach Luft. »Meine Güte, ist das echt?«

»Berühren Sie ihn.« Er legte ihn in ihre Hand.

Aber das reichte nicht. »Halten Sie diese«, sagte sie und legte ihm den Stein und den Beutel in die Hände. Ihr Retikül hing von ihrem linken Handgelenk und war damit nicht hinderlich. Sie legte ihre Handschuhe ab und dann nahm sie den Stein wieder von ihm und ließ ihre Fingerspitzen über die Konturen der Fischgräten gleiten. »Das ist außerordentlich.«

»Ihr Entzücken mitanzusehen ist außerordentlich.«

Seine Worte strichen über sie hinweg wie ein verführerisches Lied. Sie zwang sich, den Stein anzusehen, anstatt ihn. Sie war sich nicht ganz im Klaren, was hier heute passierte – mit ihm – und sie war sich keineswegs sicher, ob sie es wissen wollte.

Sie schob den Stein in den Beutel, den er immer noch hielt und dann zog sie die Handschuhe wieder an. »Danke, dass Sie mir diese gezeigt haben.«

Er drückte ihr den Beutel in die Hand. »Sie gehören Ihnen.«

Sie konnte nicht anders, als ihn jetzt anzusehen. »Sie schenken sie mir?«

»Ich kann mir niemand Besseren vorstellen, sie zu besitzen.«

»Aber sie sind so speziell. Und wertvoll.«

»Über das Letztere weiß ich nichts, aber sie sind bestimmt speziell – für Sie. Sie haben seit Jahren in einer

Schachtel in meinem Arbeitszimmer in Devon gelegen. Ich erinnere mich nicht an das letzte Mal, als ich sie angesehen habe, und das ist eine Schande.«

»Ja, das ist es.« Sie würde sie jeden Tag betrachten und berühren. Sogar jetzt brannte sie darauf, sie zu studieren. »Haben Sie irgendeine Ahnung, wie alt sie sein müssen?«

Er lachte leise. »Nicht die geringste.«

Sie stimmte kichernd in seine Heiterkeit ein. »Man könnte darüber debattieren, aber es genügt zu sagen, dass sie sehr, sehr alt sind.«

»Eines Tages werden Sie mir alles über diese Debatte erzählen. Aber heute stehen wir wohl unter Zeitdruck, fürchte ich.«

Eines Tages? Wann würde das genau sein. Sie sollten sich eigentlich gar nicht treffen. Sie sollten per Brief kommunizieren. Und dennoch sehnte sie sich nach diesem »eines Tages«. »Nehmen Sie zufällig an dem Dinner bei den Kilves morgen Abend teil?« Lavinia hatte mit Violet gesprochen und wusste, dass er eingeladen war.

»Ja. Die Herzogin ist eine Freundin von Ihnen, oder nicht?«

Lavinia nickte. »Wir haben uns im vergangenen Herbst kennengelernt.«

»Also werden Sie auch dort sein?« Er wirkte beinahe … erleichtert.

»Ja, aber ich habe mich gegen meinen Vater durchsetzen müssen.« Die Komtess hatte Lavinias Vater fast überzeugt, dass sie wegen des Skandals, der die Kilves und Romseys umgab, nicht gehen sollten. Lavinia hatte dagegen argumentiert, warum es nicht wirklich ein Skandal war – es war niemand zu Schaden gekommen und alle waren außerordentlich glücklich und weshalb sie sich nicht mit zwei Herzogen verbinden wollten? Sie hatten einen ordentlichen Streit darüber, doch schlussendlich hatte der Earl Lavinias Partei ergriffen.

»Warum?«

»Meine Mutter lässt sich zu sehr von Klatsch beeinflussen. Einige sind der Meinung, dass der Herzog von Kilve und die Herzogin von Romsey sich unmöglich benommen hätten, und natürlich ist der Herzog von Romsey allgemein als der ruinierte Herzog bekannt. Weil seine Frau gestorben ist und er für lange Zeit unter Verdacht gestanden hatte, sie umgebracht zu haben. Nicht offiziell, natürlich.«

»Wurde er nicht in Bezug auf den Tod seiner Frau von jedem Verdacht freigesprochen?«

»Das wurde er, aber Sie wissen, wie gehässig und unerbittlich die Gesellschaft sein kann.«

»Das tue ich.« Der Ernst seines Tonfalls und die Anspannung seiner Lippen ließ sie innehalten.

»Wegen Ihrer Schwester?«, fragte sie leise.

»Ja.« Er wandte den Blick ab und sie wusste, dass er nicht weiter darüber sprechen wollte. Sie würde ihn nicht drängen. Eines Tages würde sie gern mehr über sie erfahren, aber nicht heute.

Da war es wieder: *Eines Tages.*

»Sie sollten gehen«, sagte er. »Wir haben uns lange genug aufgehalten und ich bin sicher, dass Ihre Zofe sich wundert, wo Sie bleiben.«

Er hatte sie mit Carrin ankommen sehen. Und dennoch hatte er nicht gewusst, wann sie kommen würde. »Wie lange haben Sie auf mich gewartet?«

Er zuckte mit den Achseln. »Nicht lange.«

Ein Gefühl der Wärme stieg in ihr auf. Er hatte ihr ein überaus kostbares Geschenk gemacht und außerdem gewartet, um es ihr persönlich zu überreichen. Ebenso gut hätte er eine Nachricht schreiben und sie mit dem

Geschenk hinterlassen können. Darin war er weiß Gott ziemlich gut.

»Ich wollte Ihnen für das Gedicht danken, das Sie für Sarah geschrieben haben«, bemerkte Lavinia. »Es ist wirklich wunderschön. Sie war überglücklich über die Aufmerksamkeit.«

»Ich bin sehr erfreut, das zu hören. Ich wollte nur helfen.« Eilig fügte er hinzu: »Solchen, die sich Hilfe wünschen, um genau zu sein.«

Sie grinste. »Genauso.« Es widerstrebte ihr, zu gehen, aber er hatte recht, sie musste. »Ich werde Sie dann morgen sehen.«

Ihre Blicke verbanden sich und eine Welle der Bewusstheit brach über sie herein – ausgehend von dieser Stelle an ihrem Nacken, und von dort brandete sie über ihren gesamten Körper hinweg.

Mit einem Nicken deutete er auf ihr Handgelenk. »Sie sollten die Fossilien in Ihrem Retikül verstauen – wenn sie hineinpassen.«

»Oh ja, das sollte ich.«

Sie versuchte, beide Dinge zu jonglieren, aber Beck nahm ihr die Fossilien ab, während sie ihr Retikül öffnete und dann legte er sie hinein. Sie zog ihre Handschuhe wieder an und sah zu ihm auf. »Danke.«

»Es war mir ein Vergnügen.«

Das Wort – Vergnügen – ließ eine weitere Welle der Erwartungsfreude über sie hinwegbranden. Sie musste sich zum Umdrehen zwingen und dann ging sie davon.

Sobald sie hinter dem Busch hervortrat, wehte eine kühle Brise über sie hinweg. Es war, als wären sie in einer abgeschiedenen Welt nur für sie beide gewesen, und nun musste sie sie verlassen.

Carrin kam eilig auf sie zu. »Ich habe angefangen, mir Sorgen zu machen.«

»Entschuldigung, ich habe einige interessante Steine gefunden.« Was noch nicht einmal eine Lüge war. Sie hob ihr Retikül und schwenkte es mit seinem Inhalt.

Carrin war mit Lavinias Interesse an Gestein, Erdreich und Wissenschaft wohlvertraut. »Wie schön. Vielleicht könnt Ihr sie mir später zeigen.«

»Sicherlich.« Lavinia würde ihr einfach einige andere Dinge aus ihrer Kollektion zeigen.

Sie liefen in relativem Schweigen zum Haus zurück. Lavinia konnte ein Gefühl des Überschwangs nicht abschütteln. Beck hatte sie mit den Fossilien vollkommen überrascht. Sie waren fraglos das beste Geschenk, das sie je erhalten hatte.

Aber es war mehr als seine Großzügigkeit. Es war die Art, wie sie sich wegen ihm fühlte. Wenn er sie ansah. Wenn er sie berührte. Wenn er Dinge sagte, wie, »Dieser Wissensdurst schmeichelt Ihrem Gesicht nur – und allem anderen an Ihnen.«

Sie unterdrückte ein Schaudern. Etwas zündelte zwischen ihnen und sie konnte es sich nicht leisten, mit dem Feuer zu spielen. Nicht bei einem Wüstling, der nicht an Ehe interessiert war. Und dennoch schien es fast zu aufregend, um widerstehen zu können, sich ein wenig näher an dieses Feuer zu wagen.

~

Das Dinner bei den Kilves verbrachte Beck damit, sich immer wieder heimliche Blicke auf Lavinia zu stehlen, die am gegenüberliegenden Ende des Tisches neben ihrer Freundin Miss Colton saß. Angesichts der Länge der Tafel, die allen sechsundzwanzig Gästen Platz bieten musste, hätte dies auch Schottland sein können.

Die Frauen verließen das Esszimmer und für die Gentlemen, die sich an einem Ende des Tisches versammelten, wurde Port serviert. Beck saß zwischen Felix und dem Herzog von Kendal, ein Mann Ende dreißig mit schwarzem Haar, grünen Augen und dem verdächtigen Spitznamen der verbotene Herzog. Es war allgemein bekannt, dass es ihm egal war, so genannt zu werden, weil es die Leute davon abhielt, ihn zu belästigen. Er nahm nicht oft an gesellschaftlichen Veranstaltungen teil und wenn er es, wie bei dieser, tat, dann mit Menschen, die er als enge Freunde betrachtete – so jedenfalls hatte Beck es während des Dinners erfahren.

Beck hatte bislang noch nicht mit dem Herzog zusammengesessen, bevor sich alle umgesetzt hatten, und er fragte sich in Anbetracht des Alters des Mannes, ob er vielleicht seine Schwester Helen gekannt hatte oder, noch wichtiger, möglicherweise wusste, wer SW und DC waren.

Der Herzog wandte sich an Beck und erkundigte sich, woher er die Kilves kannte.

»Ich kenne sie nicht wirklich«, antwortete Beck aufrichtig. »Ihre Gnaden ist gut mit Miss Colton befreundet und ich glaube, sie wollten die Anzahl von Männern und Frauen ausgleichen, und deshalb haben sie einige von Mr. Coltons Freunden eingeladen.«

»Es ist sehr zuvorkommend von Ihnen, zu erscheinen. Ich hätte so eine Einladung nie angenommen.« Der Herzog schmunzelte. »In meiner Jugend hätte ich es getan. Ich war damals … umtriebiger. Wie Sie.«

»Wollen Sie damit elegant zum Ausdruck bringen, dass Sie für Ihr wüstes Benehmen bekannt waren?«

Der Herzog nippte an seinem Port. »Trinken, spielen, Frauen, die ganze Palette. Aber als mein Vater starb, habe ich all das hinter mir gelassen. Ich vermisse es nicht im Mindesten.«

Beck betrachtete sich nicht als Trinker oder Spieler,

aber Frauen … er verließ sich auf sie für seine Inspiration und natürlich genoss er die gemeinsamen Vergnügungen. Seit er allerdings angefangen hatte, als der betörende Herzog zu schreiben, schien er weniger auf sie angewiesen zu sein. Zumindest soweit es die Inspiration anbelangte.

Diese Gesprächsrichtung bot Beck die Eröffnung, die er brauchte. »Meine Halbschwester war auf dem Heiratsmarkt, als Sie sich ausgetobt haben – Lady Helen Beckett. Haben Sie sie gekannt?«

Der Herzog schüttelte den Kopf. »Ich hoffe nicht – zu ihrem Wohle. Rückblickend war ich ein grauenvoller junger Mann. Mit meinem verdorbenen Betragen habe ich mehrere Menschen in Schwierigkeiten gebracht. Wie geht es Ihrer Schwester jetzt?«

»Leider ist sie gestorben. Das war vor sechzehn Jahren und ich war noch recht jung. Ich dachte, es wäre vielleicht nett, sich mit jemandem zu unterhalten, der sie kannte.«

Der Herzog nickte mitfühlend. »Ich verstehe. Meine Frau war damals Teil der Gesellschaft und könnte sie vielleicht gekannt haben.« Er zuckte zusammen. »Leider hatte sie keine sehr gute Erfahrung gemacht.«

Beck wollte sich nach weiteren Einzelheiten erkundigen, doch er tat es nicht. »Es tut mir leid, das zu hören.« Er trank seinen Port aus.

»Sie war dem Charme eines falschen Gentlemans erlegen und es gab einen Skandal. Sie musste London verlassen. Zum Glück für mich kehrte sie neun Jahre später als Gesellschafterin meiner Stiefmutter zurück.«

»Ich erinnere mich verschwommen. Das muss was, sieben oder acht Jahre zurückliegen?«

»Sieben, ja.«

Der Herzog von Kilve kündigte an, dass sie sich nun zu den Frauen im Salon gesellen sollten. Der Herzog von Kendal trank seinen Port aus und stand auf. Beck erhob sich ebenfalls und erklärte ihm, dass er ihr Gespräch genossen hatte.

Als sie im Salon ankamen, kündigte ihre Gastgeberin an, dass sie beschlossen hätten, Verstecken zu spielen. Alle, die spielen wollten, könnten sich irgendwo in den ersten beiden Stockwerken ein Versteck suchen. Sie hatten bereits beschlossen, dass der Herzog von Romsey der Suchende sein würde.

Seine Gnaden war ein liebenswürdiger Zeitgenosse, der seine Rolle freudig annahm. »Seid nur gewarnt«, erklärte er. »Wenn ich meine Frau zuerst finde, werdet ihr alle eine Weile warten müssen.« Er zwinkerte der Herzogin zu, deren blaue Augen vor Emotion glänzten.

Beck konnte die Liebe zwischen ihnen buchstäblich fühlen. Das zog ihm das Herz zusammen und erinnerte ihn daran, wie er sich mit sechzehn gefühlt hatte, als er Priscilla begegnet war. Drei Jahre älter als er, war sie die schönste Frau, die er je erblickt hatte. Ihr Lachen inspirierte ihn zum Schreiben der kitschigsten Poesie, die er, kurz nachdem er mit dem Gitarre spielen begonnen hatte, in Lieder zu verwandeln versuchte.

»Also gut dann, du wirst bis fünfzig zählen?«, fragte die Herzogin von Kilve an den Herzog von Romsey gerichtet.

»Wenn ich muss.«

Beck war nicht sicher, ob er spielen wollte. Sein Blick schweifte ohne Zögern zu Lavinia, die sich bereits erhoben hatte. Ganz offensichtlich würde sie spielen.

Nun, wenn sie es täte …

»Eins, zwei«, fing der Herzog zu zählen an und alle stürzten aus dem Raum.

Beck wollte Lavinia nicht für alle offensichtlich folgen, nicht wenn er ziemlich sicher war, wohin sie laufen würde. Er verließ den Salon und bemerkte, dass ihre Eltern und die Coltons dortgeblieben waren, und achtete darauf, in welche Richtung die Leute sich verteilten.

Jetzt musste er nur noch die Bibliothek finden. Er lief nach oben und wandte sich nach rechts, als eine der Damen aus einem Zimmer auf der linken Seite kam und die Tür hinter sich schloss. »Das ist die Bibliothek. Irgendjemand ist bereits dort drin.«

Beck nickte und tat so, als überlegte er, wohin er sich wenden sollte. Nachdem die Dame zur anderen Seite des Hauses entschwunden war, schlüpfte er in die Bibliothek und schloss die Tür hinter sich.

Der Raum war nicht übermäßig groß und – scheinbar – leer. Er war auch nicht besonders gut beleuchtet, mit einem schwachen Feuer, das im Kamin brannte und ein paar Laternen, die an den Wänden auf beiden Seiten der Feuerstelle flackerten.

Sie war entweder unter dem Schreibtisch oder hinter dem Vorhang. Von der Tür aus konnte er die Unterseite des Schreibtisches nicht sehen. Das Möbel war anders als seinerzeit der Schreibtisch von Lord Evenrude.

Als er ihn umrundete, konnte er niemanden entdecken, der sich dort versteckte. Damit blieben die Vorhänge an den Fenstern. Er strebte auf die weiter entfernte Wand zu und sofort bemerkte er die leichte Ausbeulung hinter dem blauen Damast. Er bewegte sich weiter vor und griff nach dem Stoff, doch er zögerte, ehe er ihn beiseiteschob. Was, wenn es nicht sie war?

Der Stoff bewegte sich und sie entblößte ihr Gesicht. »Sie haben mich gefunden.« Ihr dunkler Blick zeigte Überraschung. »Oh, Sie sind es!«

»Ich bin es.«

»Sind Sie immer noch auf der Suche nach einem Versteck?«

»Das bin ich.«

Sie griff nach seinem Frackaufschlag und hielt den Vorhang weit offen, als sie ihn neben sich in die Dunkelheit zog. »Er wird bald mit dem Zählen fertig sein. Wenn er das nicht schon ist.«

»Ich sollte mich vielleicht woanders verstecken«, erklärte er, obwohl er nur sehr widerstrebend gehen würde. Eingeschlossen in der Dunkelheit mit Lavinia, war er sich ihrer Wärme und des betörenden Duft nach Lilien und Geißblatt intensiv bewusst.

»Ja, vermutlich sollte ich das.« Sie drehte sich ihm zu und jetzt waren sie sich so nahe, dass ihre Brüste über seinen Oberkörper streiften. »Es tut mir leid«, murmelte sie.

Gott, *ihm* tat es ganz und gar nicht leid. Es tat ihm nur leid, dass er gehen musste.

»Bevor Sie gehen, wollte ich Ihnen noch einmal für die Fossilien danken.« Sie flüsterte und ihr Atem kitzelte beim Sprechen an seinem Hals. »Ich kann nicht aufhören, sie anzusehen. Sie sind absolut außerordentlich. Ich hoffe, ich habe eines Tages einen Grund nach Devon zu reisen, damit ich selbst nach ihnen suchen kann.«

»Ich hoffe auch, dass Sie das einmal tun. Betrachten Sie sich auf Waverly Court jederzeit willkommen.«

»Das ist sehr freundlich von Ihnen.«

Er hörte das Lächeln in ihrer Stimme und widerstand dem Drang, mit seiner Fingerspitze über ihren Mund zu streichen, damit er den Schwung ihrer Lippe nachfühlen konnte. Er sollte wirklich gehen –

Aber zuerst wollte er sie etwas fragen. »Kennen Sie die Herzogin von Kendal?«

»Ja, aber nicht gut. Fannys Schwester ist eine gute Freundin von ihr. Warum?«

Warum in der Tat. Beck wollte Lavinias Unterstützung

in Anspruch nehmen, um in Erfahrung zu bringen, ob die Herzogin ihm vielleiht behilflich sein könnte, der Identität von SW und DC auf die Spur zu kommen. Wenn die Herzogin allerdings in einen Skandal verwickelt war, würde sie es wahrscheinlich vorziehen, diese Erinnerungen in der Vergangenheit zu belassen. Außerdem war er keineswegs sicher, ob er Lavinia in irgendetwas davon verwickeln sollte.

Und dennoch stellte er fest, dass er einfach nicht widerstehen konnte. »Wissen Sie, was damals mit der Herzogin passiert war, als sie Teil der Gesellschaft war – vielleicht vor sechzehn Jahren? Der Herzog hatte etwas erwähnt und ich war neugierig. Weil meine Schwester zur gleichen Zeit in der Gesellschaft war.« Er fügte Letzteres hinzu, weil er das Gefühl hatte, dass er ihr einen Grund für seine Neugier verraten sollte. Dennoch brachte er Helen nur ungern zur Sprache, da er nicht zu viele Fragen über sie beantworten wollte, vor allem nicht, was ihr Schicksal anbelangte.

»Sie wurde kompromittiert. Ein Gentleman – ich kann mich nicht erinnern, wer – hatte sie umworben. Sie sind erwischt worden, als sie sich geküsst haben und er weigerte sich, sie zu heiraten. Sie war ruiniert. Es war schrecklich, weil es noch nicht einmal ihre Schuld war. Es ist so unfair. Männer können küssen, wen immer sie wollen, und Frauen werden für jegliche Indiskretion angeklagt.«

»Das Geheimnis besteht darin, nicht erwischt zu werden. Es klingt, als sei dieser Gentleman eher ungeschickt gewesen.«

»Wollen sie damit sagen, dass es sein Fehler war? Sie klang überrascht. »Die meisten würden argumentieren, dass zumindest beide die Schuld daran tragen.«

»Sicherlich trägt sie einige Schuld, aber ein anständiger Gentleman würde dafür gesorgt haben, dass sie sich küssen könnten, ohne erwischt zu werden.«

»Und wie würde er das bewerkstelligen?« An ihrem Tonfall hatte sich etwas geändert. Ihre Stimme war leiser und es fühlte sich an, als wäre sie ein winziges Stück näher gerückt.

Wenn er sich nur ein ganz klein wenig nach vorn lehnte, war er sicher, dass er ihre Brüste erneut fühlen könnte. Gott, wie sehr er sich danach sehnte. »Sie könnten sich hinter den Vorhängen in der Bibliothek verstecken.«

»Während eines Versteckspiels?«

Becks Schaft schwoll an und wurde fest, als sich die Luft um sie herum aufheizte. »Wahrscheinlich nicht. In diesem Fall wird tatsächlich jemand *suchen*, um sie zu finden.«

»Und doch sind wir hier.« Wieder hatte ihre Stimme einen anderen Klang und war fast atemlos.

»Ja, hier sind wir.«

»Werden Sie es dann tun?«, fragte sie und ihre Brüste streiften über seinen Oberkörper, als sie sich zu ihm beugte. »Küssen Sie mich.«

»Bei Gott, ich denke ich tue es.«

»Oh, gut.«

Er schlang die Arme um ihre Taille und zog sie an seine Brust. Dann ließ er den Kopf sinken und streifte mit dem Mund über ihren, wobei er sie in der Dunkelheit mit einer Selbstverständlichkeit fand, als ob sein Körper den ihren instinktiv kannte.

Sie klammerte sich an seinen Rücken und hielt ihn fest, als seine Lippen sich über ihren bewegten. Trotz der Leidenschaft, die in ihm tobte, ermahnte er sich, behutsam vorzugehen. Es schien, als hätte er Ewigkeiten im Zölibat gelebt und dabei war es gar nicht so lang. Nein, erst seit er sie kennengelernt hatte, erkannte er in diesem Augenblick. Hatte sein inneres Selbst nur darauf gewartet?

Er beendete den Kuss und lockte damit die Frustration herbei. Aber es musste sein.

»Das ist alles?« Ihre Frage überrumpelte ihn. »Ich weiß, dass noch mehr dazugehört.«

Verdammt, sie ist noch nie richtig geküsst worden. »Wir haben nicht viel Zeit.«

»Dann sollten Sie sich besser beeilen.« In ihrer Stimme schwang ein Anflug von Herausforderung mit, doch hauptsächlich bestand sie aus sinnlichem Verlangen. Und er war machtlos, sie abzuweisen.

Er schob eine Hand hinten um ihren Hals und legte die Finger um ihren Nacken. Wieder fand er ihre Lippen mit den seinen und dieses Mal legte er den Kopf schief und leckte über ihre Mundspalte.

Mit einem leisen Keuchen öffnete sie die Lippen und lud ihn in ihre üppige, samtige Weichheit ein. Er ließ seine Zunge über ihre gleiten und verlockte sie mit langen, köstlichen Bewegungen, seinen Kuss zu erwidern. Sie reagierte mit einer verführerischen Unmittelbarkeit und ihre Fingerspitzen tanzten an seinem Nacken entlang.

Die Hitze in seinem Innern loderte zu einem Freudenfeuer aus Bedürfnis und Begierde auf. Sie presste sich an ihn und brachte damit mehr als ihre Oberkörper in Kontakt – ihr Becken war mit seinem verbunden. Es war eine reizende Verführung und er kämpfte, um sich unter Kontrolle zu behalten.

Sie hatten wirklich keine Zeit.

Sie stieß mit ihrer Zunge in seinen Mund und er stöhnte leise, während er sie noch fester an sich gedrückt hielt. Er konnte nicht genug von ihr bekommen. Und verdammt, nichts war wahrer als das. Er musste sie loslassen.

Jetzt.

Er beendete den Kuss und trat einen Schritt zurück, während er sie gleichzeitig ein wenig zurückschob. Er musste Abstand zwischen sie bringen. Wenn er das nicht tat, war er sich nicht sicher, ob er sich selbst vertraute, von ihr abzulassen.

»Ich werde mich jetzt unter dem Schreibtisch verstecken.« Er war ein Wrack seiner selbst. Seine Stimme war dunkel und heiser und in seinem Schaft tobte ein beinahe schmerzhaftes Bedürfnis.

»Also gut.« Sie klang ein bisschen benommen. »Wenn Sie das müssen.«

»Ich muss.« Er zwang sich, nach dem Vorhang zu greifen, um ihn aufzuziehen und hinaus zu treten.

Licht flutete herein und gab ihre erhitzten Wangen und das rote Rosa ihrer vom Küssen geschwollenen Lippen preis. Er unterdrückte ein weiteres Stöhnen. Sie war mehr als wunderschön und er war nicht sicher, ob er je eine Frau mehr begehrt hatte.

»Wenn Sie jemals einen Anlass haben, das noch einmal zu tun, sind Sie von mir dazu eingeladen«, sagte sie mit einem Blick, der sich aus verführerischer Unschuld und einem gesunden Begehren mischte, das ihn beinahe in die Knie zwang.

Er antwortete nicht, da er ein von draußen kommendes Geräusch vernahm. Den Vorhang loslassend stürzte er zum Schreibtisch zurück und verschwand genau einen Moment, ehe die Tür aufschwang, mit einem Hechtsprung darunter.

Nun, das war eine knappe Sache gewesen. Was um alles in der Welt war in ihn gefahren, eine junge, unverheiratete Frau zu küssen, der er auf der Suche nach einem Ehemann behilflich war?

Und – was noch wichtiger war – warum versuchte er,

einen Grund zu finden, um es – wie sie so schön gesagt hatte – wieder zu tun.

KAPITEL 9

Engel fliegen herbei, ihr Antlitz zu erblicken.
Zarte Anmut, Himmlisches Gespinst.
Sie ist eine Hymne, sie fasziniert.
Eine ergreifende Ballade sie inspiriert.

-*Aus* Die Tugend der Miss Anne Berwick
Von Der betörende Herzog

Nach zwei weiteren Runden des Versteckspiels kehrten alle in den Salon zurück. Im gesamten Raum verteilt, kamen Unterhaltungen auf und Lavinia manövrierte sich auf die Ecke zu, in der Beck für sich stand.

»Ich hatte gehofft, dass jemand vielleicht Musizieren vorschlagen würde und Sie Gitarre spielen könnten«, bemerkte sie.

Er sah zu ihr hinüber, doch sein Ausdruck war undurchdringlich. »Ich habe keine Gitarre mitgebracht.«

»Das ist aber schade. Ich hätte Sie so gern spielen gehört. Mr. Jeffries hat mir erzählt, dass Sie überaus gut sind.«

Beck zog die dunkelblonden Augenbrauen kurz in die Höhe, ehe er ihr einen weiteren raschen Blick zuwarf. »Was hat Horace noch gesagt?«

Sie hörte einen sardonischen Unterton in seiner Stimme heraus. Er schien insgesamt ein bisschen angespannt. Sie rückte näher an ihn heran – aber nicht zu nahe. »Er hat erwähnt, dass Sie sich verliebt hatten.«

Beck blickte finster drein, aber er sah nicht in ihre Richtung. »Horace redet zu viel.«

»Sind Sie ärgerlich auf mich?«

Er stieß die Luft aus. »Nein, ich bin ärgerlich auf mich.« Er sah sie immer noch nicht an.

»Wegen der Sache in der Bibliothek?« Sie nickte. »Ich bin eigentlich auch ein wenig verärgert. Nun, nicht verärgert. Frustriert.«

Jetzt wandte er den Kopf und sah sie an. »Tatsächlich?«

»Ja, ich wünschte, wir hätten mehr Zeit gehabt.«

»*Lavinia.*« Dieses einzelne Wort kam leise und so schwer über seine Lippen, wie sie sich den Klang von Lava vorstellen konnte.

Sie trat einen winzigen Schritt näher und blinzelte zu ihm auf. »Ja?«

Er runzelte die Stirn. »Sie flirten. Und Sie sind nicht gut darin.«

»Ich weiß.« Sie formte die Lippen zu einem eifrigen Lächeln. »Vielleicht können Sie mich das auch lehren.«

Er öffnete den Mund und dann ließ er ihn wieder zuschnappen. Seine graugrünen Augen waren ein einziger Sturm von Emotionen, die sie nicht deuten konnte. Sein Blick schweifte an ihr vorbei. »Hier kommt Felix.«

Sie schürzte die Lippen. »Mist.«

Er senkte die Stimme, bis sie kaum mehr ein Flüstern war, und sein Blick schweifte von ihr auf den herannahenden Felix, was sie zumindest annahm, da sie sich nicht herumdrehte. »Lavinia, Sie sollten nicht flirten und wir sollten nicht wiederholen, was in der Bibliothek geschehen ist. Ich bedauere zutiefst, dass ich die Gelegenheit ausgenutzt habe.«

»Das haben Sie nicht«, erklärte sie leise. Sie kniff die Augen zusammen. »Und Sie sind auch nicht verantwortlich für mich.«

Durch die Ankunft des Earl of Ware wurde jede weitere Unterhaltung zwischen ihnen unterbunden. Dieser klopfte Beck auf die Schulter und verkündete, dass er im Gehen begriffen sei.

»Ich werde dich begleiten.« Beck verbeugte sich vor Lavinia. »Ich wünsche Ihnen einen angenehmen Abend.« Er war besonders versiert darin, ein Benehmen an den Tag zu legen, als ob sie sich kaum kennen würden.

Nun gut. Das konnte sie auch. »Das werde ich sicherlich.« Sie bedachte ihn mit einem schnellen, aber breiten Lächeln und sank in einen nicht sehr tiefen Knicks. Dann machte sie kehrt und entdeckte Sarah, die sie von Lady Colton und ihrer, Lavinias, Mutter rettete.

Sie kreisten durch den Salon, bis sie Fanny fanden, und die drei suchten eine Ecke auf, wo sie sich mit Lavinia in der Mitte auf einem kleinen Sofa niederließen.

»Obwohl dies ein unterhaltsamer Abend gewesen ist, hat er meine Heiratsaussichten nicht verbessert«, bemerkte Sarah.

»Weil niemand mit Potential anwesend ist«, beobachtete Fanny. »Die einzigen Junggesellen waren dein Bruder, Ware und Northam. Deinen Bruder einmal außer Betracht gelassen, bleiben Ware und Northam und keiner der beiden ist ein vernünftiger Heiratskandidat.«

Sarah nickte zustimmend. »Nein. Und das ist so eine Schande. Das Versteckspiel bietet sich geradezu für heimliche Treffen an. Wenn da nur jemand gewesen wäre, mit dem zu treffen es sich lohnte. Ein gestohlener Kuss würde mir schon gefallen.«

Lavinia hielt den Blick starr geradeaus in den Raum gerichtet, wenngleich sich ihr Herzschlag beschleunigte. Der Abdruck seiner Lippen auf ihren, die Berührung seiner Hand an ihrem Nacken, das Geräusch seiner von Dringlichkeit und Begierde geflüsterten Worte erhitzten sie, bis sie sich wünschte, sie hätte einen Fächer bei sich gehabt.

»Hast du noch nie jemanden geküsst?«, fragte Fanny.

Sarah schüttelte den Kopf. »Wir haben vergangenen Herbst bei einer Hausparty Kussspiele gespielt, und während Lavinia das Glück hatte, auf die Wange geküsst zu werden, habe ich keinen Kuss abbekommen.« Sie spähte um Lavinia herum zu Fanny. »Hast du schon jemanden geküsst?«

Fanny nickte und Lavinia drehte ihr das Gesicht zu. Wie aus einem Mund fragten Sarah und sie: »Tatsächlich?«

»Ja.«

»Aber du bist jünger als wir.« Sarah klang jämmerlich enttäuscht.

Fanny wurde rot. »Es war nur ein Kuss, allerdings ein sehr schöner.«

»Wie hast du das fertiggebracht?«, fragte Lavinia. »Ich kann mich nicht erinnern, dass du mit jemandem verschwunden bist.« Was nicht hieß, dass sie es nicht getan hatte – weder sie noch Sarah wussten, dass Lavinia mit Beck allein gewesen war.

»Ich habe ihn auf Stours Edge – dem Landsitz meines

Schwagers – an Weihnachten kennengelernt. Ich war zu einem Spaziergang draußen und hatte mich ein klein wenig verlaufen. Er war zu Besuch in der Nachbarschaft.«

»Wer ist er?«, fragte Sarah.

Fannys Wangen erröteten erneut. »Ich kenne nur seinen Vornamen – David. Wir hielten es für das Beste, unsere … Begegnung, ein wenig geheimnisumwoben zu belassen.« Sie lachte. »Ich habe ihn seitdem nicht mehr gesehen und erwarte das auch nicht.«

Sarahs Blick wurde rührselig. »War es schön?«

Fanny nickte und ihre Augen leuchteten auf. »Es war überwältigend. Es vergeht nicht ein Tag, an dem ich nicht daran denke. An ihn. Er hat mich für zukünftige Bewerber ruiniert. Das ist wahrscheinlich der Grund, warum ich in dieser Saison bislang an niemandem übermäßig interessiert war.«

»Fanny hat einen heimlichen Verehrer. Wie den betörenden Herzog, aber nicht ihn.« Sarah lachte.

»Ich habe ein Geheimnis«, platzte Lavinia heraus und ihre Stimme war beinahe ein Flüstern. Sie wollte ihren Freundinnen dies nicht vorenthalten und offen gesagt musste sie es *irgendjemandem* erzählen. Becks Verhalten war verwirrend und irritierend, und sie wusste nicht, was sie tun sollte.

Sarah blinzelte sie überrascht an. »Tatsächlich?«

Lavinia nickte. Sie sah Sarah mit einem entschuldigenden Blick an. »Ich hätte es dir eher erzählen sollen. Zumindest den ersten Teil – als er meinen Nacken geküsst hat.«

Sarah riss die Augen auf. »Wer hat deinen Nacken geküsst?«

»Northam.«

»Aha!« Sarahs Miene leuchtete triumphierend auf. »Ich wusste, dass etwas zwischen euch war.«

»Rede leise«, drängte Lavinia. »Es ist nichts zwischen uns. Ich dachte, wir wären Freunde, aber dann haben wir uns in der Bibliothek geküsst –«

»Heute Abend?«, unterbrach Sarah den Bericht.

»Ja. Während des Versteckspiels.«

Sarah beugte sich um Lavinia herum und warf Fanny einen wissenden Blick zu. »Ich habe dir gesagt, dass es perfekt dafür geeignet wäre.«

Fanny lachte leise. »Ich glaube nicht, dass jemand das in Frage stellen würde.« Sie wandte ihre Aufmerksamkeit Lavinia zu. »Was ist passiert?«

»Wir haben beide die Bibliothek als Versteck gewählt. Wir sind uns, ähm, nahegekommen. Es schien nur natürlich, es zu tun.«

»Und wann hat er deinen Nacken geküsst?«, fragte Sarah. »Du sagtest, dies sei der erste Teil gewesen.«

Lavinia dachte zurück. »Oh, meine Güte … vor drei Wochen? Bevor –« Sie konnte sich gerade noch zurückhalten, ehe sie »er« gesagt hätte. »Bevor der betörende Herzog über mich geschrieben hatte. Es war beim Ball der Evenrudes – an dem Abend, an dem wir dich kennengelernt haben, Fanny.«

Auf Fannys Nicken fuhr Lavinia fort. »Ich bin in die Bibliothek gegangen, um eine geologische Abhandlung zu lesen, und während ich dort auf dem Sofa gesessen habe – mit dem Rücken zur Tür – hat er meinen Nacken geküsst.«

»Du hast ihn nicht hereinkommen hören?«, fragte Fanny.

»Nein. Ich war zu versunken.«

»Das ist nicht überraschend«, stellte Sarah mit einem sanften Lächeln fest. »Warum hat er das getan?«

»Er dachte, ich sei die Frau, die er hatte treffen wollen … ihr wisst schon.« Lavinia ließ den Namen weg, da sie ihm versprochen hatte, niemandem etwas zu verraten.

Ebenso wie sie gelobt hatte, niemandem zu sagen, dass er der betörende Herzog war. Diese Information brannte ihr allerdings auf der Zunge. Dennoch würde sie an ihrer Loyalität festhalten und deshalb würde sie einfach nach Hause gehen und ihrem Tagebuch ihre Gefühle über seine Einmischung in ihr Leben anvertrauen. Ja, das hatte sie seit einiger Zeit nicht getan und sie bekam das Gefühl, als hätte sie einiges zu diesem Thema zu sagen.

Sarah kicherte. »Oh mein Gott. Was hat er getan, als er entdeckte, dass du nicht sie warst?«

»Er hat sich entschuldigt. Ausgiebig. Ich war verhältnismäßig verärgert.«

»Was du auch hättest sein sollen«, erklärte Fanny. Mit erwartungsvollem Blick beugte sie sich näher. »Aber war es nicht aufregend?«

Aufregend? Zu der Zeit hatte es Panik geweckt. Doch seitdem hatte sie häufig daran gedacht – und auch an ihn – und zwar mit einer solchen Häufigkeit, dass sie der Meinung war, dem Ganzen ein Adjektiv anhängen zu können. »Es war ... denkwürdig.«

»Offensichtlich, da du und er eine Verbindung entwickelt habt – du hast dich bei den Fortescues mit ihm unterhalten, du hast im Park mit ihm promeniert und er hat dich sogar in seiner Karosse nach Hause gebracht, als du diesen Ohnmachtsanfall vorgetäuscht hast.« Sarahs Blick wurde argwöhnisch. »Ich habe dich gefragt, ob er dich hofiert und du hast mit nein geantwortet. Und dennoch hast du ihn heute Abend geküsst.«

Es gab so vieles, was Lavinia enthüllen könnte – über sein Geheimnis, über ihre Verbindung, die diesem Geheimnis entsprang, über die Fossilien, die er ihr geschenkt hatte ... Aber sie konnte nichts davon offenbaren, nicht ohne eine gigantische Lüge erfinden zu müssen. Es wäre besser, all dies einfach zu unterdrücken.

Plötzlich wollte sie gehen.

»Ja, ich habe ihn geküsst. Oder er hat mich geküsst.« Lavinia wedelte mit einer Hand, in der Hoffnung, mit dieser Geste ein angemessenes Maß an Unbekümmertheit auszudrücken. »Es war eine beiderseitige Neugier und eine, die sich nicht wiederholen wird. Northam ist ein Wüstling und ich sollte mir nicht wünschen, von jemandem wie ihm hofiert zu werden.«

»Schreib ihn nicht als solchen ab«, entgegnete Fanny mit Bestimmtheit. »Meine Schwester hat das bei West getan und sich letztendlich in ihm geirrt. Sie hat viele Male gesagt, dass sie noch nie glücklicher darüber war, sich in jemandem zu irren.«

Lavinia vermutete, dass sie mit ihrer Einschätzung über Beck falsch liegen könnte, aber er hatte ganz sicher seine Neigung für »verwegene Dinge«, um seine Worte zu benutzen, unter Beweis gestellt. Sie hatte ihn im Gespräch mit Lady Fairwell im Park beobachtet. Was, wenn er immer noch mit ihr weitermachte?

»Ich weiß nicht, ob ich mich in Lord Northam irre«, erklärte sie, als sie sich vom Sofa erhob.

Die anderen beiden Frauen standen mit ihr auf und Sarah bemerkte: »Die Zeit wird es vermutlich zeigen.«

Das würde sie und in der Zwischenzeit würde Lavinia nicht herumsitzen und ungeduldig warten, um es herauszufinden.

~

Als Beck am folgenden Abend in den Brooks Club schlenderte, strebte er direkt auf den kleinen Salon zu, wo er wahrscheinlich auf Felix treffen würde. Wenn er da wäre. Es war noch ein bisschen früh und Beck wäre zufrieden, einfach an einem Whiskey zu nippen.

Oder an fünf.

Er war spät eingeschlafen und hatte sich den Tag über mit seiner Gitarre und der Schreibfeder in seinem Arbeitszimmer verbarrikadiert. Gage hatte ihn letzten Endes aus seinen Gedanken gerissen und ihn zuerst zu einem Bad genötigt, ehe er ihn dazu brachte, heute Abend auszugehen. Gage war an Becks Stimmungen mehr als gewöhnt.

Und nach seiner Begegnung mit Lavinia gestern Abend war seine Stimmung vergleichsweise düster. Begegnungen, um genau zu sein. Zuerst hatten sie sich geküsst und dann war da ihr Versuch gewesen, mit ihm zu flirten. Er hatte beides verpatzt.

Nun gut, er hatte das Küssen nicht verpatzt. Es war recht schön gewesen. Recht schön? Es war grandios gewesen. Er hatte es in der Hinsicht verpatzt, dass er sie gar nicht erst hätte küssen sollen. Ebenso wenig, wie er in der Bibliothek nach ihr hätte suchen sollen. Eigentlich hätte er im Rückblick gar nicht an dem Spiel teilnehmen sollen. Verdammt, er sollte noch weiter zurück gehen. Er hätte gar nicht erst zu der verdammten Party gehen sollen.

Doch er war hingegangen. Und er hatte sie geküsst. Außerdem war es wunderbar gewesen. Gestern Abend hatte er sich in seinem Bemühen, sie aus seinen Gedanken zu verbannen, sinnlos betrunken. Sein Schlaf war unruhig gewesen und er hatte von ihr geträumt. Als er dann früh aufgewacht war, hatte er sich selbst befriedigt und sie war ihm noch immer gegenwärtig gewesen, während er allmählich in einen erschöpften Schlummer gesunken war, der bis in den Nachmittag angedauert hatte.

Das Abtauchen in Musik und Worte hatte ihm geholfen, obwohl der Erguss von Emotion düster und misstönend war, worauf er sich unbefriedigt und ein wenig … leer fühlte.

Er war an dieses Gefühl gewöhnt. Von Zeit zu Zeit

überkam es ihn, doch seit er der betörende Herzog war, geschah dies weniger häufig. Nachdem er jedoch vor einigen Tagen den Brief von Helen gefunden hatte, ertappte er sich, wie er in das alte Muster zurückfiel.

Ein Diener brachte ihm ein Glas Whiskey, sobald er sich an einen Tisch gesetzt hatte. Beck dankte ihm und nahm einen Schluck von der vollmundigen, bernsteinfarbenen Flüssigkeit. Das Aroma war schwer und würzig und genau, was er wollte. Er brauchte etwas zur inneren Festigung.

An seiner Versessenheit auf Lavinia konnte er nicht weiterhin festhalten. Sie war eine bezaubernde, intelligente, junge Dame, die einen Ehemann verdient hatte, der ihr Licht und Liebe gewährte. Und Wissenschaft. Beck war definitiv nicht imstande dazu.

Er musst dahingegen herausfinden, wer seiner Schwester gesagt hatte, dass sie tot besser dran sei. Darin musste sein Hauptanliegen bestehen. Er erwog, mit der Herzogin von Kendal zu sprechen, aber wenn sie damals in einen Skandal verwickelt war, würde sie wahrscheinlich nicht über diese Zeit reden wollen. Es war auch möglich, dass sie Helen nicht gekannt hatte oder nicht wusste, wer diese Frauen sein könnten. Nein, er wäre besser dran, wenn er jemand anderen finden würde, der ihm helfen könnte.

Beck nippte an seinem Whiskey und sah sich im Raum um, wobei er die Handvoll anwesender Gentlemen ins Auge fasste, unter denen ihm keiner mehr als nur flüchtig bekannt war. Aus dem Augenwinkel sah Beck jemanden eintreten. Er drehte den Kopf in der Hoffnung, dass es Felix sei, der unzweifelhaft in der Lage wäre, ihm zu helfen, auf jemanden zu kommen, mit dem er sich über sein Anliegen austauschen könnte. Was bedeuten würde, das Geheimnis seiner Schwester zu lüften. Bei nochmaliger Überlegung konnte er das vielleicht nicht tun.

Allerdings war es nicht Felix.

Es war Lavinias Vater, Lord Balcombe. Und er steuerte direkt auf Beck zu.

Verdammt.

Beck trank sein Glas aus und betete, dass der Diener sofort mit dem nächsten käme.

Das geschah allerdings nicht. Stattessen kam der Earl an Becks Tisch an und wünschte ihm einen guten Abend. »Stört es Sie, wenn ich mich zu Ihnen setze?«

Ja. »Bitte.« Beck zeigte auf einen der leeren Stühle an seinem runden Tisch.

»Als ich Sie hier habe sitzen sehen, dachte ich, dass ich herkommen sollte, damit wir uns unterhalten können. Ich bedauere, dass ich neulich Abend bei den Kilves keine Gelegenheit hatte, mit Ihnen zu sprechen. Vielleicht hätte ich Verstecken spielen sollen.« Sein Mundwinkel zuckte und Beck war nicht sicher, ob er etwas anzudeuten versuchte. Wusste er, was in der Bibliothek passiert war? Nein, wie könnte er? Es sei denn, Lavinia hätte ihm etwas erzählt …

Das hatte sie nicht getan. Beck würde seine sämtlichen wohlgehüteten Geheimnisse darauf verwetten.

»Es war ein vergnüglicher Abend«, entgegnete Beck.

Glücklicherweise kam der Diener mit zwei weiteren Gläsern Whiskey herbei, die er vor ihnen auf dem Tisch abstellte.

Der Earl nahm seines mit den Fingerspitzen auf und hob es zu einem Toast empor. »Auf neue Beziehungen und mit Blick in die Zukunft.«

Beck hob sein Whiskeyglas und dann nahm er einen anständigen Schluck. Er war nicht sicher, worauf

Balcombe aus war, aber er hatte das flaue Gefühl, dass es einen speziellen Grund für dieses Treffen gab.

Balcombe stellte sein Glas ab. »Guter Whiskey hier bei Brooks.« Er sah zu Beck hinüber und der Blick aus seinen dunklen Augen war abschätzend. Er blinzelte leicht und Beck fragte sich, ob der Mann ebenfalls unter Kurzsichtigkeit litt. »Meine Frau und ich wollen Sie um Ihre Hilfe mit unserer Tochter bitten. Nun, mehr Hilfe, als Sie bereits schon geleistet haben.«

Das ungute Gefühl verstärkte sich und Beck hatte den Eindruck, dass sich der Boden unter seinen Füßen in Staub verwandelte. »Ich bitte um Entschuldigung?«

»Sie müssen keine Ausflüchte machen«, entgegnete Balcombe leutselig, aber mit einem Anflug von Härte. »Wir wissen, dass Sie der betörende Herzog sind.« Er schürzte die Lippen und stieß ein leises, nasales Geräusch aus. »So ein absurder Spitzname.«

Wie, um alles in der Welt, hatten sie es erfahren? Gage würde sein Geheimnis nie gelüftet haben – nicht, dass sie so etwas von seinem Butler erfuhren. Damit blieb Lavinia. Warum hatte sie es ihnen erzählt? War sie wütend auf ihn gewesen, nachdem er ihr gesagt hatte, dass sie sich nicht wieder küssen könnten?

Beck zügelte seinen Zorn und ignorierte seine brennende Neugier. »Wie soll ich ihr über das hinaus, was ich bereits getan habe, helfen?«

»Es scheint, dass Ihre … Bemühungen nicht die gleichen Früchte tragen wie für einige andere Ihrer Anwärterinnen. Lavinia ist einzigartig und vielleicht braucht sie einen zusätzlichen Anstoß.« Balcombe nippte an seinem Whiskey und benahm sich, als sei dies eine freundschaftliche Unterhaltung, die sie regelmäßig führten. »Wir würden Sie gern bitten, unsere Tochter zu hofieren.«

Beck verkniff sich seinen prompten Drang zur Verweigerung. »Ich habe keine Heiratsabsichten.«

»Wir bitten Sie nicht, sie zu heiraten. Sie sollen Sie hofieren, damit andere Gentlemen – solche, die ebenfalls ein Interesse ausgedrückt haben – ihre Werbung um sie beschleunigen.«

So wütend wie Beck auch auf Lavinia sein mochte, weil sie ihn verraten hatte, verabscheute er es, dass ihre Eltern darauf aus waren, ihr Leben auf diese Weise zu steuern. »Warum warten Sie nicht ab, bis die Dinge ihren natürlichen Lauf nehmen? Gibt es einen Grund, warum Sie es mit dem Ehevertrag so eilig haben?«

Die Augen des Earls verfinsterten sich und er beugte sich ein wenig vor. »Ich bin an Ihrer Unterstellung nicht interessiert, Northam. Ich bin mit der Absicht hergekommen, einen Handel mit Ihnen abzumachen, aber Sie könnten mich möglicherweise zwingen. Ich werde nicht zögern, der Welt Ihre geheime Identität preiszugeben.«

Das wäre dann Erpressung. »Ich habe nichts unterstellt«, gab Beck hitzig zurück. »Ich finde Ihren Umgang in Bezug auf die Eheangelegenheiten Ihrer Tochter anmaßend.«

»Sie dürfen Ihre Meinung für sich behalten. Ich werde danach fragen, wenn ich sie hören möchte.«

Beck ergriff seinen Whiskey und krallte die Hand um das Glas, als er es an seinen Mund führte und er einen weiteren kräftigen Schluck nahm, ohne es allerdings auszutrinken. Er stellte es wieder auf den Tisch und vielleicht setzte er es etwas zu hart auf, denn die Flüssigkeit schwappte an den Wänden im Glas empor. »Ist es Ihnen nicht in den Sinn gekommen, dass ich den jungen Damen einen Dienst erweise, einschließlich Lady Lavinia? Nur weil sie noch nicht verlobt ist, bedeutet das nicht, dass das nicht geschehen wird. Sie können feststellen, dass meine Gedichte, ihre Beachtung erhöht haben.«

»Ja, aber wir möchten sie in dieser Saison verheiratet wissen. Sie hofieren sie und daraufhin werden die Dinge schnell in Gang kommen.«

»Und wenn sie das nicht tun?« Häufig führte Hofieren zu einer Verlobung und Beck war nicht darauf vorbereitet, sich damit einverstanden zu erklären. Verdammt, er war nicht darauf vorbereitet, sich mit irgendetwas davon einverstanden zu erklären.

»Wir werden uns mit diesem Problem auseinandersetzen, falls es aufkommen sollte. Die Komtess und ich sind zuversichtlich, dass Ihr Interesse, ein paar bestimmte Männer antreiben wird, etwas zu unternehmen. Überlassen Sie es uns, wie wir das bewerkstelligen.«

Bewerkstelligen? Du lieber Himmel, würden sie die anderen Bewerber ebenfalls manipulieren? Jede Wut auf Lavinia löste sich in Luft auf. Nach all dem zu urteilen, was er wusste, hatten ihre Eltern etwas unternommen, um auch sie zu manipulieren.

Mit einem Räuspern straffte sich der Earl, womit er die Statur und die Art von jemandem annahm, der im Begriff war, eine geschäftliche Transaktion abzuwickeln. »Sie werden Lavinia morgen besuchen und irgendwann diese Woche mit ihr im Park spazieren gehen. Und bei der frühestmöglichen Gelegenheit mit ihr tanzen. Wir werden auf den Halliwell Ball gehen und erwarten, Sie dort zu treffen. Wenn Sie es versäumen, unsere Bedingungen zu erfüllen, werden wir Ihre Identität als der betörende Herzog in der *Times* veröffentlichen.«

Beck starrte den Mann über den Tisch hinweg an. »Ihre Manipulation ist verabscheuungswürdig.«

»Nicht mehr als Ihre Einmischung und ungefragte

›Hilfe‹.« Balcombe trank seinen Whiskey aus und erhob sich. »Bis morgen.«

Zorn brauste in Beck auf, als er dem Mann nachsah, während er den Raum verließ. Er war so auf die schwindende Rückseite des Earls konzentriert – und seine Blicke bohrten sich wie Dolche hinein – dass er versäumte, den herannahenden Felix zu bemerken.

Sein Freund ließ sich auf dem Stuhl nieder, den Balcombe verlassen hatte. »Was zum Teufel war da gerade los? Du siehst aus, als würdest du ihn am liebsten niederstrecken.«

»Das würde ich wirklich gern«, entgegnete Beck knapp.

Felix warf einen Blick zur Tür, durch die der Earl entschwunden war. »Warum?«

Das konnte Beck nicht erklären, ohne Felix alles zu erzählen. Und das würde er – nur nicht gerade jetzt. Er war zu wütend. »Unwichtig. Ich möchte nicht darüber reden.«

Der Diener kam herbei und nahm Balcombes leeres Glas vom Tisch, ehe er ein frisches für Felix hinstellte.

»Ich hoffe, du nimmst mir nicht übel, dass ich das sage, aber in letzter Zeit scheinst du ein bisschen merkwürdig zu sein«, bemerkte Felix, als er sein Glas nahm und einen kleinen Schluck daraus trank. Er schluckte, verzog die Lippen und dann nahm er noch einen Schluck. »Hast du geschrieben? Gespielt?«

»Beides.«

»Derzeit triffst du nicht mit niemandem, oder? Vielleicht sollten wir wieder einmal Madame Bisset besuchen. Ich habe mich neulich Abend großartig amüsiert.«

»Nein, vielen Dank. Ich bin heute Abend nicht dafür in der richtigen Laune.«

Felix betrachtete ihn für einen langen Moment. »Du

bist wieder in einer deiner Stimmungen. Ich hoffe, sie hält nicht lange an.«

Seine Stimmungen konnten ein paar Stunden oder auch Wochen andauern. Oder, wie nach der Zurückweisung von Priscilla, Monate. Beck hoffte, dass es sich dieses Mal nicht um eine Stimmung dieser Art handelte.

Er trank seinen Whiskey aus und entschied, dass er sich »verwegenen Dingen« zuwenden sollte, was ihn an seine Worte erinnerte, die er während der musikalischen Darbietung bei den Fortescues zu Lavinia gesagt hatte. »Lass uns Karten spielen gehen.«

»Ausgezeichnet.« Felix nahm seinen Whiskey in die Hand und erhob sich.

Beck stand auf und folgte ihm in das Kartenzimmer. Morgen würde er Lavinia besuchen und so tun, als ob er sie hofierte. Nach seinem Benehmen von gestern würde sie außerordentlich verblüfft sein. Er würde sie entweder überzeugen, dass es ihm mit seinem Wunsch, sie zu hofieren ernst war, oder ihr die Wahrheit über die Erpressung ihrer Eltern erzählen müssen. Es sei denn, sie wusste bereits davon.

Gott, hatte sie diesen Plan vorgeschlagen, nachdem er ihre Avancen gestern Abend zurückgewiesen hatte? Sie hatte zu flirten versucht und er hatte sie abgewiesen. Er hatte ihr erklärt, dass sie nicht wiederholen könnten, was sie in der Bibliothek getan hatten. Er wusste, dass er sie enttäuscht hatte. Allerdings war ihm offensichtlich nicht bewusst gewesen, in welchem Ausmaß.

Ein Gefühl der Enttäuschung spülte über ihn hinweg. Er mochte sie so gern. Und jetzt wusste er nicht, was er denken sollte. Morgen würde er das hoffentlich herausfinden.

KAPITEL 10

Wäre Scharfsinn Gold, ihre Börse grenzenlos
Wäre Humor Luft, ihre Welt bodenlos
Wäre Anmut Regen, die Seen sie speist
Die Wärme ihrer Liebe das kalte Herz enteist.

-Aus Ein Lied an Lady Lavinia Gillingham
Von Der betörende Herzog

Lavinia hatte sich gestern für einen Großteil des Tages zugestanden, sich über Becks Verwegenheit aufzuregen, aber sie hatte nicht vor, ihm heute wieder so viel Bedeutung beizumessen. Obwohl es schwierig war, nicht an ihn zu denken, da er jedes Mal, sobald sie auf ihre erweiterte Fossiliensammlung sah, *unmittelbar präsent war.*

Und sie weigerte sich, sie zurückzugeben.

Also konzentrierte sie ihre Energie stattdessen darauf, eine geologische Exkursion zu planen. Sie bemühte sich häufig, Orte in der Londoner Umgebung zu finden, wohin sie einen kurzen Ausflug unternehmen konnte. Es bedurfte einiger Planung – sie musste ihre Mutter überzeugen, sie zu begleiten, was seit einigen Jahren nicht mehr vorgekommen war oder jemand anderes, wie ihre Schwägerin, als Anstandsdame mitnehmen, wenn diese in der Stadt war.

Lavinia hatte ein Ziel im Sinn und auch eine Anstandsdame. Hoffentlich würde ihre Mutter beidem zustimmen. In der Zwischenzeit würde sie an Diana schreiben und sie fragen, ob sie die Anstandsdame spielen würde. Es war überaus hilfreich, eine verheiratete Freundin zu haben, die zudem noch eine Herzogin war.

Als sie sich im oberen Wohnzimmer am Schreibtisch niederließ, trat der Butler ein, um die Ankunft von Sarah anzukündigen. Lavinia hatte sie nicht erwartet. »Schicken Sie sie bitte hinauf.«

Der Butler nickte und ging davon. Einige Augenblicke später kam Sarah, die bereits Dutzende Male in dieses Wohnzimmer hinaufgekommen war, mit einem angespannten Gesichtsausdruck herein. Sie zog die Handschuhe aus und nahm die Haube vom Haar.

»Liegt etwas im Argen?«, fragte Lavinia.

»Nicht im Argen, aber ich habe etwas mitzuteilen.« Sie setzte sich auf das kleine Sofa und wartete, bis Lavinia in dem Sessel Platz genommen hatte, der ihr schräg gegenüberstand.

»Du weckst meine Besorgnis«, erklärte Lavinia.

»Das ist nicht meine Absicht. Ich dachte nur –« Sarah ließ die Handschuhe in ihren Schoß fallen und legte die Haube auf dem Sofa ab. »Nach dem, was du uns neulich Abend über Northam erzählt hast, hatte ich das Gefühl, dass ich dir sagen müsste, was ich erfahren habe.«

Auf der Stelle dachte Lavinia an seine geheime Identität, aber sie bezweifelte, dass es sich darum handelte. »Was ist passiert?«

»Anthony hat ihn gesehen – Northam – in einem Bordell, vergangene Woche. Er war mit seinem Freund, Mr. Jeffries und natürlich Felix zusammen.«

Lavinia fühlte sich ein bisschen krank. Was lächerlich war. Beck war ein Wüstling. Wahrscheinlich war er ziemlich oft im Bordell zu Gast. Genau genommen war er im Laufe ihrer Bekanntschaft wahrscheinlich viele Male dort gewesen. Vielleicht ist er sogar dorthin gegangen, nachdem er neulich Violets Party verlassen hatte. Nachdem er sie geküsst hatte. »Nun, vermutlich haben wir damit unsere Antwort in Bezug auf seinen Ruf.« Und es versetzte ihr einen Stich.

»Noch immer ein Wüstling«, bemerkte Sarah ausdruckslos. »Es tut mir leid. Ich wusste, dass du das hast wissen wollen.«

»Du hattest recht. Sei nicht betrübt. Ich habe nichts von ihm erwartet. Dieser Kuss kam aus Neugier zustande, nichts weiter.« Lavinia ignorierte die Enge in ihrer Brust und schluckte an dem Kloß aus Bitterkeit vorbei, der sich in ihrer Kehle gebildet hatte. »Genug davon. Ich würde gern einen Ausflug zur Charlton Sandgrube etwa sechzehn bis siebzehn Kilometer östlich der Stadt unternehmen. Ich werde Diana bitten, als Anstandsdame mitzukommen. Würdest du auch gern mitkommen?«

Sarah erstrahlte, was Wunder für Lavinias Stimmung bewirkte. »Natürlich! Aber glaubst du, dass deine Mutter mit Diana als Anstandsdame einverstanden sein wird?«

»Das hoffe ich. Ich glaube, sie und Violet haben sie mit ihrer wundervollen Party neulich umgestimmt. Der Skandal, der sie umgibt, fängt allmählich an, abzuebben.«

Sarah nickte zustimmend. »Ja, diesen Anschein hat

es.« Ihre Augen leuchteten auf, als ihr eine Idee kam. »Sollten wir ein Picknick planen und Fanny einbeziehen?«

»Oh ja, lass uns das tun!« Lavinia fühlte sich bereits besser.

»Wenn deine Mutter sich weigert, Diana als Anstandsdame zu akzeptieren, würde Fannys Schwester vielleicht einspringen.«

»Eine ausgezeichnete Alternative. Ich werde mit der Köchin über die Vorbereitung des Picknicks sprechen. Wir werden am Vormittag aufbrechen.«

»Warum möchtest du die Sandgrube besuchen?«

»Bei den Ausgrabungen ist man auf eine erstaunliche Erdschicht gestoßen. Ich würde sie gern besichtigen.« Lavinia hatte im *Philosophical Transactions*, der Zeitschrift der Königlichen Gesellschaft, darüber gelesen.

»Wie wundervoll.« Sarah war stets eine Unterstützerin von Lavinias Interessen. »Ich freue mich auch darauf, das zu sehen. Wann werden wir gehen?«

»Später in dieser Woche, wenn wir es bewerkstelligen können. Vielleicht Donnerstag oder Freitag.«

Lavinias Mutter rauschte ins Zimmer und ihr Blick legte sich auf Sarah. »Guten Tag, Miss Colton. Ich fürchte, Lavinia hat Besuch von einem Gentleman.«

Sarahs Blick aus den größer werdenden Augen verband sich mit Lavinias. Wer konnte das sein? Sie hatte in den vergangenen paar Wochen so viele Gentlemen kennengelernt, aber keiner hatte sie aufgesucht. Sie hatte auch keinen unter ihnen dazu ermuntert und das war ein Umstand, den sie ändern musste.

Lavinia erhob sich aus ihrem Sessel und strich sich glättend über ihr Tageskleid. »Wer ist es, Mutter?«

»Der Marquess of Northam.«

Lavinia unterdrückte einen wenig eleganten Ton des

Missfallens, als sie zu Sarah sah, die sich geschäftig die Haube unter dem Kinn band. Sie zwinkerte Lavinia entschuldigend zu und zog dann ihre Handschuhe an.

»Komm in die Bibliothek herunter, Lavinia«, sagte die Komtess, ehe sie kehrt machte und das Wohnzimmer verließ.

Lavinia stöhnte leise, als sie hinter Sarah auf die Tür zuging, die sich mit den Worten herumdrehte: »Es tut mir leid. Aber lass mich wissen, wie es abgelaufen ist. Später im Park?«

»Ja.« Lavinia nickte und dann folgte sie Sarah die Treppe hinunter.

Sarah sah über ihre Schulter zurück und schenkte ihr einen aufmunternden Blick sowie ein kleines Winken, ehe sie sich in die Eingangshalle begab.

Die Schultern straffend schritt Lavinia auf die Bibliothek zu, die eigentlich nur ein größeres Wohnzimmer war, das man unter anderem mit einigen Bücherregalen möbliert hatte. Drinnen stand Beck im Profil in der Nähe der vorderen Fenster, den Hut in der Hand. Er drehte sich zu ihr um, als sie eintrat und verbeugte sich kurz. »Guten Tag, Lady Lavinia.«

Lavinia schoss ihrer Mutter einen Blick zu, die hinter ihr hereingekommen war. Beck verbeugte sich vor ihr und begrüßte sie. Alles ging sehr steif und formell vonstatten, während Lavinia darum kämpfte, ihre Frustration und Verletztheit zu verbergen.

Verletzt? Warum sollte er sie verletzt haben?

Weil er sie geküsst hatte, während er immer noch mit Lady Fairwell weitermachte und ein Bordell besuchte. Sie hatte eine bessere Meinung von ihm, aber warum? Er war ein rücksichtsloser Wüstling und sie hatte es gewusst. Sie hatte ihn trotzdem geküsst und sogar jetzt konnte sie sich nicht dazu durchringen, es zu bedauern. Diese Momente in seinen Armen fachten eine Hitze an, die sie mit Mühe niederkämpfte.

Wie sehr sie sich wünschte, ihm in aller Deutlichkeit zu sagen, was sie von ihm hielt. Die Gegenwart ihrer Mutter verhinderte allerdings solch eine Befriedigung.

»Hätten Sie gern eine Erfrischung?«, erkundigte sich die Komtess und stachelte Lavinia damit zur Unterdrückung eines weiteren Stöhnens an. Sie sehnte sich danach, dies so schnell hinter sich zu bringen, wie nur möglich. Was *tat* er überhaupt hier? Er hatte kein Interesse, ihr den Hof zu machen.

»Nein, vielen Dank. Ich würde mit Lady Lavinia gern eine Runde im Hintergarten drehen, vorausgesetzt, Sie haben einen?«

Dies schien ihrer Mutter zu gefallen, da sie recht erfreut lächelte. »Ja, natürlich.«

Beck drehte das Gesicht einladend zu Lavinia. Sie wollte ihm entgegnen, lieber eine Runde mit dem Teufel spazieren zu gehen, doch dann kam sie zu dem Schluss, dass dies sehr gut das Gleiche sein konnte.

Mit gerecktem Kinn drehte sie sich um und stolzierte aus dem Raum, wobei sie sich nach rechts wandte, um ihn in den Morgensalon zu führen, denn von dort aus würden sie in den Garten gelangen.

Sie wartete nicht auf ihn oder ihre Mutter, die ihnen folgte, um sie vom Morgensalon aus zu beaufsichtigen. Lavinia öffnete die Tür und trat ins Freie. Beck kam hinter ihr hinaus und schloss die Tür, ehe er ihr seinen Arm anbot.

»Vermutlich muss ich ihn nehmen?«, bemerkte sie mit beträchtlichem Groll.

»Ich bin sicher, dass es Ihre Mutter erfreuen würde und ich fürchte, dass darin mein Hauptziel für heute besteht.«

Vollkommen verwirrt starrte sie ihn an. Schließlich

legte Lavinia eine Hand um seinen Arm und sie begannen ihren Rundgang durch den Garten. Eine argwöhnische Neugier überlagerte ihre anderen Emotionen. »Warum versuchen Sie, meine Mutter zufriedenzustellen?«

Er runzelte die Stirn. »Weil –«

Lavinias andere Emotionen fügten sich nicht in ihr Los, einfach beiseitegeschoben zu werden. »Wissen Sie, dass es mir eigentlich egal ist. Ich weiß nicht, warum Sie hier sind, und das interessiert mich auch nicht. Ich bin nicht interessiert daran, mit einem unverbesserlichen Wüstling, der ein Bordell aufsucht und wahrscheinlich eine Affäre mit einer verheirateten Frau führt und mich gleichzeitig küsst, einen Rundgang durch den Garten zu machen.« Sie versuchte, ihre Hand von seinem Arm zu lösen und wieder hineinzugehen.

Er legte seine freie Hand über ihre und drückte sie fest. Eindringlich bohrte sich sein Blick aus den graugrünen Augen in ihre. »Nun, ich bin nicht interessiert daran, manipuliert zu werden. Gehen Sie einfach mit mir, verdammt.«

»Manipuliert? Wer manipuliert Sie?«

»Ich dachte, Sie könnten es sein, aber ich komme zu dem Schluss, dass es nur Ihre Eltern sind.« Er setzte sich in Bewegung, wenngleich langsam, und zog sie mit sich.

»Erklären Sie das.«

»Ihr Vater ist gestern Abend im Brooks zu mir gekommen. Er hat mich informiert, dass ich Ihnen den Hof zu machen hätte, oder er würde mich als betörender Herzog bloßstellen.« Er sah auf sie herab und sie konnte den Zorn in seinem Blick erkennen. »Ich kann allerdings nicht verstehen, wie er das herausgefunden hat.« Sein Stimme besaß einen anklagenden Unterton.

Wieder blieb sie stehen und dieses Mal ließ er zu, dass sie die Hand von seinem Arm nahm. Sie drehte sich zu ihm und sah ihn direkt an, während sie sich irritiert, dass er ihre Loyalität anzweifeln könnte, die Hand auf die Brust legte. »*Ich* habe es ihnen nicht gesagt.«

»Sie müssen es gewesen sein. Mein Butler ist die einzige andere Person, die davon weiß.«

Sein Butler? Nur sie und sein Butler? Dieses Wissen rief eine leichtes Flattern in ihrer Magengrube hervor. Gefolgt von einer heftigen Übelkeit. »Ihr Butler würde es nicht verraten haben.«

Sein Blick wich nicht von ihrem. »Nein.«

»Ich schwöre, ich habe es niemandem erzählt – nicht einmal Sarah.« Obwohl sie das gewollt hatte und wenn sie heute nicht unterbrochen worden wären, hätte sie das auch getan. Sie war so wütend auf ihn gewesen. »Ich habe nur –« Plötzlich schlug sie sich mit der Hand vor den Mund und riss die Augen auf. »Mein Tagebuch. Ich habe es in mein Tagebuch geschrieben.« Sie warf einen wütenden Blick zum Haus. »Sie liest mein verdammtes Tagebuch?«

»Offensichtlich.«

Sie sah ihn mit einem Ausdruck demütiger Entschuldigung an. »Es tut mir so leid.«

»Nicht so leid wie mir. Jetzt benutzen Ihre Eltern diese Informationen für eine Erpressung – ich soll Ihnen den Hof machen oder sie werden mich bloßstellen.«

»Sie haben Sie aufgefordert, mich zu heiraten?« Oh Gott, das war zu grauenhaft. Sie wusste, dass ihre Eltern sie verheiratet sehen wollten, aber es war einfach skrupellos, auf solche verabscheuungswürdige Taktiken zurückzugreifen.

»Nein. Sie glauben, meine Werbung um Sie wird andere anstoßen, sich vorzuwagen. Ihre Eltern sind äußerst ungeduldig, Sie endlich verlobt zu sehen.«

Das Gefühl von Übelkeit in ihrer Magengrube verstärkte sich. Wieder warf sie einen Blick zum Haus und blinzelte. Ihre Mutter stand dort in der Tür und beobachtete sie. Lavinia wirbelte herum und ergriff seinen Arm erneut, um ihn vom Haus weg in die gegenüberliegende Ecke des Gartens zu ziehen.

»Sie sind grauenhaft.« Nur das brachte sie gerade über die Lippen. Ihre Eltern würden sie um jeden Preis verheiraten. Angesichts ihrer Eile – und offensichtlichen Verzweiflung – befürchtete Lavinia, dass ihre Eltern nicht zurückscheuen würden, sie mit nahezu irgendjemandem zu verloben. Sie musste das Unvermeidliche akzeptieren: Sie würde in dieser Saison heiraten und wenn sie einen Ehemann ihrer Wahl wollte, sollte sie am besten einen finden.

»Ich wünschte, es gäbe etwas, was ich sagen könnte, um ihre Bestürzung zu lindern«, bemerkte er leise.

Sie war ihm dankbar dafür, aber die Phase der emotionalen Reaktionen war vorüber. Es war an der Zeit zu handeln.

»Sie wollten mir helfen, einen Ehemann zu finden. Das ist wichtiger als je zuvor, da mir scheinbar die Zeit knapp wird.«

»Was ist mit Horace?«

Abermals hielt sie inne und sah ihn aus schmalen Augen an. »Der gleiche Mr. Jeffries, der mit Ihnen ein Bordell aufgesucht hat? Seien Sie ehrlich zu mir – ist er ein Wüstling wie Sie?« Nach ihrem Kennenlernen zu schließen, hätte sie das nicht vermutet, aber was wusste sie schon wirklich über ihn?

Beck zeigte auf die Bank, die nur ein paar Schritte entfernt in der Ecke des Gartens stand. »Sollen wir uns setzen?«

Wortlos entzog Lavinia ihm ihren Arm und ging hinüber, um auf der Bank Platz zu nehmen. Er setzte sich neben sie – nicht zu nahe – und streckte ein langes Bein aus, als er sich ihr zu drehte.

»Horace mag Frauen, obwohl ich nicht sicher bin, ob ich ihn als Wüstling einstufen würde. Ehrlich gesagt bin ich keineswegs sicher, ob ich mich selbst noch als Wüstling einstufen würde. Ja, ich bin mit Horace und Felix zu Madame Bisset gegangen. Ich habe Schach gespielt.«

Lavinia blinzelte ihn verwirrt an. »Man kann dort Schach spielen?«

Kurz umspielte ein Lächeln seine Lippen. »Oder Karten oder Backgammon oder irgendeine andere Art von Zeitvertreib. Die Frauen dort sorgen für jegliche Art von Unterhaltung, die ein Mann sich wünscht – und es muss nicht, ähm, sexuell sein.« Er wandte den Blick von ihrem ab, als er das vorletzte Wort aussprach.

Die Tragweite dessen, was er da sagte, machte sie nur noch neugieriger. »Waren Sie überhaupt einmal ein Wüstling?«

Er sah sie an und dann brach er prompt in Lachen aus. Ob aufgrund der Absurdität ihrer Frage oder dem Tumult der Gefühle, die sie in der vergangenen Viertelstunde durchgemacht hatte, stimmte sie in sein Gelächter ein. Es dauerte lange, bevor sie sich beruhigten und sie konnte sich nur vorstellen, wie das für ihre Mutter wirken musste. Wenn diese sie überhaupt sehen konnte. Ein wohlplatzierter Busch bot ihrem Standort ein gewisses Maß an Privatsphäre.

»Ohne in die Einzelheiten auszuschweifen, habe ich mich auf vielerlei Weise wüst benommen. Wie dem auch sei, treffe ich mich nicht mehr mit Lady Fairwell – sehr zu ihrem Missfallen – und manchmal gebe ich einer Schachpartie den Vorzug vor … etwas anderem.«

Die Erinnerung an seine Lippen schlich sich in ihre Gedanken und sie konnte sich nicht vorstellen, ein Schachspiel diesem Gefühl vorzuziehen. Sie war allerdings erfreut zu hören, dass er Lady Fairwell nicht mehr besuchte und er nicht aus dem typischen Grund bei Madame Bisset gewesen war. Was im Grunde genommen albern war, da er kein potenzieller Ehemann war. Er machte ihr nicht *wirklich* den Hof. So sagte er jedenfalls.

Wünschte sie sich das etwa von ihm?

Sie drehte sich ein Stück zu ihm hin. »Nur damit ich es auch richtig verstehe, Sie machen mir nicht mit der Absicht den Hof, mich zu heiraten. Sie hofieren mich, um andere zu provozieren, ihre Werbung um mich in Gang zu setzen.«

»Genau das wollen Ihre Eltern, ja.«

Ihre verdammten Eltern. »Ich werde nicht zulassen, dass sie Ihr Geheimnis lüften – ich verspreche es.«

Sein Blick wurde weich. »Ich weiß das sehr zu schätzen, aber sind Sie sicher, dass Sie in der Lage sind, sie aufzuhalten?«

»Das werde ich, wenn ich verlobt bin. Also muss das mein Hauptanliegen sein.« Die Erkenntnis, dass ihre Freiheit, so wie sie gerade war, schon bald geschmälert sein würde, erfüllte sie mit Grauen. Es sei denn, sie konnte einen Ehemann finden, der ihre Interessen unterstützte. Würde er sie Dinge tun lassen wie eine Exkursion in die Sandgrube?

»Und Horace ist außen vor, scheint es«, antwortete Beck.

Lavinia rang die Hände in ihrem Schoß. »Ist er das? Wenn Sie Grund haben, an seiner Ehrlichkeit zu zweifeln, dann ja. Dann würde ich es vorziehen, mich woanders umzusehen.«

»Ich bin nicht sicher«, entgegnete Beck. »Allerdings bin ich auch nicht sicher, ob er bereit ist zu heiraten. Er ist ein bisschen sonderbar, falls Sie es nicht bemerkt haben.«

»Das habe ich, aber eigentlich fand ich das bezaubernd. Außerdem hat er jede Menge aufregende Neuigkeiten über Sie preisgegeben.« Sie blitzte ihn mit einem Lächeln an und seine dunkler werdenden Augen verengten sich ein wenig. Bei seinem Gesichtsausdruck geriet ihr Herz kurz aus dem Takt und ihr ging auf, dass sie ihn erneut küssen wollte.

Zum Teufel mit der ganzen Sache, er machte ihr *nicht* den Hof.

Sie zwang sich zum anstehenden Thema zurück – ihrem zukünftigen Ehemann. Sich die verschiedenen Männer in Erinnerung rufend, die sie im Laufe der vergangenen Woche kennengelernt hatte, stach als einziger Sir Martin heraus und das war größtenteils seiner wissenschaftlichen Neigung zu verdanken. Da sie knapp mit der Zeit war und offensichtlich auch an akzeptablen potenziellen Bewerbern, würde sie herausfinden müssen, ob er geeignet wäre.

»Im gegenwärtigen Augenblick denke ich, dass Sir Martin Riddock meine beste Option ist. Ich habe allerdings eine Idee, die mir helfen könnte, zu erfahren, ob sich noch jemand anderer eignen würde. Ich werde später in dieser Woche einen Picknick-Ausflug zur Charlton Sandgrube veranstalten, um die dort freigelegten Ablagerungen zu besichtigen. Wenn Sir Martin kommen könnte und vielleicht einige andere heiratswürdige Junggesellen, könnte ich ihr Benehmen hinsichtlich meiner wissenschaftlichen Interessen einschätzen. Es ist der perfekte Schauplatz, da ich Geologie erforschen und besprechen werde.«

»Sie veranstalten ein Picknick an einer Sandgrube?« Er lächelte, als er den Kopf schüttelte. »Natürlich tun Sie das und es ist eine ausgezeichnete Idee. Bei genauerer Überlegung könnte ich mit Felix sprechen, wenn Sie erlauben und er kann aus der Exkursion das Ereignis der Saison machen. Dann werden Sie eine Fülle von Männern zur Auswahl haben und wenn Sie allen die immense Bedeutung der Ablagerungen erklären, werden Sie der Star des Tages sein.«

Lavinias Herzschlag beschleunigte sich. Der Gedanke, dass sie vor anderen über Geologie referieren könnte, machte sie schwindlig. Das Ziel, einen Ehemann zu finden, verblasste im Hintergrund ihres Bewusstseins. »Glauben Sie, dass die Leute kommen würden?«

»Felix ist imstande, nahezu jeden zu überzeugen, beinahe alles zu tun.«

»Danke.« Das war besser, als sie sich hatte vorstellen können. »Das wäre wundervoll. Der betörende Herzog ist ein überaus hilfreicher Gentleman.«

Auf das Lächeln hin, das er ihr zur Antwort schenkte, setzte ihr Herz abermals einen Schlag aus. »Er gibt sich Mühe, das zu sein.«

Als die Erwartungsfreude in ihr aufwallte, erhob sie sich, ehe sie noch etwas Dummes tun würde. »Ich werde bestrebt sein, dass diese vorgetäuschte Werbung um mich möglichst kurz ist.«

»Nehmen Sie sich alle Zeit, die Sie brauchen«, entgegnete er darauf.

Nein, das würde sie nicht tun. Sie befürchtete, dass sogar seine vorgetäuschte Werbung zu etwas führen könnte, was sie möglicherweise verwundete. Sie legte die Hand um seinen Arm und geleitete ihn zum Haus zurück.

»Sollen wir es für Donnerstag planen?«, fragte sie.

Er nickte. »Ich werde sofort mit Felix sprechen und eine Nachricht im Baum hinterlassen, um die Sache zu bestätigen.«

»Ich werde heute nicht dorthin kommen können«, wand sie ein. »Später werde ich allerdings im Park sein. Vielleicht sollten Sie kommen und mit mir promenieren – meine Eltern werden das erwarten.«

»Ja, damit würden wir zwei Fliegen mit einer Klappe

schlagen.« Er öffnete ihr die Tür zum Morgensalon und sie ging ihm ins Haus voran.

Beck nahm ihre Hand und hauchte einen Kuss auf ihre Fingerknöchel, womit er einen Schauder auslöste, der sich über ihren Arm und die Schulter unmittelbar bis zu dieser Stelle an ihrem Nacken hinaufzog. Vielleicht ein bisschen zu schnell zog sie ihre Hand zurück. »Ich werde Sie später im Park treffen«, sagte er leise, ehe er sich umdrehte, um sich vor ihrer Mutter zu verbeugen.

Nachdem er gegangen war, zog die Komtess Lavinia auf das Sofa. »Erzähl mir alles, was er gesagt hat.«

Lavinia biss sich auf die Zunge, ehe sie noch antwortete *Einschließlich der Äußerung, wie du und Vater ihn erpresst, damit er mir den Hof macht?* Stattdessen lächelte sie freundlich und erzählte ihr, dass sie sich über das Wetter, die Musik und Gesteinsablagerungen unterhalten hätten.

Bei Letzterem zuckte ihre Mutter zusammen. »Darüber hat er bestimmt nichts hören wollen.«

»Eigentlich war er überaus interessiert«, entgegnete Lavinia stolz.

Die Komtess bedachte sie mit einem herablassenden Blick und tätschelte ihr das Knie. »Ich bin überzeugt, dass er nur nett sein wollte, Liebes. Du solltest die Geduld eines Gentleman nicht auf die Probe stellen.« *Weil er sein Interesse nur vortäuschte?* Das entsprach ganz bestimmt der Annahme ihrer Mutter. Die Manipulationen ihrer Eltern machten sie krank.

Lavinia sprang auf. »Ich fühle mich ein bisschen abgespannt. Ich sollte mich ausruhen, wenn ich später in den Park gehen soll.«

Ihre Mutter starrte sie flehentlich an. »Du musst in den Park gehen.«

Hätte Lavinia es nicht besser gewusst, würde sie

denken, dass ihren Eltern irgendeine Art von Preis dafür winkte, sie mit der größten Hast zu verheiraten. Ihre Eile in Verbindung mit ihrer Verschlagenheit war gänzlich verstörend. Mit einem unvermittelten Überdruss stieß sie die Luft aus und entschied, dass sie *tatsächlich* eine Ruhepause nötig hatte – von ihren Eltern. »Ja, Mutter. Ich muss viele Dinge tun. Und du wirst Sorge dafür tragen, dass ich sie tue, dessen bin ich sicher.«

Mit steifem Rückgrat rauschte sie aus dem Zimmer und gelobte sich, nach vorn in die Zukunft zu schauen, in der sie, ganz gleich, was auch passierte, nichts mehr mit ihnen zu tun haben würde.

~

Die vergangenen paar Tage waren in einem Wirbelwind der Aktivitäten vergangen. Beck war zweimal mit Lavinia im Park promeniert und hatte einmal auf dem Ball mit ihr getanzt. Er hatte auch beobachtet, wie Sir Martin und zwei andere Gentlemen ihr besondere Aufmerksamkeit geschenkt hatten. Er hatte sich bemüht, nicht zu genau hinzusehen, weil es ihn ausgesprochen unbehaglich stimmte.

Er sah keinen Anlass, der Ursache dafür auf den Grund zu gehen, also tat er es nicht.

In der Zwischenzeit hatte Felix das Picknick der Saison organisiert. Eine Vielzahl von Vehikeln und Reitern ergossen sich am frühen Donnerstagnachmittag über ein grünes Fleckchen nahe der Charlton Sandgrube.

Lavinia war bereits dort – Beck wusste von ihrer Planung, dass sie als eine der Ersten hatte ankommen wollen. Sie hatte in der Nähe einer freigelegten Wand aus Gestein und Erdreich in der Sandgrube Position bezogen. Es war eine wunderbare Ablagerung, die sich in verschiedenen Streifen unterschiedlicher Texturen und Farben unterteilte. Im Laufe des Nachmittags unterhielt sie sich mit den Anwesenden über die Geschichte dieser Streifen und manchmal ließ sie sich dabei auf tiefgründige Diskussionen über das Erdalter ein. Einige ihrer Gesprächspartner schüttelten zweifelnd den Kopf, doch die meisten waren von ihrem Wissen fasziniert.

Beck war ein klein wenig vernarrt. Gab es etwas Attraktiveres als eine intelligente Frau? Er glaubte nicht. Damals war Priscillas Intellekt einer der Gründe gewesen, warum er sich so heftig und schnell in sie verliebt hatte. Ihr Vater war ein Gelehrter in Oxford und sie hatte von ihm und seinen Kollegen gelernt. Sie war keine Wissenschaftlerin wie Lavinia, sondern eine Literaturhistorikerin. Ihrer Passion für Worte hatte Beck zum Teil seine Inspiration zum Schreiben zu verdanken.

Der junge Frühlingstag war bewölkt, aber nicht kalt und glücklicherweise trocken, womit er die perfekte Gelegenheit für einen Aufenthalt im Freien bot. Auf dem Areal, wo das Picknick stattfand, ging es ein bisschen ausgelassen zu. Felix hatte ein Federballnetz aufgespannt und ein Bocciaparcours vorbereitet, während eine Gruppe sich gerade bei einem stürmischen Blinde-Kuh-Spiel vergnügte.

Amüsiert beobachtete Beck die Festivitäten, aber er wollte nicht unbedingt daran teilnehmen. Er wünschte allerdings, sich unter einen Baum setzen zu können, um seine Gitarre zu spielen. Aber natürlich hatte er sie nicht mitgebracht und das würde er auch niemals. Nicht zu einem Ereignis wie diesem. Zu gar keiner Veranstaltung.

»Entschuldigen Sie bitte, Mylord?« Eine weibliche Stimme erregte seine Aufmerksamkeit. Die Frau, die ihn ansprach, war großgewachsen mit hellbraunen Augen und einem charmanten Lächeln. Er erkannte sie als die Herzogin von Kendal.

Beck verbeugte sich galant vor ihr. »Guten Tag, Euer Gnaden.«

»Guten Tag. Wir haben uns auf der Dinnerparty bei den Kilves kennengelernt.«

»Ich erinnere mich.«

»Sie haben an jenem Abend mit meinem Ehemann gesprochen – er hat mir von Ihrer Unterhaltung erzählt. Ich hoffe, Sie halten mich nicht für unverschämt, aber ich wollte Ihnen sagen, dass ich Ihre Schwester gekannt habe. Lady Helen war eine gütige und sanfte Seele. Es tut mir so leid, dass sie verstorben ist. Ich habe mich gefragt, was mit ihr passiert war, doch nachdem ich die Stadt verlassen hatte, riss der Kontakt zu nahezu allen ab.«

Als Beck hörte, dass die Herzogin Helen gekannt hatte, verkrampfte er sich, doch bei ihrer mitfühlenden Rückbesinnung entspannte er sich sogleich ein wenig. »Vielen Dank für Ihre freundlichen Worte.«

»Das war eine hässliche Saison.« Ein leichtes Zittern huschte über ihre Schultern hinweg. »Nicht nur, was mir zugestoßen ist – obwohl im Rückblick gesehen mehrere der Gentlemen äußerst draufgängerisch schienen.«

Beck dachte an den Mann, den Helen in ihrem Brief erwähnt hatte. Hatte er sich so benommen? »Es scheint, als sei es sehr konkurrierend zugegangen.«

»Oh, ja. Einige der jungen Damen konnten in der Verfolgung ihrer Heiratsabsichten bemerkenswert rücksichtslos sein.«

Er nickte zustimmend. »Das war mein Eindruck. Meine Schwester hatte eine paar dieser Frauen erwähnt, aber nur ihre Anfangsbuchstaben – SW und DC. Ich nehme nicht an, dass Sie sich erinnern können, wer sie waren?«

Sie presste die Lippen aufeinander und ihre Augen verengten sich ein wenig. »Ich muss nicht einmal darüber nachdenken. Sie besaßen die bissigsten Zungen in jenem Jahr. Die Wahrheit ist, dass sie sich im Laufe der Jahre nicht viel gebessert haben, insbesondere Lady Abercrombie nicht.«

Endlich hatte er einen Namen. »Sie ist eine der beiden?«

»Ja, damals war sie Susannah Weycombe und DC bezieht sich auf ihre engste Freundin, Dorothy Cranley – sie ist inzwischen Lady Kipp-Landon.«

Ein Gefühl der Zufriedenheit durchdrang ihn, aber das Wissen um ihre Identität würde ihm nicht wirklich einen Sieg garantieren. Er hatte eine vage Vorstellung, wer sie waren, aber er war nicht ganz sicher, ob er sie in einer Menschenmenge identifizieren könnte. Er sah sich um und fragte sich, ob sie hier waren.

Die Herzogin erriet seine Gedanken. »Sie sind nicht hier. Sie gehören nicht zu diesem Kreis. Ich bezweifele, dass der Earl of Ware irgendjemanden wie sie einladen würde.«

Nein, das hatte sie richtig beurteilt. »Das ist wahr, aber manchmal können die Dinge bei einer von Felix organisierten Veranstaltungen ausufern. «

»Tatsächlich? Nun, das klingt, als ob das gut sein kann oder schlecht.« Sie lächelte kurz und dann nahm sie ihn mit einem mitfühlenden Blick ins Visier. »Hilft es Ihnen, zu wissen, wer diese Frauen sind? Ich spüre, dass es irgendwie wichtig für Sie ist.«

»Meine Schwester hatte eine schwere Zeit und sie waren teilweise daran beteiligt. Ich weiß nicht, ob es hilft, aber ich bin sicherlich dankbar, zu wissen, wer sie sind, damit ich sie offen schneiden kann. Sollte sich diese Gelegenheit je ergeben.«

»Ich würde Ihnen keinen Vorwurf machen. Bei meiner Heirat mit Titus hatten die beiden versucht, sich mit mir anzufreunden, aber ich habe wohl dafür Sorge getragen, dass sie aus dem beachtlichen Einflussbereich meiner Schwiegermutter ausgeschlossen wurden.« Ohne den geringsten Anflug von Bekümmerung zuckte sie mit den Schultern und reizte Beck damit zum Lachen. »Und *es könnte sein*, dass mein Ehemann Lord Haywood verprügelt hat, aber das hatte dieser zumindest verdient, wage ich zu behaupten.«

Beck kannte Haywood, der mehr als zehn Jahre älter war als er. Er genoss einen gewissen Ruf als Spieler und Trinker. »Haywood ist der Mann, der –?« Beck wollte es nicht sagen und er wusste, dass sie die Frage auch so verstanden hatte.

»Der Mann, den allein zu treffen, ich dumm genug war? Ja. Er besaß ein überragend charmantes Benehmen. Ich hatte keine Ahnung, dass er es mit seiner Werbung um mich nicht ernst gemeint hatte.« Sie verzog die Lippen zu einem selbstironischen Lächeln. »Es stellte sich heraus, dass viele junge Frauen von ihm hofiert worden waren. Ohne offensichtliches Interesse, eine von ihnen zu heiraten.«

»Er hat sie mit leeren Versprechungen hingehalten.«

»Das hat er ganz bestimmt mit mir getan«, antwortete sie. »und ich war das perfekte Zielobjekt – jung, naiv und versessen darauf, zu heiraten.«

Genau wie Helen. War sie Haywood oder jemandem wie ihm zum Opfer gefallen?

»Ich freue mich, dass sich die Dinge für Sie gefügt haben.« Ungeachtet seines Kummers, dass dies für Helen *nicht* so gewesen war, lächelte Beck die Herzogin an.

Sie lachte heiter auf. »Außerordentlich gut, glücklicherweise! Und jetzt muss ich los. Ich habe Kinder zu

Hause, um die ich mich kümmern muss.« Sie sah sich kurz um, bevor sie ihre Aufmerksamkeit wieder Beck zuwandte. »Zuerst muss ich Ware finden und ihm für diese bezaubernde Veranstaltung danken. Haben Sie zufällig Lady Lavinia über die Ablagerungen in der Sandgrube sprechen gehört? Es war absolut faszinierend.«

»Das habe ich, und ich stimme Ihnen zu.«

Sie verabschiedete sich von ihm und Beck ertappte sich, wie es ihn erneut zur Sandgrube zog. Derzeit war niemand dort zu sehen und er fragte sich, wohin Lavinia wohl gegangen sein mochte. Müßig schlenderte er zu den freigelegten Ablagerungen, über die sie vorhin gesprochen hatte. Er zog die Handschuhe aus und strich mit seinen bloßen Fingern über den untersten Streifen des Erdreichs und fragte sich, welche Dinge wohl darauf existiert haben mochten.

Seine Gedanken schweiften zu einer jüngeren Vergangenheit zurück – zur letzten Saison seiner Schwester. Jetzt, da er wusste, wer diese Frauen waren, wollte er sie fragen, warum sie Helen attackiert hatten.

Becks Familie war nur wenig über die Umstände von Helens Tod bekannt. Konnten diese Frauen Licht in die Angelegenheit bringen? Würde Beck irgendetwas von dem glauben, was sie sagten?

Das Gefühl der Befriedigung, das sich mit der Kenntnis ihrer Namen eingestellt hatte, verblasste. Eine verzweifelte Hilflosigkeit und die Wut, die er seit Jahren nährte, fluteten erneut über ihn hinweg und führten ihn von der Sandgrube fort zu einem Wäldchen, weit weg von den Feiernden. Einige Leute begannen, aufzubrechen. Gut. Er würde sich bis dahin im Verborgenen halten. In seiner augenblicklichen Stimmung wollte er niemanden sehen. Er wollte am liebsten gehen, aber er war mit Felix hergekommen und darauf angewiesen, jemand anderen zu finden, der ihn zurückbrachte. Der einzige Mensch, den er derzeit zu ertragen glaubte, war Felix, also würde er warten.

Die einzige andere Person?

Lavinia kam ihm in den Sinn – ihr Geist, ihre Schönheit, ihre Zuversicht. Ja, er konnte sie recht gut aushalten. Zu schade, dass ihre Werbung nicht echt war.

KAPITEL 11

Kreaturen auf freier Flur ihr zu Füßen sich neigen.
Gesteine der Berge, von ihren Gipfeln sie steigen.
Gestirne vom Himmel niedergehen, wie der Regen auf
dem See.
Alle wollen nahe ihr sein, ganz dicht bei sie.

-Aus Eine Ode an Miss Anne Berwick
Von Der betörende Herzog

Der Tag ging so schnell vorbei, dass Lavinia kaum wusste, wo er geblieben war. Sie war Sarah besonders dankbar, ihr etwas zu Essen zur Sandgrube gebracht zu haben, da sie derart in ihre Gespräche mit den Leuten über die Geologie des Ortes gefangen war, dass sie kaum Zeit zum Essen fand.

Als sich die Dinge endlich beruhigten, genoss sie die Gesellschaft drei unterschiedlicher Gentlemen, unter denen Sir Martin, der ihre geologischen Gespräche sehr aufschlussreich fand, am bemerkenswertesten war. Es war eine Schande, dass ihre Mutter nicht hier war. Die Komtess wäre über die Aufmerksamkeit entzückt, die Lavinia genoss.

Lavinia stellte andererseits fest, dass sie lediglich nach einem Mann Ausschau hielt – derjenige, der vortäuschte, ihr den Hof zu machen, und das wahrscheinlich nicht mehr länger tun müsste. Sie erspähte ihn, wie er in einer Baumgruppe etwas entfernt vom Picknickareal verschwand.

Mit einem Seitenblick zu dem Platz, wo das Picknick eingepackt wurde, stahl sie sich zu den Bäumen. Eine leichte Brise bauschte ihre Röcke auf, als sie hinter die schulterhohe Hecke trat, die zwischen der Grasfläche und dem Wäldchen aufragte.

»Beck?«

Er trat hinter einem Baum hervor. »Folgen Sie mir?« Die Frage klang unbeschwert, aber er hatte die Stirn gewölbt – sie konnte das erkennen, weil sie ihre Brille trug, die sie im Laufe des Tages immer bei Bedarf aufgesetzt hatte. Tatsächlich hatte sie die Brille vor Sir Martin getragen und er hatte geäußert, dass sie ausgezeichnet damit aussah.

»Ich habe Sie zu den Bäumen gehen sehen, und hier bin ich, also vermute ich, dass ich Ihnen folge. Ich wollte Ihnen danken, dass Sie den Tag heute arrangiert haben.«

Er lehnte sich an den Baum, um den er herumgetreten war. »Sie tragen Ihre Brille.«

Unnötigerweise rückte sie sie in ihrem Gesicht zurecht. »Ja.«

»Mir gefällt es, wenn Sie sie tragen.« Er warf einen Blick zum Picknickareal, das durch die Hecke abgeschirmt war. »Ich habe nichts zur Organisation des heutigen Tages beigetragen – das war ganz und gar Felix´ Werk.«

»Aber Felix hätte es nicht getan, wenn Sie ihn nicht darum gebeten hätten.«

Sein Mundwinkel hob sich. »Das stimmt. Es schien ein großer Erfolg für Sie. Ich bin so erfreut.«

Die Herzlichkeit in seinem Tonfall zeigte, wie ernst er das meinte. »Ja, alle waren sehr an Geologie interessiert. Ich kann kaum erwarten, meiner Mutter davon zu berichten.«

Beck lachte. »Wird sie Ihnen glauben?«

Lavinia zuckte die Schultern. »Wahrscheinlich nicht.«

»Abgesehen davon meinte ich den Erfolg in Ihrer Heiratsmission. Sie scheinen mehrere Bewerber zu haben, denen es ernst ist – oder habe ich das falsch interpretiert?«

Sie streckte die Hand nach dem Baum neben ihr aus und fuhr mit ihren behandschuhten Fingern über die Rinde. »Nein, Sie haben recht. Insbesondere Sir Martin macht einen vielversprechenden Eindruck. Er beabsichtigt, mich zu besuchen.«

Beck stieß sich vom Baum ab und trat einen Schritt auf sie zu, womit er den Abstand zwischen ihnen verringerte. »Wird Sie das glücklich machen?«

Glücklich. Sie war nicht sicher, ob es das richtige Wort war. »Es wird mich nicht *un*glücklich machen. Ich mag Sir Martin. Er ist bestimmt kein langweiliger Gesprächspartner, vorausgesetzt, ich kann ihn dazu bringen, sich auf die Wissenschaft, anstatt auf Pferde zu konzentrieren.«

»Glauben Sie, dass Sie imstande sind, ihn für die gesamte Dauer der Ehe davon abhalten zu können, über Pferde zu sprechen?«, fragte Beck.

»Natürlich nicht, aber das kann ich in Kauf nehmen.«

»Das ist keine besonders schmeichelhafte Perspektive für Ihre eheliche Zukunft mit ihm.«

Nein, das war es nicht, aber es war auch nicht grauenhaft. Nun denn, sie liebte Sir Martin nicht, aber sie lernte, dass Liebe vielleicht ein Luxus war, den sie sich nicht leisten konnte. Es wäre besser, jemanden zu heiraten, den sie hinlänglich mochte, anstatt ihren Eltern zu erlauben, sie zu einer Verbindung mit jemandem zu drängen, den sie verabscheute. »Wie Sie wissen, läuft mir die Zeit davon und Sir Martin ist derzeit meine beste Alternative.«

Beck trat näher. »Ich hatte gehofft, dass Sie Liebe finden würden«, bemerkte er leise. »Waren Sie jemals verliebt?«

Sie schüttelte den Kopf … von seinem sinnlichen Blick und dem verführerischen Beben in seiner Stimme in den Bann geschlagen.

»Ich war es – wie Sie wissen. Ihr Name war Priscilla. Sie war drei Jahre älter als ich und so intelligent und schön, dass es mir den Atem nahm. Ich dachte Tag und Nacht an sie. Vor Sehnsucht nach ihrer Gesellschaft konnte ich kaum essen oder schlafen. Ich habe angefangen, Poesie zu schreiben – grauenhafte Verse rührseligen Kauderwelschs.«

Lavinias Brust krampfte sich zusammen und sie wusste genau, was er damit meinte, als er darüber sprach, dass ihm die Luft genommen worden war. Die Eifersucht, bitter und zäh, ballte sich zu einem Kloß in ihrer Kehle. Irgendwie fand sie ihre Stimme wieder. »Ich habe mich nie so gefühlt.«

»Gut. Wenn es nicht erwidert wird, ist es das schlimmste Gefühl der Welt.«

»Sie hat sie nicht geliebt?«

Er schüttelte den Kopf. »Ich war zu jung, zu versessen, ein zu schlechter Poet vielleicht.«

Sie lachte und schlug sich unmittelbar die Hand vor den Mund, bis sie ihre Belustigung gezügelt hatte. »Ich bitte um Entschuldigung.«

Er lächelte. »Das müssen Sie nicht. Ich liebe den Klang Ihres Lachens.«

Jeder Anflug von Belustigung löste sich in Luft auf. Wenn er so zu ihr sprach, und sie so ansah wie jetzt – als ob sie Priscilla wäre –, wünschte sie sich nur, dass er sie berührte, sie wieder küsste. »Haben Sie Priscilla je geküsst?«

»Warum fragen Sie mich das?« Die Frage war beinahe ein Flüstern.

»Sie hätte Sie nicht weggeschickt, wenn Sie es getan hätten, da bin ich sicher.«

Er kam einen weiteren Schritt auf sie zu und kam ihr so nahe, dass sie sich beinahe berührten. »Wie können Sie das wissen?«

Sie konnte nicht anders, als weiterhin unverwandt auf seinen Mund zu blicken. »Aus Erfahrung natürlich.«

»Lavinia, Sie verlocken mich, es wieder zu tun.« Er klang hoffnungsvoll.

»›Verlockung ist der Ehe Zier aus purer Neugier und Begier.‹« Das war eine Zeile aus dem ersten Gedicht, das er über sie verfasst hatte.

In seinem Blick glomm Bewunderung auf. »Sie zitieren meine eigenen Worte für mich.«

»Es ist eine wunderschöne Zeile.«

Er streckte die Hand nach den Bändern ihrer Haube aus und nestelte sie zwischen seinem Daumen und Zeigefinger. »Ich habe es über Sie geschrieben.«

»Damals kannten Sie mich kaum«, hauchte sie.

»Und wie gut kenne ich Sie jetzt?«

»Nicht gut genug.« Sie umfasst seine Frackaufschläge und zog ihn zu sich heran. Auf ihren Zehenspitzen stehend presste sie ihren Mund auf seinen.

Er schlang die Arme um sie und hielt sie fest an seiner Brust, als er ihren Mund mit seinem beschlagnahmte. Sie hatte tagelang an seinen Kuss gedacht, und jetzt, da seine Lippen auf ihren lagen, erkannte sie, dass sie sich nicht richtig erinnert hatte. Dies war um so vieles besser.

Sein Körper war warm und fest und er roch nach Kiefer und Gras. Oder vielleicht lag dies nur an ihrer Umgebung. Nein, es war er. Er roch nach Natur und verdammt, wenn ihn das nicht zu dem attraktivsten Mann in der Existenzgeschichte der Männer machte.

Nun, in ihrer Geschichte der Männer.

Grundgütiger, konnte ihr Verstand vielleicht auf Wanderschaft gegangen sein, während Beck sie küsste? Offenbar war er imstande dazu, aber es war nicht von Bedeutung. Sie ertrank in Staunen und Entzücken und wollte nie wieder daraus auftauchen.

Sich an ihn schmiegend, umklammerte sie seine Schultern und seinen Nacken. Immer wieder hatte sie diesen Kuss in der Bibliothek in ihrer Erinnerung wiederaufleben lassen und sich ausgemalt, was sie tun würde, wenn ihr eine zweite Gelegenheit mit ihm beschert würde. Und hier war sie.

Als sie den Kopf zur Seite neigte, wurde ihr verschwommen bewusst, dass sie ihm mit der Krempe ihrer Haube den Hut vom Kopf stieß. Sie glitt mit der Zunge über seine und ergötzte sich an dem Erlebnis ihrer Vereinigung. Ihre Brüste fühlten sich angespannt an und ihr Rumpf heizte sich auf, worauf sie sich anderer Möglichkeiten bewusstwurde, wie sie sich verbinden konnten.

Wollte sie das?

Oh, um Gottes willen Lavinia, hör auf zu denken!

Sie schob ihre Gedanken beiseite und konzentrierte lediglich auf das, was sie fühlte. Seine Hände, die ihren Rücken umklammerten, seine Lippen und seine Zunge, die mit ihrer verschmolz, sein Körper, der sich drängend an ihren presste. Sie wollte mehr.

Vorsichtig stieß sie ihre Hüften gegen seine. Er schob seine Hand tiefer und fasste sie um die Taille, um sie zu ihm heran zu ziehen. Er rieb sich an ihr und sie keuchte in seinen Mund, als aufgrund der Reibung imaginäre Funken zwischen ihren Beinen aufstieben.

Er drehte ihren Körper herum und führte sie zwei kleine Schritte, bis sie einen Baum in ihrem Rücken spüren konnte. Er löste seinen Mund von ihrem, aber nur, um an ihrem Kiefer und Ohr zu nippen und zu lecken. Sie legte den Kopf in den Nacken, bis sie auf die Rinde traf und schloss die Augen, als er seine Magie auf ihr Fleisch ausübte.

»Ihr Kragen ist zu verdammt hoch«, murmelte er und schob ihn nach unten und aus dem Weg, um an ihren Hals zu gelangen.

Sie musste zustimmen. Und dennoch schlug er sich recht gut, wie es schien. Er bewegte eine Hand an ihrer Seite nach oben, und ließ sie dabei über ihren Köper gleiten, bis er sie um ihre Brust legte. Die Berührung war absolut unzureichend, angesichts seiner Handschuhe und ihrer Kleidung, aber ihr Körper reagierte, als sei es mehr als genug.

Ihre Brustwarze versteifte sich, als er sie durch das Kleid liebkoste, während er die ganze Zeit ihren Nacken küsste. Sie zog ihn fester zu sich, und wollte so viel von ihm fühlen, wie sie konnte. Er nahm die Hand von ihrer Brust und vielleicht wimmerte sie dabei leise. Ja, sie wimmerte ganz bestimmt. Und es war ihr egal.

Er griff nach unten und hob ihren Rock. Die kalte Luft strich über ihre bestrumpften Beine, als er ihr über den Oberschenkel strich. Seine Fingerspitzen streiften den Ansatz und berührten zart ihr Fleisch. Dann hielt er inne.

»Verzeihen Sie mir.«

Sie zupfte am Haar in seinem Nacken. »Schauen Sie mich an.«

Er hob den Kopf und sah ihr in die Augen.

»Es gibt nichts zu verzeihen. Zumindest nicht, wenn Sie nicht aufhören. Wenn Sie es tun, werde ich Ihnen das *nie* verzeihen.«

»Sie wollen weitermachen?«

»Was immer Sie zu tun im Sinn hatten …« Sie konnte kaum die Worte finden. Sie fühlte sich vollkommen schamlos. Aber von ihm berührt zu werden war ein Erlebnis, das sie nicht loslassen wollte. »Tun Sie es«, bat sie.

»Haben Sie das je zuvor getan?«, fragte er ruhig. »Einen Orgasmus bekommen, meine ich.«

»Ich kenne das Wort nicht.« Sie hatte sich – kurz – mit anderen jungen Damen über Geschlechtsverkehr unterhalten, aber bis auf Diana besaß keine irgendwelche praktische Erfahrung. Und die Gespräche, die sie mit Diana seit deren Heirat geführt hatte, waren bedauerlicherweise bar jeglicher aufregender Details. Diana hatte nur geschwärmt, wie wundervoll es war und dass sie inständig hoffe, dass Lavinia genauso ein Glück zuteil würde, einen Ehemann zu finden, wie sie selbst.

»Es beschreibt die Reaktion Ihres Körpers, wenn er sich in sexueller Befriedigung löst. Stellen Sie sich eine angestaute Erwartungsfreude auf ein Ereignis vor und den freudigen Rausch, wenn dieses Ereignis eintritt.« Während er redete, berührte er sie zart und seine Fingerspitzen glitten über ihr Fleisch.

Sie öffnete die Schenkel und gewährte ihm damit einen besseren Zugang, denn es schien, als sollte sie dies tun. Sie wusste nicht genau, was er vorhatte, doch ihr war klar, dass da mehr sein musste. In ihrem Inneren baute sich diese Vorfreude auf, von der er gesprochen hatte. Sie schlang die Hände um seinen Nacken und hielt sich fest, als er mit den Fingern über ihre Öffnung streichelte.

Genau in dem Augenblick, bevor er sie küsste, sog sie die Luft ein. Der Kuss war nur kurz, aber wundervoll und mit seinem Mund setze er den Weg über ihre Wange fort, wobei er mit seinen Lippen über ihre Haut streifte. Er flüsterte in ihr Ohr: »Ich könnte versuchen, Sie zum Höhepunkt zu bringen – zu einem Orgasmus –, indem ich Sie hier berühre.« Er drückte die Finger an den Ansatz ihrer Scheide und bewegte sie vor und zurück, womit er eine köstliche Reibung erzeugte. »Oder ich könnte meinen Finger – oder mehrere Finger – in Sie hineinschieben und Sie auf diese Weise zum Höhepunkt kommen lassen. Was würden Sie bevorzugen?«

Oh Gott, wie sollte sie das bloß wissen? »Kann ich beides wählen?«

Er lachte leise. »Lavinia Sie scheitern nie, mich zu überraschen und zu faszinieren. Und mich – in diesem Fall – zu erregen. Wie sehr ich mir wünschte, dass wir einen angemesseneren Ort hätten und weit spärlicher bekleidet wären. Ich würde Ihnen all die Möglichkeiten zeigen, wie ich Sie kommen lassen könnte. Mit meinen Fingern. Mit meinem Mund. Mit meinem Schaft.«

Guter Gott, er war ein Wüstling. Seine Worte entflammten ihren bereits erhitzten Körper. Sie war versessen darauf, zu kommen, diese Sache zu spüren, über die er da sprach. »Es ist mir egal, was Sie unternehmen, aber tun Sie es bitte.« Sie umklammerte seinen Nacken und brachte ihn dazu, sie anzuschauen. »Bitte.«

Sein Blick war dunkel und verführerisch, als seine Finger sich langsam über ihr Geschlecht bewegten. Er konzentrierte sich auf den vorderen Bereich und rieb ihr Fleisch. Mit jedem Streicheln wuchs ihre Erwartungsfreude an. Dann küsste er sie erneut und legte seine Lippen auf ihre, während er mit der Zunge tief in ihren Mund drang.

Einen Augenblick später ahmte er mit den Fingern die Bewegungen seiner Zunge nach und glitt in ihre Scheide. Sie stöhnte, als die Lichter hinter ihren Augen zu tanzen begannen und ihre Beine wacklig wurden. Er schob den Finger in sie hinein und zog ihn wieder zurück, zunächst langsam und dann legte er an Geschwindigkeit zu. Dann stieß er mit seinem Daumen auf die andere Stelle und drückte darauf, während er immer wieder in sie drang.

Seine Bewegungen wurden schneller, bis er sich mit seiner Hand für einen Moment auf die Außenseite konzentrierte, bevor er mit seinem Finger – oder waren es jetzt mehrere Finger? – wieder in sie drang. Er bewegte sie vor und wieder zurück, und während er seine Richtung abwechselte, nahm ihre Leidenschaft im Gleichklang zu. Sie war so kurz vor dem, was er beschrieben hatte. Sie konnte es in ihren Knochen spüren, im Blut, das durch ihren fiebrigen Körper pulsierte.

Er brach den Kuss ab und presste die Lippen an ihr Ohr. »Komm für mich, Lavinia.«

Mit einem kräftigen Stoß drang er in sie ein und presste seinen Handballen gegen sie. Sie wusste genau, was er mit dem Wort erlösen meinte. Ihr Körper fühlte sich an, als würde er entzweibrechen. Ihre Muskeln spannten sich fest an und krampften sich überall zusammen, wo die Empfindung in ihr tobte. Dann kam die Erlösung und es war ein Loslassen all der Ekstase, die sich in ihr angestaut hatte. Aber seine Hand hielt nicht still und sie spannte sich erneut an. Und wieder wimmerte sie. Sie war dankbar für den Baum in ihrem Rücken, denn sie wäre mit Sicherheit zu Boden gesackt. Weiter und weiter setzte es sich fort und er verführte sie mit seiner Hand zu schwindelnden Höhen, von deren Existenz sie nicht einmal geträumt hatte.

Dann endlich sackte ihr Körper in sich zusammen. Erschöpft rang sie nach Atem. Seine Hand war von ihr verschwunden und ihre Röcke sanken um ihre Beine herab. Er trat einen Schritt zurück und bückte sich, um etwas vom Boden aufzuheben. Sein Handschuh, erkannte sie. Sie hatte nicht einmal bemerkt, dass er ihn ausgezogen hatte. Und dann seinen Hut. Daran erinnerte sie sich.

»Das war eine äußerst schlechte Idee«, erklärte er und seine Stimme klang ziemlich angespannt.

»Vielleicht.« Lavinia rückte ihre Haube zurecht und darauf ihre Brille sowie das Kleid. Ihr Gesicht war wahrscheinlich gerötet, aber dagegen war nichts zu machen. Hoffentlich würde eine kühle Brise sie ein wenig abkühlen. »Ich werde es allerdings nicht bedauern und ich hoffe, dass Sie es auch nicht tun.« Sie zuckte zusammen. »Es sei denn … Ich hätte Sie nicht drängen sollen, das zu tun.« Sie hatte nicht gedrängt. Sie hatte *gebettelt*. Sie war absolut schamlos.

Er kehrte zu ihr zurück und nahm ihre Hand, womit er sie vom Baum fortzog. »Meine liebe Lavinia, wenn ich es nicht hätte tun wollen, hätte ich es nicht getan. Aber jetzt müssen Sie gehen. Wir sind schon zu lange weg und ich kann nur hoffen, dass unsere Abwesenheit – zur gleichen Zeit – nicht bemerkt worden ist. Sie gehen zurück und ich werde später folgen. Ich werde sowieso einer der Letzten sein, da ich mit Felix fahre.«

Seine Worte ergaben Sinn. Und stimmten sie auch ein klein wenig ängstlich. Was, wenn ihre Abwesenheit bemerkt worden war? Sie waren nicht *so* lange weg gewesen, aber offensichtlich lange genug …

»Ich wollte mich wirklich für heute bedanken und jetzt habe ich sogar noch mehr Grund dazu.« Sie sah ihn mit einem frechen Lächeln an und küsste dann seine Wange. »Sie sind ein gutherziger Gentleman, so wie Fanny und

Sarah sich den betörenden Herzog vorgestellt hatten. Ich bedauere, Ihnen unterstellt zu haben, etwas anderes zu sein.«

Ein Sturm braute sich in seinen Augen zusammen. »Ich bin trotzdem ein Wüstling, Lavinia. Bevor Sie das vergessen, sollten Sie sich einmal vor Augen halten, was hier passiert ist. Gutherzige Gentlemen verführen unverheiratete Frauen nicht im Wald.«

»Haben Sie das getan? Ich bin diejenige, die Sie gebeten hat, weiterzumachen. Vielleicht habe ich Sie verführt.« Sie hob eine Schulter und dann drehte sie sich um und ging davon, wobei sie sich in höchstem Grade befriedigt fühlte.

Ja, aus ihrer Perspektive war aus dem Verführer gerade der Verführte geworden.

～

Als Beck und Felix in dessen Kutsche in die Stadt zurückfuhren, setzte ein leichter Nieselregen ein. »Ich bin froh, dass ich nicht den offenen Einspänner genommen habe«, bemerkte Felix mit einem Blick aus dem Fenster.

Beck nickte kaum zur Antwort. Sein Verstand war von Lavinia besessen, und seine Übertretung sowohl als auch dem unerfüllten Verlangen, das immer noch in seinem Körper vibrierte.

»Ich kann immer noch nicht glauben, dass sie vor allen gevögelt haben.«

Beck blinzelte Felix durch die Kutsche hinweg an. »Was?«

Felix hielt die Arme vor der Brust verschränkt, während er seine Beine so weit wie möglich ausgestreckt hatte. »Das hat endlich deine Aufmerksamkeit geweckt.«

»Wer hat gevögelt?« Beck hatte Angst zu fragen – was, wenn jemand sie beobachtet hatte? Aber nein, Felix hätte unverzüglich etwas gesagt, und sie saßen bereits beinahe eine Viertelstunde in der Kutsche.

»Niemand. Ich habe nur herauszufinden versucht, ob du zuhörst.« Felix sah Beck argwöhnisch an. »Was zum Teufel stimmt heute nicht mit dir? Du hast den ganzen Nachmittag vor dich hingebrütet.«

»Nicht den *ganzen* Nachmittag.« Eigentlich nicht, bis er mit der Herzogin von Kendal gesprochen hatte.

»Sei kein Dummkopf. Was ist los?«

»Nichts.« Beck zuckte innerlich zusammen und dachte, dass es vielleicht angenehm sein könnte, sich auszusprechen und Felix war jemand – einer der wenigen Menschen eigentlich –, dem er vertrauen konnte.

Felix' Lippen pressten sich zu einem geraden Strich zusammen. »Du bist in letzter Zeit recht geheimnistuerisch geworden. Und ich habe bemerkt, dass du für eine Weile verschwunden warst. Wie auch Lady Lavinia.«

Mist. Wenn es Felix aufgefallen war, wer hatte es dann noch bemerkt?

»Mach dir keine Sorgen«, beruhigte Felix ihn. »Ich bezweifle, dass irgendjemand aufgepasst hat. Ich habe das aus dem einzigen Grund kombiniert, weil ich dich in den letzten paar Wochen mit ihr gesehen habe. Da spielt sich etwas zwischen euch ab.« Er löste seine verschränkten Arme vor der Brust und winkte ab. »Oh, du kannst es leugnen oder ignorieren oder so tun, als wäre es nichts, aber ich bin nicht dumm. Und wenn ich es sehe, musst du dich fragen, wer das außerdem noch tut.«

»Ihre Eltern.«

Felix starrte ihn an. »Was?«

»Ihre Eltern werden es bemerken. Das ist der Punkt. Es wird von mir erwartet, ihr den Hof zu machen.«

Felix machte große Augen und sein Kiefer erschlaffte. »Du planst zu heiraten? Das scheint eine bedeutende Sache, die du vielleicht deinem engsten Freund anvertrauen möchtest.«

»Ich habe nicht vor, zu heiraten. Ich werde erpresst.« Beck stieß die Luft aus und rieb sich mit der Hand über das Gesicht. Er sank in das Rückenpolster und streckte die Beine vor sich aus. »Ich habe ein Geheimnis und ihre Eltern benutzen es als Druckmittel gegen mich. Ich soll ihr den Hof machen, um andere anzuregen, ihre Brautwerbung zu beschleunigen.«

»Was ist das für ein Geheimnis?«

»Ich hätte es dir schon früher erzählen sollen. Ich bin der betörende Herzog.«

Felix stieß einen Pfiff aus. »Ich will verdammt sein. Ich wusste, dass du schreiben kannst, aber von dir hätte ich mir so etwas nie vorgestellt.« Er beugte sich ein wenig vor. »Warum hast du es getan?«

Beck drehte den Kopf und starrte zum Fenster, wo der Regen in dünnen Rinnsalen am Glas hinablief. »Ich wollte diesen jungen Damen helfen, die übersehen werden, und die eine Chance auf Glück verdient haben.«

»Auf dem Heiratsmarkt. Den du verabscheust.« Sein Ton war voller Unglauben. »Ich verstehe es immer noch nicht.«

»Ich glaube nicht, dass ich dir je erzählt habe, warum ich den Heiratsmarkt hasse.«

»Ich vermutete, dass es wegen Priscilla war. Weil sie dein Herz gebrochen hat. Du hast geschworen, niemanden zu heiraten.«

»Das war irgendwie wahr. Allerdings steckte noch mehr hinter meiner Bitterkeit. Meine Schwester Helen ist auf dem Heiratsmarkt gescheitert.« Er richtete den Blick wieder auf Felix, als die Düsternis in ihm aufwallte. »Es war allerdings mehr als das. Die Menschen waren grausam und ich fange an, mich zu fragen, ob sie von einem Schurken getrieben worden ist, das Undenkbare zu vollziehen.«

Felix erbleichte. »Deine Schwester ist gestorben. Du sagst, sie –«

Beck zögerte, obwohl es so schien, als hätte Felix die Wahrheit erraten, was er nach Becks Aussage auch sollte. Dennoch handelte es sich um eine Sache, über die seine Familie nicht sprach, und es laut auszusprechen würde diese Familienschande ans Licht befördern. Bis einige Jahre nach dem Tode seiner Mutter hatte Beck nicht einmal wirklich gewusst, was eigentlich passiert war. Dann, in einem Anfall der Verzweiflung, hatte sein Vater alles erzählt.

»Ja, sie war vergiftet und sehr wahrscheinlich durch ihre eigene Hand. Oder so schien es meinen Eltern jedenfalls. Meine Schwester hatte davon gesprochen, keine weitere Saison mehr aushalten zu wollen, und ihrer Einsamkeit und dem Leiden ein Ende setzen zu wollen. Sie war schon immer eine schwermütige Natur gewesen und sie schien davon vereinnahmt.« Becks Kehle schnürte sich zu. Er erkannte dieses Gefühl von Einsamkeit, von Hilflosigkeit und völliger Finsternis. Aber es verschlang ihn nicht. Noch nicht jedenfalls. Nicht, solange er die Musik und Worte hatte, um sich vom Abgrund fernzuhalten.

»Sie hat sich selbst das Leben genommen.« Felix wischte sich mit der Hand über die Stirn. »Ich hatte keine Ahnung. Und warum sollte ich – du würdest das nicht bekannt machen wollen.« Er lehnte sich auf seinem Platz zurück. »Du glaubst, ein Mann hatte sie zu dieser Tat getrieben?«

Beck stützte die Ellbogen auf die Knie und ließ den Kopf in die Hände sinken. »Ich weiß nicht, was ich glauben soll. Ich weiß nur, dass zwei Frauen ihr gesagt hatten, sie sei tot besser dran, und dass sie von einem Mann verfolgt wurde und dann an Gift gestorben ist. Es ist meinem Vater nie richtig erschienen.«

»Du würdest gern wissen, was passiert ist«, sagte Felix leise.

Beck hob den Kopf ein wenig an und starrte zu seinem Freund hinüber. »Würdest du das nicht?«

»Ja. Wie kann ich helfen?«

Beck stieß die Luft aus und ließ den Kopf in die Hände sinken. »Ich weiß es nicht. Heute habe ich herausgefunden, wer diese beiden Frauen sind. Ich würde sie gern fragen, was sie wissen. Ich möchte wissen, wer dieser Mann war.«

»Das würde ich auch gern«, entgegnete Felix. »Wer sind diese Frauen und wie können wir Informationen von ihnen bekommen?«

Beck raffte sich zu einer sitzenden Position auf und lehnte den Kopf nach hinten an die Rückenlehne. »Ich habe darüber nachgedacht – daher meine Brüterei.« Letzteres sprach er mit einem ironischen Ton aus und reizte Felix damit zu einen kurzen Lächeln. »Ich denke, ich werde ein Gedicht schreiben, das an sie gerichtet ist.«

»Verdammt, das ist brillant.« Felix setzte sich aufrechter. »Nicht eines deiner typischen Gedichte natürlich.«

»Nein. Dieses wird einen ganz anderen Zweck verfolgen.«

»Wie wird sie das veranlassen, mit dir zu sprechen?«, fragte Felix. »Du hast deine Identität geheim gehalten und ich kann mir nicht vorstellen, dass du sie in dieser Sache enthüllen willst.«

»Nein. Das ist der Teil, den ich auszutüfteln versuche.«

Felix legte den Kopf schief. »Was wäre, wenn du das Gedicht als Hebel benutzen würdest? Indem du drohst, weiter über sie zu schreiben, es sei denn, sie erzählen dir, was sie über Helen wissen.«

Das war keine schlechte Idee. »Und wie werde ich das kommunizieren? Ich kann das nicht in die Zeitung setzen.«

»Nein, aber du kannst ihnen über die Zeitung einen Brief schreiben – also werden sie nicht wissen, wer ihn geschrieben hat.«

Es war allerdings auch keine großartige Idee. »Wenn ich mich nach Helen erkundige, glaubst du dann nicht, dass sie es ausknobeln können?«

»Verdammt. Natürlich werden sie das.« Felix stieß seinen Kopf gegen das Polster. »Du brauchst einen Mittelsmann – jemanden, der sie fragen kann, was sie wissen, ohne die Spur auf dich zurückzulenken.«

»Nun, wenn dir jemand einfällt, lass es mich bitte wissen. Ich schrieb inzwischen an meine Schwester Margaret und fragte sie, ob sie sich an einen Gentleman erinnerte, der Helen Aufmerksamkeit geschenkt hatte. Die beiden hatten regelmäßig miteinander korrespondiert und ich hoffe, dass Helen ihr etwas erzählt haben könnte.«

»Das hoffe ich auch.« Es herrschte einen Augenblick Stille, ehe Felix fragte: »Was willst du dann tun?«

Sobald er einmal herausgefunden hätte, wer seine Schwester umworben und sie vielleicht dazu getrieben hatte, sich das Leben zu nehmen? Er wusste es nicht. »Ich will die Wahrheit. Bis ich sie nicht habe, kann ich nicht sagen, was ich tun werde.«

Felix nickte langsam. »Ich werde dir beistehen, komme, was da wolle.« Er sagte dies mit solch einer Vehemenz, dass es Beck ganz warm ums Herz wurde.

»Danke.«

»Nun zu Lady Lavinia«, setzte Felix an und lenkte die Unterhaltung damit abrupt in eine weitaus unbeschwertere Richtung. Aber war dem wirklich so? Beck hatte die

Schicklichkeit auf spektakuläre Weise verletzt und er befürchtete, dies liebend gern erneut zu tun. Was bedeutet, dass er sich von ihr fernhalten sollte. Verdammt, er sollte sich sowieso von ihr fernhalten. Sir Martin würde sie besuchen und binnen einer Woche, von jetzt an gerechnet, konnte sie sehr gut verlobt sein. Ihre vorgetäuschte Werbung wäre nicht länger erforderlich.

»Da gibt es nichts mit Lady Lavinia. Ich habe dir erzählt, dass es eine vorgetäuschte Werbung ist.«

»Daran, mit jemandem für eine Viertelstunde zu verschwinden, ist nichts vorgetäuscht«, bemerkte Felix mit einem sardonischen Heben der Augenbraue.

Beck sah finster drein. »Für heute habe ich genug enthüllt, denke ich.«

»Na gut.« Felix fiel für geraume Zeit in ein barmherziges Schweigen. Als sie sich allerdings der Stadt näherten, nahm er ihr Gespräch wieder auf. »Vielleicht ist es an der Zeit, dass du der Liebe eine zweite Chance gibst. Die Sache mit Priscilla war vor schrecklich langer Zeit.«

Es war nicht so, dass Beck ihr keine Chance gegeben hätte. Er war ihr einfach nie begegnet. Und die Begierde, die er nach Lavinia verspürte, war keine Liebe. Er begehrte sie – sehnlichst – aber Liebe?

Beck beäugte seinen Freund. »Du könntest deinen eigenen Rat beherzigen. Aber andererseits denke ich nicht, dass du ihr jemals auch nur eine erste Chance gegeben hast.«

Felix´ Blick wurde eisig und Beck konnte die Kälte spüren. »Nein, das habe ich nicht und das plane ich auch nicht.«

Beck wusste das natürlich, aber Felix hatte ihn gedrängt und verdammt, er würde zurückdrängen. Allerdings war er nicht so dumm, diese Sache weiter zu treiben. Trotz all seiner Frohnatur und der Fähigkeit für Vergnügen zu sorgen, wo immer er auch auftauchte, gab es eine Mauer um Felix´ Herz, die niemand durchdrang. Nicht einmal sein engster Freund.

Beck ließ sich für die restliche Fahrt zurücksinken und konzentrierte seine Gedanken darauf, was er schreiben könnte. Sobald er zuhause war, würde er das Gedicht verfassen – welche bessere Möglichkeit gab es schon, seine Wut und Frustration in gewisse Bahnen zu lenken? Und seine unbefriedigte Lust.

KAPITEL 12

»*I*ch denke, dass dies außerordentlich gut verlaufen ist!«, erklärte Lavinias Mutter mit einem strahlenden Lächeln, sobald Sir Martin gegangen war. Sie hatte in einer Ecke gesessen, aber ihre Habichtaugen waren auf Lavinia und Sir Martin geheftet gewesen, als die beiden geplaudert hatten. Nach einer Viertelstunde hatte Lavinia ihn zu einer Runde durch den Garten aufgefordert, um die beständige Gegenwärtigkeit ihrer Mutter ein wenig zu lindern.

»Ja«, war das Einzige, was Lavinia über die Lippen brachte.

»Worüber habt ihr im Garten gesprochen?«, fragte die Komtess, als Lavinia sich vom Sofa erhob.

»Wissenschaft.« Damit wäre sichergestellt, dass ihre Mutter sich nicht nach Einzelheiten erkundigte. Und sie hatten tatsächlich über Wissenschaft gesprochen – hauptsächlich Astronomie, obwohl Sir Martin ihr einige Fragen über die Charlton Sandgrube gestellt hatte. Er hatte sich erkundigt, welche Stätten sie außerdem gern besuchen würde und schien interessiert daran, sie zu begleiten. Das sollte sie eigentlich mit Freude, wenn nicht Aufregung erfüllen, denn es schien, als ob eine Verbindung mit ihm es zulassen würde, ihrer Passion für Geologie weiterhin nachzugehen.

Und dennoch fühlte sie sich ein klein wenig … leer. Seit gestern dachte sie an fast nichts, außer Beck. Die Art, wie er mit ihr geflirtet hatte. Die Art, wie sein Blick sich direkt in ihre Seele zu bohren schien. Die Art, wie er sie berührt hatte – mit einer berauschenden Mischung aus Ehrfurcht und Begierde.

»Du würdest ihn also akzeptieren?«, fragte ihre Mutter.

»Oh ja«, antwortete Lavinia, deren Verstand vollkommen auf den blonden Wüstling mit den graugrünen Augen konzentriert war, der ihr Herz gestohlen hatte.

Ihr Herz? Hatte er das getan?

»Lavinia!«

Sie zwinkerte und riss damit ihren Verstand aus der Umwölkung. »Ja?«

»Du musst dich für den Park fertigmachen.« Ihre Mutter verdrehte die Augen. »Meine Güte, Mädchen, manchmal denke ich, dass du in einer anderen Welt lebst.«

Weil dies manchmal dem Leben in deiner Welt vorzuziehen ist.

Lavinia sah sie mit einem reizenden Lächeln an und eilte nach oben, um ihre Garderobe zu wechseln und ein Ausgehkleid für den Park anzuziehen. Würde Beck zugegen sein? Sie hoffte es.

Nachdem sie ihr Kleid mit weitaus mehr Sorgfalt als gewöhnlich ausgewählt hatte, traf sie sich mit ihrer Mutter unten in der Halle und zusammen spazierten sie zum Hyde Park. Sir Martin würde heute nicht dort sein, er hatte sich bereits für seine Abwesenheit entschuldigt. Lavinia erwartete, dass andere Gentlemen auf sie zukommen würden, aber sie hielt nur nach Beck Ausschau.

Sie entdeckte ihn nicht sofort, aber andererseits trug sie auch ihre Brille nicht, weshalb sie die meisten Menschen nur verschwommen wahrnahm. Dennoch war sie imstande, ihn trotz ihrer Kurzsichtigkeit an seiner Statur und Haltung zu erkennen, und es hatte den Anschein, als wäre er nicht da.

Nun gut, es war noch früh. Sie entdeckte allerdings Jane Pemberton, die mit einem Lächeln auf sie zukam. »Guten Tag, Lady Lavinia. Können wir einen kurzen Spaziergang machen?« Sie sah zu Lavinias Mutter.

Lavinia kümmerte es nicht, was ihre Mutter dachte. Aufgrund von Sir Martins Besuch war die Komtess sowieso noch immer in einer unbesonnenen Hochstimmung, also würde Lavinia die Situation ausnutzen. »Ja.« Sie hakte sich bei Jane unter und zusammen spazierten sie den Weg entlang.

»Du bist ziemlich populär geworden«, bemerkte Jane. »Ich habe so viele wundervolle Dinge über deinen gestrigen Picknick-Ausflug gehört. Es tut mir so leid, dass ich ihn verpasst habe.«

»Das tut mir auch leid. Es war ein großartiger Spaß.« Ihre Gedanken schweiften zum besten Teil ab und schnell zügelte sie sich, ehe sie sich noch vollständig und unwiederbringlich in dieser Gedankenwelt verlor.

»Und dennoch reden die Leute am allermeisten über dieses Gedicht im *Chronicle* von heute Morgen.«

»Welches Gedicht?« Lavinia hatte es nicht gelesen und ihre Mutter hatte keine Bemerkung gemacht. Also bezweifelte sie, dass es von Beck war. Und dennoch, wer sonst sollte wohl Poesie im *Morning Chronicle* veröffentlichen?

Jane machte große Augen. »Du hast es nicht gelesen?«

»Ich lese den *Morning Chronicle* nur selten.«

»Nicht einmal seit der Herzog seine Gedichte an dich richtete? Ich sehe jeden Tag nach, um mich zu vergewissern, dass er nicht wieder über mich geschrieben hat. Es ist so bemerkenswert, dass er nur dieses eine Mal über mich geschrieben hat. Ich denke, ich bin die Einzige, der er nur ein Gedicht gewidmet hat, nicht dass mir das etwas ausmacht, natürlich. In Wahrheit ist es fast so, als wäre ihm klargeworden, dass ich seine Aufmerksamkeit nicht mag und er deshalb damit aufgehört hat.«

Lavinia beherrschte ihren Gesichtsausdruck, um nicht zu verraten, dass Jane dies richtig kombiniert hatte. »Wäre das nicht sehr originell von ihm?« Sie lenkte das Thema vom betörenden Herzog weg. »War das heutige Gedicht über jemand Neues?«

»Mit der größten Sicherheit. Es war insgesamt eine neue Art von Gedicht. Tatsächlich wurde es möglicherweise nicht vom betörenden Herzog verfasst, da der Autor es nicht unterschrieben hat.« Sie warf Lavinia einen wissenden Blick zu. »Ich muss allerdings glauben, dass er es war. Die Kadenz und der Sprachgebrauch sind zu ähnlich.«

Was hatte Beck geschrieben? Sie wollte nach Hause eilen und die Zeitung mit eigenen Augen lesen. »Von wem handelte es?«

»Der Autor hat das nicht ganz deutlich gemacht, aber sein Gebrauch der Anfangsbuchstaben und die Beschreibung des Benehmens der Subjekte, veranlasst die meisten zu dem Glauben, dass es über Lady Abercrombie und Lady Kipp-Landon verfasst wurde.«

Sie waren enge Freundinnen und zwei der schlimmsten Klatschbasen, mit den giftigsten Zungen in ganz London. Lady Kipp-Landon konnte liebenswert sein, vor allem in Abwesenheit von Lady Abercrombie, aber Lavinia war darauf bedacht, sich deutlich auf Abstand zu ihnen zu halten.

Sie war noch immer verwirrt. Er – wenn es Beck war – hatte offensichtlich nicht über die beiden geschrieben, um ihnen bei der Suche nach einem Ehemann behilflich zu sein. Beide Frauen waren verheiratet, mit Kindern gesegnet und Mitte dreißig. »Du sagtest, es sei eine andere Art von Gedicht.«

»Es heißt *Die Vernichtung eines Pärchens bösartiger Papageien*.

Lavinia blieb die Luft im Halse stecken.

Vernichtung. Ihr Wort. Das war mit großer Sicherheit Beck. Warum hatte er es geschrieben? Sie sah sich um und fragte sich, ob sie ihn heute treffen würde – *hoffentlich* würde sie ihn treffen.

»Nun, das klingt recht unschmeichelhaft.«

Jane schürzte die Lippen. »Meiner Meinung nach verdienen sie es. Sie sind zwei der voreingenommensten Harpyien der Gesellschaft. Lady Abercrombie bemüht sich in den meisten Fällen nicht einmal, nett zu sein. Sie würde eher jemanden offen schneiden. Vor zwei Jahren habe ich sie beobachtet, wie sie eine junge Dame zu Fall gebracht hatte, die als einer der funkelnden Juwelen der Saison erachtet wurde. Ich hatte versucht, ihr entgegenzutreten und sie zur Rede zu stellen, aber meine Mutter hatte es mir nicht erlauben wollen.« Jane winkte ab. »Wie dem auch sei, wir sollten unsere Zeit nicht damit verschwenden, über sie zu sprechen, selbst wenn wir in ihrer wohlverdienten öffentlichen Schmach schwelgen.« Sie drehte das Gesicht Lavinia zu. »Wir sollten allerdings über Phoebe Lennox sprechen.«

Lavinia war für den Themenwechsel dankbar, obwohl ihre Gedanken wahrscheinlich an diesem Gedicht festhalten würden – zumindest bis sie eine Gelegenheit hatte, mit Beck darüber zu sprechen. »Oh? Ist morgen nicht ihre Hochzeit?«

»Das ist sie. Ich habe Phoebe gestern Abend getroffen und sie war überaus verzweifelt. Sie sagte, sie hätte Sainsbury gesehen, wie er sich äußerst intim mit einer anderen Frau unterhalten hat.«

Sich nur unterhalten machte doch nichts. »Was meinst du mit intim?«

»Sie waren sich sehr nahe, haben sich an den Händen berührt und so weiter. Phoebe sagte, sie hätte beobachtet, wie er sich zu ihr gelehnt und ihr etwas ins Ohr geflüstert hat und dann hat er die Frau auf den Hals geküsst.« Jane verzog den Mund in tiefer Missbilligung. »Wenn es wahr ist – und warum sollte Phoebe lügen –, ist es ekelhaft.«

»Was wird Phoebe unternehmen?«, fragte Lavinia. »Es ist nicht so, dass sie es abblasen könnte. Die Hochzeit ist morgen.«

Wie grauenvoll, einen Mann heiraten zu müssen, den man der Untreue verdächtigt. Es kam natürlich vor und viele Frauen waren ebenfalls untreu – ihr kam Lady Fairwell in den Sinn – aber Lavinia hoffte, dass dies in ihrer Ehe nicht passierte. Ein Gefühl des Unbehagens beschlich sie. Beck hatte, all seinen schmeichelhaften Attributen zum Trotz, vielen Frauen zur Untreue verholfen.

»Ich weiß es nicht«, antwortete Jane mit Besorgnis.

»Sie war gestern Abend eher am Schwanken. Ich hatte gehofft, dass sie heute hier wäre, aber ich kann sie nicht entdecken.«

»Vielleicht wird sie heute Abend auf dem Sutton Ball sein.«

»Das bezweifele ich, da die Hochzeit am Morgen stattfindet.« Jane kniff die Augen zusammen. »Aber ich werde nach Sainsbury Ausschau halten und er sollte sich besser benehmen.«

Lavinia sah Jane mit hochgezogener Augenbraue an. »Dieses Mal wirst du dich nicht zurückhalten?«

Jane stieß die Luft aus. »Wenn meine Mutter in der Nähe ist, wird sie es versuchen. Aber das werde ich auch.« Sie zwinkerte Lavinia zu, die zur Antwort lächelte.

Sie kehrten zu Lavinias Mutter zurück, die mit Mr. Chapman wartete. Er war einer der Gentlemen, die gestern ihr Interesse an Lavinia bekundet hatten. Er war ein Witwer mit zwei kleinen Kindern und einem kleinen Anwesen in Kent. Er war sehr angetan, als er hörte, dass Lavinia gern im Freien war, da es seinen Kindern ebenso erging.

Lavinia war nicht sicher, wie sie dazu stand, eine gesamte Familie anzunehmen, und schon gar nicht, ohne seine Sprösslinge kennengelernt zu haben. Dennoch war er sehr nett und besaß ein charmantes Lächeln, obwohl es ihm an Kopfbehaarung mangelte, was sie wusste, da sein Hut gestern irgendwann verrutscht war.

Während ihres Spaziergangs hielt sie weiter nach Beck Ausschau und wurde fortgesetzt enttäuscht. Sie konnte auch Sarah oder Fanny nicht entdecken und als sie zu ihrer Mutter zurückkehrte, war sie mehr als bereit, nach Hause zu gehen. Sie wusste, dass sie ihre Freundinnen heute Abend auf dem Ball treffen würde. Sie hoffte nur, auch Beck dort zu treffen.

Sie hatten so viel zu besprechen, nicht zuletzt, ob er zwei der schlimmsten Klatschweiber der Gesellschaft *vernichtet* hatte. Lavinia war begierig, den Grund dafür zu erfahren.

~

*D*as Gedicht über Lady Abercrombie und Lady Kipp-Landon war das vorherrschende Thema des Sutton Balls. Es schien, als ob niemand irgendeinen Zweifel hatte, über wen der Autor das Gedicht verfasst hatte.

Gut.

Beck hatte sie nicht mit Namen nennen, aber ihre Persönlichkeit auch nicht abschirmen wollen. Er hatte keine Ahnung, was dabei herauskäme, aber er war froh, dass die Untaten der beiden schlimmsten Klatschweiber der Gesellschaft in aller Munde waren.

Kurz nach seinem Eintreffen hatte er den folgenden Austausch zweier Frauen mittleren Alters mit angehört: »Es war auch an der Zeit, dass irgendjemand sie einmal ordentlich zurechtstutzte. Ich wage zu behaupten, dass ihr gesellschaftlicher Terminkalender recht spärlich ausfallen wird und das hätte in Wirklichkeit schon seit einiger Zeit der Fall sein sollen.«

»Aber alle haben solche Angst vor ihnen und ihresgleichen gehabt. Ich vermute, dass andere, die so sind wie sie, sich auf ähnliche Weise geschnitten fühlen werden.«

»Dann werden sie vielleicht einfach ihr Benehmen ändern.«

»Das kann man nur hoffen.«

In der Tat.

Dennoch fühlte er sich nicht gänzlich befriedigt. Nichts

davon hatte ihm geholfen, etwas über die Identität des Mannes herauszufinden, der Helen verfolgt hatte.

Aber vielleicht war seine Unzufriedenheit auch auf eine zweite Quelle zurückzuführen. Er hatte an diesem Abend einen weiteren Gesprächsfetzen aufgeschnappt:

»Sir Martin hat sie heute Nachmittag besucht. Es scheint, als sei eine Verlobung in Sicht.«

»Der betörende Herzog hat wieder einmal für Erfolg gesorgt!«

Er fühlte sich nicht besonders erfolgreich. Er fühlte sich hohl, als er Lavinia beobachtete, die mit Sir Martin tanzte.

Sie war wunderschön, obwohl sie die Hälfte der Zeit damit zubrachte, durch den Ballsaal zu blinzeln. Er hoffte bei Gott, dass Sir Martin ihr erlauben würde, ihre Brille zu tragen, nachdem sie geheiratet hatten.

Nachdem sie geheiratet hatten?

Verdammt, er konnte nicht so an sie denken, wenn sie mit einem anderen Mann verheiratet wäre. Und so sicher wie die Hölle konnte er sie keinen Augenblick länger in den Armen eines anderen Mannes ansehen.

Er wirbelte auf dem Absatz herum und verließ den Ballsaal auf der Suche nach Suttons Bibliothek. Sie befand sich im hinteren Bereich des Hauses im Erdgeschoss und war durch ein Wohnzimmer zugänglich, womit sie sich ziemlich weit entfernt von den Festivitäten im oberen Stockwerk befand. Das passte ihm ausgezeichnet.

Noch besser war allerdings, dass Sutton eine wohlbe-stückte Anrichte besaß. Beck schenkte sich ein Glas Whiskey ein, das er in kürzester Zeit austrank.

Was zum Teufel tat er da? Warum war er nicht einfach gegangen, anstatt hierher zu kommen? Er hatte keine Veranlassung zu bleiben. Er musste nicht vorgeben, Lady

Lavinia noch länger zu hofieren und offen gestanden, waren ihre Nähe und das Wissen, dass sie kurz davor stand, einen anderen zu heiraten, ausreichend, um ihn in seine Zeit als Sechzehnjähriger zurückzuversetzen, als Priscilla außerhalb seiner Reichweite gewesen war. Er stellte das Glas auf der Anrichte ab und drehte sich zum Gehen um. Die Tür der Bibliothek, die in Wirklichkeit so aussah, als ob Sutton sie als Arbeitszimmer benutzte, öffnete sich.

Plötzlich hatte er seine Antwort, warum er nicht nur geblieben, sondern hierhergekommen war.

Lavinia trat ins Zimmer und schloss die Tür hinter sich. »Ich wusste, dass ich Sie in der Bibliothek finde.« Sie sah zu den Bücherregalen. »Irgendwelche guten Bücher über Geologie?«

»Ich habe nicht nachgesehen.« Er konnte allerdings nicht anders, als sie anzuschauen. Er verschlang sie vom Scheitel ihres zimtfarbenen Haars bis zur Sohle der pflaumenfarbenen Spitzenschuhe. Himmel, war er etwa schon wieder hungrig? Ja. Nach ihr.

Sie kam auf ihn zu und ihr Blick entspannte sich, je näher sie kam. »Ich habe gelesen, was Sie in der Zeitung veröffentlicht haben.«

Dass sie wusste, dass er der Verfasser war, hätte ihm klar sein müssen. »Wie können Sie wissen, dass ich der Autor bin?«

Sie legte den Kopf schief und sah ihn mit einem skeptischen Blick an. »Ich bezweifle, darauf antworten zu müssen. Ich habe Ihre Gedichte dutzende Male gelesen. Ich kenne Ihren Schreibstil. Und so ergeht es auch anderen.«

Er zuckte innerlich zusammen. Das hatte er befürchtet, aber was machte das schon aus? Es war nicht so, dass irgendjemand wusste, dass er der betörende Herzog war.

Er zuckte mit den Schultern. »Das kümmert mich nicht besonders. Es musste getan werden.«

Sie trat vor ihn hin und nahm seine Hand. Er spürte die Wärme durch ihre Handschuhe und wünschte, sie mit einem Ruck von diesen Accessoires befreien zu können. Sie fand seinen Blick. »Warum?«

»Sie haben meine Schwester verletzt. Vor Jahren. Sie haben ihr gesagt, dass sie tot besser dran wäre.« Er wusste nicht, warum er ihr das erzählte. Die Worte purzelten einfach aus seinem Mund.

Sie legte die Stirn in Falten und berührte sein Gesicht und ihre, von weißer Baumwolle umhüllten Fingerspitzen streiften über seinen Wangenknochen und Kiefer. Für einen kurzen Moment schloss er die Augen und genoss ihre Liebkosung.

»Es tut mir so leid«, flüsterte sie. Auf ihren Zehenspitzen stehend streifte sie mit ihren Lippen über seine.

Er wich zurück. »Lavinia. Sie haben es selbst gesagt – wir sollten uns nicht weiterhin in Bibliotheken treffen.«

»Das war vor gestern.« Ihre Augen wurden dunkel vor Verlangen und sein Körper reagierte – er wurde hart und versteifte sich vor Lust. »Ich kann nicht aufhören, darüber nachzudenken, was passiert ist. Was Sie getan haben.«

»Gestern war ein bedauerlicher Fehler. Ich bin viel zu weit gegangen.«

Sie machte schmale Augen. »Ich habe Sie darum *gebeten*.«

»Ja, nun. Ich hätte nicht auf Sie hören sollen. Und ganz besonders jetzt sollte ich das nicht tun. Nicht, wenn es den Anschein hat, als stünde Ihre Verlobung mit Sir Martin unmittelbar bevor.«

»Das tut sie nicht.«

Sein Magen sackte ihm in die Kniekehlen. »Sie sind bereits verlobt?«

Sie stemmte die Hände in die Hüften und starrte ihn an. »Nein, aber würde das helfen? Sie scheinen kein Problem damit zu haben, sich auf Affären mit verheirateten Frauen einzulassen.«

Das war ein Schlag in die Magengrube und ihm blieb die Luft weg. »Lavinia, ich werde keine Affäre mit Ihnen haben.« Selbst als er diese Worte sagte, fragte er sich, ob er tatsächlich imstande wäre, nein zu sagen. Sie hatte recht. Er hatte keine Schwierigkeiten, sich mit verheirateten Frauen einzulassen. Plötzlich fühlte er sich gründlich von sich selbst angeekelt.

Sie stieß die Luft aus und entspannte ihre Arme, die sie seitlich herabhängen ließ. »Wie soll ich jemand anderen heiraten, nach allem, was zwischen uns gewesen ist?«

Der Schmerz in seiner Magengrube breitete sich in ihm aus. Davon würde er sich nicht übermannen lassen. Er straffte sich und holte tief Luft. »Ich wünschte, ich könnte ändern, was passiert ist. Sie haben weitaus Besseres verdient. Ich habe unsere Freundschaft genossen, aber mehr kann es nicht sein. Ich bin nicht die Sorte, die heiratet, Lavinia.« Er verbesserte sich. »*Lady* Lavinia.«

Sie starrte ihn einen langen Moment an. »Ich glaube nicht, dass wir eine Freundschaft aufrecht erhalten können. Wissen Sie, ich möchte gar nichts daran ändern, was passiert ist und zu wissen, dass Sie das tun, stimmt mich traurig. Außerdem scheint es für mich klar, dass wir uns zueinander hingezogen fühlen und Sie haben gerade gesagt, dass Sie unsere Freundschaft genießen. Ich denke, Sie könnten die Sorte zum Heiraten sein, wenn Sie wollten.« Ihr Blick war dunkel vor Enttäuschung und etwas anderem, worüber er nicht näher nachdenken wollte. »Es tut mir leid, dies muss ein Auf Wiedersehen sein.« Sie machte kehrt und schritt zur Tür, wo sie den Kopf drehte, um ihn anzuschauen, bevor sie ging. »Auf Wiedersehen, Lord Northam.«

In dem Moment, in dem sie gegangen war, trat er an die Tür und lehnte den Kopf gegen das Holz. Er wollte sie. Aber er konnte gegenwärtig über diese Finsternis hinaus nichts sehen. Dieser Zustand verschlang ihn, bis er das Gefühl hatte, nicht mehr atmen zu können.

Er war nicht sicher, wie lange er dort gestanden hatte, aber schließlich öffnete er die Tür und flüchtete aus dem Gebäude. Er ging nach Hause und vergrub sich in einem Gewirr aus Worten und Whiskey.

Gage weckte ihn früh und überredete ihn leise und aufmunternd, nach oben zu gehen, ein Bad zu nehmen und sich anzukleiden. Warum belästigte Gage ihn? Beck wollte nirgendwohin gehen. Er war viele Male auf dem Sofa in seinem Arbeitszimmer betrunken eingeschlafen.

Blinzelnd öffnete Beck seine schweren Augenlider und sah sich um, wobei sein Blick auf die leere Whiskeykaraffe und das umgefallene Glas fiel, die neben dem Sofa auf dem Teppich lagen. Blätter von Schreibpapier übersäten den Fußboden am Ende des Sofas.

»Die Hochzeit ist heute Morgen, Mylord«, erklärte Gage leise.

Hochzeit. Oh Gott, heiratete sie bereits? Ein Gefühl der Bedrängnis und Reue pulsierte mit erstaunlicher Wucht durch seine Adern und trieb ihn in eine sitzende Position. Sein Kopf pochte im Takt mit seinem Herzschlag.

»Wo?«, krächzte Beck.

»St. George's natürlich.« Gage sah ihn besorgt an, wie immer nach einem Abend wie dem letzten.

Moment. Letzten Abend. Er hatte sie gerade gestern Abend gesehen und sie hatte gesagt, nicht verlobt zu sein. Noch nicht jedenfalls. Und ganz bestimmt hatte er ihr keinen Grund geliefert, es nicht zu tun.

Er fasste sich mit einer Hand an den Kopf und fing an, seine Schläfe zu massieren. »Es ist nicht Lavinias Hochzeit?«

Die Furchen auf Gages Stirn vertieften sich noch. »Nein, es ist Miss Lennox Hochzeit.«

Beck sackte vor Erleichterung zusammen und die Kopfschmerzen nahmen um einige Grade ab. Natürlich, es war Miss Lennox. Er beabsichtigte, ihr zuzusehen, wie sie aus der Kirche käme, und mitzuerleben, wie sie zu einem glücklichen Leben aufbrach.

»Ihr habt nicht viel Zeit«, drängte Gage. »Die Köchin bereitet einen Trank gegen die Kopfschmerzen vor. Ich werde ihn nach oben bringen, während Ihr Euch ankleidet.«

Mit beträchtlicher Anstrengung erhob Beck sich vom Sofa. »Vielen Dank.« Als er sich seinen Weg die Treppe hinauf kämpfte, dachte er an Lavinia. Er befürchtete, sich wie ein Mistkerl aufgeführt zu haben. Nein, er *war* ein Mistkerl. Es stimmte, was er gesagt hatte – er war nicht die Sorte, die heiratete. Und dennoch konnte er den Gedanken einfach nicht ertragen, dass sie jemand anderen heiratete. Die Angst, die er gerade bei der Vorstellung verspürt hatte, dass ihre Hochzeit heute Morgen sei … Das wollte er nicht noch einmal fühlen.

Nachdem er den Trank geschluckt, gebadet und sich angekleidet hatte, ging er in sein Arbeitszimmer zurück und kritzelte eine Nachricht. Sein Pferd wartete draußen, aber anstatt ihn nach Osten in Richtung St. Georges zu tragen, wandte Beck sich nach Westen zum Grosvenor Square.

Nachdem er die Nachricht dort im Baum versteckt hatte, ritt er zur Park Street, um das Band, das er in seinem Frack bei sich trug, am Eisenzaun gegenüber von Lavinias Haus zu befestigen. Er stand einen langen

Augenblick einfach dort und sah zu ihrem Zimmer hinauf, während er sie in seinen Gedanken bat, ans Fenster zu kommen. Aber es war noch früh und sie kam nicht.

Jetzt ritt er nach Osten und als er gegenüber der Kirche eintraf, wartete er. Es war ihm wieder leichter ums Herz geworden, sobald er die Nachricht verfasst hatte und er hatte sich besser gefühlt, nachdem das Band gegenüber Lavinias Haus befestigt war. Miss Lennox glücklich verheiratet zu sehen, würde seine Stimmungslage wieder ins Gleichweicht bringen und ihn aus der Finsternis führen.

Er wartete weiter.

Nach einiger Zeit fing er an, sich Sorgen zu machen. Dann kamen die Leute – es war eine kleine Gruppe – aus der Kirche, bestiegen ihre Kutschen und fuhren davon. Ein Gefühl der Beunruhigung legte sich um seine Brust.

Beck stieg von seinem Pferd und band es an einen Pfosten, ehe er die Straße überquerte. Ein Gentleman verließ gerade die Kirche und sah ihn an. »Northam?«

Beck lenkte seine Aufmerksamkeit von der Tür weg und dreht sich zu dem Mann um. Es war Lord Haywood. Aufgrund dessen, was Beck jetzt wusste, musste er einen Drang zurückkämpfen, dem Mann ins Gesicht zu schlagen und ihn zu Boden zu stoßen. Um ihn dann gründlich zu treten.

»Wenn Sie wegen der Hochzeit gekommen sind, vergessen Sie es.« Haywoods Stimme troff vor Hohn.

»Nein, ich bin nur vorbeigekommen«, entgegnete Beck und verbarg seine Abneigung gegen den Mann im Interesse der Erlangung von Informationen. »Wessen Hochzeit?«

»Mein Cousin, Sainsbury. Seine Braut hat sie abgesagt, dieses lächerliches Mädchen.« Haywood schürzte die

Lippen. »Einem Mädchen sollte so etwas nicht erlaubt sein.«

Was war passiert, um Miss Lennox umzustimmen? Die Vorfreude, die Beck noch vor einigen Augenblicken empfunden hatte, löste sich in einem Nebel der Unbehaglichkeit auf. »Warum nicht?«

»Weil es eine Verpflichtung ist«, erklärte Haywood. »Und Verpflichtungen sollten in Ehren gehalten werden.« Er war so dreist, über das Eingehen von Verpflichtungen zu sprechen und sich daran zu halten, nachdem er die Herzogin von Kendal ausgenutzt und im Stich gelassen hatte?

Beck musste seine Hände an die Seiten pressen, sonst hätte er den Mann geschlagen. »Ich muss annehmen, dass sie einen guten Grund hatte.« Becks Gefühl von Unbehaglichkeit nahm zu und es hatte nichts mit Haywoods Mangel an Selbsterkenntnis zu tun.

Haywood schnaubte. »Sie hat sich selbst überzeugt, einen zu haben. Das alberne Ding wird das allerdings bedauern.« Er sah zur Kirche zurück. »Ah, hier ist mein Cousin.« Er drehte sich um und Beck nutzte die Gelegenheit, zu verschwinden.

Er bestieg sein Pferd, ritt nach Hause und seine Gedanken kreisten um die Frage, was möglicherweise passiert sein mochte, um Miss Lennox zu veranlassen, die Hochzeit abzusagen. Er übergab sein Pferd einem Stallknecht und stieg die Eingangsstufen hinauf, als ein Diener die Tür öffnete.

Gage stand in der Eingangshalle. »Der Earl of Ware ist im Wohnzimmer.« Er hielt seine Hand für Beck ausgestreckt, um dessen Hut und die Handschuhe entgegenzunehmen.

»Was zum Teufel will Felix so früh hier?« Und er hatte auf Becks Rückkehr gewartet?

»Er besteht recht beharrlich darauf, Euch zu sehen.«

Erneut nahm die Unruhe zu, die in Beck brodelte. Er dreht sich um und trat in das Wohnzimmer, wo er Felix vor dem Fenster stehend antraf. »Ich war schon drauf und dran, hinaus in die Eingangshalle zu kommen.«

»Was ist so verdammt wichtig, dass du um diese Zeit hier bist?«

»Was ist so verdammt wichtig, dass du es nicht warst?«

»Ich bin ausgegangen.« Warum sollte er es ihm nicht sagen? Felix kannte sein Geheimnis bereits. »Ich bin unterwegs gewesen, um zuzusehen wie Miss Lennox nach der Hochzeit die Kirche verlässt. Sie hat allerdings nicht geheiratet. Offenbar hat sie die Hochzeit abgesagt.«

Felix machte große Augen. »Warum?«

»Das weiß ich nicht. Ich habe den Cousin des Bräutigams – Haywood – angetroffen und er hat keinen Grund genannt.« Beck musste sich fragen, ob sie in erster Linie überhaupt nicht hatte heiraten wollen. Er kam nicht umhin, als an Lavinias anfängliche Entrüstung über diese Einmischung in ihr Leben und das der anderen Damen zu denken. Er hätte sie in Ruhe lassen sollen. Die Düsternis, die er vorhin erfolgreich verbannt hatte, senkte sich erneut über ihn.

Felix runzelte die Stirn und seine Miene wurde grimmig. »Du wirkst nicht glücklich.«

»Wegen mir ist sie die Verbindung mit Sainsbury eingegangen.«

Felix zog die Augen zusammen. »Das ist absurd. Hast du sie in eine kompromittierende Position befördert, die sie zur Heirat gezwungen hat?«

»Wenn du es so hinstellst, klingt es absurd.« Er ließ sich von der Düsternis übermannen, obwohl er es eigentlich – normalerweise – besser wusste. Seit er die Dinge mit

Lavinia gestern Abend verdorben hatte, fühlte er sich allerdings in einer tiefen Erregung gefangen. »Dennoch habe ich eine Rolle gespielt. Wenn nicht wegen meiner Poesie hätte sie Sainsbury vielleicht nicht angelockt ... und was immer geschehen war, um sie zur Absage der Hochzeit zu veranlassen, wäre vielleicht nicht passiert.«

»Anstatt dir den Kopf über etwas zu zerbrechen, was du vielleicht beeinflusst hast oder auch nicht, sollten wir unsere Aufmerksamkeit einer Sache zuwenden, die ganz und gar auf deine Idiotie zurückzuführen ist.«

Innerlich zuckte Beck unter der Wucht von Felix´ Zorn zusammen. »Was habe ich verbrochen?«

»Was du nicht getan hast, ist wahrscheinlich die bessere Frage. Sir Martin wird heute um Lady Lavinias Hand anhalten. Ihr Vater hat der Verlobung bereits zugestimmt.«

Oh verdammt. Beck wurden die Knie weich. »Wie hast du davon erfahren?«

»Gestern Abend im Club hat Sir Martin sein großes Glück verkündet.«

Nun musste Beck sich setzen und er ließ seinen Körper auf einen Stuhl sinken.

»Warum setzt du dich?« Felix trat einen Schritt auf ihn zu und sein Blick loderte. »Du hast keine Zeit zu verlieren.«

Er hatte Lavinia bereits verloren. Was machte die Zeit da schon für einen Unterschied? »Wozu?« Er wandte den Blick von Felix ab.

»Guter Gott, Mann. Dein ausweichendes Verhalten von neulich hat Bände gesprochen. Es ist offensichtlich für mich, dass du sie gern hast, und zwischen euch ist etwas. Wenn du sicher bist, dass sie nichts für dich empfindet, dann ist dort vermutlich nichts zu machen. Wenn du allerdings eine Chance auf Glück hast, meinst du nicht, dass du es dann versuchen solltest, bevor es zu spät ist?«

Beck legte den Kopf schief und sah Felix mit einer Leidensmiene von der Seite an. »Dass du mir einen Ratschlag in Herzensangelegenheiten anbietest, ist sehr verblüffend, meinst du nicht?«

Felix warf die Hände in die Luft. »Ich bin kein Experte, das ist wahr. Aber ich musste nach Priscilla dein Elend mitansehen und ich weiß, wie sehr du dich in deine Gedanken versteigen kannst. Ich möchte dich lieber nicht für eine Reihe von Wochen oder Monaten verlieren. Außerdem bist du nicht *ich*. Du bist William Beckett und du brauchst Liebe in deinem Leben – du *willst* Liebe. Willst du diese Frau?«

Er brachte es nicht fertig, zu lügen. »Ja.« Das Wort war ein Krächzen, ein gebrochenes Flehen.

»Dann geh und erobere sie dir.«

Beck zögerte nicht. Er sprang vom Stuhl auf und fand Gage noch immer in der Halle … noch immer seine Handschuhe und Hut haltend. Beck schnappte sie sich und eilte zur Tür hinaus – und in die Zukunft.

KAPITEL 13

Liebliches Lied! Eine Blume durch ihre Worte erblüht.
Liebliches Antlitz! Trübsal ihrer Liebe erliegt.
Allmächtiger Himmel! Schwarze, grausame Nacht wird sie
nehmen
von denen, die sich von ihrem Liebreiz erleuchtet wähnen.

-Aus Eine Ode an Miss Rose Stewart
Von Der betörende Herzog

Lavinias Mutter trat geschäftig in ihr Schlafzimmer. »Es ist Zeit, aufzuwachen, Liebes. Das müssen ja grauenhafte Kopfschmerzen sein. Du schläfst nie so lange.« Sie schob die schweren Vorhänge auf und trat an Lavinias Bett.

Lavinia rollte sich herum, um dem Blick ihre Mutter auszuweichen und stieß die Luft aus. »Ja. Und ich werde den Tag vielleicht im Bett verbringen.« Welchen Grund hatte sie schon, aufzustehen? Sie schloss die Augen zum Schutz gegen das unbarmherzige Tageslicht.

»Oh nein, nicht heute. Heute ist der Tag, an dem du dich verloben wirst!«

Lavinia riss die Augen auf und sie schoss im Bett hoch, um sich zu ihrer Mutter umzudrehen. »Was?«

»Sir Martin hat sich gestern Abend im Club an deinen Vater gewandt und ihn gefragt, ob er heute um deine Hand anhalten dürfte. Ist das nicht wundervoll?«

Nein, das war *grauenhaft*.

Warum? Sie hatte bereits entschieden, dass er ihre beste Option war.

Aber sie wollte ihn nicht. Sie wollte Beck. Der sie nicht wollte.

Sie widerstand dem Drang, ihren Kopf unter das Kissen zu stecken. »Um welche Zeit wird er kommen?«

»Meine Güte, du klingst nicht gerade sehr begeistert, aber andererseits hast du auch gesagt, dass du den Tag im Bett verbringen wolltest.« Ihre Mutter zog die Augenbrauen zusammen und runzelte die Stirn. »Bist du immer noch krank?«

»Ja.« Sie war wirklich krank. Oder sie fühlte sich, als ob sie es sein konnte.

»Nun, ruh dich ein bisschen aus und ich lasse dir Schokolade und Brötchen nach oben bringen.« Gelegentlich konnte ihre Mutter recht fürsorglich und rücksichtsvoll sein. »Ich bin sicher, dass Sir Martin noch nicht so bald vorsprechen wird.«

Sie sah Lavinia mit einem ermunternden Lächeln an, bevor sie ging.

Mit einem Stöhnen ließ sich Lavinia zurück in die Kissen sinken und starrte zur Decke hinauf. Wut und Traurigkeit tobten in ihr, während sie Beck mit allen Arten schlechter Gedanken belegte. Ein paar Minuten später kam ein Dienstmädchen mit einem kleinen Tablet herein, das sie auf dem Tisch vor dem Fenster mit Blick auf die Straße darunter abstellte.

Nachdem sie gegangen war, kroch Lavinia aus dem Bett und trottete zum Tisch. Sie nahm ein Brötchen und knabberte an einer Ecke, als sie den Vorhang in der Hoffnung beiseite zog, dass das Wetter, passend zu ihrer trostlosen Stimmung, draußen grau und regnerisch war.

Ein blaues Band, das am Zaun vor dem Haus auf der gegenüberliegenden Straßenseite befestigt war, ließ ihr Herz ins Stocken geraten.

Beck.

Was zum Teufel tat er? Gestern Abend war er deutlich gewesen – sie hatte nichts von ihm zu erwarten. Es sei denn, er hatte seine Meinung geändert.

Sie musste es erfahren.

Wenn sie nach ihrer Zofe klingeln und sie bitten würde, sie zum Ausgehen anzukleiden, könnte sie nicht unbemerkt aus dem Haus schlüpfen. Und wenn sie irgendjemandem sagen würde, wohin sie ginge, würde man es ihr nicht erlauben. Ihre Mutter würde darauf bestehen, dass sie zu Hause blieb und auf Sir Martins Eintreffen wartete.

Was bedeutete, dass sie sich allein anziehen musste. Unwichtig. Sie besaß Garderobe, die sie ohne Hilfe anziehen konnte. Es wäre ein schlichterer Aufzug, aber sobald sie ihr Cape umgelegt hätte, würde sie zurechtgemacht aussehen.

Sie arbeitete schnell und schaffte es, sich in erstaunlich kurzer Zeit ausgehfertig zu machen. Aber andererseits war sie auch außerordentlich motiviert. Nun würde die Kunst daraus bestehen, sich aus dem Haus zu schleichen, ohne Aufmerksamkeit zu erwecken. Damit fiel die Haupttreppe als Alternative aus. Ihre Mutter saß wahrscheinlich lauernd im vorderen Wohnzimmer, um Sir Martins Ankunft zu beobachten, obwohl sich diese wohl in den nächsten paar Stunden noch nicht ereignen würde.

Oh, Sir Martin. Sie fühlte sich schlecht, weil sie ihn nicht heiraten wollte. Er war ein netter Gentleman – wenngleich einen Anflug zu überheblich –, aber verglichen mit Beck wäre es, als würde man sich mit einer Kartoffelpastete zufrieden geben, wenn vielleicht gerösteter Lammbraten verfügbar wäre.

Sie musste sich vergewissern, ob das Lamm aufgetischt war.

Lavinia ging zur Tür und musste zurücktreten, da diese sich nach innen öffnete. Carrin machte große Augen, als sie Lavinias Aufzug zur Kenntnis nahm. »Oh, Ihr seid bereits angekleidet.«

Lavinia zog Carrin ins Zimmer und lugte in den Korridor, um sich zu vergewissern, dass niemand dort war, ehe sie die Tür schloss. »Ich muss ausgehen«, erklärte Lavinia, die erkannte, dass sie sowohl Carrins Hilfe gebrauchen als ihr auch ein Geheimnis anvertrauen konnte.

»Das kann ich sehen«, entgegnete Carrin mit einem Anflug von Sarkasmus, der Lavinia zum Lächeln brachte.

»Ich habe nicht erkannt, dass Sie so drollig sein können, Carrin. Ich muss mich hinausschleichen. Meine Mutter darf nicht erfahren, dass ich gehe.«

Abermals riss Carrin die Augen auf, allerdings nur kurz. »Ihr bittet mich um meine Hilfe?«

»Ja, bitte.«

Carrin sah sie mit einem schlauen Blick an. »Gebt mir Euren Hut, die Handschuhe und das Cape. Ich werde sie heimlich nach unten schmuggeln. Und hinaus zu den Ställen.«

Nach und nach begriff Lavinia Carrins Plan. »Ich werde in den Garten hinausgehen und mich dann zurück zu den Ställen stehlen.«

»Wo ich mit Euren restlichen Kleidungsstücken warte und im Nu könnt Ihr Euch auf den Weg machen.«

Lavinia starrte ihre Zofe bewundernd an. »Wie kommt es, dass ich Ihren scharfsinnigen, durchtriebenen Verstand nie erkannt oder gewürdigt habe?«

Carrin zuckte die Schultern. »Offensichtlich ist das noch nie zuvor notwendig gewesen.«

Lavinia zog ihre Handschuhe aus. »Nun, jetzt bin ich zutiefst dankbar dafür.«

Kurze Zeit später schaffte Lavinia es ohne Zwischenfall bis in den Garten. Sie hatte das Glück, der Aufmerksamkeit ihrer Mutter ganz und gar zu entgehen. Carrin wartete bei den Ställen und half Lavinia, ihre Kleidung anzulegen. »Soll ich Euch nicht begleiten, Mylady?«

Lavinia schüttelte den Kopf. »Ich werde nur für ein paar Minuten weg sein.« Sie musste nur schnell zum Grosvenor Platz laufen und wieder zurück. Es sei denn … was wäre, wenn er auf sie wartete, wie er es schon einmal zuvor getan hatte?

Sie würde es nicht wissen, bis sie dort war. Ein Gefühl der Ungeduld überkam sie, als Carrin versuchte, eine Nadel an ihrem Hut zu befestigen. Lavinia hob ihre Hand. »Die Nadeln sind nicht so wichtig. Ich bin sicher, dass er halten wird.«

Carrin sah zum Himmel auf. »Es ist ein bisschen windig.«

»Dann werde ich ihn festhalten«, erklärte Lavinia.

Nachdem sie der Zofe noch einmal gedankt hatte, verließ Lavinia die Stallgasse und trat auf die Park Street hinaus. Sie legte ein flottes Tempo vor, als sie zur Grosvenor Street lief und dann zum Square, während ihr bewusst wurde, dass sie unbegleitet unterwegs war. Wenn irgendjemand sie sehen würde, könnte das einen kleinen

Skandal nach sich ziehen. Vielleicht *hätte* sie Carrin mitnehmen sollen …

Sie umklammerte ihren Hut und hielt ihn auf ihrem Kopf fest, als sie Grosvenor Square erreichte und rasch zu dem Baum marschierte, während sie die Umgebung mit Blicken durchforstete. In ihrer Hast hatte sie ihre Brille nicht mitgebracht, was sie jetzt bedauerte. Sie hatte keine Ahnung, ob irgendjemand von ihren Bekannten sie sehen konnte – aber glücklicherweise waren nur ein paar Leute unterwegs.

Es war auch nirgends ein Zeichen von Beck, was sie entmutigend fand. Aber sie hatte immer noch den Baum … Sie schob ihre Hand in die Öffnung und zog einen gefalteten Briefbogen hervor.

Meine liebste Lavinia,

Ihr Herz schnürte sich zusammen und plötzlich fiel ihr das Schlucken schwer. Das klang nicht nach einem Mann, der sie nicht wollte.

Ich fürchte, ich war bei unserem Gespräch gestern Abend etwas voreilig. Ich hoffe, ich kann heute im Park mit Ihnen sprechen. Ich freue mich darauf, Sie zu sehen.
Ihr,
Beck

Ja, *ihrer*.

Allerdings konnte sie nicht warten, bis sie ihn im Park traf. Bis dahin wäre sie mit Sir Martin verlobt. Ohne Zögern machte sie auf dem Absatz kehrt – und abermals musste sie den verdammten Hut festhalten – und fing an, loszugehen, doch dann blieb sie abrupt stehen. Wohin wollte sie? Sie wusste, dass Beck in der Brook Street wohnte, und sie dachte, dass er an der Kreuzung lebte. Aber an welcher?

Mist!

Sie fing an, quer über den Platz in Richtung Brook Street zu laufen und hoffte, dass es einfach offensichtlich würde. Hatte sie nicht ein bisschen Glück verdient?

Dann plötzlich sah sie ihn.

Den Hut tief in die Stirn gezogen kam Beck auf sie zu. Er hielt inne, als er sie entdeckte. Sie musste blinzeln, als sie sich bemühte, seinen Gesichtsausdruck zu erkennen, aber es war hoffnungslos.

Im gleichen Augenblick eilten sie beide aufeinander zu und blickten dabei gleichzeitig umher, um festzustellen, wer sie vielleicht sehen könnte.

»Wo ist Ihre Zofe?«, fragte er brummig. Er sah sich um und dann fixierte er den Blick auf ihr Gesicht. »Und ihre Brille?«

»Ich habe beides zuhause gelassen. Und sagen Sie nicht, dass wir uns später im Park unterhalten, weil wir das nicht können. Bis dahin werde ich mit Sir Martin verlobt sein.«

Er machte große Augen und sie nahm einen Anflug von etwas Unbestimmtem in seinem Blick wahr – Erleichterung möglicherweise? »Sie sind es noch nicht?«

Sie schüttelte den Kopf. »Aber er wird bald vorsprechen.«

Er fluchte im Stillen und drehte sie herum, wobei er ihren Arm mit seinem verhakte. Rasch ging er auf die Brook Street zu.

»Werden wir zu Ihrem Haus gehen?«, fragte sie.

Kurz bevor sie die Kreuzung zur Brook Street überquerten, blieb er stehen und sah sie an. »Das sollten wir nicht.«

»Aber wir müssen.« Sie zog ihn vorwärts, nachdem sie

sich nach dem Verkehr umgesehen hatte, und sie liefen zur Ecke weiter. »Ist das Ihr Haus?«

»Ja.« Schnell geleitete er sie die Treppe hinauf. Die Tür wurde sofort von einem hochgewachsenen, gutaussehenden Bediensteten – dem Butler, wie sie vermutete – geöffnet. Beck warf ihm einen Blick zu, aber er sagte nichts, als er sie in einen großen Salon führte. Sie blieben nicht stehen, bis er sie in einen weiteren Raum im vorderen Bereich des Hauses geführt und die Tür hinter ihnen geschlossen hatte.

Sie sah sich um und wusste sofort, dass es sich um sein Arbeitszimmer oder Musikzimmer oder beides handelte. Es gab einen Schreibtisch, der offenbar häufig benutzt wurde, und mit einer Auswahl an verstreut herumliegenden Federkielen in verschiedenen Größen und einem Stapel Schreibpapier in einer Ecke bestückt war. Da waren auch Bücherregale, die sie sehnlichst durchsehen wollte – selbst, wenn sie wusste, dass er nichts über Geologie besaß. Und schließlich standen in einer Ecke drei Gitarren um einen gepolsterten Schemel herum.

Ihre Füße trugen sie in diese Ecke und sie schob die Vorhänge beiseite, damit sie einen Blick auf den Grosvenor Platz erhielt. »Sie können gerade den Baum erkennen.«

»Ja.«

Sein Blick war intensiv, als er sich gegen die Tür lehnte, wo sie ihn stehen gelassen hatte. Er nahm seinen Hut ab und ließ ihn mit einem Wurf zu seinem Schreibtisch segeln, doch er verfehlte sein Ziel.

»Lavinia.« Noch nie hatte ihr Name so verführerisch oder wundervoll auf seinen Lippen geklungen. »Ich bin kein Gentleman. Ich habe mich mit verheirateten Frauen eingelassen, ohne Gedanken an ihre Ehemänner.

Trotzdem – und vielleicht zum Teil deshalb – habe ich

jungen Damen wie Ihnen zu helfen versucht, ihr Glück in der Ehe zu finden. Und dennoch scheint es, als ob ich die Ehe in schlechten Ehren halte. Ich kann mir das nur damit erklären, wie meine Schwester behandelt wurde. Das Leben einer Frau … ihre ganze Existenz ist davon abhängig, ob sie heiratet und das ist äußerst ungerecht.«

Sie hätte nicht noch perfekter mit seiner Meinung übereinstimmen können und dennoch war sie sich nicht hundertprozentig sicher, was er damit sagen wollte. Sie sagte nichts und wartete, ob er darauf zu sprechen käme.

»Miss Lennox hat abgesagt. Heute Morgen hat keine Hochzeit stattgefunden.«

Sie vernahm die Qual in seiner Stimme und wusste, dass er sich verantwortlich fühlte. Erneut ging sie zu ihm zurück und spürte, wie ihr Hut wieder einmal rutschte. Mit einem gemurmelten Fluch schleuderte sie ihn in die gleiche Richtung, wie er den seinen.

Sie setzte ihren Weg fort, bis sie vor ihm stand. »Es ist nicht Ihr Fehler.«

Sein Blick war leer. »Wäre ich nicht gewesen, hätte sie sich vielleicht nicht mit Sainsbury verlobt.«

»Das hätte sie vielleicht nicht getan. Oder vielleicht doch.« Lavinia zog eine Schulter hoch. »Sie sollten sich nicht selbst quälen.« Und dennoch konnte sie erkennen, dass er genau das tat. Nach und nach gelang es ihr, einen Blick auf eine andere Seite dieses Mannes zu erhaschen und es war eine Seite, die er sehr gut versteckt hielt.

Sie legte ihre Hand auf seine Brust und spreizte die Finger über den Frackaufschlägen. »Jane Pemberton hat mir erzählt, Miss Lennox hätte Sainsbury mit einer anderen Frau gesehen – das ist nicht Ihr Fehler«, wiederholte sie und sah mit ernstem Blick zu ihm auf. »Warum haben Sie mich gestern Abend abgewiesen?«

»Weil es das Richtige war.«

»Werden Sie mich heute abweisen?« Sie drückte die Hand kurz in seine Brust. »Wenn Sie das tun, gibt es kein Zurück. Sir Martin wird kommen und ich werde ja sagen müssen. Wenn nicht, werden meine Eltern jemanden finden, den ich möglicherweise nicht mag.« Sie beobachtet den Sturm in seinem Blick und flüsterte. »Wovor haben Sie Angst?«

»Vor dir.« Die Worte waren kaum zu verstehen. »Und mir.«

»Einzeln oder zusammen? Ich bevorzuge das Letztere und ich glaube nicht, dass du etwas zu befürchten hast.«

»Das weißt du nicht. Ich bin … schwierig.«

Das erkannte sie langsam. »Ich bin geduldig.« Sie lächelte und dachte an ihre eigenen Fehler. »Meistens. Und ganz bestimmt, wenn es darauf ankommt.« Sie sah ihm fest in die Augen und sehnte sich danach, ihn zu küssen. »Mir läuft die Zeit davon, Beck. Was wolltest du mir im Park sagen? Du wirst es jetzt sagen müssen oder überhaupt nicht.«

»Heirate mich.«

Sie hatte diese Worte hören wollen und dennoch konnte sie nicht ganz glauben, dass er sie sagte. Vielleicht, weil er so klang, als ob er auf eine Folterbank gespannt sei. »Verzeih mir, aber dein Angebot klingt nicht besonders verlockend.«

Er rutschte an der Tür hinab, bis er vor ihr kniete. Sein Blick war verletzlich, voller Bedürftigkeit und einer Vielzahl von Emotionen, über die sie nur spekulieren konnte. Der Humor, an dem sie zum Schutz in ihrem Herzen festgehalten hatte, verflüchtigte sich angesichts seiner … Verzweiflung.

»Lavinia, heirate mich. Ich neige zu düsteren Stimmungen und, wie ich sagte, habe ich mich nicht so benommen, wie das ein Gentleman tun sollte. Aber ich kann mir die Zukunft – meine Zukunft – nicht ohne dich vorstellen.«

Seine Worte wärmten und entzückten sie, aber sie würde es ihm nicht leicht machen, nicht einmal angesichts der Qual, die er offensichtlich erlitt. »Wirst du unserer Ehe treu sein?«

»Ich habe an keine andere Frau gedacht oder eine angesehen, seit ich deinen Hals geküsst habe.« Er klang regelrecht überrascht. Aber auch stolz und erfreut. »Ich will nur dich. Ich kann mir nicht vorstellen, jemand *anderen* außer dir zu wollen.«

Sie erschauderte vor Verlangen.

»Ja.« Sie umfasste sein Gesicht. »Ja, ich werde dich heiraten. Jetzt steh auf und küss mich.«

»Ich werde mehr als das tun.« Ungeduldig riss er sich die Handschuhe von den Händen, während er sich erhob, und dann zog er sie in seine Arme, ehe er seinen Mund mit fiebernder Intensität auf ihren senkte. Er grub die Hände in ihren Rücken, als er sie eng an sich presste. Es war das köstlichste Gefühl der Welt, von diesem Mann gehalten zu werden.

Der ihr Ehemann werden würde.

Sie legte die Hände um seinen Nacken und verschlang die Finger mit dem Haar an seinem Hinterkopf. Er tauchte seine Zunge in ihren Mund und sie begrüßte sein Eindringen und erforschte und schmeckte ihn, während sie innerlich von Verlangen erfüllt wurde.

Er bog sie nach hinten und hielt sie an sich gedrückt, als sie die Knie nur ein klein wenig beugte. Er schob seine Hand tiefer, über ihren Hintern, und hielt sie fest, während er sich an sie presste.

Sie stöhnte in seinen Mund und wollte fühlen, was sie neulich in der Sandgrube gefühlt hatte. Er hatte sie für jeden anderen vollkommen ruiniert. Wenn sie den armen

Sir Martin heiratete, würde sie ihn nur mit Beck vergleichen.

Er stellte sie aufrecht hin und, mit einem Blick an ihrer Kleidung herab, trat er zurück. Wortlos zog er ihr die Handschuhe aus, die er beiseite schleuderte, und dann fing er an, ihren Umhang aufzuknüpfen.

Sie erschauderte und dachte, was für ein glücklicher Zufall es doch war, dass sie sich so unkompliziert gekleidet hatte. Vom Zauber gefesselt, mit dem er sie umwoben hatte, nahm sie die Arme von seinem Nacken und ermöglichte ihm damit, sie von ihrer Übergarderobe zu befreien. Er legte das Kleidungsstück sorgfältig über die Rückenlehne eines Stuhls, was – obwohl sehr umsichtig – eine gewisse Anspannung in ihrem Bauch erzeugte. Sie wollte, dass er sich mehr beeilte. Sie wollte von ihm berührt werden. Sie wollte sicher sein, dass dies real war.

Er kehrte zu ihr zurück und drehte sie in der Absicht um, ihr das Tageskleid aufzuschnüren. Es war schnell erledigt und sie spürte, wie der Stoff sich lockerte und die Luft genau oberhalb ihres Korsetts und des Unterhemds über ihre Haut strich. Sie zog das Kleidungsstück nach vorn und ließ es um ihre Füße sinken. Er bückte sich, um es aufzuheben und sie trat aus dem Musselin Stoff. Er trug das Kleid zu dem Stuhl, wo er es sorgfältig über ihren Umhang drapierte.

Sie streifte den Unterrock ab und beförderte ihn mit einem Tritt zur Seite. Als er Anstalten machte, ihn aufzuheben, erklärte sie: »Mach dir um den Rest keine Sorgen. Du bist viel zu methodisch. Bist du sicher, dass du ein Wüstling bist?«

Er hatte eine dunkelblonde Augenbraue hochgezogen, als er in ihre Richtung sah und um seine Mundwinkel spielte ein verführerisches Lächeln, das sie innerlich in Gelee verwandelte. »Ganz sicher. Soll ich es dir zeigen?«

Sie schluckte und brachte nur ein Nicken zustande, denn sie war nicht imstande zu sprechen.

Er umrundete sie und schnürte ihr Korsett auf. Dabei streifte er mit den Lippen über ihren Nacken und traf genau die Stelle, die er vor so vielen Abenden als Allererstes in Evenrudes Bibliothek berührt hatte. Das Korsett, das sie nicht besonders fest hatte zurren können, lockerte sich und rutschte ihr auf die Taille.

Mit seinem Mund setzte er seinen Weg über ihren Nacken fort und bewegte sich an ihrem Ohr hinauf und dann wieder hinunter, um an ihrem Ohrläppchen zu knabbern. Er leckte an ihrem Kiefer entlang und wieder zurück zu ihrem Nacken, während er mit seinen Lippen über ihr Genick streifte. Er fasste sie oberhalb des Korsetts und hielt sie fest gepackte, während er ihren Rücken und die Schultern küsste.

Dann glitt er mit den Händen über ihren Rippenbogen bis zur Unterseite ihrer Brüste. Er umfasste sie durch das Unterhemd und keuchend legte sie den Kopf zur Seite, sodass er freien Zugang zu ihrem Nacken, dem Schlüsselbein und ihrer Schulter hatte. Noch nie war sie jemandem so ausgeliefert gewesen und es fühlte sich wunderbar an.

Mit den Fingerspitzen zupfte er sanft an ihren Brustwarzen, als er ihren Rücken zu seiner Brust zog, wo sie den festen Druck seines steifen Schafts an ihrem Hintern spüren konnte. Sie wollte sich umdrehen und ihn küssen, doch seine Berührung sollte kein Ende nehmen. Ihre Brüste fühlten sich so schwer und voll an und seine Liebkosungen verstärkten diese Empfindung nur noch.

Er zupfte am Saum ihres Halsausschnitts und lockerte ihn, ehe er den Baumwollstoff herabzog und ihre Brüste befreite. Dann lagen seine Hände auf ihrer bloßen Haut. Er war warm und fest, und sie konnte ihr Stöhnen nicht zurückhalten. Sein Vorgehen löste eine Welle des Verlangens in ihrem Inneren aus und brachte sie dazu, ihn *dort* zu wollen. Sie hatte keine Ahnung, dass ihr Körper auf diese Weise funktionierte und jetzt fragte sie sich, was sie außerdem alles nicht wusste. So viele Dinge. Und all diese Dinge würde er sie lehren.

Sie versuchte, sich in seinen Armen herumzudrehen, aber er bewegte eine Hand an ihrem Bauch hinab und hielt sie flach an sich gedrückt.

»Dreh dich nicht um. Noch nicht.« Die Hand auf ihrer Brust zupfte an ihrer Brustwarze und zog an ihrem Fleisch bis sie aufschrie. Durch die Empfindung, die sie schlagartig mit großer Wucht durchfuhr, gaben ihre Beine nach. »Ich habe dich«, flüsterte er an ihrem Ohr. Mit seiner Zunge zog er eine Spur über ihre Haut, während er ihre Brust bearbeitete und seine Hand tiefer rutschen ließ.

Sie spürte einen Luftzug an ihren Beinen und erkannte, dass er ihr Hemd hinaufzog. Sie hielt den Atem an, bis der Stoff hochgeschoben war und sich zusammen mit ihrem Korsett um ihre Taille bauschte. Voller Erwartungsfreude auf das, was als Nächstes kommen würde, öffnete sie ihre Beine.

Seine Finger streichelten sie sanft an ihren Schamlippen. »Dreh deinen Kopf herum und küss mich, Lavinia.«

Sie tat, wozu er sie aufforderte, und er nahm ihren Mund mit dem seinen in Besitz. Er stieß seine Zunge tief in ihren Mund, während er seine Finger in ihre Öffnung schob. Sie wimmerte und war kaum in der Lage zu stehen, doch er hielt sie fest an sich gedrückt, während er ihren Körper mit seinen Händen erweckte.

Er wiegte sich an ihr und wieder konnte sie die Härte seines Schafts an ihrer Rückseite spüren. Im Nu war sie der Agonie der Ekstase erlegen und sehnte sich verzweifelt nach mehr.

Plötzlich hob er sie in seine Arme und trug sie zum

Sofa, auf das er sie legte. Er entledigte sich seines Fracks und zerrte sich die Krawatte vom Hals, bevor er sich herabbeugte und ohne Umschweife ihre Brust in seinen Mund nahm. Er schob ihre Kleidungsstücke tiefer und sie bewegte die Hüften hin und her, als er sie herabzog.

Mit seinen Lippen und der Zunge neckte er ihre Brustwarze … er leckte und lutschte und dann saugte er fest an ihrem Fleisch. Sie umklammerte seinen Kopf und musste sich beherrschen, um ihm nicht das Haar auszureißen. Als die Begierde in ihrem Inneren aufwallte, konnte sie es kaum noch aushalten.

Sie wusste nicht, wie lange er ihre Brüste liebkoste, doch ihre Hüften kreisten mit jedem Lecken und Saugen und sie fing an, sich vom Sofa zu heben. Sie wollte seine Hand erneut zwischen ihren Beinen. Oder noch besser, seinen Schaft.

Aber er tat nichts dergleichen. Stattdessen wanderte er mit dem Mund über ihren Bauch hinab und sie spannte sich an, als sie sich fragte, was er vorhatte. Unglücklicherweise musste sie sich gedulden, während er ihr die Halbstiefel auszog. Sie wurde ungeduldig und überlegte, wie lange er wohl brauchen würde, bis er ihr die Strümpfe ausgezogen hätte, doch er überraschte sie, indem er davon absah.

Er umfasste ihre Knie und zog sie auf dem Sofa hinunter, wo er am Ende kniete. Kurz streichelte er mit den Fingern über ihr Fleisch, ehe seine Lippen auf ihr waren. Sein Kuss war leicht und streifte über ihre Locken. Verlegenheit wallte in ihr auf und sie setzte sich ein Stück weit auf.

»Beck, das kann nicht –«

»Meine Lieblingssache. Ich verspreche es dir. Ich habe dich schon so lange hier schmecken wollen. Lass mich, Lavinia, bitte.« Sein Blick schweifte über ihren gesamten

Körper hinweg, ehe er auf ihre Augen traf, und sie war vollkommen verloren.

Ihr Schamgefühl verblasste angesichts der Heftigkeit seines Verlangens – es war ein Verlangen, das sie ebenfalls empfand. Sie zwang sich, zu entspannen und lehnte sich zurück. Wieder war sein Kuss sanft, es waren nur seine Lippen an ihr, als seine Finger ihre Schamlippen liebkosten. Dann glitt er in sie hinein, während er an dieser Stelle etwas oberhalb saugte, wo er sie neulich berührt hatte. Sie wurde von einem schockierenden Ausbruch der Lust überfallen und bäumte sich vom Sofa auf.

Er presste seine Hand gegen ihr Becken und hielt sie unten, als er über ihren Spalt leckte. Das Gefühl seiner Zunge auf ihr versetzte ihr einen weiteren Ruck, aber er gestattete ihr nicht, sich zu bewegen. Er hielt sie mit den Händen fest und mit seinem Mund gefangen. Und oh, was für Dinge er damit anstellte.

Nie hätte sich Lavinia solch einen Genuss vorstellen können. Seine Taten von neulich hatten ihren Verstand und Körper so vollständig in Besitz genommen, dass sie nie geglaubt hätte, seinesgleichen zu finden. Doch irgendwie war dies besser. Seine Lieblingssache, hatte er gesagt. Gott, es würde auch ihre werden.

In ihren Muskeln baute sich Spannung auf, als seine Finger in ihre Tiefen glitten und er an ihrem Fleisch saugte. Hinter ihren Augen begannen die Lichter zu tanzen und sie warf den Kopf auf dem Sofa zurück.

Er nahm seine Hand von ihrem Becken, um damit ihre Hüfte zu umklammern und dann legte er ihre Beine über seine Schultern, ehe er die Zunge tief in ihr vergrub. Ihr Orgasmus ließ ihren Körper explodieren und alles in ihr spannte sich an, als Welle um Welle der Ekstase über ihr zusammenschlug. Sie schrie wie von Sinnen auf und ihre

Beine zitterten, während er sie für die Dauer des Sturms hielt.

Langsam kam sie wieder zu sich und sie fing an, sich zu winden. Sie lag hemmungslos vor ihm gespreizt da … und warum sollte sie auch nicht? Sie würde seine Frau werden. Und dennoch fühlte sie sich entblößt. Vielleicht, weil er immer noch vollständig bekleidet war.

Er setzte sich auf seine Fersen zurück und sah zu ihr auf, während männliche Zufriedenheit und Lust in seinen Augen glomm. Sie stützte sich auf ihre Ellbogen. »Warum trägst du so viele Kleidungsstücke?«

»Ich kann nicht nackt zu deinem Vater gehen und mit ihm reden.«

Sie warf einen kurzen Blick an ihrem erschöpften Körper hinab. »Glaubst du, ich könnte das?«

Seine Lippen teilten sich zu einem verschmitzten Lächeln. »Nein, aber ich genieße dich in diesem Zustand. Du hast die herrlichsten Brüste.« Er stahl sich an ihrem Körper empor und legte seine Hand um eine ihrer Brüste, während er die Brustwarze in seinen Mund nahm. Wieder pulsierte das Verlangen in ihr, als ob sie nicht gerade davon überschwemmt worden wäre.

Sie schob ihn zwischen ihre Beine hinab und er stöhnte an ihrer Haut.

»Lavinia, wir sollten gehen.«

»Das ist das zweite Mal, dass du mir Vergnügen bereitet hast, und ich hatte keine Gelegenheit, mich zu revanchieren.«

Er hob den Kopf und sah auf sie herab. »Hast du die geringste Ahnung, was zu tun ist?«

Sie schürzte die Lippen. »Nach dem zu urteilen, was ich gerade getan habe und deiner Reaktion, würde ich sagen, dass ich zumindest die *leiseste* Vorstellung habe. Und das war gar nichts. Wenn ich dir vielleicht deine Kleidung ausziehen würde … « Sie nestelte an den Knöpfen seiner Weste und in ihrer Hast riss einer davon ab. Sie verfolgte seine Flugbahn mit ihrem Blick und dann sah sie mit einem entschuldigenden Lächeln zu ihm auf, als sie ihm das Kleidungsstück von den Schultern schob. »Entschuldigung.«

Seine Augen wurden dunkel und er stützte ein Knie zwischen ihre Beine, um sich zu stabilisieren, während er sein Hemd über den Kopf zog. »Du willst mich, Lavinia?«

Sie sah zu seiner Brust auf und fuhr mit den Handflächen über seine erhitzte Haut. »Oh, ja.«

»Dann nimm mich.«

KAPITEL 14

Keines Mannes Scharfsinn den ihren übersteigend
Kein Urteil sie fällt, das geringschätzend oder beleidigend
Sie ist heilig! Ihre Worte gebietend und weisend
Dennoch zartseiden, wie Laute in die Lüfte aufsteigend

-Aus Eine Ode an Lady Lavinia Gillingham
Von Der betörende Herzog

»Ich habe keine Vorstellung, was ich tun soll«, verkündete sie, »aber ich wage zu sagen, dass ich es herausbekommen werde.« Sie legte die Lippen auf seine Brust und ließ ihren Mund zu seiner Brustwarze wandern, die sie leckend umkreiste.

»Oh, ja. Ich wage zu sagen, dass du das fertigbringen wirst.« Er presste die Worte gerade so hervor. Wie er es schaffte, sich unter Kontrolle zu halten, war ihm ein Rätsel. Beinahe hätte er seinen Samen verspritzt, als ihre

Muskeln sich um seinen Finger angespannt hatten und sie in seinem Mund explodiert war.

Er mochte vielleicht ein Wüstling sein, aber er war ein Wüstling auf seinen Knien, der vollkommen dem Kommando einer Frau ergeben war. Dieser Frau.

Sein Knie drückte gegen ihr Geschlecht und sie rieb sich an ihm, wobei sie leise an seiner Brust stöhnte. »Wie kann es sein, dass ich nicht befriedigt bin, nach dem, was du gerade getan hast?«, fragte sie mit einer zarten Unschuld, die ihn zum Lachen gebracht hätte, wenn er nicht so unter Anspannung gestanden hätte. »Bist du vielleicht nicht besonders gut darin?« Dann lachte er doch und es war ein ersticktes Geräusch, das nicht unbedingt an Erheiterung erinnerte. »Das kann nicht richtig sein, denn ich habe es *enorm* genossen.« Zwischen ihren Worten hatte sie ihn geküsst und geleckt und sie brachte ihn mit ihren Erkundungen um den Verstand. Doch jetzt hielt sie inne. »Bin ich vielleicht unersättlich?«

»Gott, das hoffe ich.« Mit einem Grunzen legte er seine Hand um ihren Nacken und drehte ihren Kopf so, dass er sie küssen konnte, und dann trieb er seine Zunge unerbittlich und tief in ihren Mund, als die aufwallende Lust von ihm Besitz ergriff.

Sie umklammerte seine Schultern, als ihr Becken erneut gegen seines kreiste. Er schob sein Knie zurecht und rieb an ihren Schamlippen, worauf sie in seinen Mund keuchte.

Er schob sie zurück und löste sich beinahe rücksichtslos von ihr, als er sich erhob, um sich die restliche Kleidung vom Leib zu reißen. Seine Stiefel landeten in irgendwelchen hinteren Regionen des Zimmers und wahrscheinlich hatte er den Schritt seiner Hose einfach aufgerissen, aber das interessierte ihn nicht.

Als er nackt vor ihr stand, beobachtete er, wie ihr Blick

auf seinen Schaft fiel. Ihre Augen loderten vor Begierde und ihre Zunge schoss hervor und sie leckte sich über die Unterlippe.

Das war genug – mehr als genug, um ihn bis an den Abgrund zu treiben.

Er schob sein Knie wieder zwischen ihre Beine, jedoch etwas tiefer – zwischen ihre Oberschenkel – und er packte sie an den Hüften, um ihren Rücken am Sofa hinauf zu schieben, sodass ihr Oberkörper erhöht war. »Ich würde ja sagen, wir sollten warten, bis wir richtig verheiratet sind, aber das werde ich wohl nicht können, fürchte ich.«

Sie fasst ihn um die Taille und zog ihn zu sich herab. »Ausgezeichnet.«

Er hielt inne und sah ihr in die dunklen Augen. »Aber ich werde jederzeit aufhören, wenn du mich darum bittest.«

»Das ist schön zu wissen, aber augenblicklich bitte ich dich einzig darum, schneller zu machen.«

»Unersättlichkeit ist möglicherweise zutreffend«, murmelte er, kurz bevor er sie küsste.

Sie sog seine Zunge in ihren Mund und stellte damit fortgesetzt ihr natürliches Talent zum Küssen unter Beweis. Er verlor sich vollkommen in den verwegenen Dingen, die sie mit seiner Zunge anstellte.

Und sie brachte es fertig, ihn an sich heranzuziehen, sodass sein Schaft an ihrer Öffnung lag. Sie stöhnte und ihre Finger gruben sich in seine Hüften, als sie sich unter ihm erhob. Gleißende Begierde brach in ihm aus und er musste sich zurückhalten.

Er schob seine Hand zwischen ihre nackten Körper und fand ihren schlüpfrigen Spalt. Er neckte ihr Fleisch und erregte sie, sodass ihr Kuss leidenschaftlicher wurde und sie ihre Beine weiter öffnete.

Die Hand um den Ansatz seines Schafts gelegt, dirigierte er ihn an ihr Geschlecht und führte die Spitze in ihre Scheide ein. Sie war seidig feucht und heiß und er glitt mit relativer Leichtigkeit in sie. Er hatte keine Ahnung, was er bei einer Jungfrau zu erwarten hatte, da es ihm an entsprechenden Erfahrungen mangelte. Je weiter er sich jedoch vorwagte, umso fester wurde sie. Er löste seinen Mund von ihr und stöhnte in Ekstase.

»Geht es so?«, konnte er gerade so hervorpressen.

»Ich denke schon. Es fühlt sich … merkwürdig an.«

»Das ist nicht sehr ermutigend.« Verdammt, er würde nicht lange aushalten. Er musste sich unter Kontrolle bringen. Er stieß in sie hinein, bis er vollständig in ihr war und dann holte er tief Luft und senkte den Kopf, bis er die Stirn an ihre legte. »Halt einfach für einen Moment still.«

»Ich dachte, wir sollten uns bewegen.« Sie hob die Beine und schlang sie um seine Taille. »Oh, das fühlt sich besser an. Du drückst gegen diese Stelle und oh, *du meine Güte*. Ich glaube nicht, dass ich still sein will, Beck.« Sie fing an, ihre Hüften zu bewegen und sein Schaft zuckte in ihren Tiefen.

»*Lavinia*.« Er zog ein Stück weit in ihr zurück, aber nicht ganz heraus und stieß erneut nach vorn. Er versuchte, langsam vorzugehen, doch er befürchtete, bei diesem Vorsatz jämmerlich zu versagen. »Ich möchte, dass dies … angenehm für dich ist.« Er konnte kaum sprechen.

»Es ist äußerst angenehm«, entgegnete sie und klang nicht annähernd so vereinnahmt wie er. »Mach das noch einmal.«

Wieder zog er sich zurück und drang darauf erneut in sie ein. »Das?«

»Oh ja, *das*. Aber schneller. Ich bitte dich immer wieder, dich schneller zu bewegen. Ist das normal?« »Ja, besonders am Anfang. Eines Tages werden wir viel langsamer vorgehen, vor allem, wenn wir nicht in Eile sind, deinen Vater aufzusuchen.«

Sie schnappte nach Luft. »Erwähne ihn nicht ausgerechnet jetzt!«

Gott, was dachte er nur? Er dachte nicht. Sie hatte ihn seiner Fähigkeit des zusammenhängenden Denkens, vollständig beraubt. Er wollte tief in ihren Körper sinken und sich komplett darin verlieren.

Also tat er es.

Er legte die Hand um ihren Nacken und küsste sie mit einem leidenschaftlichen Hunger, als er erbarmungslos in sie drang. Er ließ sich vollkommen gehen und bei jedem Stoß kam sie ihm mit eifriger Begierde entgegen. Er wünschte sich so sehr, dass sie zusammen mit ihm kam, aber er war sehr nah dran.

Er bedeckte ihren Kiefer mit einer Spur aus Küssen und packte ihr Ohrläppchen mit den Zähnen. »Komm mit mir, Lavinia. Ich kann mich nicht länger zurückhalten.«

»Halt dich nicht zurück«, krächzte sie und grub die Finger in sein Fleisch, als sie seinen Hintern packte.

»Nimm mich mit. Bitte.«

Er bewegte sich schneller, immer tiefer. Seine Hoden spannten sich an und das Blut rauschte durch seine Adern, als sein Orgasmus sich zum Höhepunkt aufbaute. Er hob den Kopf von ihrem Ohr und schrie, als er sich erlöste und seinen Samen in sie ergoss.

Er war nicht so von Sinnen, dass er ihre Muskeln nicht spürte, die sich um ihn anspannten, und ihn zusammenquetschen, als sie ebenfalls kam. Sie wimmerte leise und presste die Lippen auf seine Brust, als er sich weiter bewegte.

Er wurde langsamer, aber er hörte nicht auf und brachte sie beide bis zum letzten Ende. Als sie mit

Ausnahme ihres Atmens völlig still war, hielt er inne. Dann fing er an, sich zurückzuziehen.

Doch sie hielt ihn auf sich fest. »Nein, geh nicht. Noch nicht, Ich will nur … einen Moment.«

Er küsste ihre feuchte Stirn, ihre Schläfe, ihr zarte Wange. »Alles, was du willst.«

So lagen sie ineinander verschlungen zusammen, bis ihre Körper sich vollkommen beruhigt hatten. Er spürte ihr Zittern und erhob sich. »Ist dir kalt?«

»Nein, ich bin nur verändert, vermute ich.« Sie warf ihm ein aufreizendes Lächeln zu. »Zum Besseren.«

Die Erleichterung entspannte seinen Körper. Er fühlte sich genauso. »Ich muss mit deinem Vater reden, und dann müssen wir herausfinden, was mit Miss Lennox passiert ist.« Selbst wenn es einzig Sainsburys Verhalten zuzuschreiben war, was ihn bei dem Ruf seines Cousins nicht überraschen würde, lastete ihre abgesagte Hochzeit schwer im Hintergrund seiner Gedanken.

Er machte Anstalten, sich zu erheben, doch dann hielt er inne. »Ist es mir gestattet, jetzt aufzustehen?«

Sie lachte. »Ja.«

Er erhob sich und dann half er ihr auf. Er zog sie fest an sich und küsste sie, wobei ihm klar wurde, dass er dies nach Belieben jederzeit tun könnte, nachdem sie verheiratet waren.

Verheiratet.

Er würde diese Frau heiraten.

Ein Gefühl der Furcht und auch der Vorfreude stieg in ihm auf. Er wäre nicht mehr allein. Als er sich vorstellte, dass seine Tage mit Lavinia erfüllt wären, barst ihm die Brust vor Freude. Er brach den Kuss ab und hob seinen Kopf von ihrem empor. »Ich möchte für dich spielen.«

Ihre Wangen waren gerötet, ihr Atem ging stoßweise. »*Ja*. Wann?«

»Jetzt. Nur für einen Augenblick.« Er entfernte sich von ihr und ergriff seine Lieblingsgitarre. Er ließ die Finger über die Saiten streichen und dann zupfte er ein paar Noten, während sie ihr Unterhemd aufhob und es über ihren Kopf zog.

Er fing an, eines der Lieder zu spielen, die er in neueren Tagen geschrieben hatte – seit er sie getroffen hatte. Es war eine der Melodien, die Gage gefielen.

Sie hielt beim Ankleiden inne und schaute ihn verzückt an.

Als er fertig war, applaudierte sie und ihre Augen leuchteten. »Gibt es keine Worte?«

»Ja, aber ich bin kein großer Sänger.«

»Sagt wer? Singst du für ebenso viele Menschen, wie du spielst?«

Er lachte über den Sarkasmus in ihrem Ton. »Dein Hieb ist wohlplatziert, Mylady. Ich werde ein anderes Mal für dich singen.«

Sie grinste, als sie ihr Korsett aufhob. »Ich werde mich darauf freuen.« Ihr Gesicht nahm einen nachdenklichen Ausdruck an. »Wie lange muss ich warten, bis ich wieder mit dir allein bin?«

Sein Verstand setzte aus. »Nicht lange? Das Aufgebot könnte morgen verlesen werden.« Sie könnten nach dem dritten Sonntag heiraten.

»Zwei Wochen scheint eine Ewigkeit«, bemerkte sie und stellte die gleiche Rechnung an wie er. »Was, wenn du versuchen würdest, eine Sondergenehmigung zu erhalten?« Sie hob die Schulter. »Ich habe dir gesagt, ich bin ungeduldig.«

»Eigentlich glaube ich, dass du versucht hast, mir zu erklären, dass du geduldig bist, aber allmählich erkenne ich die Wahrheit der Dinge.« Er zwinkerte ihr zu. »Ich kann es sicherlich versuchen.« Er trat zu ihr, um ihr

Korsett zu schnüren. Dann richtete er seine Aufmerksamkeit darauf, sich anzukleiden, um sich nicht von ihr ablenken zu lassen. Sein Körper rührte sich bereits ... und es fehlte nicht viel und er würde sie erneut in die Arme schließen.

Sie fing an, ihr Kleid selbstständig zuzuschnüren, doch er eilte herbei, um ihr behilflich zu sein. »Ich kann das machen«, bot er an.

»Vorhin habe ich es allein gemacht. Ich habe mich ganz ohne die Hilfe meiner Zofe angekleidet. Denn ich hatte versucht, mich hinaus zu schleichen.«

»Wie unternehmungslustig von dir.«

Als er fertig war, drehte sie sich zu ihm um. »Ist mein Haar ein Desaster?«

Es hatten sich mehrere Locken gelöst. »Es ist kein Desaster ...« Er ging zur Tür und rief nach Gage.

»Was tust du?«, fragte sie.

Beck stand in der Tür und versperrte Gage die Sicht ins Zimmer. »Bringen Sie bitte einen kleinen Spiegel.«

Gages Miene war undurchdringlich, aber Beck war sicher, dass er wusste, was sich abgespielt hatte. »Sofort, Mylord.«

Nachdem er die Tür geschlossen hatte, drehte sich Beck um und nahm wahr, wie sie ihre Handschuhe mit einem halben Stirnrunzeln umklammert hielt.

Er ging zu ihr und nahm eine ihrer Hände, die er an seinen Mund führte, damit er einen Kuss auf ihr Handgelenk drücken konnte. »Du brauchst einen Spiegel.«

Sie stieß die Luft aus. »Vermutlich.«

Beck zog sich fertig an – der Riss in seiner Hose und sein fehlender Knopf waren überhaupt nicht zu erkennen, doch das Wissen um seine Mangelhaftigkeit und der Umstand, dass ihre Begierde ihn in diesen Zustand gebracht hat, erfüllte ihn mit einer widernatürlichen Befriedigung – als Gage leise an der Tür klopfte.

Beck reagierte auf das Klopfen und nahm den Spiegel von seinem Butler entgegen, wobei er die Tür angelehnt ließ. »Kommen Sie herein, Gage und lernen Sie meine Braut kennen. Dies ist Lady Lavinia.«

»Lavinia, gestatte mir, dir Gage vorzustellen, den besten Butler Englands.«

Sie lächelte ihn an, und war dabei vielleicht ein wenig nervös, was zu sehen er bei ihr nicht gewohnt war. Hatte er einen Fehler gemacht, sie in diesem Moment miteinander bekannt zu machen? Ganz sicher hatte er sie verdammt noch mal in der falschen Reihenfolge vorgestellt. Er vermasselte das vollkommen.

»Ich bin so froh, Sie kennenzulernen, Gage. Vielen Dank für den Spiegel.« Ihr Blick fiel auf den Spiegel in Becks Hand, den er versäumt hatte, ihr zu geben.

Er hielt ihn für sie hoch, damit sie ihr Haar in Ordnung bringen konnte.

»Das Vergnügen ist ganz meinerseits, Mylady«, entgegnete Gage. »Wünscht Ihr, dass ich Euch eine Zofe zur Hilfe schicke?«

»Nein, vielen Dank.« Sie bedachte ihn mit einem Lächeln, als sie die Nadeln in ihrem Haar befestigte und ihre Frisur richtete. Dann richtete sie den Blick auf Beck, um ihm anzudeuten, dass sie fertig war und er gab den Spiegel an Gage zurück.

Beck durchquerte das Zimmer, um seinen Hut zu holen. »Ich werde später zurück sein, Gage. Ich muss gehen und mit Lord Balcombe sprechen.«

»Sehr wohl, Sir«, antwortete Gage mit einem Nicken. »Ich werde die Tagespost bei Ihrer Rückkehr bereithalten. Es ist ein Brief Ihrer Schwester dabei, auf den Ihr, wie ich weiß, gewartet habt.«

Beck blieb abrupt stehen, ehe er bei Lavinia angekommen war, um sie aus dem Zimmer zu führen. Nachdem er Helens Brief aus der Schachtel gelesen hatte, die von seiner Stiefmutter aus Waverly Court geschickt worden war, hatte er an Margaret geschrieben. Das Verlangen, ihn zu lesen, stellte beinahe alles andere in den Schatten, aber er musste Lavinia nach Hause bringen.

»Ich werde ihn später lesen«, antwortete Beck und ein Gefühl der Vorahnung wallte in ihm auf, als er Lavinia durch den Salon und zurück in die Halle führte.

Gage beeilte sich, die Tür für sie beide zu öffnen. »Darf ich der Erste sein, der Ihnen beiden seine Glückwünsche ausspricht?«, sagte Gage mit einem Lächeln, als sie davongingen.

Lavinia drehte den Kopf zu ihm herum und dankte ihm. Als sie auf dem Bürgersteig waren und Richtung Grosvenor Square gingen, bemerkte sie. »Dein Butler gefällt mir.«

»Das ist gut.« Er erging sich in der Überlegung, wie es wäre, ein Haus mit jemandem zu teilen – seinen Bereich – und fing an, sich ein bisschen sonderbar zu fühlen. Er schob die Schuld dafür auf den Brief, der auf ihn wartete. Er wollte ihn sehnlichst lesen. »Warum erwartest du einen Brief von deiner Schwester?«, fragte Lavinia.

»Ich habe ihr wegen Helen geschrieben. Als ich um die Zusendung der Fossilien gebeten hatte, die du von mir bekommen hast, hatte meine Stiefmutter alles mitgeschickt, was sich in der Schachtel befand, einschließlich einem Brief, der von Helen stammte. Darin erwähnte sie, was Lady Abercrombie und Lady Kipp-Landon gesagt hatten – sie sei tot besser dran. Sie hatte auch von einem Gentleman berichtet, der mit ihr getanzt hatte. Er hatte ihr Hoffnung gemacht und ich habe mich gefragt, ob Margaret vielleicht wüsste, wer er war, und was passiert war, um sie ihr zu nehmen.«

»Was zu nehmen?«, fragte sie leise. »Ihre Hoffnung?«

Er nickte und erinnerte sich an seine zierliche Schwester mit ihren grauen Augen und dem dunklen Haar. Sie hatte eine liebreizende und sanftmütige Seele besessen, mit einem sehr trockenen Sinn für Humor, den nur wenige verstanden. »Sie ist einsam und traurig gestorben.«

»Wie ist sie gestorben?« Lavinias Frage wog schwer von Mitgefühl.

Sein Herz krampfte sich zusammen. Er musste um die Worte kämpfen, obwohl er Felix bereits die Wahrheit gesagt hatte. »Sie ist vergiftet worden.«

Lavinia blieb an der Ecke zur Park Street stehen und drehte sich zu ihm um, während ihr Gesicht plötzlich blass wurde. »Jemand hat sie umgebracht?«

»Nein, man war davon ausgegangen, dass sie es selbst getan hat.«

Lavinia hob die Hand an den Mund, als ihr Kiefer kurz aufklappte. »Oh Beck, es tut mir so leid. Warum würde sie … das getan haben?«

Er setzte sich wieder in Bewegung und zog sie sanft mit sich. Er wollte nicht dort stehenbleiben und mitten auf der Straße über diese Sache reden, insbesondere nicht, falls sie bereits Aufmerksamkeit erregten, denn sie waren unbegleitet. »Sie war sehr unglücklich. Verzweifelt, wirklich. Sie hatte kein Glück auf dem Heiratsmarkt – sie war zu schüchtern und zu still. Sie besaß keine Freundinnen wie du.« Seine Stimme nahm einen härteren Ton an.

»Nein, aber sie hatte Feinde. Zumindest waren andere grausam zu ihr. Ich verstehe, warum du dieses Gedicht geschrieben hast.« Sie streichelte seinen Arm, als sie in die Park Street abbogen.

Plötzlich hielt sie inne und ihre Hand grub durch den

Stoff des Fracks in seinen Arm. Sie blinzelte die Straße hinunter. »Ich denke, Sir Martin ist bereits eingetroffen.«

Er sah nach vorn zu ihrem Haus und entdeckte die Kutsche davor. »Zum Teufel verdammt. Das wird unangenehm werden.«

»Wir können uns hinten herum durch die Ställe hereinschleichen und ich lasse dich im Morgenzimmer warten.«

Er sah auf sie herab. »Ich kann dir nicht zumuten, ihnen allein gegenüberzutreten.«

»Willst du Sir Martin wirklich von Angesicht zu Angesicht entgegentreten?«

Er zuckte leicht zusammen und seine Gesichtszüge legten sich in Falten. »Willst du das?«

»Nein, aber ich muss«, erklärte sie mit einem Anflug von Resignation. »Ich schulde ihm eine Erklärung.«

Beck konnte nicht anders, als Mitleid für den Mann zu empfinden. »Und was wirst du ihm erzählen?«

Sie wandte den Blick ab. »Dass wir besser zusammenpassen.«

Er spürte, dass sie wahrscheinlich noch etwas sagen wollte, doch er drängte sie nicht. Sie waren wirklich weit über die Zeit. »Nein, wir werden durch die Vordertür eintreten«, widersprach er und sah sie fragend an. Sie nickte zur Antwort.

Als sie auf die Tür zugingen, konnte er das Zittern in ihrem Körper spüren. »Ich werde nicht zulassen, dass dir irgendetwas zustößt«, flüsterte er, kurz bevor sich die Tür öffnete.

Es war allerdings kein Bediensteter, der dort stand, sondern ihr Vater. Und er sah aus, als sei er bereit, einen Mord zu begehen, bis sich sein Blick auf Beck legte. Dann runzelte er verwirrt die Stirn. Er öffnete den Mund und klappte ihn wieder zu, ehe er einen Schritt zur Seite ging, damit sie in die Halle treten konnten.

Beck ergriff sofort das Wort. »Balcombe, ich bin mir bewusst, dass Sie einen weiteren Besucher haben, aber ich sollte Ihnen geradeheraus sagen, dass ich gekommen bin, um Sie um Ihren Segen zu bitten, ihre Tochter zu heiraten.«

»Nun, das ist eine Erleichterung.« Der Earl wischte sich mit einer Hand über die Stirn. »Als ich sie am Arm eines Gentlemans zum Haus habe zurückgehen sehen, war ich schon drauf und dran gewesen, Sie herauszufordern. Meine Frau hatte vermutet, dass Sie es sind, aber ich konnte es nicht sagen.«

»Sie sollten eine Brille tragen, wie Lavinia es tut«, entgegnete Beck. »Wie sie es tun *wird*.«

Lavinia strahlte zu ihm auf.

Die Komtess trat in die Halle – die Lippen geschürzt. Sie kam auf Lavinia zu und nahm mit ihrem Blick zur Kenntnis, dass sie Becks Arm noch immer umklammert hielt. »Was hat das Ganze zu bedeuten?«, zischte sie.

»Beruhige dich, Liebes. Sie wollen heiraten. Der arme Sir Martin hat leider kein Glück.«

Jetzt zog Lavinia ihren Arm zurück. »Wirst du mich bitte entschuldigen, während ich einen Moment mit ihm spreche?« Sie warf Beck ein halbes Lächeln zu und er sah ihr nach, wie sie in das Zimmer ging, das ihre Mutter gerade verlassen hatte.

»Das wird einen Skandal geben«, bemerkte die Komtess und Beck konnte nicht sagen, ob sie darüber wütend war oder erfreut.

»Das muss es nicht«, antwortete Beck gelassen. »Ich werde eine Sondergenehmigung beantragen, sodass wir mit der größten Eile heiraten können.«

Lavinias Mutter sah ihn entgeistert an. »Nein, das können Sie nicht. Das *würde* einen Skandal verursachen.«

Und ihm wurde klar, dass dies *nicht gut* wäre. Er sah

sie mit einem schwachen Lächeln an. »Wir würden bevorzugen, nicht zu warten.«

»Es ist nur für zwei Wochen.« Der Tonfall der Komtess hatte sich zu einem Flehen gewandelt. »Das ist kaum als Wartezeit zu betrachten.«

»Es ist ganz von Lavinia abhängig«, sagte Beck. »Sie hatte wenig Mitspracherecht in Allem und ich bestehe darauf, dass sie das letzte Wort hat.«

Sir Martin tauchte aus dem Zimmer auf und Lavinia folgte ihm ein bisschen kleinlaut hinterher. Er wirkte überaus beunruhigt.

Der Baronet musterte Beck mit einem grimmigen Ausdruck. »Ich habe erfahren, dass Glückwünsche angebracht sind.« Er sandte Balcombe einen angewiderten Blick. »Sie hätten vielleicht erwähnen sollen, dass Ihre Tochter noch andere Bewerber hat.«

Lavinias Vater setzte ein kurzes, entschuldigendes Lächeln auf. »Ich bedauere, dass Sie beide in fast genau dem gleichen Augenblick gekommen sind, um sich zu erklären. Unglücklicherweise hatten Sie es auf sich genommen, zuerst mit mir zu sprechen und Lord Northam war direkt zu Lavinia gegangen und hat um ihre Hand angehalten. Und letzten Endes ist es ihre Wahl.«

Beck spähte zu Lavinia und nahm zur Kenntnis, wie ihr Blick auf ihren Vater weicher wurde. Er freute sich für sie.

»Dann wünsche ich einen guten Tag.« Sir Martin verbeugte sich vor niemandem und er schaute nicht einmal zu Lavinia, ehe er ging.

Wieder runzelte die Komtess die Stirn. »Nun, das war *sehr* unangenehm.« Sie drehte sich zu Lavinia um. »Du hast dich in einen Haufen Schwierigkeiten gebracht. Dich einfach aus dem Haus zu schleichen, um dich mit einem

Gentleman zu treffen!« Sie schoss einen wütenden Blick in Becks Richtung.

»Meinem *Verlobten*, Mutter.« Sie wahrte ihre Gelassenheit recht gut, aber andererseits ging Beck davon aus, dass sie jahrelange Erfahrung mit ihrer Mutter hatte.

»Und was ist das für ein Unsinn über eine Sondergenehmigung?«, fuhr ihre Mutter fort. »Du bist meine einzige Tochter und du wirst in St. George getraut. Das Aufgebot wird morgen verlesen werden. Wenn du in solcher Eile bist, kannst du von Montag an in zwei Wochen heiraten.« Ihre Lippen spitzten sich zu einem Schmollmund. »Aber du wirst mir doch das Vergnügen einer kirchlichen Trauung und eines festlichen Empfangs nicht verwehren.«

Beck sagte nichts, als er darauf wartete, dass Lavinia sich entschied. Sie sah ihn fragend an und er hob unmerklich die Schulter, um ihr im Stillen mitzuteilen, dass er sich fügen würde, was immer sie wünschte.

Lavinia stieß die Luft aus und hob kurz den Blick zur Decke, ehe sie sich ihrer Mutter zuwandte.

»Na schön. Zwei Wochen von Montag an, und keinen Tag mehr.«

Die Komtess entspannte sich sichtbar. »Das gibt uns kaum Zeit genug, aber ich werde versuchen, es zu schaffen. Wir werden sehr beschäftigt sein, Lavinia.« Ihre Stimme hatte einen ernsthaften, gewichtigen Tonfall. Man könnte auf den Gedanken kommen, sie sei gebeten worden, eine nationale Krise zu lösen.

Beck unterdrückte ein Lachen.

»Entschuldigt uns bitte für einen Augenblick«, bemerkte Lavinia mit bemerkenswerter Autorität. »Ich muss mich mit meinem Verlobten unterhalten.« Sie nahm ihn am Arm und führte ihn in das Zimmer, das sie gerade betreten hatte, um mit Sir Martin zu sprechen, und schloss die Tür hinter ihnen.

»Das ist das Schöne daran, verlobt zu sein«, bemerkte er trocken. »Niemanden interessiert es noch, wenn wir allein sind.«

Sie zuckte zusammen. »Das lässt mich an Miss Lennox denken. Ich hoffe nur, dass sie nicht ruiniert ist, nachdem sie ihre Hochzeit mit Sainsbury abgeblasen hat.« Sie sah entsetzt zu Beck auf. »Es tut mir leid. Ich hätte das nicht zur Sprache bringen sollen.«

Innerlich schreckte er zurück. »Nein, es ist schon gut.« War dem so? Noch immer fühlte er sich verantwortlich und das würde wahrscheinlich auch immer so bleiben. Er klammerte sich an die Glückseligkeit der letzten Stunde, um einer drohenden Beunruhigung zu entgehen. »Ich würde mich gern vergewissern, dass es ihr gut geht.«

»Ich werde ihr heute Nachmittag einen Besuch abstatten«, entgegnete Lavinia und berührte ihn besänftigend am Arm.

»Wird deine Mutter das gestatten? Es klingt, als sei deine Zeit mit der Planung unserer Hochzeit ziemlich ausgefüllt.«

Lavinia verdrehte die Augen. »Nicht voll und ganz. Sie wird es vorziehen, wenn ich ihr überlasse, das meiste selbst zu erledigen, das kannst du mir glauben. Ich bin noch nie besonders interessiert an diesen Dingen gewesen.«

»Vielleicht sollte die Hochzeit geologisch thematisiert werden.«

Sie lachte und gab ihm einen flüchtigen Kuss auf die Lippen. »Ich bete dich an.«

Für einen Moment erstarrte er. Es war nicht das Wort Liebe, aber es kam ihm sehr nahe. Liebte sie ihn? Liebte er sie? Seit Priscilla hatte er niemanden mehr geliebt. Dass diese Emotion ihm noch einmal widerfahren könnte, hatte er wirklich nicht gedacht.

»Vertrau mir«, sagte sie und lenkte ihn damit zurück in die Gegenwart. »Ich werde dafür sorgen, dass wir vor der Trauung reichlich Zeit für die Dinge haben werden, die wir tun wollen. Wir müssen nur … kreativ sein.« Ihre Lippen formten sich zu einem verführerischen Lächeln und er fing an, sich zu versteifen.

Er trat einen Schritt von ihr zurück. »Ich sollte besser gehen, bevor ich versuche … hier und jetzt kreativ zu werden.« Er beugte sich vor und küsste sie auf die Wange. »Ich sehe dich bald.«

»Heute Abend – beim Morecott Ball?«

Er hatte über seine Pläne für den Abend noch nicht nachgedacht, aber das würde er wohl müssen, vermutete er. Und er würde jede Chance nutzen, die sich ihm bot, um seine zukünftige Frau zu sehen. »Ja, ich denke, es ist höchste Zeit, dass ich mit dir tanze.«

Ihre Augen erstrahlten vor Erwartungsfreude. »Ganz bestimmt.«

»Und trage deine Brille.« Er ging in die Halle zurück, wo er sich von ihren Eltern verabschiedete, die noch immer dort verweilten, wie er es von ihnen erwartet hatte. Ihm und Lavinia wurde vielleicht ein gewisses Maß an Privatsphäre zugestanden, aber es war nicht so, als könnte er ihre Tochter in ihrem Wohnzimmer verführen.

Nicht heute, jedenfalls.

~

Nachdem Beck gegangen war, hatte Lavinia eine qualvolle Stunde mit ihrer Mutter verbringen müssen, um das Hochzeitsfrühstück zu planen. Als sie endlich davon erlöst war, sandte sie eilig Botschaften an Sarah und

Fanny, um sie über die Neuigkeiten zu unterrichten, und eine dritte Nachricht an Jane Pemberton, um sie zu informieren, dass Miss Lennox die Hochzeit abgeblasen hatte. Dann zog Lavinia sich um und tauschte ihren Aufzug gegen ein Kleid, das zum Abstatten von Besuchen angemessener war und ging mit der Absicht nach unten, ihre Mutter über ihr Vorhaben, Miss Lennox zu besuchen, zu unterrichten.

»Oh, ich werde dich begleiten«, verkündete ihre Mutter. »Ich muss erfahren, was passiert ist.«

Lavinia biss die Zähne aufeinander. »Mutter, ich werde mich nicht in Klatsch ergehen. Ich möchte Miss Lennox wissen lassen, dass sie in diesen schwierigen Zeiten Unterstützung und Freunde hat.« Obwohl Lavinia Miss Lennox nicht besonders gut kannte, dachte sie, wie wichtig für sie das Wissen sein musste, nicht allein zu sein. Und nicht alle waren so gedankenlos wie Lavinias Mutter.

Ein Kutscher fuhr sie zur Albermale Street, wo es den Anschein hatte, als hätten sich mehrere Besucher in der Residenz der Lennoxes eingefunden. Als Lavinia und ihre Mutter auf die Eingangstür zustrebten, nickten zwei Frauen, die gerade im Gehen begriffen waren, in ihre Richtung.

So sehr Lavinia Miss Lennox auch ihre Unterstützung anbieten wollte, behagte es ihr allerdings nicht, sie zu überfallen.

Der Butler bat sie ins Haus und führte sie in den Salon im ersten Stock. Mrs. Lennox begrüßte sie mit einem schwachen Lächeln. »Guten Tag, Lady Balcombe, Lady Lavinia. Wie freundlich von Ihnen, uns zu besuchen.«

Die Komtess presste die Lippen zu einem Ausdruck ihres Mitgefühls zusammen – es war kein Lächeln, kein Schürzen der Lippen, sondern irgendetwas, das wortlos ihre Unterstützung übermitteln sollte. Oder Mitleid. »Wir wollten Ihnen nur versichern, dass Sie in dieser schwierigen Zeit Freunde und Unterstützung haben.«

Um dem Drang, mit den Augen zu rollen, zu widerstehen, sah sich Lavinia stattdessen nach Miss Lennox um, doch sie war nicht anwesend. Lavinia drehte sich zu Mrs. Lennox. »Würde Miss Lennox eine Besucherin empfangen?«

»Ich glaube nicht«, entgegnete Mrs. Lennox kummervoll. »Sie hat eine beträchtliche Tortur durchgemacht. Sie empfängt niemanden.«

Eine junge Zofe trat in den Raum und ging zu Mrs. Lennox, um ihr etwas ins Ohr zu flüstern. Die ältere Frau blinzelte überrascht und dann richtete sie ihr Augenmerk wieder auf Lavinia. »Es scheint, dass meine Tochter Sie gern sehen würde. Ihre Zofe wird Sie nach oben führen.«

Lavinia drehte sich um und folgte der Zofe hinaus und die Treppe hinauf. Die Zofe führte sie in ein Wohnzimmer im vorderen Teil des Hauses, wo Miss Lennox neben dem Fenster stand und auf die Straße darunter blickte. Sie sah zu ihrer Zofe und Lavinia hinüber, als sie beide ins Zimmer traten. »Vielen Dank, Hobbs.«

Mit einem Nicken entfernte sich die Zofe, um sie allein zu lassen und zog die Tür hinter sich ins Schloss, als sie das Zimmer verließ.

Lavinia war nicht sicher, was sie sagen sollte. Warum hatte Miss Lennox entschieden, sie zu sehen und niemanden sonst?

Miss Lennox seufzte auf, als sie sich vom Fenster abwandte und auf einen Sessel in der Nähe des Kamins zustrebte. »Guten Tag, Lady Lavinia. Würden Sie sich gern setzen?« Sie deutete auf ein Sofa vor dem Feuer, als sie in den Sessel sank.

»Bitte nennen Sie mich Lavinia.« Sie ging zum Sofa,

ließ sich auf der Kante nieder und wartete, dass Miss Lennox die Unterhaltung aufnahm.

»Dann müssen Sie mich Phoebe nennen.« Sie starrte für einen Augenblick ins Feuer. »Ich bin überaus froh, nicht Miss Sainsbury zu sein.«

»Ich bin froh, dass Sie froh sind«, entgegnete Lavinia, die in Hinsicht auf die Ereignisse, die Phoebe zu dieser Einstellung veranlasst hatten, nicht neugierig erscheinen wollte. »Es ist besser, als traurig zu sein, oder es bedauern zu müssen.«

Phoebe drehte das Gesicht Lavinia zu und lächelte. »Ja. Sie verstehen es. Sie haben kein Mitleid mit mir, oder?«

»Ich fühle mich … schlecht, dass Sie offensichtlich eine unangenehme Situation erlitten haben. Ich kann mir vorstellen, dass es nicht leicht ist, eine Hochzeit abzusagen.« Lavinia konnte sich das nicht einmal ausmalen und sie plante eine. »Schon gar nicht unter der eingehenden Prüfung der Londoner Saison.«

»Genau. Sie verstehen es *wirklich*.« Sie lenkte den Blick zum Feuer zurück und kniff die Augen zusammen. »Ich gehe davon aus, dass die meisten Menschen mir die Schuld daran geben, die Sache abgesagt zu haben, aber ich hatte einen außerordentlichen Grund.«

»Ich will nicht spionieren oder Sie dazu bringen, über etwas zu sprechen, was Sie lieber nicht besprechen wollen.« Lavinia wollte über den Grund für ihr Kommen deutlich sein.

»Sie sind sehr freundlich«, bemerkte Phoebe. »Aber ich weiß das. Deshalb habe ich Sie eingeladen. Ich habe Sie ankommen sehen und Sie sind der erste Mensch, mit dem ich mich unterhalten will. Sie sind auch intelligent und Sie haben unter dem Ruhm gelitten, eine der Auserwählten des betörenden Herzogs zu sein.« Sie sah Lavinia mit einem Anflug von Bewunderung an. »Und Sie scheinen es mit Bravour bewältigt zu haben. Ich habe Sie nicht in eine Verlobung stürzen sehen – so, wie ich es törichterweise getan habe.« Ihr Blick verdunkelte sich. »Die Ehe ist nicht der leuchtende Hoffnungsträger weiblicher Erfüllung, wie uns Glauben gemacht wird.«

»Ähm, ja.« Lavinia fühlte sich ein bisschen unaufrichtig, da sie inzwischen verlobt war. Und sie würde es Phoebe sagen – etwas später. Zuerst wollte sie sie nach Beck fragen. Genauer gesagt, dem betörenden Herzog. »Geben Sie ihm die Schuld? Dem betörenden Herzog, meine ich. Ohne seine Einmischung hätten Sie vielleicht nicht mit diesem … Problem zu tun.« Das Wort war vollkommen unangemessen.

»Möglicherweise, aber ich gebe ihm nicht die Schuld. Nein, die Schuld liegt einzig und allein bei Sainsbury und seiner Unfähigkeit zur Treue, oder wenigstens zur Diskretion.« Sie schüttelte den Kopf und sah auf ihren Schoß hinab. »Eigentlich beschuldige ich mich am allermeisten. Ich war so darauf versessen gewesen, zu heiraten.« Sie hob den Blick zu Lavinia. »Das wird von uns erwartet, oder nicht?«

»Ja.« Lavinias Herz schnürte sich vor Anteilnahme für die andere Frau zusammen. Jetzt empfand sie tatsächlich Mitleid mit ihr – nicht wegen Sainsbury, sondern weil es den Anschein hatte, als hätte sie eine schmerzliche Lektion gelernt.

»Aber Sie tun es nicht«, bemerkte Phoebe und ihre Lippen formten sich zu einem kleinen Lächeln. »Sie und ihre Freundinnen widerstehen den Konventionen. Sie halten beharrlich an der Peripherie fest und stellen ihre eigenen Regeln auf. *Sie* beschuldigen den betörenden Herzog, denke ich. Für den Grad ihrer Bekanntheit.«

»Ähm, ja.« Wieder bestand Lavinias Antwort aus

diesen Worten und sie sorgte sich, dass ihre Unbehaglich-keit offensichtlich sein könnte. »Ich bin vielleicht nicht versessen auf das Heiraten gewesen, aber ich hatte es geplant. Besser gesagt, ich plane es.« Sie brachte ein schwaches Lächeln zustande. »Ich habe mich tatsächlich gerade mit dem Lord of Northam verlobt.«

Vor Überraschung klappte Phoebe der Kiefer auf. »Haben Sie das?«

Lavinia nickte. »Heute.«

»Und sind Sie glücklich darüber?« Phoebe legte den Kopf schief. »Ich kann es wirklich nicht sagen.«

»Sehr. Wir passen recht gut zusammen. Also muss ich dem betörenden Herzog in dieser Hinsicht danken.« Beinahe hätte sie Phoebe die Wahrheit erzählt, – dass es Beck war – aber sie entschied, dass dies ein Geheimnis war, das ein Geheimnis bleiben sollte. In der Tat sollte der Herzog seine Kampagne der ehestiftenden Gedichte besser gänzlich einstellen. Stattdessen würde Lavinia ihn über-zeugen, Gedichte zu verfassen, die junge Frauen wie Phoebe inspirieren würden, nach Klarheit und Sinnhaftig-keit für sich selbst zu suchen, und nicht auf die Erwar-tungen anderer zu vertrauen.

»Nun, ich bin froh, dass das für Sie funktioniert hat«, erklärte Phoebe.

»Und es tut mir leid, dass es für Sie nicht funktioniert hat. Ehrlich. Aber das wird vorrübergehen und es werden sich andere Gelegenheiten auftun.«

»Vielleicht, aber sie müssen nicht aus einer Heirat bestehen. Wenn ich etwas dabei gelernt habe, dann besteht es in meiner festen Entschlossenheit, einzig aus Liebe zu heiraten oder überhaupt nicht. Und er muss ein großes Maß an Ehre und Anstand besitzen – und eine hohe Meinung von Frauen haben.« Sie zuckte leicht zusammen und zauderte einen Moment, ehe sie fragte: »Sind Sie kein bisschen besorgt über Northams Ruf?«

Lavinia wandte den Blick ab und verabscheute, dass ihr diese Frage gestellt wurde, wenngleich sie wusste, dass alle sie auf den Lippen haben würden, sobald sie von seiner Verlobung erführen. Und von allen Kandidatinnen ausgerechnet mit ihr – jemandem, der im gesellschaftlichen Landschaftsbild der meisten kaum in Erscheinung trat.

»Das bin ich nicht.« Natürlich war Lavinia das gewesen, doch das Wissen, dass er keine andere Frau angesehen oder an sie gedacht hatte, seit er ihr begegnet war, reichte ihr. Er konnte in dieser Frage lügen, vermutete sie, aber sie glaubte nicht, dass er das tun würde. »Vielleicht bin ich naiv, aber ich glaube, dass er ein sehr ergebener Ehemann sein wird.«

Phoebe lächelte herzlich und faltete die Hände im Schoß. »Wie wundervoll. Hoffentlich wird das der Fall sein.« Ihr Lächeln schwand. »Es ist allerdings grauenvoll, nicht wahr, dass die Leute, für den Fall, dass er untreu werden würde, Sie ansehen würden, als wäre es Ihr eigenes Verschulden. Männern wird fast alles entschuldigt. Ich bin sicher, dass Sainsbury eine andere leichtgläubige junge Frau finden wird, die seinem Charme erliegt, so wie es seinem Cousin gelungen war.«

»Seinem Cousin?«

»Lord Haywood. Er besaß als junger Mann einen grauenhaften Ruf und hatte mindestens eine junge Frau ruiniert, und es kursieren Gerüchte, dass er noch mit vielen anderen liiert war. Dennoch war es ihm einige Jahre später gelungen, eine Erbin zu heiraten.«

»Ja, ich bin recht vertraut mit Haywoods Übertretungen«, bemerkte Lavinia grimmig. »Der Frau, der er

Unrecht angetan hatte, ist es Gott sei Dank gelungen, ihr Glück zu finden.«

»Sie ist dann eine Ausnahme und hatte sehr, sehr großes Glück. Die meisten von uns haben das nicht.« Phoebe wedelte mit der Hand. »Aber ich bin nicht auf Mitgefühl aus. Ich werde es überleben und es wird mich zum Besseren verändern, ob ich nun eines Tages heirate oder nicht. In der Zwischenzeit habe ich meine Mutter überzeugt, mir zu gestatten, mich aufs Land zurückzuziehen.«

»Oh, dann werden Sie meinen Hochzeitsempfang versäumen.« Lavinia hatte geplant, sie einzuladen.

»Ich bedaure, dass ich das muss. Ich habe nicht vor, die Einzelheiten kundzutun, warum ich die Hochzeit abgesagt habe, aber die Leute werden ohnehin reden.«

»Ich werde nichts sagen«, versicherte Lavinia ihr eilig.

»Ich weiß, dass Sie das nicht tun – zumindest nicht zu jemandem, der klatscht. Ich kann mir vorstellen, dass Sie sich mit Jane darüber unterhalten und vielleicht mit ihren anderen Freundinnen.«

»Nur, wenn es Ihnen nichts ausmacht.«

»Das tut es nicht. Es wird in jedem Fall ein Spektakel geben und deshalb werde ich die Stadt verlassen.« Sie erhob sich. »Ich sollte mit dem Packen beginnen.«

Lavinia verstand den Wink und erhob sich. »Ich bin so froh zu sehen, dass es Ihnen gut geht. Dies *wird* vorrübergehen.«

»Das wird es, aber ob ich es schaffe, diese Sache mit einem anständigen Ruf zu überstehen, muss sich erst noch herausstellen.« Sie zuckte die Schultern. »Ich bereue nichts und das ist das Allerwichtigste.« Sie sah Lavinia eindringlich an. »Denken Sie daran. Wenn Sie aus irgendeinem Grund entscheiden, dass Sie Northam nicht heiraten wollen, müssen Sie es nicht. Lassen Sie sich Zeit für Ihre

Verlobung – und ich rate Ihnen, die Sache so lange hinzu-
ziehen, wie Sie können –, um sich zu vergewissern, dass
Sie das wirklich wollen. Sobald Sie verheiratet sind, gibt
es absolut kein Zurück.«

Ein Schauder lief ihr Rückgrat hinab. Etwas Ähnliches
hatte sie heute schon zu einem früheren Zeitpunkt zu Beck
gesagt und er hatte beschlossen, voran zu stürmen, ohne
das geringste Bedauern. Sie lächelte Phoebe an. »Ich kann
mir nicht vorstellen, dass irgendetwas passieren könnte,
was mich umstimmen würde.«

Sie wünschten sich Auf Wiedersehen und Lavinia ging
die Treppe hinab in den Salon, wo ihre Mutter wartete.
Mrs. Lennox bedankte sich bei Lavinia, dass sie Phoebe
besucht hatte.

Als sie nach draußen traten, ging Lavinia Phoebes Rat
nicht aus dem Sinn … und die Tatsache, dass sie ihn nicht
brauchte. Nichts würde sie davon abhalten, Beck zu heiraten. Sie hatten Freundschaft, Zuneigung, gegenseitigen
Respekt … und sie liebte ihn.

Ja, sie war vollkommen in ihn verliebt. Und nur das
zählte.

KAPITEL 15

*G*age öffnete die Tür für Beck und nahm sofort seinen Hut und seine Handschuhe entgegen. »Ihr heiratet, Mylord?« Er machte sich nicht die Mühe, seinen Schock zu verbergen.

»Ja.« Beck strebte durch den Salon auf sein Arbeitszimmer zu und erwartete, dass Gage ihm folgen würde.

»Ich hatte keine Ahnung, dass Ihr das überhaupt in

Betracht gezogen habt«, bemerkte Gage. »Nicht, dass ich davon ausgehe, dass Ihr mir alles anvertraut.«

»Ich hatte es nicht erwogen«, gab Beck ehrlich zu, als er in sein Arbeitszimmer trat und zu seinem Schreibtisch weiterging.

»Nun, ich hoffe, dass Ihr sehr glücklich sein werdet und dass dies keine eilige … Situation ist.«

Beck konnte hören, wie sorgfältig Gage seine Worte wählte. Gage war stets um ein respektvolles Benehmen bemüht, aber er wusste auch, dass Beck seinen Ratschlag schätzte. Beck ließ sich hinter seinem Schreibtisch nieder. »Sie machen sich Sorgen, dass ich sie kompromittiert habe und wir heiraten müssen?«

»Habt Ihr das nicht?« Die Frage war bar jeden Vorwurfs oder Urteils.

»Ich habe *zuerst* um ihre Hand angehalten.« Und er würde es wieder tun. »Sie war kurz davor, mit einem anderen verlobt zu werden und ich habe festgestellt, dass ich damit nicht leben konnte.«

»Das klingt recht endgültig«, kommentierte Gage.

Weil es das war. Lavinia war ein wichtiger Teil seines Lebens geworden. Er freute sich auf jeden Augenblick, den er mit ihr teilen können würde und hatte längst angefangen, so viele davon wie möglich herbeizuführen. Jetzt konnte er für den Rest ihrer Leben sehr vieler weiterer Augenblicke sicher sein. Das hatte er nie überlegt, zumindest nicht, seit ihm das Herz gebrochen worden war. Er mochte es nicht, über Dinge zu grübeln, die sich vielleicht nie bewahrheiten würden, und er hatte sich nie vorgestellt, sich noch einmal zu verlieben.

Bedeutete das, dass er sich in Lavinia verliebt hatte? Er nahm es an. Wenn er überhaupt wusste, was Liebe war. Er dachte, dies mit Priscilla gehabt zu haben, aber dies hier war anders. Wenn er sich eine Zukunft ohne Lavinia vorstellte, kam sie ihm weitaus trostloser vor als jegliche Qual, die er nach Priscillas Zurückweisung erlitten hatte.

»Habt Ihr bereits einen Hochzeitstermin festgelegt?«, fragte Gage. »Ich würde das Personal gern auf die Veränderungen im Haushalt vorbereiten.«

Natürlich würde er das tun. So, wie er *sollte*. Beck hatte in dieser Sache wirklich nicht weit vorausgedacht. Er sollte sofort an Rachel schreiben. Wahrscheinlich würde sie gern zur Hochzeit nach London kommen. »Es wird recht schnell geschehen«, entgegnete Beck. »Meine Braut hat eine ungeduldige Ader.« Er schluckte ein Lächeln hinunter und war dankbar für ihre Unfähigkeit, zu warten. »Das Aufgebot wird morgen verlesen und die Zeremonie wird Montag in zwei Wochen vollzogen.«

Gage blinzelte überrascht. »Das ist schnell. So schnell, wie Ihr es schaffen könnt.«

»Ohne Sondergenehmigung, ja.« Die er liebend gern beschafft hätte, vor allem, wenn es Lavinia erfreut hätte. Dass sie vor dem Wunsch ihre Mutter kapituliert hatte, für sie die Hochzeit auszurichten, die sie sich für ihre Tochter wünschte, war ein Beweis ihrer gütigen und großherzigen Natur. Weshalb er sie nur noch mehr liebte.

»Gibt es irgendetwas, das wir vor dem Eintreffen der neuen Herzogin erledigen sollten? Wir haben nicht viel Zeit, aber ich bin sicher, dass wir gewisse Veränderungen zustande bringen können, wenn welche erforderlich sind.«

Beck starrte ihn mit leerem Blick an. Zum ersten Mal wurde ihm bewusst, dass er sein Heim teilen musste, das er stets als seine Privatsphäre gehütet hatte. Es war eine Sache, Waverly Court mit Rachel und seinem Halbbruder zu teilen, vor allem, weil er erwartete, dass George eines Tages den Titel erben würde. Allerdings wäre das jetzt nicht mehr der Fall. Alles in seinem Leben hatte sich in der Spanne dieses Nachmittags geändert und erst jetzt fing er an, die Auswirkung in vollem Umfang zu erfassen.

Ein unbehagliches Gefühl wühlte ihn innerlich auf, wie ein in einen Teich geworfener Stein, der die glatte Oberfläche durch die sich ausdehnenden Wellen unterbricht. Beck mochte vielleicht eine glatte Oberfläche haben, doch darunter lauerte ein dunkles Gewirr, das Lavinia heute erspäht hatte. Was würde sie sagen, wenn er sich das erste Mal in sein Arbeitszimmer einschloss und für einen ganzen Tag nicht hervorkam? Würde er das nach der Hochzeit weiterhin tun?

Mit einem Schnaufen lehnte er sich in seinem Stuhl zurück und bemerkte, dass Gage noch immer auf seine Antwort wartete. »Ich kann mir aus dem Stehgreif keine Veränderungen vorstellen, aber ich werde Lavinia einladen, einen Rundgang durch das Haus zu machen, und sie um ihre Meinung bitten. Sie wird ein eigenes Arbeitszimmer brauchen. Mit Bücherregalen.«

»Das Wohnzimmer im Obergeschoss?«, schlug Gage vor.

Das würde gehen, aber Beck fragte sich, ob er sie nicht lieber in der Nähe haben wollte. Wenn sie das Wohnzimmer nebenan nähme, könnte er eine Tür zwischen den Zimmern einbauen und viele Nachmittage so verbringen wie den heutigen …

Wenngleich dies auch bedeutete, dass sie während seiner dunkleren Phasen gleich nebenan wäre – mit besonderem Zugang. Sein Blick schweifte zu dem Brief auf seinem Schreibtisch und er kam zu dem Schluss, ihn lieber lesen zu wollen, als weiter über diese Sache nachzudenken.

Es wird alles gut werden. Du liebst sie. Sie liebt dich. Wahrscheinlich.

War dem so?

»Ich werde das mit ihr besprechen«, antwortete Beck. »Danke, Gage.«

Gage nickte und als er hinausging, zog er die Tür hinter sich ins Schloss.

Beck nahm den Brief von Margaret in die Hand und fing an zu lesen. Er ertappte sich, wie er die Schilderungen ihres täglichen Lebens und das ihrer Familie hastig überflog. Ihre älteste Tochter hatte sich verlobt, was ihn dazu brachte, langsamer zu lesen. Er konnte kaum glauben, dass sie schon so alt war, aber andererseits war Margaret auch zwölf Jahre älter als er.

Er las weiter und als er Helens Name entdeckte, fing sein Herz an, zu pochen.

Es ist lange her, seit ich an diese Zeit in Helens Leben gedacht habe. Sie war so niedergeschlagen, weil sie keinen Ehemann fand. Ich weiß, dass es ihr beträchtliche Qualen bereitet hatte, von meinem Eheglück und unserer wachsenden Familie zu erfahren. Ich war überrascht über ihre Tat, aber jetzt erkenne ich, dass ich es irgendwie erwartet habe. Es hatte immer ein Schatten über ihr gelegen und ich befürchte, dass er bestimmt war, sie zu verschlingen. Ich hatte gehofft, dass sie mit Lord Haywood ihr Glück gefunden hätte, doch wie es schien, hatte nicht einmal das sein sollen. Ich frage mich, was da passiert war. Sie hatte mir berichtet, dass er sie heiraten wollte, aber als das nicht geschah, nahm ich an, dass sie ihn in ihrer Besessenheit zu heiraten, wahrscheinlich missverstanden hatte.

Haywood? Er war der Mann, der mit Helen getanzt und ihr Hoffnungen gemacht hatte? Es schien, dass Margaret bezweifelte, ob er Helen die Ehe versprochen hatte, doch Beck tat das nicht für einen Augenblick. Er war sicher, dass Haywood seine Schwester an der Nase herumgeführt hatte.

Oder wollte er einfach nur glauben, dass etwas – oder jemand – seine Schwester getrieben hatte, sich selbst das Leben zu nehmen? Was, wenn sie es ganz und gar allein gewesen war? Wie Margaret geschrieben hatte, war Helen stets von einem Schatten umgeben gewesen. Wie auch er. Allerdings hatte ihrer tiefer und hartnäckiger gewirkt. Häufig war sie melancholisch gewesen und hatte über Einsamkeit geklagt. Manchmal hatte sie angedeutet, sich nicht länger so fühlen zu wollen, aber als Junge war ihm nie in den Sinn gekommen, dass sie das auf eine endgültige Weise gemeint hatte. Er hätte niemals geglaubt, dass sie ihr Leben hatte beenden wollen.

Wenn sie allerdings darüber nachgedacht hatte, und diese beiden grauenhaften Frauen sie zu diesem Ausweg noch ermuntert hatten, würde sie es dann getan haben? Vor allem, wenn eine andere Person, ein Mann, sie enttäuscht hatte? Beck konnte nachvollziehen, wie sie vielleicht Trost in dem Undenkbaren gefunden hatte.

Verdammt. Bedeutete das, dass er dies für sich selbst sehen könnte? Könnten seine dunklen Episoden ihn je an einen unwiederbringlichen Abgrund treiben? Er glaubte es nicht – bislang war ihnen das nicht gelungen. Ein Gefühl böser Ahnung beschlich ihn trotz alledem und kroch ihm über die Schultern. Er ließ den Brief auf seinen Schreibtisch fallen und blinzelte. Sein Blick legte sich auf das Sofa und er konnte nicht anders, als an Lavinia zu denken. Der sinnliche Schwung ihres Lächelns, die üppige Rundung ihre Brust, die pure Freude ihrer Neugier und Begierde. Ihr Optimismus, ihre Selbstlosigkeit, ihre absolute Begeisterung am Leben. Sie war das perfekte Gegenmittel für das Gift in seiner Seele.

Er lenkte den Blick auf den Brief zurück und wollte

aufspringen, um unverzüglich zu Haywoods Haus zu fahren und ihn über Helen auszufragen. Was hatte er ihr angetan? Hatte er sie beschwindelt und dann sitzen gelassen, wie die Herzogin von Kendal? Der Mann kannte keine Scham. Ihm heute früh vor St. Georges nur zugehört zu haben, hatte Beck geärgert. Und jetzt, mit dem Wissen, dass er der Mann war, von dem Helen gehofft hatte, hofiert zu werden …

Wilder Zorn tobte in ihm. Er stand auf und ging zu seinen Gitarren. Zum ersten Mal wollte er eine in die Hand nehmen und auf dem Fußboden zertrümmern. Er zwang sich, tief durchzuatmen und sein rasendes Herz zu beruhigen.

Er konnte Haywood nicht ausfragen. Es war unmöglich, Informationen von einem Mann wie ihm zu erlangen. Nein, Beck musste sich einen anderen Plan einfallen lassen und in seinem Hinterkopf nahm er bereits Formen an.

Heute Abend, nach dem Ball, würde er ihn in die Tat umsetzen. Und Haywood sollte besser hoffen, dass er nichts mit Helens Tod zu tun hatte.

~

*D*er Morecott Ball war das schönste gesellschaftliche Ereignis, an dem Lavinia je teilgenommen hatte. Wenn man sich mit einem Marquess verlobte, geschah es, dass alle – *einfach alle* – freundlich und charmant waren, und überschwänglich mit ihren Glückwünschen. Dass einige unter ihnen nicht aufrichtig waren, war ihr unwichtig. Jedenfalls heute Abend. Heute Abend war sie überglücklich und voller Vorfreude auf die Zukunft.

Als Beck eintraf, stockte Lavinia der Atem in der Brust. In seinem schwarzen Abendanzug war er beinahe sündhaft attraktiv. Das Weiß seiner Krawatte hob sich strahlend von seiner Haut ab und sie träumte davon, sie ihm mit seiner übrigen Kleidung vom Leib zu reißen.

Nun, sie hatte nicht lange gebraucht, um sich in eine perfekte Dirne zu verwandeln.

»Warum lächelst du?«, fragte Sarah neben ihr. »Oh, ich sehe, dass der Marquess angekommen ist.«

Sie war ganz außer sich vor Freude gewesen, als sie von Lavinias Verlobung erfahren hatte.

»Wir werden tanzen«, bemerkte Lavinia unnötigerweise.

»Es scheint, als sei das überfällig«, gab Sarah mit gezieltem Sarkasmus und einem Lächeln zurück.

Anstatt an diesem Nachmittag in den Park zu gehen, hatten Sarah und Fanny Lavinia einen Besuch abgestattet, um alles darüber zu erfahren, wie es zu der Verlobung gekommen war. Lavinia hatte ihnen von den Ereignissen erzählt, nachdem er um ihre Hand angehalten hatte, allerdings nicht die Einzelheiten. Beide hatten nach Luft geschnappt und dann bemerkt: »Gut gemacht!«

Sie waren die besten Freundinnen.

Beck kam direkt auf sie zu und verbeugte sich zuerst vor Sarah und dann vor Lavinia, ehe er ihre Hand ergriff und küsste. Die darauf folgenden Minuten verbrachten sie von Menschen umringt, die auf sie zukamen, um ihnen zu gratulieren. Lavinias Mutter sonnte sich in der ganzen Szenerie.

Lavinia war froh, als der Walzer begann, sodass sie und Beck allein sein konnten. Oder zumindest auf Distanz zu der Menge um sie herum.

Sie legte ihre Hand auf seine Schulter, als er die seine gespreizt auf ihren Rücken legte. »Ich wollte vorschlagen, dass wir uns für später in der Bibliothek verabreden, aber ich wage zu behaupten, dass wir es nicht schaffen werden, uns davonzuschleichen.«

»Möglicherweise nicht«, entgegnete er mit einem Anflug von Enttäuschung. »Es gibt immer ein Morgen.«

Sie lachte. »In der Kirche?«

Er schloss die Augenlider ein wenig und sah sie auf eine durch und durch verführerische Weise an. »Ich werde dich nehmen, wo immer ich dich haben kann.«

Sie wurde von einem Rausch der Erwartungsfreude und etwas weitaus Primitiverem erfasst. »Ich könnte dich in die Bibliothek zerren«, murmelte sie.

»Vorsicht, Lavinia«, warnte er. »Es sei denn, du willst mitten im Ballsaal von mir geküsst werden.«

Begierde stieg in ihr auf, als sie zu ihm aufsah, doch sein Blick schweifte über ihren Kopf hinweg. »Ich wünschte, du würdest es tun.«

Sie waren einen Augenblick still, ehe sie sagte: »Ich habe Miss Lennox heute besucht.«

»Oh?« Er blickte zu ihr herab, doch nur kurz. Musste er sich auf die Tanzschritte konzentrieren? »Ich kenne Sainsbury kaum, aber ich wage zu behaupten, dass sie so besser dran ist.«

Sie fuhr überrascht zusammen. »Tatsächlich?« Vorhin noch hatte er sich schuldig gefühlt. Was hatte sich verändert? »Weißt du, warum sie abgesagt hat?« Das wäre die einzige sinnvolle Erklärung, doch andererseits hatte Phoebe Lavinia deutlich gemacht, dass sie die einzige Person sei, der sie den wahren Grund anvertraut hatte. Sie hatte die Information heute Nachmittag mit Sarah und Fanny geteilt und die beiden hatten geschworen, Stillschweigen zu bewahren.

»Nicht genau«, antwortete er, »aber Sainsbury stammt aus einer schlechten Familie.«

Schlechte Familie? Endlich verstand sie. »Haywood ist

sein Cousin.« Und dennoch … hatte Beck das nicht gewusst, als er sich vorhin so schlecht über seine Rolle als Anstifter von Sainsburys Werbung um Miss Lennox gefühlt hatte?

»Ja.« Er blickte sich im Ballsaal um und sie kam zu dem Schluss, dass er sich ein bisschen sonderbar benahm. Beinahe abgelenkt. »Ich nehme nicht an, dass Haywood heute Abend hier ist?«

»Ich habe ihn nicht gesehen.« Warum interessierte sich Beck bloß dafür?

»Ich habe nicht vor, sehr lange nach unserem Tanz zu bleiben. »Ist das in Ordnung?«

Sie versuchte, ihn dazu zu bringen, sie anzusehen. »Ist mit *dir* alles in Ordnung?«

Sein Blick senkte sich abermals auf sie. »Natürlich. Ich genieße nur diese Art der Beobachtung nicht.«

»Wenn du gehen willst, werde ich das verstehen.« Sie kam nicht umhin, sich enttäuscht zu fühlen. Dies war der eine Abend, an dem sie dachte, dass sie die Aufmerksamkeit genießen würde, aber ohne ihn wäre es längst nicht so süß. Sie genoss allerdings die Sicht auf den Ballsaal durch ihre Brille. Sie konnte jeden und alles sehen. Es war wunderbar.

Bis sie Sir Martin entdeckte.

Er stand neben der Tür zur Terrasse, die Stirn leicht gefurcht. Sein Ausdruck konnte nur als der eines Brüters beschrieben werden. Und er sah sie ganz offensichtlich direkt an und wusste, dass sie zu ihm sah.

Sie wandte den Blick von ihm ab. »Oh, meine Güte. Sir Martin sieht nicht sehr erfreut aus.«

»Wo ist er?«, verlangte Beck zu wissen und klang dabei erregt.

»Drüben bei der Tür zur Terrasse.«

Beck drehte den Kopf, während sie sich bewegten. »Ich sehe ihn.«

Sie sah zu Beck auf und nahm wahr, wie er die Augen zusammenkniff. »Er ist bloß enttäuscht.«

»Er wird sich daran gewöhnen müssen.« Er klang verärgert.

Lavinia drückte seine Schulter. »Das wird er. Ich kann ihm keinen Vorwurf machen. Ich fühle mich, als hätte ich ihm falsche Hoffnungen gemacht.«

Jetzt legte sich Becks Blick mit einer scharfen Eindringlichkeit auf ihren. »Hast du ihm etwas versprochen? Bist du irgendeine Art von Verpflichtung eingegangen?«

Sie fand die Tiefgründigkeit seiner Antwort leicht beunruhigend. »Nein.«

»Natürlich hast du das nicht. Du hast keinen Grund, dich schuldig zu fühlen.«

»Ich habe nicht gesagt, dass ich mich *schuldig* fühle.« Ihre Stimme erstarb und sie wunderte sich über seine Stimmung.

Der Tanz neigte sich dem Ende zu und Lavinia wünschte sich, dass sie mehr Zeit hätten. Irgendetwas beschäftigte ihn.

Als sie die Tanzfläche verließen, kam Sir Martin auf sie zu. Lavinia spürte, wie Beck sich neben ihr anspannte.

»Ich glaube, ich habe Ihnen vorhin nicht gratuliert«, bemerkte Sir Martin. »Nachdem Sie Lavinia nach Hause gebracht haben … von wo auch immer.« Er sagte dies gerade laut genug, dass ein paar Leute in der Nähe ihre Köpfe zu ihnen drehten.

Beck versteifte sich sogar noch mehr. »Sir Martin, ich glaube nicht, dass Ihre Glückwünsche erforderlich sind, aber wir danken Ihnen.« Er trat einen Schritt vor und Lavinia bewegte sich mit ihm. Er neigte den Kopf an Sir

Martins Ohr und sprach leise, aber sie konnte ihn dennoch verstehen. »Sollten Sie so etwas noch einmal sagen, werde ich dafür sorgen, dass es Ihnen einen Monat lang schwerfällt, überhaupt zu sprechen.« Er lächelte breit und dann ging er auf die Tür zur Terrasse zu, wobei er Lavinia mit sich nahm.

Sobald sie draußen waren, löste er den Arm von ihr und marschierte auf die Brüstung zu. Der beinahe dunkle Garten lag unter ihnen. Eine Handvoll Menschen war auf der Terrasse versammelt und Lavinia eilte an Becks Seite, während sie mit leiser Stimme sprach. »Was hast du gerade getan?«

Er starrte in den Garten hinaus. »Ich habe Sir Martin bedroht. Ich werde ihm nicht gestatten, abfällige Bemerkungen über dich zu verbreiten.«

»Er kann mich nicht verletzen.«

»Du bist viel zu gütig, Lavinia. Er kann dich vielleicht nicht verletzen, aber er wird versuchen, sich zu rächen, wo er kann. Indem er deinen Ruf besudelt.« Beck rieb sich mit seinen behandschuhten Fingern über die Stirn. »Verdammt, ich habe das bereits getan.«

»Wir werden heiraten. Wie kann das meinen Ruf besudeln?«

Er drehte den Kopf und kurz sah er sie mit einem scharfen Blick aus seinen schmalen Augen an. »Aufgrund *meines* Rufs.«

Sie dachte an ihre Unterhaltung mit Phoebe vom Nachmittag zurück. »Vermutlich. Aber es ist mir egal. Was die Leute sagen oder denken, kann mich nicht verletzen. Du bist kein Wüstling mehr und ich habe keinen Zweifel, dass du der beste aller Ehemänner sein wirst.« Sie rückte noch näher zu ihm, als er den Blick wieder zum Garten wandte. »Es sei denn, du beschließt, dich die ganze Zeit so zu benehmen.«

Seine Schultern sackten kurz zusammen und dann nahm er sie an der Hand und zog sie mit sich die Treppe in den Garten hinunter. Sie erwartete, dass er sie zu einem der Wege dirigierte, doch stattdessen führte er sie durch ein Zimmer, das wie ein Frühstücksraum aussah, zurück ins Haus. Dann öffnete er die Tür und schob sie in eine kleine Kammer, in der es vollkommen dunkel wurde, sobald er die Tür geschlossen hatte.

Mit ihrer freien Hand tastete sie nach den Regalen zu ihrer Rechten, um die Orientierung wiederzuerlangen. »Was tust du?«

»Ich habe nur …« Er holte tief Luft und ließ ihre Hand los. »Ich habe dir vorhin gesagt, dass ich schwierig bin.«

»Ja. Ich kann mit schwierig umgehen.« Sie legte die Hände auf seine Brust und durch seine Kleidung spürte sie den kräftigen Schlag seines Herzens. »Was ist heute Abend mit dir los?«

»Nichts.«

Frustration kochte in ihr hoch. »Ich glaube dir nicht.«

»Nichts, worüber ich jetzt sprechen möchte. Du sollst den heutigen Abend genießen.«

»Das habe ich. Das werde ich.« Mit Ausnahme des Umstands, dass er ging. »Ich wünschte, du könntest etwas länger bleiben.«

»Ich kann nicht.« Plötzlich liebkoste er ihren Nacken mit seiner freien Hand und zog ihren Kopf nach vorn, sodass sich seine Lippen auf ihren schlossen.

Als er ihren Mund gierig verschlang, schmolz ihre Gereiztheit dahin und wandelte sich in Verlangen. Sie wand die Arme um seinen Nacken und erhob sich auf die Zehenspitzen, um ihn leidenschaftlich zu küssen. Ruckartig löste er seinen Mund von ihrem und übersäte ihren Nacken und Kiefer mit leidenschaftlichen Küssen, womit er ihr den Atem raubte. Er schlang eine Hand um ihre

Seite und schob sie nach oben, bis er sie um ihre Brust legte.

Sie keuchte leise und rief sich das Gefühl in Erinnerung, das seine Finger und sein Mund früher am Tag hervorgerufen hatten. Ein Schwall der Hitze erfasste ihren Rumpf und sehnlich wünschte sie sich, wieder von ihm berührt zu werden.

»Berühre mich«, flüsterte sie.

»Wo?«

»Überall.«

Er küsste die Haut oberhalb ihres Mieders und leckte mit seiner Zunge darüber hinweg, womit er eine köstliche Empfindung in jeden einzelnen Teil ihres Körpers sandte. Er streckte die Hand aus und zog ihr Kleid hinauf, was sie an den Tag in der Sandgrube erinnerte.

Sie wollte nicht die Einzige sein, die berührt wurde. Sie wollte – musste – selbst berühren. Sie zog ihre Handschuhe aus und ließ sie achtlos fallen. Dann umfasste sie seinen Nacken und zog ihn zu einem sengenden Kuss zu sich heran.

Sein leises Stöhnen fachte ihr Verlangen an. Sie schob die Hände an seiner Vorderseite herab und tastete nach den Knöpfen seines Schritts. Zuerst stellte sie sich etwas plump an, doch bald war seine Hose offen.

In der Zwischenzeit hatte er ihr Kleid gehoben und hielt es um ihre Taille, während er mit der anderen Hand an ihrem Oberschenkel entlangstrich, bis er auf ihr Geschlecht traf. Er küsste sie noch heftiger und sie schob eine Hand in seine Unterwäsche, wo sie seinen Schaft ertastete.

Er stieß nach vorn und sein Schaft glitt so sicher in ihre Hand, wie er vorhin in sie geglitten war. War das erst heute gewesen? Und hier war sie, abermals begierig auf ihn. Vielleicht *war* sie unersättlich. Das musste sie wohl sein, denn mitten während eines Balls waren sie in einer Kammer in sexuelle Aktivitäten verstrickt. Obwohl ihr irgendwie bewusst wurde, dass dies für ihn wohl ein normales Verhalten war.

Plötzlich erstarrte sie. Einen Augenblick später tat er es ihr gleich und er hob seinen Kopf von ihr. »Lavinia?«

»Hast du das mit all den anderen Frauen gemacht?« Sie verabscheute die Eifersucht in ihrer Stimme, aber sie konnte sich dennoch nicht zurückhalten.

Er zog seine Hand zwischen ihren Beinen hervor und legte sie um ihr Gesicht. »Nein.«

»Bitte lüge mich nicht an. Ich weiß, dass du Begegnungen wie diese hier mit Frauen hattest. Bei Bällen und dergleichen. So haben wir uns kennengelernt, falls du das vergessen haben solltest.«

»Wie könnte ich?«, fragte er in einem trockenen Tonfall, der sie nicht sofort besänftigte. »Erstens habe ich mich mit Frauen getroffen … so, wie hier.« Leise stieß er die Luft aus. »Zweitens, und noch wichtiger, ich lüge nicht. Dies hier ist anders als alles, was ich je getan oder erlebt habe.« Er streichelte ihre Wange, ihren Kiefer und sie konnte spüren, dass sein Mund nur einen Hauch von ihrem entfernt war. »Weißt du, wie anders du bist, Lavinia? Wie kostbar und wundervoll? Ich habe nie eine von ihnen geliebt.«

Ein Gefühl tiefer Freude löste sich in ihrem Inneren und breitete sich in ihr aus. »Du liebst mich?«

»Mehr als alles andere. Mehr als die Musik. Mehr als Worte. Mehr als mein Leben.«

Seine Worte hätten ihr nicht mehr bedeuten können. Sie fühlte sich töricht für ihre Eifersucht. »Ich bin eine kleingeistige Frau, hab ich recht?«

»Du bist zu jeder Emotion berechtigt, die du empfindest – und ich sollte mein Bestes tun, um auf deine Sorgen zu antworten. Aber wisse, Lavinia: Ich liebe dich. Ich *liebe* dich.«

»Oh Beck, ich liebe dich auch.« Ihr Herz fühlte sich an, als würde es in ihrer Brust explodieren.

Wieder küsste er sie, anfangs sanfter, doch dann mit zunehmendem Drängen, als sie ihre Hand an ihm entlang bewegte. Er ließ seine Hand noch einmal zu ihrem Geschlecht hinabwandern und sie spannte den Griff um seinen Schaft an.

Er keuchte und brach den Kuss ab und sie fürchtete schon, ihm weh getan zu haben. Sie lockerte ihren Griff. »Es tut mir leid. Ich habe keine Ahnung, was ich tue.«

»Du machst das hervorragend. Bitte hör nicht auf.«

Wieder packte sie ihn. »Das ist nicht zu fest?«

»Nein«, antwortete er und die Anspannung in seiner Stimme ließ sie einen Moment innehalten, bis ihr aufging, dass er zu diesem Ton neigte, wenn er erregt war. Und nach der augenblicklichen Länge und des Umfangs seines Schafts zu urteilen, war er eindeutig erregt. »Bitte bewege deine Hand.«

Sie ließ ihre Handfläche bis zur Spitze an ihm entlanggleiten und dann wieder zurück zum Ansatz. »So etwa?«

»Ja, bitte. Schneller.«

Oh, ihm gefiel es auch schneller. Wie schön. Sie lächelte in sich hinein, als sie an Tempo zulegte. Er antwortete, indem er ihre Schamlippen neckte und einen Finger in sie schob. Die Begierde blühte zu unverhohlener Lust auf und sie konnte nicht anders, als ihre Hüften vorzuschieben, auf der Suche nach mehr von ihm.

»Lavinia, stell deinen Fuß auf das Regal.«

»Welches Regal?«

»*Irgendein* Regal.«

Sie hob ihren Fuß und ertastete eines. Die Position

öffnete sie für seine Berührung und er schob zwei Finger in sie hinein, womit er ihr einen Schrei entlockte, der ihr über die Lippen entschlüpfte.

»Befreie jetzt meinen Schaft aus der Unterwäsche, damit ich dich erreichen kann, bitte.«

»Du bist so höflich«, murmelte sie, als sie sein Fleisch packte und ihre andere Hand benutzte, um seine Kleidung zur Seite zu schieben.

»Es kostet mich große Anstrengung.« Es klang, als würde er mit den Zähnen mahlen. Er schob ihren Rock hinter ihre Beine, sodass er zwischen ihrem Oberschenkel und der Wand eingeklemmt war. Dann umklammerte er ihre Taille und hob sie ein wenig an, als er sich zwischen ihre Beine schob. »Führe mich in dich hinein, meine Liebste.«

Sie hatte zu kämpfen, um ihn genau in den richtigen Winkel zu dirigieren, doch nach mehreren Versuchen und einer Drehung seiner Hüften gelang es ihm, in sie zu dringen. Unverzüglich wurde sie von einer Welle der Lust überspült, die das Versprechen auf die sich anbahnende Ekstase barg.

»Jetzt halte dich an mir fest, egal, was passiert.«

Mit seinem Körper hielt er sie an der Wand gefangen und hob sie hoch, als er tief in sie stieß. Sie schloss die Augen und legte den Kopf in den Nacken, als sie mit dem Fuß an ein weiteres Regal stieß. Ihr anderer Fuß tastete nach einem Platz, um ihn abzustellen, damit er sich weniger darum kümmern müsste, sie festzuhalten, und sich mehr darauf konzentrieren konnte, in sie zu stoßen. Bei Gott, wie sehr sie begehrte, dass er sich bewegte.

Sie stemmte ihren Fuß gegen die Tür und öffnete sich noch weiter für ihn und dann umklammerte sie seinen Nacken, als er in sie stieß. Das war kein langsames Steigern ihres Liebesspiels. Sie wurde zum Gipfel ihrer Lust hinaufgeschleudert, wo sie nur für ein paar Augenblicke schwebend verharrte, ehe der Rausch der Ekstase sie überkam und sie zu noch höheren Sphären emporhob.

Er küsste sie und sie beide kämpften mit den Lippen und Zungen, um zwischen ihren fieberhaften Atemzügen aneinander festzuhalten.

Dann drang er besonders tief in sie und sein gesamter Körper spannte sich an. Er stöhnte in ihren Mund und versuchte, wie sie bemerkte, so leise wie möglich zu bleiben. Sie konnte sich nur vorstellen, wie dies außerhalb ihres Zufluchtsorts geklungen haben muss. Also tat sie es nicht.

Nach einigen weiteren Stößen spürte sie, wie er sich entspannte – nur ein wenig –, als er seinen Körper wieder unter Kontrolle bekam. Sie liebkoste sein Gesicht und konnte den Schweiß fühlen, der ihm über die Stirn rann.

Er zog sich aus ihr zurück und ließ ihre Beine sinken, bis sie wieder auf der Erde stand. »Geht es dir gut?«

Sie nickte und dann fiel ihr ein, dass er sie nicht sehen konnte. »Ja. Ich bin ein bisschen wacklig.«

»Es tut mir leid. Und ein bisschen besudelt.« In seiner Stimme schwang Bedauern mit.

»Dafür sind Unterröcke gemacht, du Dummer.« Sie griff an sich herab und hob ihr Kleid, um ihren untersten Unterrock aufzudecken, den niemand jemals zu Gesicht bekommen würde, und dann benutze sie ihn – etwas unbeholfen – um ihn abzutrocknen, während sie seine Hände beiseiteschob.

»Das hättest du nicht tun müssen«, bemerkte er.

»Ich wollte es.« Sie machte sich daran, sich selbst zu säubern.

Er küsste ihre Lippen, ihre Wangen, ihre Stirn. »Du bist eine äußerst umsichtige Frau.«

»Ich bin vernünftig.«

Er lachte. »Ja. Sehr.«

Sie spürte, wie er sich entspannte, und fühlte sich erleichtert. »Vermutlich sollte ich zum Ball zurückkehren.«

»Ich werde dich begleiten.«

»Nein, du gehst«, widersprach sie. »Ich werde sagen, ich wäre im Ruheraum gewesen. Auf diese Weise werden wir nicht so offensichtlich erscheinen.«

Er stöhnte leise. »Ich hatte nicht vorgehabt, Aufsehen zu erregen. Aber was soll ich tun? Du bist unwiderstehlich.«

»Und unersättlich.«

»Ja, und ändere dich niemals.« Wieder küsste er sie. »Fertig?«

Sie stieß die Luft aus, noch nicht ganz bereit, ihn zu verlassen, obwohl sie wusste, dass sie musste. »Ja.«

Er öffnete die Tür kaum einen Spaltbreit, gerade eben genug für einen schwachen Lichtschein. Er nahm ihre Handschuhe und gab sie ihr.

Sie zog sie über, während er seine eigenen fand und es ihr gleichtat. »Dann treffe ich dich morgen in der Kirche?«

»Ja.«

Sie betastete ihre Frisur und presste die Hände auf die Wangen und dachte, dass sie ganz bestimmt zuerst beim Ruheraum Halt machen würde – und zwar sowohl um ihr Alibi zu stützen als auch dafür zu sorgen, dass sie nicht zerzaust aussah. Sie *fühlte* sich eindeutig zerzaust und es war großartig.

Sie drückte einen letzten Kuss auf seine Lippen und flüsterte: »Ich liebe dich.«

Als sie die Kammer verließ, hörte sie ihn sagen: »Nicht so sehr, wie ich dich liebe.«

KAPITEL 16

Übe Rache, dunkle Justiz an den Bösen
Über der Finsternis Ende soll kein Weib Zeugnis abgeben.
Was Frevel hat begangen an Gut und Redlichkeit
Grausam seine Strafe in des Höllenfeuers
Unbarmherzigkeit

-Becks Schriften

Als Beck das White`s betrat, hatte ihn die Anspannung erneut ergriffen, die Lavinia mit ihren Zärtlichkeiten vertrieben hatte. Vor dem Ball war er unglaublich verärgert gewesen und er wusste, dass er Lavinia mit seinem Benehmen während des Tanzens beunruhigt hatte. Und dann hatte Sir Martin beschlossen, sich wie ein Mistkerl zu benehmen, und Beck wäre beinahe ausfällig geworden.

Manchmal gewann der Ärger die Oberhand, jedoch nicht so sehr wie das Bedürfnis, allein zu sein, aber wenn die Wut ihn einmal gepackt hatte, war es nicht immer leicht, loszulassen. Und vermutlich hatte er das nicht getan. Er hatte sie einfach beiseitegeschoben, bis er sie voll ausleben konnte. Jetzt, da er hier war, stand ihm dieses offen.

Er war nicht ganz sicher, wo er Haywood finden konnte, aber er wusste, dass das White's einer der bevorzugten Clubs des Mistkerls war. Beck drehte eine Runde durch die Haupträume und dann richtete er sich im Morgensalon ein, von wo aus er die Halle überblicken und die Ankunft der Gentlemen verfolgen konnte.

Er nippte an seinem Whiskey – langsam, um seine Sinne beisammen zu halten – und wartete.

Mehr als eine Stunde, nachdem er seinen Posten eingenommen hatte, schlenderte Haywood in die Halle. Er kam nicht in den Morgensalon, sondern setzte seinen Weg direkt auf die weiter hinten liegende Haupttreppe fort. Beck wartete eine Minute und dann folgte er ihm hinauf. Er fand sein Opfer im Kaffeesalon mit einem anderen Gentleman sitzen, den Beck kaum kannte.

Die Hand fest um seinen Whiskey schließend, ging Beck auf ihren Tisch zu. »Stört es Sie, wenn ich mich setze?«

Haywood sah zu ihm auf. »Bin ich Ihnen nicht gerade erst heute Morgen begegnet?«

»In der Tat, das sind Sie.« Beck setzte sich und nickte dem anderen Gentleman zu.

»Ich habe Goodwin hier gerade von dem Debakel berichtet.« Haywood schüttelte den Kopf. »Ein dummes Luder. Aber nun gut, sie ist diejenige, welche die volle Wucht ihres Fehlers zu spüren bekommen wird. Laurence wird das nichts anhaben.«

Goodwin, an den Beck sich jetzt verschwommen erinnerte, nickte. Er war in einem ähnlichen Alter wie

Haywood – Anfang vierzig mindestens und offensichtlich ähnlicher Gesinnung. »Sie wird es bedauern, wenn sie das nicht bereits getan hat.«

Haywood schnaubte. »Ich bin sicher, dass sie das tut. Sie könnte sogar gerade jetzt bei meinem Cousin sein und darum betteln, dass er sie zurücknimmt.«

Die Unterhaltung reichte Beck, um sie beide verprügeln zu wollen, aber er hatte ein Ziel und das war es nicht. Er hoffte wirklich, dass Goodwin einfach gehen würde. Demnach würde Beck seine Gegenwart für einige Zeit ertragen müssen, bis er sich entschuldigte.

Inzwischen war Haywood bei seinem dritten Glas Whiskey angelangt, während Beck bei seinem zweiten war – das er ebenfalls langsam genoss. Jetzt hatte er seine Chance.

Beck rückte seinen Stuhl dichter an Haywood heran und nahm einen Schluck von seinem Getränk. »Ich wollte Sie in einer Sache etwas fragen. Sie scheinen ein Mann mit einer gewissen … Expertise zu sein.«

Haywood zog die Augenbrauen hoch und in seinen Augen blitzte die Neugier hinter dem Glanz seines, von Whiskey umnebelten Blicks auf. »Expertise, eh?«

»Vor Ihrer Heirat haben Sie einen gewissen Ruf genossen, der sich nicht so sehr von meinem unterscheidet.«

Tief aus seiner Kehle ließ Haywood ein leises Lachen ertönen. »Sie sind wohl ein Wüstling?« Er hob sein Glas zu einem Toast. »Das ist die einzige Möglichkeit, zu überleben.«

Beck schluckte seinen Abscheu herunter und hob die Mundwinkel zu einem kurzen Lächeln. »Ich befinde mich seit heute Nachmittag im Zustand der Verlobung.«

»Stimmt das? Verdammt, wir sollten Ihr Glück feiern – oder Ihre bevorstehenden Fesseln.« Er schrie vor Lachen, ehe er einen Schluck trank. »Wer ist das glückliche Mädchen?«

Beck wollte den Mann schlagen und ihm erklären, niemals auf diese Weise von seiner zukünftigen Frau zu sprechen, aber er musste bei der Sache bleiben. Er wollte ihren Namen wirklich nicht in seiner Gegenwart aussprechen, als ob das allein sie besudeln würde. »Lady Lavinia Gillingham.«

»Balcombes Mädchen? Sie ist ein bisschen sonderbar, nicht wahr?« Er zuckte zusammen und entschuldigte sich, womit er demonstrierte, dass er vielleicht kein vollkommener Unhold war, obwohl Beck nicht sicher war, ob er das glaubte. »Ich hatte ein paar Whiskey heute Abend und manchmal eilt mir meine Zunge voraus!« Haywood lachte und nahm noch einen Schluck, während er ganz offensichtlich nicht im Geringsten besorgt war, dass er auf dem besten Wege zu einem Zustand der Trunkenheit zu sein schien, und damit einer sogar noch loseren Zunge. »Ich hoffe, dass Sie sehr glücklich zusammen werden. So glücklich, wie man in einer Ehe werden kann.« Er bedachte Beck mit einem ernsten Blick und einem bekräftigenden Nicken.

»Tatsächlich betrifft der Rat, den ich suche, dies. Wissen Sie, ich habe eine Geliebte und sie erweist sich als ein bisschen schwierig.« Er rollte die Augen und versuchte, bei dieser haarsträubenden Geschichte nicht zu würgen. »Sie hat gedroht, sich meiner Frau zu offenbaren, was ich überhaupt nicht gebrauchen kann.«

»Haben Sie versucht, Sie mit Geld abzufinden? Das ist die leichteste Möglichkeit, ein hartnäckiges Flittchen loszuwerden.«

Gott, er war grässlich. »Ja, aber ich bin nicht sicher, ob ich ihr vertrauen kann, dass sie den Mund hält.«

»Lassen Sie einen Vertrag ausarbeiten. Verdammt, Sie

können ihn sogar selbst schreiben und behaupten, ihr Anwalt hätte es getan. Das jagt ihnen normalerweise einen ordentlichen Schrecken ein.«

»Sie scheinen beträchtliche Erfahrung zu haben.«

Haywood zuckte die Schultern. »Sie sind derjenige, der mich einen Experten genannt hat.« Wieder lachte er und dann trank er seinen Whiskey aus. Sein Blick schweifte herum, bis er einen Diener entdeckte, der nickte, um anzudeuten, dass er ein weiteres Glas bringen würde.

Haywood, der sich über den Tisch lehnte, um sich Beck zu nähern, sprach mit leiser Stimme. »Wenn diese Maßnahme nicht funktioniert, könnte ich vielleicht Flöhkraut empfehlen. Das ist bekannt, um sich unerwünschter Babys zu entledigen, aber wenn das Flittchen genug nimmt, könnten Sie sie vielleicht ganz loswerden.« Seine Brauen kletterten auf sein kahles Haupt zu, ehe er die Augen mit einem wissenden Nicken zusammenzog.

Mit einer sengenden Agonie sanken seine Worte in Becks Bewusstsein. Hatte er das mit Helen getan? Sie war an Gift gestorben. War sie schwanger gewesen? Beck explodierte fast in diesem Moment.

Aber er behielt sich unter Kontrolle. Stattdessen täuschte er Überraschung vor. »Schlagen Sie etwa vor, sie könnte … sterben?«

Haywood wich zurück und wedelte mit seiner Hand zum Fußboden, weil der Diener gerade mit seinem Whiskey ankam. Der Mann nahm das geleerte Glas und ging wieder davon, ehe Haywood antwortete. »Es kann passieren«, flüsterte er. »Ich habe es einmal einem Mädchen gegeben – vor Jahren – und sie hat zu viel davon genommen, nicht dass es mir etwas ausgemacht hat. Sie hatte verlangt, dass ich sie heirate. Wegen eines Babys natürlich. Aber ich hatte keine Absicht, das zu tun. Ich war noch nicht ganz bereit, mich festzulegen.« Er schob die Lippen zu einem übertriebenen Schmollmund vor. »Wer war das?« Der Mistkerl erinnerte sich nicht einmal.

Es musste Helen sein. Es *musste* einfach so sein.

Mit einem Schulterzucken nahm Haywood sein neues Glas in die Hand. »Jedenfalls war es sehr wirksam und ich habe mich seitdem einige Male darauf verlassen. Flöhkraut – Sie können es in jeder Apotheke bekommen.«

Blinder Zorn kochte in Beck auf und lähmte ihn beinahe. Doch dann lehnte er sich dicht zu Haywood, als der Mann sein Glas an die Lippen führte. »War ihr Name Helen?«, flüsterte Beck mit seidenweicher Stimme. »Klein, mit dunklem Haar, fast wie eine Waldelfe?«

Das Glas an den Lippen haltend blinzelte Haywood ihn an. »Ja, das war sie.« Die Erkenntnis stahl sich in Haywoods Gesichtszüge.

»Trotz der Tatsache, dass wir denselben Vater hatten, sah sie mir gar nicht ähnlich.« Beck knurrte. »Sie haben meine Schwester umgebracht, Sie Hurensohn.« Er schubste Haywood an, worauf diesem der Whiskey ins Gesicht schwappte und er, alle viere von sich gestreckt, auf dem Fußboden landete.

Als jämmerlicher Haufen auf dem Fußboden sitzend, wischte Haywood sich das Gesicht trocken. »Sie war Ihre Schwester? Helen *Beckett*. Himmel, ich hatte es vergessen.« Sein Gesicht wurde vollkommen bleich. »Ich habe sie nicht umgebracht. Wir hatten nur das Baby loswerden wollen.«

»»Wir««, spie Beck. »Es gab kein ›wir‹, sondern nur Ihre Ausübung von Kontrolle über eine verletzliche junge Frau. Stehen Sie auf.«

Haywood zuckte zusammen. »Warum?«

»Damit ich Sie verdammt nochmal herausfordern kann.«

Der Mann wurde sogar noch blasser, wenn das überhaupt möglich war, und scheinbar war dem so. »Nein.«

»Dann werde ich es tun, während Sie dort wie ein Feigling liegen.« Alle im Raum Anwesenden hatten sich zu dem Tumult umgedreht und jetzt hob Beck die Stimme, um sicherzustellen, dass er gehört wurde. »Ich verlange Genugtuung. Für den Mord meiner Schwester. Benennen Sie Ihren Sekundanten. Meiner wird der Earl of Ware sein.« Beck hatte ihn natürlich nicht gefragt, aber er war sicher, dass Felix einverstanden wäre. Verdammt, sie konnten sich morgen nicht duellieren – es war Sonntag. »Bei Morgengrauen am Montag. Hyde Park.« Er beugte sich herab und entblößte seine Zähne. »Und kommen Sie nicht auf den Gedanken, morgen aus der Stadt zu fliehen. Ich *werde* Sie finden.«

Goodwin kehrte zurück und half Haywood beim Aufstehen. Haywood wischte sich vergebens über das Gesicht.

Beck gab seiner Rage nach. »Sie haben eine Stelle übersehen.« Er ließ seine Faust gegen das Kinn des Mannes fliegen, dessen Lippe daraufhin aufplatzte. Haywood ging erneut zu Boden, als das Blut aus der Wunde rann.

»War das nötig?«, fragte Goodwin wütend.

»Mehr als das.« Beck beugte sich über Haywood. »Schicken Sie den Namen Ihres Sekundanten zusammen mit Ihrer Wahl der Waffen bis morgen Mittag an Ware. Ich bin sowohl mit der Pistole als auch dem Schwert äußerst versiert.«

Mit einem abschließenden höhnischen Grinsen drehte Beck sich um und stolzierte aus dem Raum. Auf seinem Weg nach unten kamen ihm neugierige Gentlemen entgegen, die begierig waren, in den Kaffeesalon zu gelangen, um zu erfahren, was passiert war. Die Neuigkeit über die

Auseinandersetzung hatte sich bereits verbreitet und würde das auch weiterhin tun.

Er drängte die Sache aus seinen Gedanken und marschierte aus dem Club. Er konnte es kaum bis Montag abwarten.

~

Beck war gerade rechtzeitig vor dem Gottesdienst an der Kirche angekommen und hatte sich kaum hineinstehlen können, um neben Lavinia zu sitzen. Sie hatten keine Gelegenheit, zu sprechen, aber sie sah ihn mit einem liebevollen Lächeln an und streichelte über seine Hand. Er wich zurück und seine Hand zuckte leicht. Ihr Lächeln verblasste, doch rasch drückte er ihr beruhigend die Finger.

Nach dem Gottesdienst gingen sie hinaus in das Vestibül, wo mehrere Personen ihnen zur kommenden Hochzeit gratulierten. Lavinia wurde all der Aufmerksamkeit langsam überdrüssig, vor allem, weil alle es als notwendig erachteten, auf die Kürze ihrer Verbindung hinzuweisen, als ob dies eine Besonderheit wäre, was nicht der Fall war. Sie fing an zu bedauern, keine Sondergenehmigung beantragt zu haben. Beck und sie hätten morgen verheiratet sein können, anstatt in zwei Wochen.

Lavinias Mutter trat zu einer kleinen Gruppe Frauen in einer Ecke, während ihr Vater sich mit einer Handvoll Gentlemen zusammentat. Sobald sie und Beck unter sich waren, nahm sie seine Hand. »Stimmt etwas mit deiner Hand nicht?«

Ehe er noch antworten konnte, kam ihr Vater mit finsterer Stirn auf sie zu. Er sah Beck unverwandt an. »Ich denke, wir sollten nach draußen gehen. *Jetzt sofort.*«

Beck schien über den Ton ihres Vaters oder über

dessen aufgebrachten Gesichtsausdruck nicht im mindesten überrascht. Vielleicht weil Beck nicht wusste, dass ihr Vater *niemals* so aussah.

»Ja, das sollten wir vermutlich.« Beck klang resigniert, als er sich dem Ausgang zuwandte.

Lavinia spannte ihren Griff um seine Hand an. »Ich begleite dich.«

Ihr Vater sah sie finster an. »Nein. Das ist keine Unterhaltung für junge Damen.«

»Wenn es Beck betrifft, betrifft es mich.« Sie würde sich nicht ausschließen lassen. Ihre Hand um Becks Arm gelegt, führte sie die beiden nach draußen.

Sie traten neben die Tür und ihr Vater verschwendete nicht einen Augenblick, um zur Sache zu kommen. »Was zum Teufel hat es damit auf sich, Haywood zum Duell herauszufordern?«

Becks Muskeln spannten sich genau in dem Moment unter ihren Fingerspitzen, als die ihren sich lockerten und sie fürchtete, umzufallen. »Es war unumgänglich.« Becks Tonfall war knapp und klirrte vor Eiseskälte.

Lavinia drehte sich um und löste ihren Arm von ihm. Ihre Beine waren wacklig, aber sie weigerte sich, sich irgendeine Schwäche anmerken zu lassen. Sie starrte Beck an, dessen Blick stoisch war und dessen Mund einen harten Zug aufwies. Sie erkannte diesen Mann kaum. »Du hast Haywood zu einem Duell herausgefordert?«

»Er hat meine Schwester umgebracht.«

Jetzt schwankte sie und Beck ließ seine Arme hervorschnellen, um sie aufzufangen. Sein Gesicht nahm einen besorgten Ausdruck an. »Geht es dir gut?«

»Nein. Deine Schwester ist umgebracht worden und du beabsichtigst, dich mit jemandem zu duellieren. Wie soll es mir da möglicherweise gut gehen?«

»Wenn er tatsächlich etwas mit ihrem Tod zu tun hatte

– ich habe nicht einmal gewusst, dass sie umgebracht worden ist.« Ihr Vater erbleichte. »Wenn er darin verwickelt war, müssen Sie die Polizei in der Bow Street benachrichtigen.«

»Er hat es mir ins Gesicht gestanden. Ich verlange Genugtuung.« Beck starrte ihren Vater mit einem sengend heißen Blick an. »Beabsichtigen Sie etwa, mir zu sagen, dass Sie keine Genugtuung verlangen würden, wenn ein Mann ihre Schwester umgebracht hätte und sechzehn Jahre lang damit davongekommen wäre?«

Ihr Vater wandte kurz den Blick ab, ehe er Beck mitfühlend ansah. »Ich verstehe. Da Sie allerdings ohne Vater als Leitfigur hier sind, hoffe ich, dass Sie mir gestatten, Ihnen einen Ratschlag zu erteilen. Das ist nicht der rechte Weg.«

»Nein, das ist er nicht«, pflichtete Lavinia bei. Dankbar für die Fürsorge, die ihr Vater für ihren zukünftigen Ehemann zeigte, drehte sie sich zu ihm um. »Vater, ich werde mich von Beck in seinem Einspänner nach Hause fahren lassen.« Sie bat nicht um Erlaubnis. »Ich werde dich in Kürze sehen.« Sie trat zu ihm und gab ihm einen Kuss auf die Wange, womit sie ihm ein kleines, überraschtes Grunzen entlockte.

Er richtete den Blick auf Beck. »Denken Sie über meine Worte nach.«

Beck antwortete nicht, als er Lavinia seinen Arm bot und sie zu seinem Gefährt geleitete. Nachdem er ihr beim Einsteigen geholfen hatte, bemerkte er: »Du wirst meinen Entschluss nicht ändern.«

»Ich muss. Wir werden in zwei Wochen heiraten. Ich würde dich wirklich nicht gern schon vorher beerdigen.« Sie versuchte, eine Spur von Leichtigkeit in die Angelegenheit zu bringen, aber letztendlich verspürte sie bloß einen kummervollen Stich.

»Du wirst mich nicht begraben. Haywood ist ein Feigling und wahrscheinlich ein grauenhafter Schütze.«

»Dann möchte ich nicht, dass sein Tod den Beginn unseres gemeinsamen Lebens beeinträchtigt.« Sie drehte sich ihm zu, als er den Einspänner auf die Straße lenkte. »Bitte Beck, du kannst das nicht tun.«

»Ich kann und ich muss. Er hat meine Schwester umgebracht.«

Sie konnte den Zorn fühlen, der in heißen Wellen von ihm ausstrahlte, als wäre er ein prasselndes Lagerfeuer. Vielleicht konnte sie ihn ein bisschen beruhigen und ein paar gute Gegengründe finden. »Was ist passiert? Hast du dich gestern Abend auf dem Ball deshalb so sonderbar benommen?«

Er brauchte einen Augenblick, ehe er antwortete. Heute schien es ihm schwerzufallen, Worte zu finden, und das war merkwürdig, da sie so sehr Bestandteil seiner Persönlichkeit waren. »Ich habe einen Brief von meiner Schwester Margaret erhalten. Sie sagte, Haywood sei der Mann, der meiner Schwester Hoffnung auf eine Verbindung gemacht hatte. Angesichts seines schlechten Rufes hatte ich wissen wollen, was passiert war, also habe ich ihn um Rat mit meiner Geliebten gebeten.«

Sie hatte es nicht für möglich gehalten, sich noch mehr aufregen zu können. »Du hast eine Geliebte?«

»Natürlich nicht«, entgegnete er eilig. »Ich habe es ehrlich gemeint, was ich dir gestern gesagt habe. Ich liebe *dich*, Lavinia. Es gibt nur dich.«

Und Haywood, offensichtlich. Beck liebte ihn natürlich nicht, aber im Augenblick stand er zwischen ihr und dem Mann, den sie liebte.

»Er hat vorgeschlagen, dass ich mich ihrer mit Flöhkraut entledige, das in großen Mengen giftig ist.«

Lavinia hatte von dem Kraut gehört. »Es wird auch

benutzt, um unerwünschte Babys loszuwerden.« Ihre Stimme war leise, voller Unglauben. »War deine Schwester ... schwanger?« Sie beobachtete, wie sich seine Hände um die Zügel krampften und seine Kiefermuskeln sich anspannten.

»Ja. Und er hatte sie nicht heiraten wollen, also hat er sie umgebracht.« Er schluckte. »Ich bin nur froh, dass mein Vater nicht hier ist. Tatsächlich ist mir der Gedanke ein Graus, dass er in dem Glauben, Helen hätte sich selbst das Leben genommen, gestorben ist.« Ihm brach die Stimme am Ende.

Lavinia wollte ihn halten, aber das konnte sie nicht, ohne einen Unfall zu verursachen. Sie berührte ihn am Arm, während ihr die Tränen in den Augen brannten. »Es tut mir so leid. Ich kann verstehen, wie du dich fühlst.«

»Ich glaube nicht, dass du das kannst. Denn wenn du es könntest, würdest du wissen, dass ich ihm morgen gegenübertreten muss. Die Ehre meiner Schwester steht auf dem Spiel. Weißt du, wie hässlich es für meine Familie gewesen war, mit dem Wissen zu leben, dass sie sich selbst umgebracht hatte, und dieses Geheimnis zu hüten, um sie und unsere Familie zu schützen?« Seine Stimme wurde lauter. »Es war eine verdammte Tortur und sie war vollkommen unnötig. Sie *hat* sich *nicht* selbst umgebracht. Haywood hat sie umgebracht. Und ein unschuldiges Kind.«

Ein Gefühl der Übelkeit rumorte in Lavinia. Der Schmerz in seiner Stimme ließ die Tränen unaufhaltsam aus ihren Augen treten und sie liefen über ihre Wangen herab. »Und deshalb kannst du ihn nicht umbringen. Er hat Unrecht getan. Du sollst das nicht auch tun. Wenn er das Verbrechen zugegeben hat, kannst du ihn einsperren lassen. Er wird verurteilt und gehängt werden.«

»Vielleiht. Oder vielleicht wird der Richter Barmherzigkeit walten lassen, und ihn nur verschicken oder eine noch geringer Strafe verhängen. Er ist ein Peer, also ein Mitglied des House of Lords, und ich bezweifele, dass er gehängt wird. Lavinia, er hat es verdient, für seine Tat zu sterben. Qualvoll.«

Die Düsternis und der Hass in seiner Stimme flößten ihr Angst ein. »Hör dir einmal selbst zu«, bemerkte sie leise. »Du bist nicht der Beck, den ich kenne, der Mann, in den ich mich verliebt habe.«

Sie fuhren für einige Minuten schweigend weiter, bis er in die Park Street einbog. »Ich bin derselbe Mann. Das bin ich, Lavinia. Alles von mir. Ich … empfinde … tief.«

Natürlich tat er das. Wie sonst könnte er so wunderschöne Poesie schreiben oder solch wunderbare Musik spielen? Er brachte den Einspänner vor ihrem Haus zum Halten und sie drehte sich ganz zu ihm um.

Mit der Rückseite ihres Handschuhs wischte sie sich über die Wange. »Ich weiß, dass du das tust, und ich liebe dich so sehr dafür. Ich weiß, wie sehr du ihn hassen musst, aber wenn du ihn umbringst, wirst du zu Grunde gerichtet sein. *Weil* du so tief empfindest.«

»Lavinia, ich kann ihn in dieser Sache nicht davonkommen lassen. Ich *kann es nicht*.«

»Und ich kann nicht mitansehen, dass du ihn zur Rechenschaft ziehst. Was, wenn er dich umbringt? Was, wenn *ich* schwanger bin und ich ihn oder sie ohne Vater aufziehen muss?«

Seine Augen wurden ein wenig größer und sie fühlte einen Hoffnungsschimmer, dass sie endlich zu ihm durchgedrungen war. »Das wird er nicht. Ich werde Haywood morgen umbringen. Es wird sich auf keinerlei andere Weise abspielen.« Er stieg herunter und fing an, um den Einspänner herumzugehen, aber sie kletterte allein herunter. Sie wollte keine Hilfe von ihm, nicht, wenn er sich wie ein kompletter Idiot benahm.

Er sah sie stirnrunzelnd an. »Ich wollte dir beim Heruntersteigen helfen.«

»Ich weiß. Aber ich möchte deine Hilfe gerade nicht. Ich bin nicht einmal sicher, ob ich dich im Augenblick heiraten möchte. Was für eine Art von Ehe werden wir haben, wenn du nicht auf mich hörst?«

»*Ich* höre nicht auf *dich*? Es ist, als hättest du nicht einmal vernommen, dass *er meine Schwester umgebracht hat*.« Er blitzte sie aus seinen Augen an, als er auf sie herabsah.

»Ja, ich habe dich gehört«, gab sie scharf zurück. »Und die Lösung ist, ihn einsperren zu lassen, und nicht, dein Leben zu riskieren. Oder das Gesetz zu brechen. Es ist illegal, sich zu duellieren!«

»Niemand wird mir das zur Last legen.«

»Ich kann sehen, dass es unmöglich ist, dich zur Vernunft zu bringen. Ich kann mir nur vorstellen, wie die nächsten fünfzig Jahre sein werden.«

»Was sagst du da?« Seine Stimme war gefährlich leise.

»Ich sage, dass du ein starrköpfiges Ekel bist, und jetzt gehe ich hinein. Wenn du dieses Duell nicht absagst, werde ich –« Sie war nicht sicher, was sie tun würde. Sie liebte ihn. So sehr. Doch diese Wolke um ihn war weit beunruhigender, als ihr bewusst war. Wenn er nicht auf sie hören würde, könnte sie danebenstehen und mitansehen, wie er in Zorn oder Verzweiflung versank?

»Was wirst du tun?«, fragte er leise.

»Ich weiß es nicht. Und bitte, zwinge mich nicht, es herauszufinden.« Sie drehte sich um und ging ins Haus, wo sie zum ersten Mal in ihrem Leben prompt und gänzlich zusammenbrach.

KAPITEL 17

Holde gelehrte Maid, du zügelst mein Temperament.
Bezwinge mein wildes Herz, das auf dem Scheiterhaufen
brennt.
Vor Liebe in Staunen ich verloren, wo Wort und Gesang
ein Heim sich erkoren.
Wirke mit lieblichem Schimmer, dieser schwarzen Zeit zu
entfliehen für immer
Mit Herzenswärme und Innigkeit segne diese arme Kreatur
der Männlichkeit.
Errettet hast du gewiss meine Seele und Perspektive ins
Positive.

-Becks Schriften

Beck sprang von seinem Einspänner und seine Stimmung war noch düsterer als vor seinem Kirchgang, was er nie für möglich gehalten hatte. Der Stallknecht kümmerte sich um das Gefährt, während Beck auf die Tür zustürmte, die Gage in bemerkenswerter Eile öffnete.

»Sie sind in Eile, Mylord.«

Seine Antwort bestand aus einem Knurren und er hastete in sein Arbeitszimmer wo er die Tür hinter sich ins Schloss warf. Sich seines Hutes, der Handschuhe, dem Frack, Krawatte und der Weste entledigend, nahm er seine Gitarre und begann zu spielen. Laut. Misstönend. Mit Rache und Hass und Verzweiflung im Sinn.

Dann tat er das Undenkbare. Er schleuderte das Instrument in den Kamin. Das Holz splitterte – einiges flog davon und einiges fiel in die Flammen. Er hielt die zerstörte Gitarre in der Hand und sank zu Boden, wo er für eine unbestimmte Zeit saß.

Dann warf er das Instrument beiseite und legte sich auf dem Teppich nieder, wobei er die Beine ausstreckte und zur Decke hinaufstarrte. Irgendwo in seinem Inneren befürchtete ein winziger Teil, dass sie recht hatte – dass es ihn zerstören würde, wenn er Haywood umbrächte. Aber er konnte nicht loslassen.

Er hörte Stimmen im Nebenzimmer und setzte sich auf, bevor es im nächsten Moment an die Tür klopfte. »Herein.«

Gage trat ein und schloss die Tür hinter sich. »Mylord, ein Konstabler aus der Bow Street ist hier, um Euch zu sprechen.«

Verdammt.

Gage bot ihm seine Hand, die er ergriff und der Butler zog ihn auf die Füße. »Er ist im Wohnzimmer.«

Beck machte sich auf die Suche nach seiner verstreuten Kleidung, aber Gage kam ihm zuvor und trat mit der Krawatte und der Weste in der Hand auf ihn zu. Sein Blick schweifte zu der zerschmetterten Gitarre, als Beck seine

Weste anzog. »Gab es ein Problem mit Ihrem Instrument?«, erkundigte Gage sich.

»Nein.«

Beck nahm die Krawatte und schlang sie um seinen Nacken, wobei er nicht besonders darauf achtete, ob der Knoten ordentlich geriet. Gage trat einen Schritt vor und übernahm die Angelegenheit, wobei er die Seide mit flinken Fingern band. Als er fertig war, holte er Becks Frack und hielt ihn für ihn, damit er hineinschlüpfen konnte.

»Besser«, bemerkte Gage leise, ehe er die Tür öffnete.

Beck ging ins Wohnzimmer, wo ein gedrungener Kerl mit einem dichten Schopf dunkelroten Haars am Fenster stehend wartete. Er drehte sich um und verbeugte sich. »Guten Tag, Mylord. Ich bin gekommen, um mit Ihnen über Lord Haywood zu sprechen.«

Da war kein Gefühl der Überraschung, das ihn überkam, sondern nur tiefe Enttäuschung. Er wollte fragen, wer Haywood in der Bow Street angezeigt hatte, aber er war sicher, dass er es wusste. Beck sagte nichts. Er stand nur dort und wartete auf den Konstabler, weiterzureden.

»Ich heiße Mason«, stellte dieser sich vor. »Macht es Ihnen etwas aus, wenn ich mich setze?«

»Nein.«

Der Konstabler beäugte das Sofa, doch er ließ seinen unsicheren Blick auf Beck ruhen, und bewegte sich letztendlich nicht. »Ich habe erfahren, dass Lord Haywood Ihnen ein Verbrechen gestanden hat.«

Er konnte es nicht leugnen. Ebenso, wie er den Mann nicht umbringen konnte – nicht jetzt. »Einen Mord.«

»Ja.« Der Konstabler trat unbehaglich von einem Fuß auf den anderen und sein Nacken errötete ein wenig. »Ihre Schwester, wie ich verstehe. Das muss ein Schock gewesen sein. Ich kann verstehen, warum Sie sich nicht sofort bei uns gemeldet haben.« Das war ganz offensichtlich erfunden und sie beide wussten es. Aber der Konstabler konnte das Duell nicht zur Sprache bringen.

»Wie haben Sie es herausgefunden?« Er hatte nicht fragen wollen, doch die Worte entwischten einfach so aus seinem Mund.

»Von mehreren Personen, eigentlich. Lord Balcombe und seine Tochter haben mich aufgesucht und auch Lord Ware.«

Dieser verdammte *Felix* hatte ihn hintergangen? Beck befürchtete, dass er eine zweite Gitarre zerschmettern würde, wenn sie hier fertig waren. Nein, das würde er nicht tun.

»Können Sie im Detail bezeugen, was Lord Haywood gesagt hat?«

»Ja.« Der Gedanke, offenbaren zu müssen, was dieses Untier Helen angetan hat, machte ihn innerlich ganz hohl. »Wann?«

»Jetzt, wenn Sie dazu in der Lage sind.«

»Na schön.« Endlich nahm er in einem Sessel neben dem Kamin Platz und saß kerzengerade, während er genau wiederholte, was Haywood gesagt hatte. Er endete mit den Worten: »Er sollte hängen.«

»Und das könnte er.« Der Konstabler hatte sich auf das Sofa gesetzt und erhob sich jetzt. »Vielen Dank für Ihre Zeit, Mylord. Sie werden sehr bald von mir hören.«

Er marschierte aus dem Zimmer und Beck brach in seinem Sessel zusammen.

Ein paar Augenblicke später kam Gage herein und sein Gang war verhalten, die Körperhaltung ein wenig … zusammengesackt. Er blieb in der Nähe des Sofas stehen und sah zu Beck hinüber.

»Ich bedauere zutiefst, was Ihrer Schwester zugestoßen ist.«

Beck war nicht überrascht, von Gages Lauschen zu erfahren. Er tat das gelegentlich und in jedem einzelnen Fall war es um etwas gegangen, das Beck nicht hatte wiederholen wollen, jedoch keinen Einwand dagegen hatte, dass Gage davon wusste. »Sie besitzen eine Gabe, genau dort zu sein, wo ich Sie brauche, und wenn ich sie brauche.«

»Ich bemühe mich.«

»Setzen Sie sich.« Beck nickte zum Sofa. »Wenn Sie wollen.«

Gage ließ sich – langsam – auf das Polster sinken. »Ich habe bemerkt, dass Ihr in einer ungewöhnlichen Stimmung wart. Gestern und dann heute mit der Gitarre. Es ist seltsam genug, dass Ihr Euch ohne einen Anflug davon verlobt habt, und dann diese ganze Sache mit Ihrer Schwester.«

Beck presste die Lippen aufeinander und dachte über Gages Wahrnehmungen nach. »Sie glauben, meine Verlobung ist ... irgendwie damit verbunden?«

»Nicht direkt. Aber Ihre Emotionen, die sehr tief reichen, wie wir wissen, befinden sich vielleicht in einem starken Rausch, einem Auf und Ab – Ihre Verlobung hat Sie glücklich gemacht, oder etwa nicht?«

»Mehr, als ich je gewesen bin. Ich liebe sie über alles, Gage.« So wütend er im Augenblick auch auf sie war, so betrogen er sich fühlte, liebte er sie.

Gages Ausdruck wurde weicher. »Soviel hatte ich vermutet. Und dann zu erfahren, was Miss Beckett zugestoßen war, hat Euch auf die andere Seite des Spektrums katapultiert.«

»Ja.« Er konnte das Wort kaum hervorkrächzen und sein Verstand taumelte in eine Schlucht, wo das Sonnenlicht sich über das Gewirr von Weinreben und Ästen ergoss, die ihn niederzudrücken suchten. Er sah zum Licht auf. Er *wollte* das Licht. Lavinia war sein Licht.

»Vielleicht besteht eine Möglichkeit für Euch, zum anderen Ende zu gelangen. Das Ende, wo Lavinia residiert. Besser gesagt, Eure Gefühle für sie.«

»Das habe ich gerade gedacht.« Die Worte formten und verbanden sich in seinem Kopf. Die Schatten machten einem warmen Glanz Platz, aber nicht gänzlich. Es war nie so einfach.

Beck stand auf. »Ich muss schreiben.«

»Natürlich.« Gage erhob sich. »Soll ich mit der Umgestaltung dieses Zimmers in das Arbeitszimmer Ihrer Ladyschaft beginnen?«

»Ja, und lassen Sie eine Tür einbauen«, antwortete Beck. Er ging auf die Tür zu und auf der Schwelle hielt er inne und drehte sich herum. »Danke Gage. Ich sage das nicht oft genug, aber ohne Sie, fürchte ich, wäre ich längst in der Hölle versunken.«

»Es ist mir ein Vergnügen, Euch Hilfestellung zu leisten. Jeglicher Art. Und darf ich sagen, wie erfreut das Personal über die Neuigkeit Ihrer Verlobung ist. Wenn Ihr dafür empfänglich seid, werden wir heute Abend darauf anstoßen.«

»Das würde mir sehr gefallen, vielen Dank.« Beck wandte sich um und kehrte weitaus leichteren Schrittes in sein Arbeitszimmer zurück, als er es verlassen hatte.

Erneut riss er sich die äußeren Kleidungsstücke herunter und dann setzte er sich hin, um mit dem Schreiben anzufangen.

*D*ies war einer der längsten Tage in Lavinias Leben gewesen. Sie fühlte sich vollkommen ausgelaugt und konnte kaum die Kraft aufbringen, sich das Haar zu bürsten. Aber da sie Carrin zu Bett geschickt hatte, nahm sie an, dass ihr nichts anderes übrig blieb.

Sie ergriff ihre Bürste und ging zum Fenster, um sich davor zu setzen. Das Kerzenlicht vom Tisch neben ihrem Bett spendete einen warmen Schein und bald schon war sie in einen halb dösenden Zustand versunken. Es war die ruhigste Stimmung, die sie den gesamten Tag über empfunden hatte.

Mit Ausnahme der wenigen Augenblicke in der Kirche, als sie neben Beck gesessen hatte, während sein Körper sie leicht berührte, sein Duft die Luft um sie herum geschwängert und ihre Liebe zu ihm sie mit Freude erfüllt hatte.

Sie liebte ihn immer noch. Auch wenn er sie hasste. Was er möglicherweise tat, nach dem, was sie heute Nachmittag getan hatte.

Sie war in ihr Zimmer geflüchtet, um sich wieder zu fangen, ehe ihre Eltern nach Hause kamen, aber kurze Zeit später war ihr Vater – *ihr Vater* – nach oben gekommen, um sie zu sehen. Sie sagte, sie wolle zur Polizeistation in der Bow Street gehen, um Haywoods Verbrechen zu melden. Ihr Vater hatte sich hilfsbereit und geduldig gezeigt und er hatte darauf bestanden, sie zu begleiten. Nicht nur, weil es seine Pflicht war, sondern auch, um ihr zur Seite zu stehen. Sie war ihm sehr dankbar dafür.

Danach waren sie nach Hause zurückgekehrt und hatten einen ruhigen Nachmittag und Abend verbracht. Sie hatten nach dem Abendessen zusammen Karten gespielt. Sie konnte sich nicht an das letzte Mal erinnern, als sie die Gesellschaft ihrer Eltern so sehr genossen hatte. Ihre

Melancholie hielt allerdings beharrlich an, während sie sich fragte, wie Beck wohl auf den Besuch aus der Bow Street reagiert haben mochte.

Der Konstabler hatte ihr gesagt, dass er zu ihm gehen und mit ihm reden würde. Sie mussten seine Aussage über das hören, was Haywood gesagt hatte. Lavinia erwartete, dass er wütend auf sie sein würde. Die Frage war, in welchem Ausmaß. War er wütend genug, um die Hochzeit abzusagen?

Entsetzt, dass sie einen Fehler machte, fragte sie sich, ob sie das Gleiche tun sollte. Sie verstand seine Stimmungen und Emotionen kaum.

Doch der Gedanke, nicht mit ihm zusammen zu sein, verschlimmerte ihre Melancholie noch. Sie rief sich seine Worte in Erinnerung, dass er sich eine Zukunft ohne sie nicht vorstellen konnte. Nun, sie wollte keine ohne ihn.

Die Klänge einer Melodie schwebten an ihr Ohr, wie ein Echo im Wind. Sie schlug die Augen auf und war sich nicht einmal bewusst gewesen, sie geschlossen zu haben und legte ihre Haarbürste ab, um zuzuhören.

Der Klang wurde lauter. Kam er von draußen?

Sie erhob sich, um an das Fenster zu treten und auf die Straße hinunter zu blinzeln. Dort, im Lampenschein stehend, war Beck. Seine Gitarre spielend.

Sie öffnete den Fensterriegel und stieß das Fenster auf.

Und er sang.

Seine Stimme war, wie sie vermutet hatte, wunderschön. Es war ein satter Bariton, der über ihre Haut summte und sich in ihre Seele grub. Die Worte waren für sie – von Liebe und der Zukunft und einem Licht, das so hell war, dass es ihn blendete.

Sie drehte sich zu ihrem Nachttisch um und streckte die Hand nach ihrer Brille aus. Dann setzte sie sie auf, kehrte zum Fenster zurück und lehnte sich hinaus, um zuzuhören. Er spielte und sang und sie verliebte sich ganz aufs Neue in ihn.

Er kam zum Ende und pausierte nur für einen Augenblick, um wieder von vorn zu beginnen. Würde er dieses Lied einfach immer wieder spielen? So sehr sie es auch wieder und wieder von ihm hören wollte, wünschte sie sich etwas anderes noch weitaus mehr.

Sie trat an den Schrank und fand einen Morgenrock. Das Kleidungsstück fest um sich schlingend und den Gürtel bindend stürmte sie die beiden Treppen hinab und flog buchstäblich durch die Halle. Der Diener schaffte es kaum rechtzeitig, ihr die Tür zu öffnen.

Als sie hinaustrat, spielte Beck noch immer. Die Nacht war feuchtkalt und Regen hing in der Luft.

Sie trat auf den Bürgersteig hinaus und lehnte sich an den Zaun, um sich das Lied noch einmal anzuhören. Als er dieses Mal zum Ende kam, ließ er die Gitarre sinken und kam auf sie zu.

»Sollte ich weiterspielen?«, fragte er.

»Ja!«, rief eine Nachbarin auf der gegenüberliegenden Straßenseite von der Haustür aus.

»Nicht aufhören!«, scholl ein weiterer Ruf vom Haus zu ihrer Linken.

Lavinia kicherte. »Nun wirst du wohl in Schwierigkeiten sein, da dein Geheimnis gelüftet ist, fürchte ich.«

»Welches Geheimnis ist das?«

»Dein Talent mit der Gitarre – und deiner Stimme.« Sie sah ihn mit einem spöttisch gemeinten, finsteren Blick an. »Du hast mich angelogen. Du bist ein wundervoller Sänger. Und du hattest versprochen, mich nicht anzulügen.«

Er zog die Augenbrauen hoch. »Und das habe ich nicht. Es liegt an der Wahrnehmung. Ich denke, ich bin ein schrecklicher Sänger, wie ich auch glaube, dass du mit deiner Brille das Schönste bist, was ich je zu Gesicht bekommen habe. Und ebenso, wie ich erkenne, dass ich mich wie ein Mistkerl benommen habe.« Kurz legte er den Kopf schief und dann richtete er ihn wieder gerade. »Besser gesagt, erkenne ich *deine* Wahrnehmung, dass ich ein Mistkerl war. Ich denke noch immer, möglicherweise recht gehabt zu haben.«

Nicht sicher, was das bedeutete, spannte sie sich an. »Bist du wütend auf mich?«

Er schüttelte den Kopf. »Das war ich. Aber ich verstehe, warum du es getan hast, und warum es das Richtige war. Für alle. Am meisten für mich. Ich denke, du hattest recht, dass die Finsternis mich vereinnahmen würde.«

Sie bewegte sich auf ihn zu und berührte sein Gesicht, wobei sie mit den Fingerspitzen sanft über seinen Kiefer strich, der sich mit den sprießenden Bartstoppeln rau anfühlte. »Das würde ich nicht zulassen. Ich werde es niemals zulassen.«

»Soll das heißen, dass du mich noch immer heiraten willst?«

»Natürlich. Vorausgesetzt, du willst mich immer noch.«

Er zog eine Augenbraue hoch. »Hat dich mein Lied nicht überzeugt? Verdammt, ich bin wirklich schrecklich.«

Sie lachte. »Du bist wunderbar. Und du bist *mein*. Für alle Zeiten.«

Ein Regentropfen, dick und kalt, landete auf ihrer Nase. Er beugte sich vor und leckte ihn ab, womit er einen Schauder des Entzückens über ihre Haut sandte.

»Ich muss gehen«, sagte er in einem widerstrebenden Tonfall. »Der Regen ist nicht gut für meine Gitarre und ich kann mir nicht leisten, heute noch eine zu verlieren.«

»Was ist passiert?«

Er zuckte. »Die Finsternis war ein wenig zu weit vorangekrochen.«

Sie neigte sich nach vorn und er hielt die Gitarre seitlich, damit sie sich an ihn lehnen konnte. »Ich werde dir eine neue kaufen.«

»Was für ein entzückendes Hochzeitsgeschenk.«

Sie schlang die Arme um ihn. »Es ist das Mindeste, was ich tun kann, nachdem du mir die Fossilien geschenkt hast.«

»Ich gestalte außerdem das Wohnzimmer neben meinem Arbeitszimmer zu deiner persönlichen Bibliothek und deinem zukünftigen Arbeitszimmer um. Du wirst Bücherregale mit allen Sorten geologischer Schriften und Fossilien haben – und eine Tür, die direkt in *mein* Büro führt.«

Mit einem breiten Lächeln sah sie zu ihm auf. »Ich kann mich gar nicht entscheiden, was mir am besten daran gefällt.«

»Glücklicherweise musst du das nicht.«

»Du. Du bist der beste Teil von allem«, gestand sie leise. Dann erhob sie sich auf ihre Zehenspitzen, um ihn zu küssen und ihre Lippen klebten an ihm, als es nun ernstlich zu regnen begann. »Komm ins Haus!«

Er warf einen Blick zum Haus. »Deine Eltern werden das nicht gutheißen.«

»Unsinn, sie werden erfreut sein zu erfahren, dass die Hochzeit trotz allem noch stattfindet. Meine Mutter war am Rande eines Nervenzusammenbruchs.«

»Es ist spät. Ich sollte gehen.«

Sie nahm seine Hand und schüttelte den Kopf. »Komm herein. Ich werde ein Nein als Antwort nicht akzeptieren.«

»Ich fange an zu glauben, dass du vorhast, jede Meinungsverschiedenheit zu gewinnen.«

Lachend zog sie ihn zum Haus. »Das tue ich

tatsächlich.«

Er lächelte und seine graugrünen Augen funkelten vor Liebe und Begierde. »Und vielleicht lasse ich dich auch.«

EPILOG

Im Garten wandeln wir, unsere Hände verschlungen,
Von Schönheit umgeben, deine Liebe ich mir errungen.
Eins und das Gleiche sind wir Liebling, du und ich
Nichts soll uns scheiden und auch kein Abschied uns
entzweien.

-Der Marquess of Northam an seine Frau am Hochzeitstag

Devon, August 1818

»Sind sie schon zurück?« Becks Stiefmutter Rachel trat hinaus zu ihm in den Garten. Er setzte seine Gitarre ab und lehnte sie an die Bank, auf der er saß. Sich erhebend blickte er den Weg entlang, der zu dem eineinhalb Kilometer entfernten Strand führte. »Nein.«

Lavinia und George waren auf der Suche nach Fossilien unterwegs, was zu ihren bevorzugten Zeitvertreiben an einem wunderschönen Sommertag wie diesem gehörte. Dass George der Geologie den Vorzug vor dem Erlernen des Gitarrenspielens gab, war nur ein weiteres Beispiel für ein Gefecht, das sie für sich entschieden hatte.

Beck lächelte in sich hinein. Seine Frau war außerordentlich und wunderbar.

»Worüber lächelst du?«, fragte Rachel.

»Ich denke gerade an meine Frau«, antwortete er. »Und George.«

Unter der breiten Krempe ihrer Haube hervor, beäugte seine Stiefmutter ihn. »Du hast dich ziemlich verändert, seit du geheiratet hast. Lavinia hat dir gut getan.«

»War ich davor etwa biestig?«, fragte er mit gespielter Betroffenheit.

Sie lachte leise. »Natürlich nicht. Du scheinst nur … ausgeglichener.«

Ja, das war ein gutes Wort, um es zu beschreiben. Er litt noch immer unter dunklen Stimmungen, aber sie waren weit weniger zudringlich. Er arbeitete sich durch sie hindurch und fand seinen Weg zurück zum Licht. Und ja, das hatte er Lavinia zu verdanken.

Sie hatte ihn durch das überaus grauenhafte Gerichtsverfahren gegen Haywood begleitet, das auch die Zeugenaussage einer der anderen Frauen – Lady Kipp-Landon – beinhaltete, der er Flöhkraut besorgt hatte. Die Frau hatte tränenreich zugegeben, dass er ihr ein Kind gezeugt und darauf bestanden hatte, dass sie das Mittel nahm, um es loszuwerden. Sie hatte es nicht nehmen müssen, da sie eine Fehlgeburt erlitten hatte, aber ihr Bericht hatte das Schicksal des Mannes besiegelt, der sich derzeit auf seinem Weg nach Australien befand. Wenn er die Reise überlebte, würde er den Rest seines Lebens wahrscheinlich auf der anderen Seite der Erdkugel verbringen.

Haywood hatte um Gnade gefleht und sogar Beck war ins Schwanken geraten. An einem der Tage hatte er die Ehefrau und Kinder des Mannes gesehen und sich schrecklich wegen ihres Verlusts gefühlt. Lavinia hatte so recht gehabt, als sie behauptet hatte, dass es ihn zerstört hätte, hätte er Haywood umgebracht. Allein das Wissen, dass dieser Schurke seine Familie nie wiedersehen würde, hatte beinahe das Gleiche bewirkt.

Im Anschluss an das Verfahren hatte Lady Kipp-Landon sich bei Beck dafür entschuldigt, Helen drangsaliert zu haben. Als Beck sie gefragt hatte, warum sie und Lady Abercrombie – die sich für den Rest der Saison aus der Gesellschaft zurückgezogen hatte – Helen ausgesucht hatten, und warum sie ihr vorgeschlagen hatten, sich umzubringen, war sie zusammengebrochen und hatte gestanden, dass Haywood der Grund gewesen war. Lady Kipp-Landon war in ihn verliebt gewesen und sie hatte jede andere Frau aus dem Weg räumen wollen, der er Aufmerksamkeit schenkte.

Obwohl Beck die Wahrheit hatte wissen wollen, konnte er nicht behaupten, dass er nun befriedigt war. Die gesamte Situation war einfach traurig. Dennoch fand er mit Lavinias Hilfe den Mut, die Dunkelheit loszulassen.

Vergebung, so schien es, war nicht etwas, das man jemandem gewährte, sondern ein Geschenk, das man sich selbst machte. Beck hatte sich befreit gefühlt, sobald er das vollbracht hatte.

»George mag sie wirklich sehr«, bemerkte Rachel, die gerade zum Weg blickte, als Lavinia und Rachels Sohn in Sicht kamen. »Hier kommen sie.« Sie drehte sich zu Beck. »Ich mag sie auch.«

Wie könnte sie auch nicht? Lavinia war freundlich,

großzügig, humorvoll und schrecklich klug. In Wahrheit hatte sie Georges Studium der Wissenschaften praktisch übernommen. Wenn er eines Tages ins Internat käme, würde er mehr als die meisten seiner Schulkameraden wissen.

Ein paar Augenblicke später schlenderten George und Lavinia in den Garten. George schleppte einen Korb, der die Schätze des heutigen Tages enthielt.

»Appetit auf das Mittagessen?«, rief Rachel.

»Ich bin ausgehungert!«, antwortete George. Er gab Lavinia den Korb, drehte sich zum Haus und rannte los.

Rachel lachte. »Ich sehe euch beide drinnen.«

Lavinia ging zu Beck hinüber, um ihn zu küssen und sie ließ ihre Lippen auf seinen verweilen.

»Du schmeckst wie Salz und Wind«, bemerkte er, als er ihren Duft einatmete. »Und du duftest wie Perfektion.«

Sie krauste die Nase. »Wie riecht das überhaupt?«

Schmunzelnd schielte er in den Korb. »Ich werde dir eine zweite Bibliothek bauen müssen.«

»Unsinn, die Bibliothek auf Waverly Court ist enorm. Ich könnte jeden Tag meines Lebens Fossilien sammeln und sie niemals füllen.«

»Ja, aber was wäre, wenn du die Gesteine der Äußeren Hebriden hinzufügst?«

Sie sah zu ihm auf und machte große Augen. »Werden wir dorthin reisen?«

Er nickte. »In zwei Wochen, wenn das deine Zustimmung findet.«

Sie stellte den Korb auf der Bank neben seiner Gitarre ab und schlang ihm die Arme um den Hals. »Oh, ja!« Sie küsste ihn dicht an seinem Ohr auf die Wange und flüsterte. »Danke, Beck.«

Er schloss die Arme um sie und legte die Hand in ihren Nacken, sodass er sie küssen konnte. Zeit und Raum schienen nicht mehr zu existieren, als er sich in ihrer Umarmung verlor, und es verging eine ganze Weile, ehe sie die Lippen von seinen löste. »Wir sollten zum Mittagessen hineingehen«, bemerkte sie.

»Oder ich könnte dich hier verschlingen.«

»Sie können uns vom Haus aus sehen.« In ihrer Stimme schwang ein Lächeln mit.

»Habe ich dir je gesagt, dass du manchmal zu vernünftig bist?«

»Oft.«

»Darf ich dich nach dem Mittagessen verschlingen? Ich überlasse dir sogar die Wahl des Schauplatzes.«

»Wir kann ich solch eine höfliche Bitte ablehnen? Du bist immer so höflich.«

»Immer? Was ist mit dem Mal, als ich dein Hemd zerrissen habe? Oder als ich dich im Bad überraschte?«

»Du schaffst es dennoch, diesen Gelegenheiten Charme zu verleihen.«

»Hmm, vielleicht sollte ich eine Ode über die vernünftige Herzogin und ihren höflichen Ehemann verfassen.«

»Oh, du meine Güte, das hört sich reichlich langweilig an.«

Mit einem sündigen Lächeln sah er auf sie herab. »Ich werde sie aufregend darstellen. Willst du mir irgendwelche Ideen vorschlagen?«

»Oh ja. Nach dem Mittagessen. In der Bibliothek denke ich.« Auf verführerische Weise schlug sie die Augen nieder. »Du könntest mir helfen, meine neuen Schätze zu verstauen.«

»Sollen wir es so nennen?«

Sie drückte ihm einen weiteren Kuss auf die Lippen und wandte sich von ihm ab, um den Korb zu ergreifen, ehe sie sich auf den Weg zum Haus machte. Über ihre Schulter sah sie zurück. »Kommst du?«

»Noch nicht, aber ich werde nach dem Mittagessen kommen.« Er nahm seine Gitarre und sie lachte über seine Doppeldeutigkeit.

Als er sie einholte, verschlang sie ihren Arm mit seinem und sah zu ihm auf. »Ich liebe dich so sehr, mein verrückter, aber ach so höflicher Poet.«

Er sah in ihr geliebtes Gesicht und war so voller Emotionen, dass er sich fragte, wie da je eine Leere hatte sein können – doch dem war so gewesen. Bis sie erschienen war. »Und ich liebe dich, meine vernünftige, ungeduldige Wissenschaftlerin. Für so lange, wie die Welt existiert.«

Ihre Augen glänzten vor Liebe. »Und bis in die Ewigkeit.«

Wollen Sie erfahren, was passiert, wenn Fanny zur Weihnachtszeit einen geheimnisvollen Mann kennenlernt und einen verbotenen Kuss mit ihm austauscht? Verpassen Sie nicht das nächste Buch aus der Reihe der Unberührbaren, Der Herzog der Küsse.

Vielen Dank, dass Sie Der betörende Herzog gelesen haben. Ich hoffe, Sie haben es genossen! Sind Sie neugierig, zu erfahren, was als Nächstes mit Lavinias Freundinnen Sarah und Fanny passiert? Sie haben Glück, weil Fannys Buch, Der Herzog der Küsse, das nächste ist! Dann sollten Sie auch Sarahs Geschichte in Der gesellige Herzog nicht versäumen, der kein anderer als Felix, der Earl of Ware, ist. Die beiden kennen sich bereits seit Jahren, da sie die jüngere Schwester seines ältesten Freundes ist. Was könnte da schon schief gehen?

Möchten Sie erfahren, wann mein nächstes Buch verfügbar ist? Sie können sich für meinen Deutscher Newsletter anmelden, mir auf Amazon.de folgen und meine Facebook-Seite liken. Alle Newsletter-Abonnenten erhalten exklusive Bonus-Geschichten, die sonst nirgends erhältlich sind, unter anderem auch die einleitende Vorgeschichte zur Buchreihe *Der Phönix Club*.

Rezensionen helfen anderen, Bücher zu finden, die für sie geeignet sind. Ich schätze alle Bewertungen, ob positiv oder negativ. Ich hoffe, dass Sie erwägen werden, eine Bewertung bei Ihrem bevorzugten der Seite Ihres bevorzugten Internet-Netzwerkes abzugeben.

Ich mag meine Leser so sehr. Danke!

Sind Sie an weiterer Regency-Romantik interessiert? Schauen Sie sich meine anderen historischen Serien an:

Die Unberührbaren: Die Prätendenten

In der faszinierenden Welt der Unberührbaren spielend, handelt die Saga von einem Geschwistertrio, die sich darin auszeichnen, sich als jemand auszugeben, der sie nicht sind. Werden ein unerschrockene Bow Street Ermittler, ein niedergeschmetterter Viscount und eine desillusionierte Dame der feinen Gesellschaft es schaffen, ihre Geheimnisse zu lüften?

Regeln für Halunken

Als eine junge Lady ruiniert wird, schwören ihre Freundinnen, dass keine von ihnen sich jemals wieder von einem Herzensbrecher umgarnen lässt. Sie werden dem Charme eines jeden Gentleman widerstehen, selbst – und vor allem – wenn dies bedeutet, sich damit den Ruf zu erwerben, unmöglich zu erobern zu sein. Es braucht schon außergewöhnliche Herzensbrecher, um ihre Regeln zu brechen ..._

Der Phönix Club
Die exklusivste Einladung der feinen Gesellschaft ...

Willkommen im Phönix Club, in dem Londons waghalsigste, anrüchigste und intriganteste Ladys und Gentlemen Skandale, Erlösung und eine zweite Chance finden.

Die Bräute von Marrywell
Kommen Sie nach Marrywell, im schönen England, denn hier findet schon seit Hunderten von Jahren alljährlich das Maifest zur Partnerfindung statt, bei dem hoffnungsvolle Romantiker zusammenkommen. Die Herzöge und Halunken des Regency-Zeitalters begegnen hier temperamentvollen und bezaubernden Ladys, die ihnen ihre Herzen stehlen könnten.

Chroniken der Ehestiftung
Der Pfad der wahren Liebe verläuft niemals geradlinig. Manchmal ist eine Hausparty zur Ehestiftung vonnöten. Wenn Paare sich auf einer Hausparty kennenlernen, ereignen sich provokative Flirts, heimliche Rendezvous und Verliebtheit im Überfluss.

Ruchlose Geheimnisse und Skandale
Sechs unglaubliche Geschichten, die sich in den glamourösen Ballsälen Londons und den herrlichen Landschaften Englands abspielen.

Die Liebe ist überall

Herzerwärmende Nacherzählungen klassischer Weihnachtsgeschichten im Regency-Stil, die in einem gemütlichen Dorf spielen und von drei Geschwistern und dem besten Geschenk von allen handeln: der Liebe.

Der Club der verruchten Herzöge

Sechs Bücher, geschrieben von meiner besten Freundin, der New York Times Bestseller-Autorin Erica Ridley, und mir. Lernen Sie die unvergesslichen Männer von Londons berüchtigtster Taverne, dem Verruchten Herzog, kennen. Verführerisch attraktiv, mit Charme und Witz im Überfluss, wird eine Nacht mit diesen Wüstlingen und Filous nie genug sein ...

ÜBER DIE AUTORIN

Darcy Burke ist die USA Today Bestsellerautorin für sexy,
emotionale, historische und zeitgenössische Romantik.
Darcy schrieb ihr erstes Buch im Alter von 11 Jahren – mit
einem Happy End – über einen männlichen Schwan, der
von der Magie abhängig war, und einen weiblichen
Schwan, der ihn liebte, mit nicht sehr gelungenen Illustra-
tionen. Schließen Sie sich ihr an newsletter!

Darcy, die in Oregon an der Westküste der Vereinigten
Staaten geboren wurde, lebt am Rande des Wine Country
mit ihrem auf der Gitarre spielenden Ehemann und ihren
beiden ausgelassenen Kindern, die das Schreiben geerbt zu
haben scheinen. Sie sind eine nach Katzen verrückte
Familie mit zwei bengalischen Katzen, einer kleinen, fami-
lienfreundlichen Katze, die nach einer Frucht benannt ist,
und einer älteren, geretteten Maine Coon, die der Meister

der Kühle und der fünf-Uhr-morgens-Serenade ist. In ihrer
›Freizeit‹ ist Darcy eine regelmäßige ehrenamtliche Mitar-
beiterin, die in einem 12-stufigen Programm einge-
schrieben ist, in dem man lernt, ›Nein‹ zu sagen, aber sie
muss immer wieder von vorne anfangen. Ihre Lieblings-
plätze sind Disneyland und das Labor Day Wochenende in
The Gorge. Besuchen Sie Darcy online unter
https://www.darcyburke.de.

facebook.com/darcyburkeautorin

instagram.com/darcyburke_autorin

pinterest.com/darcyburkewrites

BÜCHER VON DARCY BURKE

Historische Romantik

Die Unberührbaren
Ein Earl als Junggeselle (prequel)
Der verbotene Herzog
Der wagemutige Herzog
Der Herzog der Täuschung
Der Herzog der Begierde
Der trotzige Herzog
Der gefährliche Herzog
Der eisige Herzog
Der ruinierte Herzog
Der verlogene Herzog
Der betörende Herzog
Der Herzog der Küsse
Der Herzog der Zerstreuung
Der unverhoffte Herzog
Der charmante Marquess
Der verwundete Viscount

Die Unberührbaren: Die Prätendenten
Geheimnisvolle Kapitulation
Ein skandalöser Pakt
Des Gauners Rettung

Der Phönix Club

Ungehörig: Das Mündel des Earls

Leidenschaftlich: Eine zweite Chance für das Eheglück

Intolerabel: Die Schwester des besten Freundes

Unschicklich: Eine Vernunftehe

Unmöglich: Eine Schöne und ein Scheusal im Liebesglück

Unwiderstehlich: Eine Scheinehe mit dem Spion

Untadelig: Eine geheime, verbotene Affäre

Unersättlich: Der geläuterte Lebemann und die unwillige
Debütantin

Regeln für Halunken

Falls der Herzog es wagt

Frohsinn für den mürrischen Baron

Wenn der Viscount lockt

Wie es dem Grafen beliebt

Bis der Wüstling kapituliert

Weil der Marquess es so will

Worum der Schurke bittet

Wie sich der Teufel versündigt

Chroniken der Ehestiftung

Unerwartetes Weihnachtsglück

Der verstockte Herzog

Ein Earl als Junggeselle

Der ausgerissene Viscount

Die unechte Witwe

Die Bräute von Marrywell

Ein Herzog wird verzaubert

Erbin dringend gebraucht

Die Heiratsvermittlerin und der Marquess

Die Liebe ist überall

(eine Regency Weihnachtstrilogie)

Der Earl mit dem flammendroten Haar

Das Geschenk des Marquess

Eine Freude für den Herzog

Ruchlose Geheimnisse und Skandale

Ihr ruchloses Temperament

Sein ruchloses Herz

Die Verführung des Halunken

Verliebt in eine Diebin

Die Schöne und der Halunke

Einmal Halunke, immer Halunke

Der Club der verruchten Herzöge

Eine Nacht zum Verführen by Erica Ridley

Eine Nacht der Hingabe by Darcy Burke

Eine Nacht aus Leidenschaft by Erica Ridley

Eine Nacht des Skandals by Darcy Burke

Eine Nacht zum Erinnern by Erica Ridley

Eine Nacht der Versuchung by Darcy Burke

Historische Mysterium

Ein Wispern des Todes

Ein Wispern um Mitternacht

IMPRESSUM

Deutsche Erstausgabe von:
Darcy E. Burke Publishing
Zealous Quill Press
13500 SW Pacific Hwy., Ste. 58-419
Tigard, OR, 97223
USA

Für die Originalausgabe:
Copyright © THE DUKE OF SEDUCTION, 2018 by
Darcy Burke, All rights reserved.

Für die deutschsprachige Ausgabe:
Copyright © 2020 by Petra Gorschboth
Redaktion: Nicole Wszalek
Umschlaggestaltung: Dar Albert, Wicked Smart Designs.

ISBN: 9781637261569

www.darcyburke.de

www.ingramcontent.com/pod-product-compliance
Lightning Source LLC
Chambersburg PA
CBHW050514110726
47899CB00005B/1454